Emelie Schepp
Leichengrund

EMELIE SCHEPP

Leichengrund

THRILLER

Deutsch von
Annika Krumacher

blanvalet

Die Originalausgabe erschien 2019 unter dem Titel »Broder Jakob«
bei HarperCollins Nordic, Sweden.

FSC www.fsc.org
MIX
Papier aus verantwortungsvollen Quellen
FSC® C014496

Penguin Random House Verlagsgruppe GmbH FSC® N001967

1. Auflage

Neumarkter Str. 28, 81673 München
Redaktion: Sabine Thiele
Umschlaggestaltung: www.buerosued.de
Umschlagmotiv: Paul Moore/Arcangel Images
BL · Herstellung: sam
Satz: Buch-Werkstatt GmbH, Bad Aibling
Druck und Bindung: GGP Media GmbH, Pößneck
Printed in Germany
ISBN 978-3-7341-0869-3

www.blanvalet.de

Für Linn

Das Tosen des Flusses war deutlich zu hören, als ich die verlassene Maschinenhalle betrat. Mit der Tasche über der Schulter ging ich auf die weißen und grauen Rohre zu, hinter denen sich der Eingang zu einem langen, schmalen Tunnel verbarg. Ich folgte ihm, bis er sich verzweigte. Es gab noch andere Tunnel und andere Verstecke, aber am besten war das, wohin ich gerade unterwegs war.

Ich hielt die Tasche fester, bog nach rechts ab und ging schneller. Als ich die Türöffnung vor mir erahnte, packte mich freudige Erregung. Ich lief die steile Metalltreppe hinunter und schaltete die batteriebetriebenen Lampen an, die ich auf den Fußboden des kahlen Betonraums gestellt hatte. Das bläulich graue Licht war schwach, aber ausreichend, um die Frau zu sehen, die in dem riesigen Wassertank schwebte.

Die Vorderseite des Tanks war aus Glas, die Abdeckung und die anderen Seiten aus Stahl.

Ohne die Frau aus den Augen zu lassen, stellte ich vorsichtig die Tasche ab, überquerte den feuchten Fußboden und drückte die Hände an die Scheibe. Dann stand ich eine Weile da und betrachtete sie voller Bewunderung, das bleiche Gesicht, die ausgestreckten Arme und das Haar, das ihren Kopf umwogte.

Sie sah mich mit einer Art Verwunderung im Blick an, als hätte sie erst jetzt gemerkt, wer ich eigentlich war.

Sie hatte früher aufgegeben, als ich gedacht hatte. Noch hing an der oberen Abdeckung eine Luftblase, doch immer mehr Wasser wurde aus dem Rohr von oben in den Tank gepumpt.

Ich ging zu dem rostigen Handrad und setzte es mit einiger Anstrengung in Bewegung, um die Wasserzufuhr zu drosseln. Stille senkte sich über den Raum.

Der rote Knopf befand sich an der Wand unterhalb der Treppe. Ich drückte ihn und spürte, wie der Boden im selben Moment zu vibrieren begann, in dem das Wasser abgelassen wurde.

Es dauerte nur wenige Minuten, bis ich die wasserdichte Tür aufschließen und mich zur Frau in den Tank begeben konnte. Ich konnte sie nicht tragen, sie war viel zu schwer. Also musste ich sie ans andere Ende des Raums schleifen, wo der Tisch stand.

Mit aller Kraft hievte ich die Leiche auf die raue und fleckige Tischplatte. Ich zog sie aus, legte sie zurecht und strich ihr das nasse Haar aus dem Gesicht.

Der Schweiß lief mir den Hals hinunter, als ich ihre Beine spreizte und ihr Geschlecht begutachtete. Dies war der Moment, dem ich am meisten entgegengefiebert hatte, und mein Puls beschleunigte sich, während ich den Rasierer aus der Tasche zog. Mit sorgfältigen Bewegungen begann ich den dunklen Haarbusch zu entfernen.

Als ich fertig war, holte ich das Skalpell hervor.

Weich glitt die Klinge durch die Haut in der Leistengegend, sie durchschnitt Gewebe und Hautschichten. Blut strömte aus der Wunde, lief auf den Tisch und auf den Boden.

Langsam führte ich die Klinge innen am Oberschenkel weiter, am Knie entlang bis hinunter zum Knöchel.

MONTAG

1

Es war still geworden im Gesprächsraum der Klinik für Forensische Psychiatrie in Vadstena. Nur der Regen war zu hören, der unablässig ans Fenster prasselte.

Danilo Peña und die anderen Patienten saßen müde auf ihren Stühlen, die im Kreis aufgestellt waren. Er ließ den Blick durch die Runde schweifen, ehe er sich wieder an Annie Rosvall wandte. Die rothaarige Psychologin hatte die Beine übereinandergeschlagen. Der Rock ging ihr bis knapp unters Knie, und die Bluse spannte über dem Busen. Ihr Gesicht war niedlich, und sie betrachtete ihn eindringlich, als suchte sie nach etwas in seinem Inneren.

»Sie waren also sieben Jahre alt, als Ihre Eltern starben?«, fragte sie, um ihn zum Erzählen zu ermutigen.

»Ja«, antwortete er und verfluchte, dass diese Therapiestunde so früh am Tag anberaumt war.

Er hasste alles, was mit Gruppentherapie zu tun hatte, und es war die reinste Tortur, vor acht Uhr morgens Fragen über sein Leben beantworten zu müssen.

»Was ist passiert?«, fragte sie.

»Habe ich das nicht schon erzählt?«

»Sie haben kaum etwas erzählt, seit Sie hergekommen sind.«

»Das stimmt!«, mischte sich die Frau ein, die rechts neben Danilo saß. »Jetzt sag schon, was ist eigentlich genau passiert?«

Sophie Engman war fünfundzwanzig Jahre alt, der Bauch hing ihr über die Hose, und ihr blondiertes Haar erinnerte an Zuckerwatte. Danilo wusste, dass sie in die Klinik eingewiesen worden war, weil sie in den Heimen, wo sie den größten Teil ihres bisherigen Lebens verbracht hatte, mehrere Selbstmordversuche unternommen hatte. Das letzte Mal hatte sie das Gebäude angezündet, wobei zwei Mitarbeiter bleibende Schäden davongetragen hatten.

Er seufzte.

»Es war ein … Unfall, könnte man sagen.«

Danilo wollte auf keinen Fall die Wahrheit preisgeben – dass seine Eltern vor seinen Augen erschossen worden waren.

Er hatte sich zusammen mit ihnen und mehreren anderen Familien in einem Container versteckt. Sie waren auf dem Atlantik in Richtung Schweden unterwegs gewesen, weil sie von einem besseren Leben geträumt hatten. Doch es wurde viel schlimmer.

Drei Männer warteten auf sie, als das Schiff anlegte, und töteten alle Passagiere – bis auf sieben Kinder, die ausgewählt und auf eine Insel gebracht wurden, weit vor der Küste bei Norrköping. Dort waren er und die anderen zu Killern ausgebildet worden, um ein Drogensyndikat zu schützen. Sie hatten Kampftechniken und den Umgang mit Waffen gelernt. Und sie hatten neue Namen erhalten. Namen, die in ihre Haut eingeritzt worden waren, um sie daran zu erinnern, wer sie von nun an waren und für immer bleiben würden.

Er trug in seinem Nacken den Namen des Totengottes

Hades. Danilo verzichtete darauf, die Stelle zu verstecken. Es war ihm vollkommen gleichgültig, was ihm als Kind widerfahren war. Er hatte all das hinter sich gelassen und ließ die Dummköpfe abblitzen, die neugierig nach der Bedeutung des Namens fragten.

»Und das war also der Zeitpunkt, als Sie …« Annie Rosvall schaute in ihre Unterlagen. »… als Sie in eine Pflegefamilie kamen?«

»Dürfte hinkommen, ja«, sagte er und starrte in den regenschweren grauen Himmel vor dem Fenster.

»Gab es dort auch andere Kinder?«

»Anfangs ja, aber am Ende waren nur noch sie und ich übrig«, antwortete er und begegnete wieder ihrem Blick.

»Das heißt, du hast eine Schwester?«, fragte der Mann, der Danilo gegenübersaß.

Die meisten Patienten wurden unter der Einnahme von Psychopharmaka übergewichtig, doch Nils Andersson bildete eine Ausnahme. Er war extrem mager, und seine dünnen Hände zitterten. Der sonst so zurückhaltende Mann hatte Stimmen gehört und seine Mutter aufgeschlitzt, um die Uhr zum Schweigen zu bringen, die in ihrem Bauch tickte. Seine Schizophrenie war inzwischen unter Kontrolle, und in einigen Tagen würde er in die ambulante Nachsorge entlassen werden.

»Wir sind keine Geschwister«, zischte Danilo.

»Ach so, natürlich, ich bitte um Verzeihung«, sagte Nils. Nervös lächelte er den vierten Patienten in ihrer Gruppe an, Simon Norell, der schweigend neben ihm saß, mit hängender Unterlippe und den groben Fäusten auf den Knien.

»Aber Sie sind mit ihr aufgewachsen, oder?«, hakte Annie Rosvall nach und legte den Kopf schräg.

Danilo streckte den Rücken.

»Das schon, aber wir haben gar nichts gemeinsam«, erwiderte er.

»Haben Sie noch Kontakt mit ihr?«

»Ich habe mit niemandem aus meiner Jugendzeit Kontakt.«

»Wie heißt sie? Wollen Sie uns das erzählen?«

Danilo schüttelte den Kopf. Er wollte ihren Namen nicht nennen – Jana Berzelius. Und er würde weder der Psychologin noch einem seiner Mitpatienten sagen, dass auch in ihrem Nacken ein Name stand: *Ker*. Die Göttin des Todes. Im Gegensatz zu ihm tat sie alles, um die Narbe zu verbergen. Wirklich alles. Was für ihn durchaus praktisch war.

Sie waren die einzigen Kinder, die die Zeit auf der Insel überlebt hatten. Zusammen hatten sie beschlossen zu fliehen, doch dann hatten sie sich auf der Flucht aus den Augen verloren. Jana hatte einen Unfall erlitten, und als sie im Krankenhaus aufwachte, wusste sie nicht mehr, wer sie war, was der Name in ihrem Nacken bedeutete oder was sie erlebt hatte. Kurz darauf war sie von dem früheren Reichsstaatsanwalt Karl Berzelius adoptiert worden. Später war sie in seine Fußstapfen getreten und selbst Staatsanwältin geworden.

Doch irgendwann hatten diese nächtlichen Albträume begonnen. Erinnerungsbruchstücke waren zurückgekehrt, und sie wollte wissen, wer sie vor ihrer Adoption gewesen war. Eines Tages hatte sie in Danilos Wohnung gestanden, mit ihren perfekten glatten Haaren, ihrem teuren Mantel und ihren Fragen.

Bei diesem Gedanken musste er grinsen. Ihr gesamtes Erscheinungsbild spiegelte ein Leben wider, an dem er nie hatte teilhaben dürfen. Sie hatte alles auf dem Silbertablett serviert bekommen, während er selbst der Gewalt treu geblieben war. Er hatte keine Ahnung, wie viele Menschen er im Lauf der Jahre ins Jenseits befördert hatte.

»Woran denken Sie gerade?«, fragte Annie Rosvall.

»An gar nichts«, erwiderte er knapp.

»Na gut«, meinte sie, und ihr intensiver Blick erlosch.

Er wusste, was sie wollte. Antworten, Beschreibungen und Erklärungen. Es war so einfach. Aber es gab nichts zu sagen. Er dachte nie zurück. Er hatte seine Gefühle abgeschaltet, sobald er den Fuß auf diese Insel gesetzt hatte.

»Aber an irgendwas musst du doch denken«, sagte Sophie genervt.

»Sophie, bitte«, ermahnte Annie Rosvall sie seufzend.

»Aber das macht Danilo immer.«

»Was mache ich?«, fragte er wütend.

»Du windest dich raus. Jedes verdammte Mal.«

»Woher willst du das wissen?«, entgegnete Danilo und ballte eine Hand zur Faust.

Sophie verdrehte die Augen.

»Du fühlst nichts, hast keine Meinung, denkst nie an irgendwas …«

»Halt die Fresse!«, knurrte Danilo, und Nils zuckte zusammen.

»Okay, okay«, unterbrach die Psychologin. »Jetzt halten alle bitte inne und atmen ein paar Mal tief durch.«

»Warum?«, fragte Sophie.

»Damit wir Kraft schöpfen, um weiterzumachen. Und noch etwas, Sophie. Bis wir fertig sind, stelle nur ich hier die Fragen, niemand sonst.«

Charles Olsson raste auf seinem schwarzen Mountainbike durch den eiskalten Regen. Er brauchte nur wenige Minuten bis zum Bau, der direkt neben dem Motala ström lag – dem Fluss, der durch Norrköping verlief und von allen nur Strömmen genannt wurde.

Er hatte keine Ahnung, was der verlassene Raum früher einmal gewesen sein mochte. Er wusste nur, dass dort Zigaretten und Hochprozentiges aufbewahrt wurden und dass man ihn Bau nannte, weil er unter der Erde lag, genau wie ein Kaninchenbau.

Kevin war schon da. Zumindest ging Charles davon aus, denn das blaue Rad seines Klassenkameraden lag im nassen Gras neben den Büschen, die den Eingang fast vollständig verdeckten. Kevin war ebenfalls vierzehn Jahre alt, aber mindestens zehn Zentimeter größer und zehn Kilo schwerer. Mit seinen harten Fäusten verschaffte er sich Respekt auf dem Schulhof. Charles tat alles, um nicht fertiggemacht zu werden, und deshalb konnte er auch nichts anderes als Ja sagen, als Kevin anrief und ihn fragte, ob er ihm dabei behilflich sein könne, neue Zigaretten zu holen.

Er warf sein Rad neben das von Kevin, schob die Büsche vor dem Eingang des Baus zur Seite und rief in den dunklen Abgrund hinab:

»Hallo?«

Das Echo warf seine Stimme zurück.

Widerwillig nahm er den nassen Rucksack ab, ließ ihn in die Öffnung fallen und kletterte die Eisenleiter hinunter.

Ein muffiger Geruch nach Feuchtigkeit und Dreck schlug ihm entgegen. Es war seltsam still hier unten, nur das Rauschen vom Fluss war zu hören. Und es war verdammt dunkel.

»Kevin?«, rief er.

Wieder das Echo. Aber seine Stimme klang jetzt anders. Er hatte Angst. Angst vor der Dunkelheit.

Nervös zog er sein Handy heraus und ließ den Lichtkegel der Taschenlampe über Wände und Boden des unterirdischen Gangs wandern. Was erwartete er eigentlich hier unten? Vampire? Gespenster?

Er schüttelte über sich selbst den Kopf, griff nach seinem Rucksack und ging los. Erst jetzt sah er die offene Tür am Ende des Gangs.

Ob Kevin dort war? Und wenn ja, warum antwortete er nicht?

Als er zur Türöffnung kam, hielt er das Handy hoch und leuchtete in den Raum hinein. Er war leer. Plötzlich fiel ihm ein, dass sich jemand anders im Bau befinden könnte. Ein Fremder.

Charles wurde eiskalt. Sobald er die Zigaretten gefunden hatte, würde er diesen unheimlichen Ort verlassen.

Er entdeckte eine rostige Pfefferkuchendose auf dem Boden an der Wand, sank auf die Knie und begann darin zu wühlen.

Ein Feuerzeug, eine Schere und …

Da. Ein leises Geräusch hinter ihm.

Er hielt inne. Seine Nackenhaare sträubten sich.

Langsam drehte er sich zur Türöffnung und blickte auf. Er schrie, als er ein Gesicht mit weit aufgerissenen Augen sah.

»Mann, hast du mich erschreckt!«, rief er.

Kevin grinste ihn an und entblößte dabei seine schiefen Zähne.

»Das war doch Sinn der Sache«, sagte er. »Warum sitzt du auf dem Boden herum?«

»Ich suche die Zigaretten.«

»Du hast doch nicht etwa geglaubt, dass sie in der Dose liegen? Da findet sie doch jeder. Ich verstecke sie immer oben auf einem Rohr an der Decke. Komm jetzt.«

Charles atmete erleichtert aus, als sie die Eisenleiter hochkletterten und wieder ins Freie gelangten. Während er sein nasses Fahrrad aufrichtete, beschloss er, dass dies das letzte Mal gewesen war. Er würde nie wieder in den Bau hinuntergehen.

Nur das regelmäßige Surren der Speichen war zu hören, als sie ihre Räder den Abhang hinunterschoben, auf den Strömmen zu. Sie kamen an der Dragsbron vorbei und ins ehemalige Industriegelände.

Bei den Überresten des niedergebrannten Restaurants Kopparhammaren bogen sie zum Wasser hin ab. Direkt am Ufer ließ Kevin sein Fahrrad fallen und zog eine Schachtel Zigaretten aus der Tasche. Er klopfte zwei Kippen heraus und reichte Charles eine davon.

»Hier«, sagte er. »Und danke für die Hilfe.«

»Ich habe doch gar nichts gemacht«, entgegnete Charles und führte mit zitternden Fingern die Zigarette zum Mund. Er mochte nicht zugeben, dass er noch nie geraucht hatte.

»Ich weiß.« Kevin zündete ihm die Zigarette an. »Aber ich rechne damit, dass du mir künftig helfen wirst.«

»Wann denn?«, wollte Charles wissen.

»Wenn du anfängst, für mich zu dealen.«

Charles wusste, dass er eine gewisse Freude über den Auftrag empfinden sollte, aber das tat er nicht. Stattdessen machte er einen viel zu tiefen Lungenzug. Ihm wurde speiübel. Sofort ließ er das Rad los und lehnte sich über die Wasserkante.

Während er hustend und würgend dastand, entdeckte er

etwas Seltsames. Einige Meter von ihm entfernt schwamm ein heller Ball auf der Wasseroberfläche.

Nein, kein Ball, dachte Charles und kniff die Augen zusammen.

»Was hast du denn?«, fragte Kevin hinter ihm.

Aber Charles antwortete nicht, sondern starrte unverwandt auf das Runde im Wasser.

Jetzt war er sich ganz sicher.

Es war kein Ball. Sondern ein Kopf.

Eilig ging Jana Berzelius die Treppen zur Staatsanwaltschaft hinauf, die im siebten Stockwerk eines hellbraunen Bürogebäudes im Zentrum von Norrköping untergebracht war. Die dunklen Haare fielen ihr auf die Schultern, und in der Hand hielt sie eine schwere schwarze Lederaktentasche.

Als sie zum Treppenabsatz des zweiten Stockwerks kam, entdeckte sie einen blonden Mann in enger Hose und grüner Sportjacke, der mit dem Rücken zu ihr stand. Sie hielt abrupt inne.

War das Per?

Der Mann drehte sich um. Janas Schultern sanken herab, als ihr klar wurde, dass es nicht Per war, sondern ein Fahrradkurier, der vor einem Buchhaltungsbüro auf Einlass wartete.

Erleichtert lächelte er sie an.

»Wollen Sie auch hier rein?«, fragte er.

Sie schüttelte den Kopf und hörte, wie der Fahrradbote vor sich hin schimpfte, während er die Treppen wieder hinunterlief.

Langsam ging sie weiter nach oben und dachte dabei an Per. Der ehemalige Staatsanwalt war bislang der einzige

Mann gewesen, mit dem sie sich öfter getroffen und den sie wirklich gemocht hatte. Sie hatten sich auch außerhalb der Arbeit gesehen, miteinander zu Abend gegessen und sich unterhalten. Langsam, aber sicher hatte er sie dazu gebracht, sich zu öffnen und Veränderungen in ihrem etwas eingefahrenen Leben zuzulassen. Sie hatte sogar seinen Lieblingssport ausprobiert, Tennis.

Aber vor acht Monaten hatte er ihr die Freundschaft gekündigt, und da Jana wusste, dass es ihre Schuld war, grübelte sie immer wieder darüber nach, wie es dazu gekommen war.

Damals hatte Per die Staatsanwaltschaft verlassen, zugunsten einer Stelle in einer der besten Rechtsanwaltskanzleien der Stadt. Am Landgericht hatte sie ihn mehrmals aus der Ferne gesehen, und auch ihm war vermutlich nicht entgangen, dass sie da war, aber sie hatten kein Wort gewechselt, ja, sie hatten einander nicht einmal gegrüßt.

Jana hatte ihr gesamtes Berufsleben in der Staatsanwaltschaft verbracht. Es war für sie selbstverständlich gewesen, in die Fußstapfen ihres Vaters zu treten, und er hätte es nie akzeptiert, wenn sie einen anderen Beruf gewählt hätte. Während sie nun die Räumlichkeiten der Staatsanwaltschaft betrat, dachte sie, dass ihr die Arbeit tatsächlich noch immer gefiel, obwohl sie die Entscheidung für ihren beruflichen Werdegang nicht selbst getroffen hatte.

»Jana?«

Sie hob den Blick und sah ein Stück entfernt auf dem Flur ihren Chef stehen, der heute einen dunkelgrauen Anzug trug.

»Ich müsste mal mit dir reden«, sagte Torsten Granath mit ernstem Blick.

»Worüber?«

»Das besprechen wir am besten in meinem Zimmer.«

»Gibst du mir eine Minute, damit ich meinen Mantel aufhängen kann?«, fragte sie.

»Du bekommst zwanzig«, antwortete er.

Kriminalkommissar Henrik Levin hielt die heiße Kaffeetasse mit beiden Händen umfasst und sah aus dem verregneten Küchenfenster seines Hauses in Smedby. Draußen fuhren Autos vorbei, deren Insassen vermutlich unterwegs in die Schule oder zur Arbeit waren. Sie wirkten gestresst, und ihre Gesichter waren so finster wie das Aprilwetter, fand Henrik und wandte sich seinem Sohn Vilgot zu, der im Hochstuhl saß und mit einem Butterbrot kämpfte.

Er hörte, wie Felix und Vilma sich an der Treppe stritten, wer als Erster unten angekommen war. Während er ihnen zurief, dass sie sich bitte wieder vertragen sollten, kippte Vilgot seine Milch auf den Küchenfußboden. Das Gesicht des Kleinen leuchtete auf, und er schob glücklich das halb aufgegessene Brot durch die weiße Pfütze, die sich auf dem Tablett seines Stuhls ausbreitete.

Mit einem Seufzer stellte Henrik die Kaffeetasse ab, riss einige Papiere von der Küchenrolle ab und wischte die Milch auf.

»Könntest du Vilgot heute in die Kita bringen? Dann fahre ich Felix und Vilma zur Schule.«

Emma war in die Küche gekommen, um das übrig gebliebene Abendessen von gestern für die Mittagspause mitzunehmen. Nach über einem Jahr Elternzeit mit Vilgot hatte sie wieder angefangen zu arbeiten. Sie trug eine schwarze Hose und eine Strickjacke, hatte sich geschminkt und die Haare hochgesteckt. Henrik gefiel es, sie wieder in ihrer Rolle als professionelle Schulpsychologin zu sehen.

»Natürlich«, antwortete er.

»Ich weiß noch gar nicht, wie du das Holen und Bringen organisieren willst, wenn ich auf der Konferenz bin«, sagte sie und nahm die Tupperdose mit dem Essen aus dem Kühlschrank.

»Du bist doch nur zwei Nächte weg. Denk jetzt nicht daran. Ich finde schon eine Lösung. Wann fährst du am Mittwoch?«

»Der Zug geht um zwei Uhr nachmittags.«

»Ich kann dich hinbringen.«

Emma lächelte. »Weißt du, wir werden den ganzen Tag stillsitzen, da wäre es ganz schön, zu Fuß zum Bahnhof zu gehen.«

Sie stellte die Tupperdose ab, umfasste Henriks Nacken und drückte ihre Lippen auf seine. »Ich werde dich vermissen.«

Er flüsterte zurück: »Ich werde dich auch vermissen.«

Rasch strich sie mit der Hand über seine Schulter, wo eine Narbe an die Ereignisse auf der Baustelle am Ljurafältet letzten Herbst erinnerte. Man hatte auf ihn geschossen, als er einen entführten Jungen retten wollte, und er mochte gar nicht daran denken, was hätte passieren können, wenn die Kugel ihn stattdessen in die Brust getroffen hätte.

Kurz darauf hatte er mit seiner Familie eine Reise nach Thailand gemacht. Dabei hatte er festgestellt, dass er die Arbeit auch mal aus dem Kopf verbannen konnte. Er hatte die Tage damit verbracht, zu baden, gut zu essen und abends, wenn die Kinder schliefen, mit Emma Liebe zu machen.

Er lächelte, als er daran dachte, wie gut sie es miteinander hatten und wie glücklich sie waren. Da war nur noch der Fall mit dieser Frau, deren Leiche man vor zwei Tagen im Strömmen gefunden hatte, redete er sich ein. Danach würde er aber ganz bestimmt die Arbeitszeit reduzieren und der Familie mehr Platz in seinem Leben einräumen. Mittlerweile war er über vierzig, und er hatte Emma schon viel zu oft versprochen, etwas zu verändern.

Er strich ihr eine Haarsträhne aus der Stirn, ehe er fragte: »Was wünschst du dir zum Geburtstag?«

Sie schüttelte den Kopf. »Ich hatte noch gar keine Zeit, darüber nachzudenken.«

»Aber es sind nicht mal mehr zwei Wochen bis zu deinem Neununddreißigsten. Gib mir wenigstens einen Tipp, was ich kaufen soll.«

»Du musst mir doch nichts kaufen. Ich freue mich noch immer über das Armband, das du mir letztes Jahr geschenkt hast.« Sie zupfte an dem silbernen Armband, das sie am Handgelenk trug. »Es reicht, wenn wir an meinem Geburtstag alle zusammen sind, okay?«

»Okay.« Er nickte.

»Jetzt muss ich mich beeilen. Das Meeting mit den Sozialpädagogen beginnt gleich, und mein Chef mag es sicher nicht, wenn ich zu spät komme«, sagte sie und suchte unter der Spüle nach einer Tüte für ihre Tupperdose.

Henrik ging zu Vilgot, der noch immer im Hochstuhl saß und mit seinem nassen Butterbrot spielte.

»Komm jetzt, mein Kleiner. Du darfst heute bei Papa mitfahren.«

Gerade als er seinen Sohn aus dem Stuhl hob, klingelte das Handy. Der Name des Ermittlungsleiters Gunnar Öhrn erschien auf dem Display, und Henrik klemmte sich das Gerät zwischen Ohr und Schulter.

»Wo steckst du?«, fragte Gunnar.

»Zu Hause.«

»Fahr zum Kopparhammaren, und zwar sofort.«

»Warum denn?«, fragte Henrik, während er Vilgot auf dem Arm balancierte und sich bemühte, das Telefon nicht fallen zu lassen. »Was ist los?«

»Wir haben eine Meldung reinbekommen, dass eine weitere Leiche im Strömmen gefunden wurde.«

Der Blick, mit dem er Emma bedachte, war offenbar so vielsagend, dass sie ihm seufzend Vilgot abnahm.

»Komm, mein Schatz. Du darfst heute mit *Mama* zur Kita fahren.«

2

»Können Sie jetzt weiterreden? Was meinen Sie?«

Statt der Psychologin zu antworten, betrachtete Danilo seine Mitpatienten Nils, Simon und Sophie, die immer noch mit ihm im Gesprächsraum der Klinik saßen. Dieser Therapiekram dauerte ihm viel zu lang. Klar, er hatte kein Problem damit, Zeit mit Annie Rosvall zu verbringen, sie war eine echte Schönheit. Zumindest im Vergleich zu den anderen Frauen hier. Die vollen Lippen, der intensive Blick, das rote Haar und ihre Figur … Er hätte nichts dagegen, die Rundungen unter ihrer Kleidung zu erforschen, den straffen Körper mit den festen Brüsten.

Ihr Lächeln hingegen gefiel ihm gar nicht. Sie lächelte ihn warmherzig und klug an, als sei es ihr ein echtes Anliegen, ihn zu verstehen. Er fragte sich, ob sie das wirklich wollte. Denn hätte sie nur eine Minute in seinem Kopf zugebracht und von allen Morden erfahren, die er begangen hatte – was zum Teufel hätte sie dann gesagt?

»Sie haben früher mal erwähnt, dass Sie als Kind mit allerlei Gewalt konfrontiert waren«, sagte Annie Rosvall. »Wollen Sie uns von Ihrem ersten Erlebnis erzählen?«

»Über Gewalt weiß ich einiges«, antwortete er, »aber ich habe keine Lust, darüber zu reden.«

Sophie gab ein abfälliges Schnauben von sich, doch die Psychologin ignorierte es.

»Warum nicht?«, fragte Annie Rosvall.

»Ich habe wohl einfach nur einen schlechten Tag«, meinte Danilo, »genau wie Simon.«

Der große Mann blickte verwirrt auf und hob die Hand, als wollte er sich in die Armbeuge kneifen, aber hielt dann mitten in der Bewegung inne. Danilo hatte ihn schon oft dabei beobachtet.

»Aber letztes Mal war Simon immerhin stark genug, um uns zu erzählen, wie schlecht sein Vater ihn behandelt hat«, wandte Sophie ein.

Simon kniff sich in die Armbeuge und nickte langsam, als würde er sich zurückerinnern.

»Mein Vater hat … Er hat immer wieder gesagt, dass ich in den Keller gehöre, und er hat … er hat mich geschlagen, weil ich nicht so war wie …«

»Wenn ich dich noch ein einziges Mal sagen höre, dass es deine Schuld war, dann kotze ich. Kapiert? Dann kotze ich, denn es war nicht deine Schuld«, keifte Sophie.

Danilo bekam Kopfschmerzen von dieser Stimme. Wenn Sophie sprach, klang es so, als würde jemand auf einer Schiefertafel herumkratzen. Aber er biss die Zähne zusammen und schwieg. Annie Rosvall warf Sophie nur einen enttäuschten Blick zu.

»Was denn?«, wehrte sich Sophie. »Er glaubt ja sogar, dass es seine Schuld war, dass er gehänselt und geschlagen wurde und dass die Lehrer nichts dagegen unternommen haben, und ich …«

»Und jetzt«, unterbrach Annie Rosvall sie, »beruhigen wir uns wieder. Ich gebe die Frage an Sie weiter, Nils.«

Die Augen des Mannes, der Danilo gegenübersaß, flackerten unruhig.

»Können Sie uns von Ihrem ersten Gewalterlebnis erzählen?«, bat die Psychologin.

»Muss ich?«

»Man tendiert dazu, Verhaltensmuster zu wiederholen, die man einmal gelernt hat. Wenn man als Kind Gewalt ausgesetzt war, kommt es häufig vor, dass man als Erwachsener gewalttätig wird.«

»Aber ich kann mich gar nicht mehr daran erinnern«, erwiderte Nils und lächelte die Psychologin unsicher an.

»Aber ich weiß es noch«, meldete sich Sophie zu Wort. »Ich weiß ganz genau, was damals passiert ist.«

»Gut«, meinte Annie Rosvall und wandte sich an sie. »Wie alt waren Sie da?«

»Ich war etwa zehn Jahre alt, als ich zwei Kaninchen von meinem Vater geschenkt bekam. Er dachte, es wären zwei Männchen, bis das eine trächtig wurde. Das Weibchen brachte sechs Junge auf die Welt, aber offenbar hatte sie irgendwelche Probleme. Eines Morgens hatte sie ihren Jungen jedenfalls die Pfoten abgebissen, und die Kleinen lagen blutend und fiepend da. Mein Vater hat das Weibchen so fest gegen die Wand geschlagen, dass das Genick gebrochen ist, und dann hat er die Jungen in einen Beutel gesteckt und mich gezwungen, sie zu ertränken.«

Sophie verstummte und zupfte an den Ärmeln ihres Pullovers, als wollte sie die vielen Narben verbergen, die Rasierklingen und glühende Zigaretten hinterlassen hatten.

»Und diese Geschichte ist irgendwie in meinem Kopf hängen geblieben«, fügte sie hinzu.

»Denken Sie oft daran?«, wollte Annie Rosvall wissen.

»Ja«, antwortete Sophie, »aber es ist das erste Mal, dass ich …«

»Dass Sie darüber sprechen?«

»In einer Gruppe zumindest.«

»Und wie fühlt es sich an?«

»Ehrlich gesagt fällt es mir ziemlich schwer …«

»Das ist mir klar«, entgegnete Annie Rosvall. »Und mir ist natürlich auch klar, in was für eine Situation ich Sie gebracht habe. Die Idee, auf dieser Station eine Gruppentherapie anzubieten, ist völlig neu und ziemlich kühn. Und ich weiß auch nicht, ob die Zeit, die wir gemeinsam investieren, zu den Ergebnissen führen wird, die mir vorschweben, aber ich will der Sache eine Chance geben. Sie alle tragen etwas mit sich herum, was herausmuss, und ich halte es für wichtig, dass Sie Ihre innersten Gefühle mit anderen teilen.«

»Aber hauptsächlich erzähle nur ich«, beschwerte sich Sophie und zupfte wieder an ihren Pulloverärmeln.

»Das weiß ich, aber ich werde Ihnen allen eine Hausaufgabe mitgeben. Sie sollen morgen von einem Traum erzählen – vom Anfang bis zum Ende. Einverstanden?«

»Ich werde doch sowieso bald entlassen …«, wandte Nils ein.

»Das ist mir klar, aber selbst wenn Sie in den zwölf Jahren Ihres Aufenthaltes große Fortschritte gemacht haben, sollten Sie auch in Zukunft üben, anderen von Ihnen und Ihren Gefühlen zu erzählen.«

»Natürlich, ich verstehe«, sagte er.

»Simon?«

Er nickte zur Antwort.

»Gut, und Sie, Sophie?«

»Für mich ist es okay. Aber Danilo muss auch mitmachen, sonst können wir die Sache ja gleich lassen, oder? Was meint ihr dazu, Nils und Simon?«

Danilo sah, wie sich die Blicke der anderen auf ihn richteten, und begriff, dass er keine andere Wahl hatte. »Ich bin dabei.«

»Mach bitte die Tür hinter dir zu«, sagte Torsten, ohne sich zu ihr umzudrehen.

Jana betrat das Zimmer ihres Chefs, das ganz hinten im Flur der Staatsanwaltschaft lag. Der große Raum wurde von einem enormen Schreibtisch dominiert. An den Wänden hingen auffällig viele Fotos von seiner Frau, den drei Kindern und mehreren Enkeln.

Der grauhaarige Mann stand mit den Händen auf dem Rücken vor den hohen Fenstern, von denen aus man auf die Drottninggatan mit ihren Geschäften blickte. Er hatte nur noch wenige Jahre bis zur Pensionierung und versuchte, bis dahin seine Motivation aufrechtzuerhalten, aber Jana wusste, dass er im Grunde von seiner Arbeit genug hatte und immer mehr Zeit auf dem Golfplatz verbrachte.

»Scheußliches Wetter«, bemerkte er.

»Jetzt sag schon, warum ich hier bin«, erwiderte Jana knapp.

Er drehte sich um und lächelte sie an wie Eltern einen trotzigen Teenager. Vermutlich amüsierte es ihn, dass sie kein Interesse an Smalltalk hatte, sondern gleich zur Sache kam.

»Gut«, sagte er und setzte sich auf seinen Schreibtischstuhl. »Einer deiner Angeklagten hat eine vorzeitige Entlassung beantragt.«

»Das kommt vor.«

»Ja, aber es ist das erste Mal, dass *dieser* Angeklagte es tut.«

Sie runzelte die Stirn.

»Von wem sprechen wir denn?«

»Von Danilo Peña.«

Jana dachte an den Mann, der mehrmals in ihr Leben getreten und wieder daraus verschwunden war. Der alles zerstört hatte. Und in ihr flammte das Verlangen auf, ihn zu töten.

»Das Gericht hat seine Unterbringung in der Forensischen Psychiatrie angeordnet. Eine vorzeitige Entlassung setzt eine besondere diesbezügliche Prüfung voraus«, sagte sie und hoffte, dass man von außen nicht sehen konnte, wie heftig ihr Herz plötzlich pochte.

»Ja, das stimmt.« Torsten beugte sich über den Schreibtisch, und das dunkelgraue Sakko spannte am Rücken. »Wir hatten bisher keine Gelegenheit, darüber zu sprechen, aber findest du es nicht seltsam, dass er nicht zu einer Haftstrafe verurteilt wurde?«

Etwas in seinem Tonfall alarmierte Jana.

»Danilo Peña hat bereits Berufung gegen das Gerichtsurteil eingelegt, doch sie wurde in allen Instanzen abgelehnt«, erwiderte sie möglichst neutral.

»Ja, und er gibt nicht auf. Also muss jetzt das Verwaltungsgericht entscheiden, ob Peña vorzeitig aus dem Maßregelvollzug entlassen wird oder nicht. Als zuständige Staatsanwältin musst du ein Gutachten abgeben, in dem du seinem Antrag entweder stattgibst oder ihn ablehnst.«

»Was gibt es denn da noch zu sagen? Wenn er schon in allen Instanzen …«

»Jana«, unterbrach Torsten sie und lehnte sich zurück. »Du musst dich nicht rechtfertigen.«

Sie senkte den Blick.

»Das ist zwar nicht mein Fall«, fuhr Torsten fort, »aber ich weiß, dass der Prozess gegen Peña ziemlich turbulent verlaufen ist und dass sein Verhalten vor der Gerichtsverhandlung bei dir starke Emotionen ausgelöst hat.«

Jana schüttelte den Kopf.

»Danilo Peña und ich haben nichts miteinander zu schaffen.«

»Das habe ich auch nicht gedacht. Ich meinte nur, dass Per Åström von Peña bedroht wurde.«

Sie sah auf und schluckte.

»Ich habe Per ja gewarnt, aber er hat trotzdem die Forderung nach Objektivität ignoriert und den Prozess weitergeführt.«

»Jetzt rechtfertigst du dich schon wieder.« Torsten lächelte. »Ich weiß ja, dass es für dich schwer gewesen sein muss, aber ich wollte dir nur sagen, dass du richtig gehandelt hast, als du Per wegen Befangenheit angezeigt hast. Es ist nicht deine Schuld, dass er seine Stelle als Staatsanwalt aufgegeben hat. Das war sein eigener Entschluss.«

Jana wusste, dass das nicht der Wahrheit entsprach. Sie trug die Schuld daran, dass Per nicht mehr als Staatsanwalt tätig war. Wäre es nicht um Danilo gegangen, dann wäre das alles nie passiert. Sie wünschte, sie hätte es ihm erklären können, aber das war unmöglich. Dass sie und Danilo dieselbe blutige Vergangenheit teilten, konnte sie niemandem erzählen.

Danilo wusste, dass sie alles tun würde, um ihre gemeinsame Geschichte geheim zu halten. Er wusste auch, wie viel Per ihr bedeutete. Und er hatte dieses Wissen ausgenutzt, als er wegen organisierten Drogenschmuggels, Menschenraubs, versuchten Mordes und schwerer Körperverletzung angeklagt wurde.

Per hatte den Prozess gegen ihn geführt. Danilo war klar gewesen, dass er zu einer langen Haftstrafe verurteilt werden würde. Und er hatte nachdrücklich versucht, Per zur Abgabe des Falles zu bewegen. Aber Per hatte Danilos

Drohungen nicht ernst genommen. Ganz im Gegenteil – er hatte sie als persönliche Kränkung aufgefasst und war erst recht fest entschlossen gewesen, den Prozess gegen Danilo bis zum Ende durchzufechten und dafür zu sorgen, dass er eine harte Strafe bekam.

Aber Per wusste nicht, wozu Danilo in der Lage war.

Wie sollte er auch?

Keiner wusste es.

Keiner außer ihr.

Als Danilo angedroht hatte, Per zu töten, war Jana davon überzeugt gewesen, dass er es ernst meinte. Um Pers Leben zu retten, hatte sie ihn wegen Befangenheit angezeigt und selbst das Verfahren übernommen.

Per konnte ihr Verhalten nicht nachvollziehen, sondern hatte es als bitteren Verrat interpretiert, und es schmerzte sie, dass sie ihm nie die Wahrheit würde sagen können.

Das Ganze würde erst ein Ende haben, wenn sie sich an Danilo gerächt hatte. Er hatte ihr Leben zerstört. Und sie würde nicht zulassen, dass das noch einmal geschah. Nie wieder.

Torsten räusperte sich.

»Ich will darauf hinaus, dass es logischer wäre, wenn Danilo zu einer langen Haftstrafe verurteilt worden wäre«, sagte er.

»Dafür habe ich ja auch plädiert.«

»Du hast für eine kurze Gefängnisstrafe plädiert, Jana. Viel zu kurz, wenn du mich fragst, und wenn ich an das Gerichtsverfahren zurückdenke, dann …«

Er verstummte und bedachte sie mit einem ernsten Blick.

»Es gab nichts, was ich hätte tun können, um den Ausgang des Verfahrens zu beeinflussen«, erklärte Jana.

Das Leder des Bürostuhls knarzte, als Torsten sich wieder zurücklehnte.

»Ich zweifle nicht an dir.«

»Woran dann?«

»Ich frage mich, ob das Urteil rechtens ist.«

Es hatte aufgehört zu regnen, doch es war noch immer ungemütlich. Die kalte Luft drang durch die verschlissene Regenjacke von Mia Bolander, die aufmerksam vor dem niedergebrannten Restaurant Kopparhammaren direkt am Flussufer stand.

Von hier aus konnte die zweiunddreißigjährige Kriminalobermeisterin das graugrüne Wasser des Strömmen sehen und hören, das am Bergsbrowehr hinabstürzte, ehe es durch die Stadt und hinaus in den Bråviken floss.

Auf beiden Seiten des Flusses lagen die für Norrköping so charakteristischen gelbverputzten alten Industriegebäude. Allerdings waren die Baumwollspinnerei und die Papierfabrik hinter den Fassaden längst durch Büros und Restaurants ersetzt worden.

Mia war sich der vielen Schaulustigen sehr wohl bewusst, die mit ihren Handys am Absperrband standen, das sie wohlweislich ein Stück vom Flussufer entfernt gezogen hatten. Die Journalisten riefen nach ihr, aber sie beachtete sie nicht weiter. Stattdessen wandte sie ihren Blick zum Fluss und beobachtete den Kopf, der an der Wasseroberfläche hin und her schaukelte.

Direkt daneben befand sich ein Boot der Wasserwacht, auf dem drei Taucher ihre Ausrüstung systematisch und übertrieben langsam überprüften. Am liebsten hätte Mia ihnen zugerufen, dass sie sich beeilen sollten, denn sie wusste, was das Wasser mit einer Leiche anstellte und wie mit jeder Minute ihre Möglichkeiten schwanden, brauchbare Spuren zu sichern.

Ungeduldig zog sie ihr Handy heraus. Nur zu gern hätte sie die Dating-App Tinder geöffnet, schämte sich dann aber. Wie um alles in der Welt konnte sie in diesem Moment an so etwas denken? Sie konnte doch nicht mit Antony chatten, wenn sie eine Leiche vor sich hatte. Später. Immer wieder machte sie sich das klar, und trotzdem stand sie jetzt mit dem Telefon in der Hand da.

»Bist du dir sicher, dass es sich um Frida Norberg handelt?«

Henrik war fröstelnd neben sie getreten. Er trug wie immer Jeans und eine blaue Daunenjacke. Sein Blick war nachdenklich, und Mia wurde bewusst, dass sie ihn fast nur so kannte: ernsthaft und verbissen, das Ermittlergehirn ständig im Einsatz.

»Sicher kann man ja nie sein, aber ich wäre schon verdammt erstaunt, wenn es nicht Frida Norberg wäre«, antwortete sie und steckte ihr Handy wieder ein.

Henrik nickte langsam. »Wer hat sie gefunden?«

»Ein vierzehnjähriger Schüler namens Charles Olsson«, sagte Mia, ohne das Boot aus den Augen zu lassen. Inzwischen war die Kontrolle der Ausrüstung endlich abgeschlossen.

Einer der Taucher nickte und ließ sich im nächsten Augenblick ins Wasser fallen.

Langsam näherte er sich der toten Frau. Noch ehe er zu ihr gelangt war, drehte sich der Kopf zur Seite, und die Leiche verschwand unter der Wasseroberfläche.

»Wir dürfen sie nicht verlieren«, sagte Henrik und ging rasch am Flussufer entlang.

Mia folgte ihm, suchte mit ihrem Blick nach der Toten, aber sah sie nicht.

»Dort!«, rief sie plötzlich und deutete mit dem Finger in den Fluss.

Der Kopf der Frau war wieder an die Wasseroberfläche gelangt, zusammen mit dem Taucher. Er zeigte den Kollegen im Boot einen hochgestreckten Daumen und hielt die Leiche fest, während sie langsam aus dem Wasser gehoben wurde.

Mia lehnte sich vor und sah ins Boot hinunter, während es anlegte. Die tote Frau lag auf dem Rücken. Ihr Gesicht war bleich, die nassen Haarsträhnen klebten an den Schultern und am Hals, auf dem eine Tätowierung zu sehen war. Der nackte Oberkörper wies lange und tiefe Schürfwunden auf.

Mia schnappte nach Luft, als sie ihren Blick weiter zu den Beinen der Frau wandern ließ.

Sie waren von der Scham bis zu den Fußknöcheln zusammengenäht.

Das kann doch nicht wahr sein, dachte sie und schüttelte den Kopf. Das darf nicht wahr sein.

Denn diesen Anblick kannte sie bereits.

Jana saß in ihrem Büro in der Staatsanwaltschaft und starrte auf den Schreibtisch. Nach dem Gespräch mit ihrem Chef war ihr unbehaglich zumute. Sie hätte gern das Gefühl abgeschüttelt, von ihm infrage gestellt zu werden, aber in ihrem tiefsten Inneren wusste sie, dass Torsten recht hatte.

Die Entscheidung des Gerichts war falsch.

Sie hatte für eine möglichst kurze Haftstrafe plädiert, um sich nach Danilos Entlassung für all das zu rächen, was er ihr angetan hatte. Aber das Verfahren war ganz anders verlaufen, als sie gedacht hatte.

Danilo hatte zwar durchaus Züge eines Psychopathen,

aber er war nicht psychisch krank. Dennoch war er zum Maßregelvollzug mit einer besonderen Entlassungsprüfung verurteilt worden, und sie hätte nichts tun können, um den Ausgang des Verfahrens zu beeinflussen.

Denn es war schon im Voraus entschieden gewesen.

Jana zuckte zusammen, als Oscar Nordvall die Tür aufschob und eintrat. Er sah sie lächelnd an und schien nicht zu wissen, was sie von Leuten hielt, die unangemeldet ihr Büro betraten.

Mit seinen leuchtenden Augen und dem ungebändigten Haar hatte der sechsundzwanzigjährige Staatsanwalt etwas Jungenhaftes. Er war neu in der Behörde, und Jana hatte bislang ihr Bestes getan, um ihm und seinen hartnäckigen Fragen zu den Arbeitsabläufen aus dem Weg zu gehen.

»Was ist denn?«, fragte sie und musterte das weiße Taschentuch, das er artig in die Brusttasche seines Jacketts gesteckt hatte.

»Ich wollte nur was fragen«, sagte er und ließ den Blick neugierig über die Regale gleiten, in denen Aktenordner mit schwarzem Rücken in perfekten Reihen standen.

»Und was?«, entgegnete sie mit kaum verhohlenem Ärger.

Oscars Lächeln verschwand.

»Na ja, ich richte mir ja gerade das Büro nebenan ein. Dabei habe ich in einer Schreibtischschublade ein Notizbuch gefunden. Es steht kein Name drin, aber da Per Åström das Zimmer vor mir hatte, vermute ich, dass es seins ist.«

»Ich verstehe die Frage nicht.« Demonstrativ griff sie nach ihrem Handy, statt ihren Kollegen anzusehen.

Sie hatte es auf lautlos gestellt und entdeckte jetzt, dass Henrik Levin es zweimal bei ihr probiert und ihr dann eine SMS geschickt hatte. Eine weitere Leiche war am Kopparhammaren gefunden worden, und Levin bat sie, zur Besprechung aufs Polizeirevier zu kommen.

Oscar begriff nicht den Wink mit dem Zaunpfahl.

»Weißt du, ob es Per Åström gehört?«, fragte er und hielt ihr ein schwarzes Notizbuch hin.

Jana warf einen raschen Blick darauf, ehe sie sich erhob.

»Woher soll ich das wissen?«

»Ihr wart doch ziemlich eng, oder nicht?«

Sie warf ihm einen strengen Blick zu und griff nach ihrer Aktentasche.

»Dann ruf ihn doch an und frag ihn selbst«, sagte sie und ging an ihm vorbei zur Tür hinaus.

»Hast du denn seine Nummer?«, rief er ihr hinterher.

»Nicht mehr!«

3

Henrik saß im Konferenzraum des Polizeigebäudes und betrachtete die Fotos von der toten Frau, die an der Wand hingen. Am Tisch saßen außer ihm Mia, Jana Berzelius, der Ermittlungsleiter Gunnar Öhrn, die Kriminaltechnikerin Anneli Lindgren und der IT-Forensiker Ola Söderström. Sie schwiegen alle, als müssten sie die Brutalität, mit der sie soeben konfrontiert worden waren, eine Weile auf sich wirken lassen, ehe sie darüber sprechen konnten.

»Bei der Frau auf dem Foto handelt es sich um die vermisste Frida Norberg«, sagte Gunnar schließlich und schob die Ärmel seines weinroten Pullovers hoch. »Sie wurde vor zwei Tagen als vermisst gemeldet, und wie ihr auf Annelis Fotos vom Fundort seht, ist die Vorgehensweise dieselbe wie beim Mord an Sonja Eriksson. Mit zwei Opfern ist der Fall nun weitaus größer und komplexer …«

Gunnar verstummte, und Henrik verstand, warum. Er hatte die Hoffnung gehabt, dass der Mord an Sonja Eriksson rasch gelöst werden würde, obwohl sie keinen brauchbaren Hinweis gehabt hatten.

»Gibt es diesmal irgendwelche Spuren?«, fragte Gunnar und wandte sich an Anneli.

Die Kriminaltechnikerin hatte ihren weißen Rollkragenpullover bis zum Kinn hochgezogen. Ihr Gesicht hatte weiche Züge, aber ihr Blick war hart. Trotz der schwierigen Trennung von Gunnar konnte sie ihn weiter als Chef akzeptieren. Henrik wusste, dass sie Arbeit und Privatleben schon immer streng getrennt hatten. Hier bei der Polizei konzentrierten sie sich auf Tod und Gewalt – für anderes war gar kein Platz.

»Bisher nichts«, sagte sie, »aber wir haben noch Kriminaltechniker vor Ort, und ich fahre gleich nach der Besprechung wieder hin.«

Henrik dachte an Frida Norberg. Sie hatte einen zehnjährigen Sohn und war verheiratet gewesen. Sie hatte als Masseurin in einem Fitnesszentrum gearbeitet und war in ihrer Freizeit gern geschwommen. Am Samstagnachmittag um fünf war sie aufgebrochen, um an ihrem Arbeitsplatz ein paar Buchhaltungsordner zu holen. Danach hatte sie zum Supermarkt im Einkaufszentrum von Ingelsta fahren wollen.

Doch dort war sie nie angekommen.

Ihr Mann Thomas Norberg hatte versucht, sie zu erreichen, und sich nach zwei Stunden auf die Suche gemacht. Als er ihr verlassenes Auto vor dem Fitnesszentrum vorfand, hatte er die Polizei verständigt. Die Befragung ihrer Arbeitskollegen, Freunde und Verwandten hatte nichts ergeben. Die Fahndung verbreitete sich schnell über die sozialen Medien, aber obwohl man Frida Norberg durch den roten Piercingschmuck in der Augenbraue und die am Hals eintätowierte Rose leicht hätte identifizieren können, wusste niemand, was passiert war.

Henrik betrachtete die Fotos von Sonja Eriksson, die ebenfalls an der Wand hingen. Die grauhaarige Frau mit den goldenen Ohrringen war am Donnerstag nach einem Abendkurs im Stadtzentrum verschwunden. Das Auto stand noch auf einem Parkplatz vor dem Gebäude, wo der Kurs stattgefunden hatte, ansonsten gab es keine Spuren von der zweiundsechzigjährigen Rentnerin. Am Samstag war ihre Leiche von einem Hundespaziergänger an der Bergsbron gefunden worden.

Am selben Tag war Frida Norberg als vermisst gemeldet worden.

»Zwei Tote«, fasste Henrik zusammen. »Und zwei Tage zwischen den beiden Leichenfunden. Was wissen wir noch über den zeitlichen Ablauf?«

»Da Björn Ahlmann es noch nicht geschafft hat, Sonja Erikssons Leiche zu obduzieren, können wir dazu bislang kaum etwas sagen«, antwortete Gunnar. »Wir wissen, wann die Opfer verschwunden sind und wann sie aufgefunden wurden, aber nicht, wann oder wie sie gestorben sind. Die beiden Mordfälle haben oberste Priorität. Ich habe Björn Ahlmann schon gebeten, die Obduktionen vorzuziehen. Wir müssen jetzt schnell sein. Daher habe ich auch Verstärkung angefordert. Vier Polizeimeister werden uns als Zusatzkräfte bei der Ermittlungsarbeit unterstützen. Ich werde für die interne Kommunikation verantwortlich sein. Ab sofort möchte ich auch, dass Henrik, Mia und Sie, Frau Berzelius, noch enger zusammenarbeiten, verstanden?«

Jana Berzelius nickte.

»Wir müssen uns als Allererstes die Frage stellen, nach welchen Kriterien der Täter die beiden Opfer ausgewählt hat«, sagte sie. »Was für Gemeinsamkeiten haben sie?«

»Wenn es überhaupt Gemeinsamkeiten gibt«, meinte Mia. »Sonja Eriksson war Rentnerin und lebte mit ihrem Mann in einer Wohnung im Stadtzentrum, während Frida Norberg als Masseurin arbeitete und mit ihrem Mann und ihrem Sohn in einem Einfamilienhaus außerhalb von Norrköping gelebt hat.«

»Das heißt, der Täter hat sie nicht aufgrund ihres Wohnortes, ihres Alters oder ihres Berufs ausgewählt«, schlussfolgerte Henrik.

»Aber beide sind demselben schweren Gewaltverbrechen zum Opfer gefallen«, erwiderte Jana Berzelius. »Haben wir irgendeine Vermutung zum Tatmotiv?«

»Wir sind bisher von der Theorie ausgegangen, dass der Täter aus der unmittelbaren Umgebung von Sonja Eriksson stammt«, sagte Gunnar. »Aber nach dem Mord an Frida Norberg glaube ich, dass es sich um einen ganz anderen Typ von Täter handelt.«

»Oder Tätern«, warf Mia ein.

»Ich kann mir nur schwer vorstellen, dass eine Gruppe von sadistischen Irren die Morde begangen hat«, gab Gunnar zu bedenken. »Ich denke, wir können davon ausgehen, dass es sich um einen Einzeltäter handelt. Aber ich kann mir kein Motiv vorstellen, das ihn antreiben könnte.«

»Oder sie«, ergänzte Mia.

»Könnte es sich bei dem Täter denn wirklich um eine Frau handeln?«, fragte Anneli.

»Das würde mich wundern«, sagte Ola, der bis jetzt geschwiegen hatte. »Die Statistik zeigt ja auch, dass die meisten Gewaltverbrechen von Männern begangen werden.«

Der IT-Forensiker schob seine gelbe Mütze zurecht, die er ständig trug, auch im Haus. Schon immer hatte Henrik den manchmal sturen, aber immer scharfsinnigen Kollegen gemocht, der die Tage vor dem Computer verbrachte und nach virtuellen Spuren fahndete. Und fast immer gelangte er zu einem Ergebnis.

»Vielleicht geht es um Macht, Nervenkitzel oder Rache?«, schlug Henrik vor.

»Aber den Frauen die Beine zusammennähen«, gab Mia

zu bedenken. »Ist das nicht ein ganz schön aufwändiger Racheakt? Wer kommt eigentlich auf so eine gestörte Idee?«

»Keine Ahnung«, sagte er. »Aber ich werde das Gefühl nicht los, dass wir es mit einem Serienmörder zu tun haben.«

»Und das sind fast immer Einzeltäter«, stimmte Gunnar ihm zu.

»Haben sich schon Zeugen gemeldet?«, fragte Jana Berzelius.

»Nein«, antwortete Gunnar.

»Sehr seltsam«, sagte Mia. »Irgendwer muss ihn doch gesehen haben, als er die Frauen umgebracht hat. Da sind ja genug Leute am Strömmen unterwegs.«

»Aber glaubst du wirklich, dass er sie vor Ort getötet hat?«, wandte Henrik ein. »Die Prozedur dürfte ziemlich kompliziert und zeitraubend sein, und der Täter würde sich doch nicht trauen, das unter freiem Himmel zu machen. Ich denke, wir sollten davon ausgehen, dass Tatort und Fundort nicht identisch sind.«

»Aber dann müsste doch wenigstens jemand gesehen haben, wie er die Frauen entführt oder die Leichen ins Wasser geworfen hat«, meinte Mia. »Die können ja nicht von selbst dort gelandet sein.«

»Ich stimme dir zu«, sagte Gunnar. »Aber bisher haben wir nur jede Menge wertloser Hinweise bekommen.«

»Ich habe in der Zwischenzeit eine Liste von Personen angelegt, die in Schweden wegen Mordes verurteilt sind oder unter Mordverdacht stehen, aber noch auf freiem Fuß sind«, sagte Ola. »Das Problem ist, dass ich auf keinen einzigen Fall gestoßen bin, der an diesen erinnert, insofern hat meine Suche nichts gebracht.«

Henrik schwieg. Der Täter könnte jederzeit erneut zuschlagen. Oder hatte es womöglich schon getan.

»Du siehst nachdenklich aus, Henrik«, bemerkte Gunnar.

»Ich denke noch immer über den zeitlichen Ablauf nach«, erklärte Henrik und stützte die Ellbogen auf den Tisch. »Frida Norberg wurde am selben Tag als vermisst gemeldet, an dem man Sonja Eriksson gefunden hat. Das könnte bedeuten, dass er an demselben Tag, an dem er eine Leiche im Fluss deponiert, eine neue Frau entführt.«

»Du meinst also, dass heute eine dritte Frau verschwinden wird oder bereits verschwunden ist?«, fragte Gunnar.

»Wenn der Täter bei seinem bisherigen Rhythmus bleibt, dann schon.«

»Ola, bitte geh sofort das Register der vermissten Personen durch«, bat Gunnar den IT-Forensiker. »Am besten noch vor der Pressekonferenz.«

»Ich kümmere mich darum«, versprach Ola.

»Wann fängt die Pressekonferenz an?«, fragte Jana Berzelius.

Gunnar warf einen Blick zur Wanduhr, auf der es fünf vor zehn war.

»In einer Stunde, und wie immer werde ich so wenig wie möglich sagen. Bis dahin sollten wir die Leute aus Frida Norbergs Bekanntenkreis befragen und herausfinden, ob sie irgendeine Verbindung zu Sonja Eriksson hatte.«

»Wir müssen auch baldmöglichst mit Thomas Norberg sprechen«, sagte Jana Berzelius. »Er muss vom Tod seiner Frau erfahren, bevor es in der Zeitung steht.«

»Allerdings«, stimmte Gunnar zu. »Henrik und Mia, ihr fahrt sofort hin. Und Sie, Frau Berzelius, begleiten bitte die beiden.«

Thomas Norberg hatte kein Wort gesagt, seit sie das neugebaute Einfamilienhaus in Marby, etwa zehn Kilometer außerhalb von Norrköping, betreten hatten. Er hatte nur genickt und ihnen mit einer Handbewegung einen Platz auf dem grünen Sofa angeboten. Dann hatte er sich auf den Sessel sinken lassen und sein Gesicht in den Händen vergraben.

Mia hatte keine Ahnung, was sie zu dem fünfundvierzigjährigen Mann mit dem halblangen Haar sagen sollte. Sie musterte ihn schweigend, während sie leises Getrappel aus dem oberen Stockwerk hörte. Nein, es war besser, Henrik das Gespräch zu überlassen. Oder Jana Berzelius, die reglos und mit übereinandergeschlagenen Beinen neben ihr saß.

Wie oft hatte sich Mia schon gewünscht, dass die Staatsanwaltschaft jemand anders schicken würde als ausgerechnet Jana Berzelius. Sie konnte ihre scharfen Züge, ihr glänzendes Haar und ihre perfekten Lippen nicht ausstehen. Sie hasste auch ihre dunklen Augen und das Gesicht, das nie ihre Emotionen verriet. Mia fand an ihr nur gut, dass sie stets darauf bestand, mit ihrem eigenen Auto zu fahren, wenn sie irgendwo hinmussten.

Henrik ergriff das Wort. »Ich muss mit der Frage beginnen, ob Sie allein zu Hause sind.«

Doch er verlor den Faden, als eine beunruhigte Männerstimme aus der Küche zu hören war.

»Thomas? Wer hat geklingelt?«

Im nächsten Moment stand ein Mann um die siebzig in der Türöffnung. Das kornblumenblaue Küchenhandtuch in seinen Händen hatte dieselbe Farbe wie sein Hemd.

»Wer sind Sie?«, fragte er.

»Wir sind von der Polizei«, erklärte Henrik. »Und Sie sind …?«

»Fridas Vater. Haben Sie sie gefunden? Wo ist sie? Was ist mit ihr passiert?«

Thomas Norberg blickte zu ihm hoch.

»Setz dich bitte«, sagte er.

Im selben Moment, in dem Fridas Vater die ernste Miene seines Schwiegersohns sah, schien er zu begreifen, weshalb die Polizei gekommen war. Er schluckte schwer, zog einen Hocker heran und nahm neben Thomas Norberg Platz.

»Ist sonst noch jemand im Haus?«, wollte Henrik wissen.

Thomas Norberg antwortete nicht, sondern sah Mia mit glasigem Blick an.

»Sie haben sich geirrt«, warf er ihr vor.

»Geirrt?«

»Nachdem ich Frida als vermisst gemeldet hatte, haben Sie gesagt, dass Leute manchmal verschwinden, um eine Weile allein zu sein, und dass sie fast immer zurückkommen. Und dass sie irgendwo sein muss, dass sie lebt. Aber jetzt sind Sie hier, um uns zu informieren, dass sie tot ist, oder?«

Ein Gefühl von Panik ergriff Mia.

»Es tut mir leid«, antwortete sie. »Ich weiß nicht, was ich sagen soll.«

»Sagen Sie, dass es nicht wahr ist, sagen Sie, dass es nicht wahr ist«, flüsterte Frida Norbergs Vater.

Mia hasste es, Angehörige zu benachrichtigen. Das war einer der schwierigsten Aspekte ihrer Arbeit. Deshalb schwieg sie, während Henrik übernahm.

»Es tut mir sehr leid, Ihnen mitteilen zu müssen, dass Frida heute früh tot aufgefunden wurde.«

»Nein, nein, nein …«, murmelte ihr Vater. Dann überwältigten ihn seine Gefühle. »Mein einziges Kind«, weinte er. »Meine Frida …«

Thomas Norberg legte die Arme um ihn, und sie hielten einander fest, als wäre sonst niemand im Raum.

Mehrere Minuten vergingen, bis sich Thomas Norberg von seinem Schwiegervater löste.

»Was ist passiert?«, fragte er. »Und wie ...?«

»Darauf kann ich nicht näher eingehen«, sagte Henrik. »Aber Sie werden die genaueren Umstände zu gegebener Zeit erfahren.«

»Wo ist sie jetzt? Dürfen wir sie sehen?«

»Sie müssen leider warten, bis die Untersuchungen abgeschlossen sind. Erst dann dürfen Sie sie sehen und sich von ihr verabschieden«, erklärte Jana Berzelius.

Fridas Vater begann wieder zu weinen, doch er hörte abrupt auf, als erneut Getrappel aus der oberen Etage zu hören war.

»Sie haben keine Ahnung, ob Frida Feinde gehabt haben könnte, oder?«, fragte Henrik, nachdem sich die beiden Männer ein wenig gefasst hatten.

»Nein«, entgegnete Thomas Norberg und wischte sich die Tränen von den Wangen. »Frida hatte auch keinen anderen, falls Sie das meinen. Wir haben eine gute Ehe geführt. Und ich würde nie ... Ich meine, natürlich haben wir uns mal gestritten, das tun ja alle Paare, aber ich würde ihr nie etwas zuleide tun. Ich habe nichts mit der Sache zu tun.«

»Das haben wir ja auch gar nicht behauptet«, beruhigte Henrik ihn. »War Frida irgendwie anders als sonst, bevor sie verschwunden ist? Vielleicht ist Ihnen irgendetwas aufgefallen?«

»Nein, mir nicht und meinem Schwiegervater auch nicht.«

Henrik blickte zu Fridas Vater, der kein Wort herausbekam. Vielleicht war ihm erst jetzt klar geworden, dass der Tod seiner Tochter sein Leben für alle Zeiten verändern würde.

»Mein Schwiegervater war am Samstag, als Frida nicht nach Hause gekommen ist, zufällig bei uns zu Besuch«, erklärte Thomas Norberg. »Seitdem ist er hier.«

Henrik zog sein Handy hervor.

»Wir würden Sie gern fragen, ob Sie diese Frau hier kennen.«

Er zeigte den Männern das Display, auf dem ein Foto von Sonja Eriksson zu sehen war.

»Irgendwas an ihrem Gesicht kommt mir bekannt vor, aber ich habe keine Ahnung, wo ich sie schon mal gesehen habe«, antwortete Thomas Norberg.

»Das heißt, Sie erkennen sie?«

»Ja«, bestätigte er und studierte das Foto noch eingehender. »Moment mal, ist das nicht die Frau … Ist das die Frau, deren Leiche man im Strömmen gefunden hat? Diese Sonja E., ist sie das? Warum fragen Sie?«

Henrik antwortete nicht.

»Wollen Sie damit sagen«, fuhr Thomas Norberg fort, »dass Frida auch dort gefunden wurde? Dass sie … dass sie …«

Sein Schwiegervater auf dem Hocker neben ihm sackte wieder in sich zusammen.

»Warum?«, sagte Thomas Norberg. »Wer hat denn …«

Er verstummte und schüttelte schockiert den Kopf.

»Wir werden alles tun, um herauszufinden, wer Ihre Frau getötet hat«, versicherte Henrik.

Es wurde wieder still im Zimmer.

»Bevor wir gehen – gibt es noch irgendetwas, was Sie uns erzählen wollen?«, fragte Jana Berzelius.

»Nein«, erwiderte Thomas Norberg. »Wir haben schon alles gesagt.«

»Papa?«, rief plötzlich ein Junge oben an der Treppe.

Thomas Norberg hob eine zitternde Hand an den Mund.

»Mein Gott, wie soll ich … Wie soll ich ihm das nur erklären?«

»Ich mag mir gar nicht vorstellen, wie schlimm das sein muss«, sagte Henrik Levin und sah auf den Boden.

Jana warf ihm einen fragenden Blick zu. Es war elf Uhr vormittags, sie hatten das Haus in Marby verlassen und standen nun vor ihren Autos, die sie neben dem weißen Zaun abgestellt hatten. Auf dem nassen Asphalt hatten sich nach dem heftigen Regen am Morgen große Wasserpfützen gebildet.

»Was meinen Sie?«, hakte sie nach.

»Es muss furchtbar sein, wenn man seinem Kind erzählen muss, dass die Mutter gestorben ist. Ich frage mich, was ich sagen würde, wenn Emma etwas zustieße.«

»Das kann man wohl kaum im Vorfeld wissen«, sagte Jana.

»Mag sein«, erwiderte Henrik Levin und sah zu Mia Bolander, als erwarte er, dass auch sie sich dazu äußerte, aber sie stand einfach nur mit finsterer Miene neben dem blauen Volvo. Vermutlich dachte sie gerade daran, dass sie Thomas Norberg tatsächlich zu viel versprochen hatte, als sie behauptete, seine Frau sei sicherlich freiwillig verschwunden und komme bald wieder zurück.

»Was halten Sie von Thomas Norberg?«, warf Jana in die Runde.

»Sein Schwiegervater hat ja ausgesagt, dass er seit Fridas Verschwinden die ganze Zeit mit ihm zusammen war, also hat er ein Alibi. Und ohnehin stellt sich alles ganz anders dar, seit wir es mit zwei Morden zu tun haben.«

»Aber wen jagen wir denn? Einen perversen Sexualstraftäter?«, fragte Mia Bolander.

»Das wissen wir erst nach den Obduktionen«, entgegnete Jana.

»Wenn die Morde nichts mit Sex zu tun haben, warum sollte der Täter die Opfer dann ausziehen und ihre Beine und Genitalien zusammennähen?«, gab Mia Bolander zu bedenken.

»Vielleicht, um die Frauen zu erniedrigen?«, schlug Jana vor. »Es scheint ihm wichtig zu sein, dass die Leichen entdeckt werden. Sonst hätte er sie nicht einfach in den Fluss geworfen, sondern mit Gewichten beschwert.«

»Warum hat er sie überhaupt im Strömmen deponiert?«, überlegte Mia Bolander laut.

»Das ist eine Frage, die wir uns schon längst hätten stellen müssen«, sagte Henrik Levin. »Es könnte sein, dass der Täter irgendeine Verbindung zum Fluss hat oder eine Botschaft verbreiten will.«

»Was denn für eine Botschaft?« Mia Bolander rümpfte die Nase.

»Keine Ahnung«, gab Henrik Levin zurück. »Aber es muss einen Grund geben, warum er die Leichen in den Fluss geworfen hat.«

»Oder er wollte einfach nur alle Spuren verwischen«, meinte Jana.

»Vielleicht.« Henrik Levin seufzte.

»Warum seufzt du so?«, fragte Mia Bolander.

»Weil wir keine konkreten Anhaltspunkte haben. Vor Abschluss der Obduktionen wissen wir nicht einmal, wann und wie Sonja Eriksson und Frida Norberg gestorben sind.«

»Dann finden wir es eben heraus.«

Mia Bolander öffnete die Autotür.

»Du meinst, wir sollten zur Rechtsmedizin fahren?«, fragte Henrik Levin.

»Genau das«, bestätigte sie. »Komm jetzt.«

»Frau Berzelius, was sagen Sie?«, wollte Henrik Levin wissen.

»Ihre Kollegin hat recht«, antwortete sie. »Wir sehen uns dort.«

4

Danilo saß auf seinem Bett und stellte fest, dass er eine weitere Gruppentherapiesitzung überlebt hatte. Auf die Fragen hatte er nur ausweichend geantwortet und ansonsten Ruhe bewahrt. Er hatte noch nie eine Therapie gemacht. Überhaupt hatte er noch nie etwas von sich preisgegeben und legte auch keinen gesteigerten Wert darauf, doch jetzt war das der einzige Weg, um überhaupt jemals hier rauskommen zu können. Ob er vorzeitig entlassen werden würde, hing von der Einschätzung der Psychologin und insbesondere der Chefärztin ab. Und während der Therapie ging es ja nur um Worte, und das bedeutete gar nichts, versuchte er sich einzureden.

Danilo stand auf und ging ans Fenster. Die schweren dunkelgrauen Wolken lagen wie eine Decke über der kleinen Pilgerstadt Vadstena.

Eigentlich war es absurd, dass man ausgerechnet zwischen Kopfsteinpflaster, malerischen Häuschen und historischen Bauten eine hochmoderne Klinik für Forensische Psychiatrie errichtet hatte, um mit den gefährlichsten, schwierigsten und am schwersten erkrankten Patienten des Landes zurechtzukommen.

Die Klinik war nicht von einer hohen Mauer umgeben, denn die gesamte Sicherheit und Technik befanden sich in der Anlage selbst. In jedem Raum waren ein Bett, ein Schrank und ein Schreibtisch fest anmontiert. Der Fernseher war in einem Schrank installiert, und Waschbecken, Dusche und Toilettenschüssel waren mit Bewegungssensoren versehen, damit die Insassen sie nicht abbauen und sich damit selbst verletzen konnten.

Das war natürlich eine gute Sache, wenn man selbstverletzendes Verhalten zeigte, dachte Danilo. Aber das galt nicht für ihn. Er litt auch nicht an einer psychischen Krankheit und nahm keinerlei Medikamente.

Dennoch war er hier. Und er wusste ganz genau, wessen Schuld das war. Er biss die Zähne zusammen, als er daran dachte, wie viele Tage er hier schon am Fenster gestanden und hinausgestarrt hatte, nur weil er als zu gefährlich und zu gewalttätig für die Welt da draußen galt.

Danilo betrachtete seine Arme mit den hervorstehenden Adern. Die Gewalt war ein Teil von ihm. Und zwar nicht die schwere, sondern die extreme Gewalt. Wer ihm in die Quere kam, war für ihn kein Individuum mehr, sondern lediglich eine Zielscheibe.

Er hatte keine Angst – vor nichts und niemandem. Also sollte es für ihn kein Problem darstellen, eingesperrt zu sein. Aber er hatte das Gefühl, hier drin zu ersticken. Acht verdammt langweilige Monate und ein ständiger Kampf, um die eintönigen Abläufe auszuhalten, die geschlossenen Türen, die idiotischen Regeln und die bizarre Stille.

Und natürlich die anderen Menschen hier in der Einrichtung, die nicht ganz richtig im Kopf waren, die Stimmen gehört hatten, die sich halbtot gehungert oder ätzende Flüssigkeiten getrunken hatten, die andere misshandelt oder ermordet hatten, nur um ihre eigene Anspannung, ihre Panik, ihr Unbehagen zu lindern oder was auch immer dahinterstecken mochte.

Aber ihre Panik verschwand nicht, nur weil man sie hier

eingesperrt hatte. Manchmal hörte er sie nachts schreien, und er lag schlaflos da und musste sich ihr Rufen anhören und die Hände, die an den Wänden kratzten und dagegenschlugen. Irgendwann kamen die Pfleger, hielten sie fest und beruhigten sie, bis die Zwangsmedikation wirkte. Der einzige Vorteil war, dass die kaputten Seelen dann nichts anderes mehr tun konnten, als an die Wand zu starren und von ihren Zimmern zum Esstisch im Aufenthaltsraum zu schlurfen und wieder zurück. Keiner stellte ihm Fragen, keiner kümmerte sich um etwas anderes als sich selbst.

Auch er kümmerte sich um niemand anderen.

Immer allein.

Zwei Wörter, die sein gesamtes Erwachsenenleben geprägt hatten.

Er würde auch nach seiner Entlassung allein sein.

Wenn er überhaupt jemals entlassen würde.

Denn er konnte noch so viele Kampftechniken erlernt haben und sich noch so viele Pläne ausdenken – letztlich kam er nicht von hier weg. Es gab niemanden da draußen, der ihm helfen konnte. Und niemand konnte ihm sagen, wie lange er hierbleiben musste.

Danilo fuhr sich durchs Haar und dachte erneut, dass alles Janas Schuld war. Sobald er die Gelegenheit hatte, würde er sie sich vorknöpfen. Und während er seine Stirn an die Fensterscheibe lehnte, musste er sich eingestehen, dass er sich schon lange nicht mehr so sehr nach etwas gesehnt hatte.

Die Rechtsmedizin lag im früheren Garnisonsgebiet der Nachbarstadt Linköping. Die gelben Kasernengebäude waren umgebaut und zu einem Rechtszentrum umfunktioniert worden, wo unter anderem Polizei, Gericht und Staatsanwaltschaft untergebracht waren.

Es war Mittagszeit, aber Henrik musste nur einen raschen Blick auf die beiden Leichen werfen, die auf stählernen Seziertischen im Sektionssaal lagen, um das Hungergefühl schlagartig zu verscheuchen. Die Augen der Frauen blickten ins Leere, wirkten aber dennoch tieftraurig.

Er betrachtete die Schürfwunden, die Stiche, die aufgeschlitzte Haut und das Fleisch, das darunter zu sehen war. Die Vorgehensweise konnte darauf hindeuten, dass der Täter einen entsprechenden beruflichen Hintergrund hatte, also Chirurg oder Schlachter war. In jedem Fall war die Sache ziemlich durchdacht. Henrik drehte sich um, als der Rechtsmediziner Björn Ahlmann in den Sektionssaal kam und die Tür hinter sich schloss.

»Es wundert mich, Sie hier zu sehen«, sagte Ahlmann und stellte sich zu Jana Berzelius und Mia.

»Wir wollten nur sichergehen, dass wir nichts verpassen«, erklärte Henrik.

»Das tun Sie nicht, wenn Sie den Obduktionsbericht lesen, sobald ich fertig bin«, entgegnete Ahlmann mit kaum verhohlenem Ärger.

»Wir wissen, dass Sie Ihre Obduktionen weitaus sorgfältiger durchführen als nötig«, sagte Henrik ruhig. »Aber es kommt nicht oft vor, dass wir in so kurzer Zeit zwei Mordopfer haben. Deshalb möchten wir Sie nur bitten, uns kurz zu erzählen, was Sie bisher herausgefunden haben.«

»Natürlich«, murmelte Ahlmann, nahm seine Brille ab und putzte sie mit seinem weißen Kittel. »Die primäre Todesursache ist Sauerstoffmangel nach dem Einatmen von Wasser.«

»Wir können also festhalten, dass sowohl Sonja Eriksson als auch Frida Norberg ertrunken sind«, fasste Jana Berzelius zusammen.

»Ja, die Todesursache ist in beiden Fällen dieselbe«, bestätigte er und setzte die Brille wieder auf.

»Aber wie und wo sind sie ertränkt worden?«, wollte Henrik wissen.

»Bei Todesfällen durch Ertrinken machen wir eine Kieselalgenanalyse. Indem man die Kieselalgenarten, die in den Leichen nachgewiesen wurden, mit denen im entsprechenden Gewässer vergleicht, kann der Ort des Ertrinkens mit hoher Wahrscheinlichkeit festgestellt werden.«

»Können Sie zum jetzigen Zeitpunkt denn schon etwas über den Ort sagen?«, erkundigte sich Henrik.

»Es tut mir leid, Sie enttäuschen zu müssen, aber ich habe gerade erst die Obduktionen durchgeführt. Es wird also eine Weile dauern, bis ich alle Laborergebnisse habe«, erwiderte Ahlmann.

»Gut. Befand sich irgendein Gegenstand im Mund oder Rachen der beiden Opfer?«

»Nein. Und sie haben auch keine Abdrücke über dem Schlüsselbein oder am Hals, die darauf hindeuten könnten, dass der Täter sie gewürgt oder unter Wasser gedrückt hätte.«

»Irgendwelche Abwehrspuren?«, fragte Jana Berzelius.

»Nein, nichts.«

»Aber wenn es keine Abwehrspuren oder Hinweise darauf gibt, dass sie mit Gewalt unter Wasser gedrückt worden sind«, mischte sich Mia ein, »wie können sie dann ertrunken sein?«

»Keine Ahnung«, gab Björn Ahlmann zu. »Aber beide Frauen weisen eine deutliche Schwellung an Mund und Nase auf, was darauf hindeutet, dass sie dort einem starken Druck ausgesetzt wurden.«

»Hat er versucht, sie zu ersticken?«, mutmaßte Mia.

»Vermutlich hat er sie betäubt, indem er einen Lappen fest auf Mund und Nase gedrückt hat.«

»Das könnte auch erklären, warum sie sich nicht gewehrt haben, als sie ins Wasser geworfen wurden«, sagte Jana Berzelius.

»Aber was ist mit diesen Schürfwunden?« Mia beugte sich über die Leiche von Frida Norberg. »Könnten das Verletzungen sein, die entstanden sind, als die Leichen vom Flusswasser mitgerissen wurden?«

»Vermutlich ja«, antwortete Ahlmann. »Ich habe auch Proben von den Wunden genommen, aber …«

»… aber wir müssen uns gedulden, bis die Laborergebnisse da sind«, ergänzte Mia.

»Innere Verletzungen?« Henrik ließ den Blick über die beiden Leichen wandern.

»Keine Organschädigungen«, gab Ahlmann zurück. »Und keine Spermaspuren. Die beiden waren mit Sicherheit tot, als der Täter ihnen die Beine zusammengenäht hat.«

Wie kam jemand nur darauf, zwei Frauen zu entführen und dann zu ertränken?, überlegte Henrik. Wie verrückt musste man sein, um den Opfern die Beine und Genitalien zusammenzunähen?

Er wandte sich wieder an den Rechtsmediziner.

»Können Sie schon sagen, wie lange die beiden Leichen im Wasser lagen, bevor sie gefunden wurden?«

»Nicht aus dem Stegreif. Aber was den Todeszeitpunkt betrifft, so ist Sonja Eriksson ungefähr sechs Stunden vor ihrem Auffinden gestorben. Frida Norberg war zwei Stunden tot, als man sie fand.«

»Das heißt, der Täter hat sie nicht sofort getötet«, stellte Jana Berzelius fest. »Er hat sie vorher irgendwo gefangen gehalten.«

»Aber warum?«, wollte Mia wissen.

»Um das Leiden in die Länge zu ziehen«, schlug Jana Berzelius vor. »Oder um seine Macht zu demonstrieren.«

»Die große Frage ist, wo er sie gefangen gehalten hat, bevor er sie in den Strömmen geworfen hat«, meinte Henrik und strich sich übers Kinn.

»Wissen Sie schon, mit welchem Mittel die Frauen betäubt wurden?« Jana Berzelius blickte Ahlmann fragend an.

»Nein«, sagte er. »Bedauerlicherweise nicht.«

»DNA-Spuren?«, wollte Mia wissen.

»Vom Täter? Leider nein.«

»Irgendwelche anderen Spuren oder ein besonderes Kennzeichen?«, fragte Mia weiter.

»Dass er die Beine seiner Opfer zusammennäht, ist sein Markenzeichen«, erklärte Jana Berzelius.

»Das ist mir schon klar. Ich bin doch nicht blöd!«, rief Mia.

Björn Ahlmann räusperte sich.

»Wie Sie vielleicht wissen, trug keine der Frauen Schmuck. Das ist ziemlich ungewöhnlich.«

»Sonja Erikssons Mann hat erzählt, dass sie am Tag ihres Verschwindens herzförmige Goldohrringe angelegt hatte«, sagte Henrik.

»Es kann natürlich mehrere Gründe haben, warum sie sie nicht mehr trug, als sie aus dem Strömmen gezogen wurde«, sagte der Rechtsmediziner und putzte erneut seine Brille am Arztkittel. »Sie könnte sie schon früher abgenommen haben, wobei ich allerdings …«

»Sie glauben also nicht, dass sie den Schmuck selbst entfernt hat?«, fiel ihm Henrik ins Wort.

»Sie wissen vermutlich, dass heutzutage viele Menschen Piercings tragen?« Ahlmann schob sich die Brille auf den Kopf.

»Natürlich«, antwortete Mia. »Thomas Norberg hat ausgesagt, dass seine Frau ein rotes Piercing und einen Ring trug, als sie verschwand.«

»Schauen Sie mal hier.« Ahlmann zeigte auf das Gesicht von Frida Norberg. An der Augenbraue war ein kleines Loch. »Wie Sie sehen, ist das Piercing weg.« Dann deutete er auf den Ringfinger der Leiche, der eindeutige Spuren aufwies. »Und sie hat ganz offensichtlich einen Ring getragen.«

»Das könnte heißen, dass der Täter den Opfern ihren Schmuck abnimmt«, folgerte Jana Berzelius.

»So etwas kommt bei Serienmördern häufiger vor.« Henrik nickte langsam. »Sie heben Erinnerungsstücke auf.«

»Okay, aber das bringt uns jetzt nicht weiter«, sagte Mia. »Also, er nimmt den Frauen den Schmuck ab, hält sie gefangen, und dann?«

»Das bringt uns schon ziemlich weit«, bemerkte Jana Berzelius. »Wir können davon ausgehen, dass der Mörder ein bestimmtes Muster verfolgt und dass seine Vorgehensweise immer dieselbe ist. Er betäubt seine Opfer und hält sie eine Weile gefangen, ehe er sie ertränkt. Dann näht er ihre Beine und Genitalien zusammen und wirft ihre Leichen in den Strömmen.«

»Aber wenn wir es mit einem Täter zu tun haben, der einem ganz bestimmten Muster folgt, verstehe ich eine Sache nicht«, erwiderte Henrik. »Warum hat er die Leichen an zwei verschiedenen Stellen deponiert?«

»Das ist doch gar nicht gesagt«, gab Jana Berzelius zurück. »Wir haben noch keinerlei Spuren in dem Gebiet gefunden, wo Sonja Erikssons Leiche gefunden wurde. Vielleicht wurden die beiden Toten an derselben Stelle ins Wasser geworfen. Durch die starke Strömung könnten sie ein ganzes Stück flussabwärts getrieben worden sein, ehe man sie gefunden hat, und vielleicht wurde die Leiche von Sonja Eriksson weiter getrieben als die von Frida Norberg.«

»Anneli ist noch mit der Spurensicherung am Kopparhammaren beschäftigt«, sagte Henrik.

»Das reicht nicht«, erwiderte Jana Berzelius.

»Wie jetzt? Wieso reicht das nicht?«, begehrte Mia auf.

Die Staatsanwältin atmete tief durch. »Ich habe doch schon gesagt, dass die Strömung ziemlich stark ist, und außerdem gibt es in der Nähe mehrere Fluttore.«

»Was meinen Sie damit?«, fragte Mia.

»Dass der Täter die Leichen irgendwo vor dem Kopparhammaren in den Fluss geworfen haben kann«, erklärte die Staatsanwältin. »Die Opfer können durch die geöffneten Fluttore gerutscht sein, was auch die Schürfwunden erklären würde. Deshalb möchte ich, dass wir alle unsere Polizeihunde einsetzen. Wir müssen die Stelle finden, wo die beiden Frauen in den Strömmen geworfen wurden.«

»Das ist doch ein verdammt großes Gebiet?«, rief Mia.

»Richtig, und wir müssen es akribisch untersuchen.«

Mia steckte sich das letzte Bonbon in den Mund. Den ganzen Rückweg nach Norrköping hatte sie schweigend neben Henrik gesessen. Genervt hatte sie den Promis im Autoradio zugehört, die irgendwelchen Quatsch von sich gaben. Sie hatte ihr lautes Gelächter gehasst und sich mehrmals vorgenommen, auf einen anderen Sender umzuschalten, aber sie hatte es nicht fertiggebracht. Stattdessen hatte sie mit der Bonbontüte dagesessen, die sie im Handschuhfach gefunden hatte, und Kräfte gesammelt, um das zu tun, was Jana Berzelius, die blöde Kuh, verlangte: am Ufer des Strömmen entlangzugehen, auf der Suche nach Spuren vom Täter oder von den Opfern. Die Hundestaffeln warteten schon am Kopparhammaren, und sie selbst würden in wenigen Minuten ebenfalls dort sein.

Nachdem sie von der Autobahn abgebogen waren, kamen sie an den prächtigen Villen in Kneippen vorbei. Ein versnobteres Stadtviertel konnte Mia sich kaum vorstellen. Vor nicht allzu langer Zeit hatte sie eine Affäre mit einem Mann gehabt, der dort wohnte, und es war ganz interessant gewesen, einen Einblick in die Welt der Reichen zu bekommen. Zumindest am Anfang.

»Schade, dass es mit dir und Gustaf nicht geklappt hat«, sagte Henrik, als hätte er ihre Gedanken gelesen.

»Nicht so schlimm«, entgegnete Mia, die keine Lust hatte, genauer darauf einzugehen.

Sie hatte nämlich schon bald die Nase voll gehabt von Gustaf und seiner blöden, verwöhnten Teenietochter. Nachdem sie Schluss gemacht hatte, waren noch etliche Nachrichten von ihm gekommen, die er im Suff geschrieben und in denen er sie angebettelt hatte, zu ihm nach Hause zu kommen. Sie hatte sie sofort gelöscht.

»Und wie ist das Singleleben so?«, fragte Henrik.

»Warum? Langweilst du dich mit Emma, oder wie?«

Henrik lachte auf, und das gefiel Mia. Das Lachen verwandelte ihn, machte ihn jünger.

»Nein«, antwortete er. »Wir haben keine Langeweile. Ganz im Gegenteil.«

»Das heißt, du hättest gar keine Lust, dich nach einer anderen umzuschauen?«

»Sich nach einer anderen umzuschauen?«, wiederholte Henrik. »Das klingt anstrengend.«

»Und wenn Emma nicht mehr da wäre?«

»Ich will keine andere Frau, sie ist meine Seelenverwandte, und ich liebe sie.«

»Und ich liebe das Singleleben«, behauptete Mia.

Dabei gab es nichts, was sie sich mehr gewünscht hätte, als mit einem Seelenverwandten an einem Tisch zu sitzen, zusammen mit seinen Eltern oder Geschwistern oder dem Teufel und seiner Großmutter und zuzuhören, während sie sich über das Wetter beklagten und Fleischbällchen und Preiselbeeren herumreichten. Aber das würde sie ganz bestimmt nicht laut sagen.

»Hast du eine Idee, was ich Emma zum Geburtstag schenken könnte?«, fragte Henrik, als sie am Friedhof vorbeikamen. »In zwei Wochen ist es so weit.«

»Was wünscht sie sich denn?«

»Sie wünscht sich gar nichts, aber …«

»Das sagt man doch nur so.«

»Ich weiß«, stöhnte Henrik. »Letztes Jahr habe ich ihr ein Armband mit den Initialen unserer Kinder geschenkt.«

»Voll familienmäßig vereint.«

Henrik warf ihr einen müden Blick zu.

»Das sind die Initialen deiner Kinder«, erklärte Mia. »Vilma – Felix – Vilgot. V–F–V. Voll familienmäßig vereint.«

»Na ja, an so was hatte ich nicht gedacht«, sagte Henrik.

»Was mag sie denn sonst so?«

»Weiße Tulpen und dunkle Schokolade, aber ich würde ihr gern etwas Persönlicheres schenken.«

»Ein besonderes Erlebnis vielleicht?«

»Genau.«

»Da hätte ich einen guten Vorschlag. Zieh dir einen Ledertanga an und serviere ihr Frühstück am Bett.«

Henrik musste wieder lachen.

»Ich weiß nicht, ob ich das als guten Vorschlag bezeichnen würde, aber …«

»Wie jetzt?«, entgegnete Mia grinsend. »Für sie wird das bestimmt ein verdammt gutes Erlebnis.«

Henrik sah sie an. »Du bist herzlich zur Geburtstagsfeier eingeladen, wenn du magst.«

»Wenn ich dich im Ledertanga zu sehen kriege, komme ich auf jeden Fall«, antwortete sie.

»Und du darfst auch gern jemanden mitbringen.«

»Ich komme allein.«

»Du hast also wirklich nichts am Laufen?«, hakte Henrik nach.

»Nein.« Mia wollte auch auf diesen Punkt nicht näher eingehen.

Sie hatte tatsächlich keine Dates mit irgendwelchen Männern, zumindest nicht im realen Leben. Und sie hatte keine Lust, Henrik zu erzählen, dass sie seit einiger Zeit im Internet aktiv war. Nachdem sie vor einigen Wochen in einer Boulevardzeitung gelesen hatte, dass Internetdating noch immer der gängigste Weg sei, um die große Liebe zu finden, hatte sie beschlossen, Tinder eine Chance zu geben.

Die Jagd hatte begonnen, sobald sie ihr Profilbild hochgeladen hatte. Sie hatte sich für ein Foto entschieden, auf dem ihre Brüste aus der Vogelperspektive zu sehen waren, weil die bisherigen Männer ziemlich auf ihre Oberweite abgefahren waren. Schon im nächsten Moment hatte sie drei Partnervorschläge aus Norrköping. Den ersten hatte sie abserviert, sobald ihr klar war, dass er nur Interesse daran hatte, seine nicht vorhandenen Muskeln zu präsentieren. Dasselbe galt für den zweiten, den sie einmal wegen Trunkenheit am Steuer festgenommen hatte. Mit dem dritten war sie ebenso verfahren, nachdem er sich erkundigt hatte, ob sie ihm nicht den Hintern rasieren wolle.

Weil sie genug von solchen Idioten hatte, beschloss sie,

das Profilbild zu wechseln. Sie hatte sich für eines entschieden, auf dem sie im Gegenlicht stand, sodass man Gesicht und Figur nur erahnen konnte.

Und da war Antony aufgetaucht.

Sie wusste nicht genau, was eigentlich ihre Neugier geweckt hatte, als sie vor einer Woche sein Profilbild entdeckt hatte. Es zeigte ihn von hinten, wie er an einem Traumstrand stand und aufs Meer hinausblickte. Ein solches Foto konnte bedeuten, dass er nicht sein wahres Ich zeigen wollte, dass er hässlich war oder dass er das Ganze nicht sonderlich ernst nahm.

Aber Mia hatte sich trotzdem für ihn entschieden. Vielleicht weil sein Rücken so verdammt sexy aussah.

Also hatte sie nach rechts gewischt, um Antony ihr Interesse zu demonstrieren, und sie war überglücklich gewesen, als ihr Handy gepiepst hatte, um ihr zu signalisieren, dass das Interesse auf Gegenseitigkeit beruhte.

Ob er wohl ihre nächste große Liebe war?

Sie hatte sich fest vorgenommen, nicht zu viel zu erwarten und sich auf gar keinen Fall in eine Affäre mit einem Mann zu stürzen, der nur auf einen One-Night-Stand aus war. Und sie musste sich jetzt auf ihre Arbeit konzentrieren.

Denn womöglich hatte der Mörder schon sein nächstes Opfer im Visier …

5

Jana war Henrik Levin und Mia Bolander in die Stadt gefolgt. Sie hatte noch immer das Bild der beiden toten Frauen auf der Netzhaut. Der Rechtsmediziner glaubte, dass sie betäubt worden waren, und Schlafmittel kaufte man sich ja nicht ohne Grund. Wer hatte Zugriff auf solche Medikamente? Ein Mediziner, ein Tierarzt? Oder jeder x-Beliebige? Heutzutage konnte man sich ja alles im Internet besorgen. Sogar chirurgische Ausrüstung wie Nadel und Faden.

Die Ampel sprang auf Rot. Jana fuhr langsamer und hielt dicht hinter dem Auto der beiden Polizisten. Sie dachte an die Opfer. Warum waren ihre Beine und Geschlechtsorgane zusammengenäht worden? Was hatte das zu bedeuten?

Levin hatte gemutmaßt, dass es etwas mit Rache zu tun hatte. Wenn jemand dieses Gefühl nachvollziehen konnte, dann sie. Irgendetwas musste passiert sein, was den Täter dazu gebracht hatte, diese Frauen zu töten. Niemand wurde als Mörder geboren, dachte sie, aber es brauchte nicht viel, um einer zu werden. Es reichte ein Grund, der groß genug war, um alle anderen Gefühle und Gedanken außer Kraft zu setzen, bis nur noch die Rache übrig blieb.

Jana hatte schon ihren Grund, der sie antrieb, als starke und unsichtbare Kraft. Sie würde sich an Danilo für das rächen, was er Per angetan hatte, für das, was er ihr angetan hatte, und um wieder zur Ruhe zu kommen.

Sie konnte nichts dagegen tun, dass er in der Forensischen Psychiatrie saß, das Urteil war wie gesagt abgekartet, aber in ihr war ein Hoffnungsschimmer erwacht, als sie erfahren hatte, dass Danilo einen Antrag auf vorzeitige Entlassung gestellt hatte. Auch wenn die Wahrscheinlichkeit, dass diesem stattgegeben wurde, nur maximal ein Promille betrug, war sie davon überzeugt, dass er irgendwann freigelassen werden würde. Ihre Sehnsucht, ihm den Kopf abzureißen, würde niemals enden. Als die Ampel auf Grün sprang, verzichtete sie darauf, den anderen zum Kopparhammaren zu folgen, und bog stattdessen in Richtung Lindö ab.

»Ich dachte, sie hätte ›wir‹ gesagt.«

Henrik sah seine Kollegin verständnislos an, die gerade den Sicherheitsgurt löste.

»Ich dachte, Frau Berzelius hätte gesagt, ›wir‹ sollten das Gelände am Strömmen durchsuchen«, erklärte sie.

»Das stimmt auch.«

»Warum ist sie dann nicht hier?«

»Sie hat wohl was anderes zu tun«, meinte er, stieg aus dem Wagen und stellte enttäuscht fest, dass es wieder regnete.

Sie standen vor dem früheren Restaurant Kopparhammaren. Obwohl vier Polizeiautos auf dem nassen Asphalt parkten, machte der Platz einen seltsam verlassenen Eindruck. Vermutlich weil sich heute früh die Menschen hier gedrängt hatten, um einen Blick auf die Leiche von Frida Norberg zu erhaschen, die aus dem Wasser gezogen wurde. Seit wann war Gewalt zur Publikumsattraktion geworden?, fragte er sich und zog den Reißverschluss seiner blauen Daunenjacke bis zum Hals hoch.

»Scheiße, ist das kalt«, sagte Mia und schlang die Arme

um den Oberkörper. »Und ich habe nur meine dünne Regenjacke dabei.«

»In meinem Auto liegt eine zusätzliche Daunenjacke.«

»Warum das?«, fragte sie, während er den Kofferraum öffnete.

»Falls man sie mal braucht«, antwortete er, zog eine schwarze Daunenjacke hervor und schloss die Kofferraumklappe wieder.

»Du meinst, falls eine neue Eiszeit kommt?«, bemerkte sie und nahm die dicke Jacke in Empfang.

»Kannst du nicht einfach danke sagen?«

»Danke. Ist die wasserdicht?«

»Weiß ich nicht. Komm jetzt.«

Die vier Hundeführer standen am Strömmen, in Uniform, schwarzen Baretten und Stiefeln. Die Suchhunde bellten, als Henrik und Mia auf sie zukamen. Vermutlich konnten sie es kaum erwarten loszurennen.

Er mochte sich gar nicht vorstellen, wie lang die Suche dauern würde. Mehrere Kilometer flussauf und flussab mussten durchkämmt werden.

»Ich weiß sehr zu schätzen, dass Sie hergekommen sind«, sagte eine der Hundeführerinnen, eine Kollegin mit strengem Pferdeschwanz.

Neben ihr saß ein großer Schäferhund, und Henrik sah, wie sie unruhig an der Hundeleine in ihrer Hand herumspielte.

»Brauchen Sie noch irgendwelche Infos?«, fragte Mia, die die Anspannung der Hundeführerin vermutlich auch bemerkt hatte.

»Nein, nein, es ist nur so schlimm, was Frida widerfahren ist«, erklärte sie. »Eine ganz schlimme Sache.«

Sie nennt sie beim Vornamen, dachte Henrik.

»Haben Sie das Opfer näher gekannt?«, wollte er wissen.

»Ja, wir haben in Umeå während der Ausbildung im selben Wohnheim gewohnt.«

Henrik wechselte einen raschen Blick mit Mia. »Wissen Sie, ob jemand einen Grund hatte, ihr zu schaden?«

»Nein«, sagte sie und sah auf ihren Hund hinunter. »Damals in Umeå waren wir gut befreundet, aber es ist schon ziemlich viele Jahre her, dass sich unsere Wege getrennt haben. Ich habe seitdem keinen Kontakt mit ihr gehabt. Eigentlich seltsam, wir haben in derselben Stadt gewohnt, aber trotzdem keine Zeit gehabt, uns zu sehen.«

»Hatte Frida damals einen festen Freund?«

»Sie war mit einem Typen zusammen, der auch Krankenpfleger gelernt hat.«

»Ich wusste gar nicht, dass sie Krankenschwester war. Sie hat doch als Masseurin gearbeitet?«, meinte Henrik.

»Tatsächlich? Davon hatte ich keine Ahnung, ich weiß nur, dass sie nach der Ausbildung eine Stelle in einem Ärztezentrum hier in der Stadt bekommen hat.«

»Wissen Sie noch den Namen der Einrichtung?«

»Ich glaube, es war Cityhälsan.«

Henrik zog das Handy aus der Tasche, schrieb rasch eine SMS an Gunnar mit der Bitte, einen der Polizeimeister mit der Überprüfung der Angestellten von Cityhälsan zu beauftragen.

»Und wie hieß ihr Freund?«

»Leider weiß ich den Namen nicht mehr. Sie waren nicht so lange zusammen, höchstens ein halbes Jahr oder so, und hatten danach keinen Kontakt mehr. Und als sie zurück nach Norrköping gezogen ist, hat sie ja Thomas kennengelernt. Ich weiß nicht, ob sie mit ihm noch zusammen ist.«

»Sie war mit ihm verheiratet, und sie hatten einen gemeinsamen Sohn.«

Die Frau schüttelte betrübt den Kopf.

»Das ist wirklich schlimm«, wiederholte sie.

»Ich möchte Sie nicht weiter aufhalten«, sagte Henrik. »Wir haben ein großes Gebiet zu durchsuchen.«

Die Hundeführerin nickte und wandte sich an ihre Kollegen.

»Seid ihr bereit?«

Der Regen prasselte auf die Windschutzscheibe, als Jana in Lindö eintraf und ihren Wagen vor der großen weißen Villa mit Aussicht über das aufgewühlte Gewässer des Bråviken abstellte.

Sie stieg aus, lief eilig zur Mahagonitür und klingelte zweimal. Schon bald waren Schritte zu hören.

Die Tür wurde von einer Frau in Schürze geöffnet: Elin Ronander, die Haushaltshilfe ihres Vaters.

»Jana? Ich wusste gar nicht, dass Ihr Vater Sie erwartet.«

»Ich muss mit ihm reden.«

»Er ist in der Bibliothek«, sagte Elin und ließ sie eintreten.

Obwohl der Boden offenbar kürzlich mit einem nach Zitrone duftenden Reinigungsmittel gewischt worden war, wirkte das Haus düster und stickig. Jana folgte der Haushaltshilfe ins Wohnzimmer, dessen Wände von Bücherregalen bedeckt waren.

Karl Berzelius saß in einem braunen Ledersessel mit einer Zeitung auf den Knien und einer Tasse Kaffee in der Hand. An der Armlehne stand ein Gehstock.

Als er ihre Schritte hörte, blickte er auf und sah Jana ausdruckslos an. Sein Gesicht wirkte wie immer blass, und die Wangen waren eingesunken.

»Ich wollte nicht stören«, sagte sie, »aber ...«

»Was willst du dann hier?«, unterbrach er sie und stellte die Tasse auf den Tisch.

Jana trat näher und blieb ein paar Meter von ihm entfernt auf dem Perserteppich stehen.

Ein leises Ticken war von der Uhr auf dem Bücherregal zu hören. Das Pendel schwang langsam hin und her. Die Uhr hatte ihrer Mutter gehört. Sie hatte auf dem Nachttisch neben ihrem Bett gestanden. Aber ihre Mutter war jetzt tot. Und die Zeit tickte trotzdem immer weiter.

»Wollen Sie etwas zu trinken?«, fragte Elin mit einem freundlichen Lächeln.

Karl Berzelius wedelte abweisend mit seiner gebrechlichen Hand.

»Lassen Sie uns in Ruhe.«

Jana wartete, bis die Haushaltshilfe die Bibliothek verlassen hatte, und wandte sich dann an ihren Vater.

»Torsten stellt das Gerichtsverfahren infrage«, sagte sie leise.

»Wie bitte?« Ihr Vater faltete die Zeitung zusammen.

»Er bezweifelt, dass das Urteil gegen Danilo rechtens ist.«

»Dann überzeuge ihn eben, dass es das ist.«

»Das ist aber schwierig, ich ...«

»Schwierig?«

»Ich habe schließlich nicht dafür gesorgt, dass er in der Forensischen Psychiatrie gelandet ist«, sagte Jana.

Karl reckte sich nach dem Gehstock und legte beide Hände auf den Griff.

»Du bist unzufrieden mit dem Ausgang des Verfahrens?« Er sah sie an.

»Ich habe auf Gefängnisstrafe plädiert.«

»Die wahre Macht liegt nicht im Gerichtssaal«, bemerkte er trocken.

»Aber ich wollte, dass er eine kurze Haftstrafe bekommt, nicht …«

»Du wolltest Danilo aus deinem Leben verbannen!« Karl stieß den Stock fest auf den Boden.

»Schon, aber nicht auf diese Art.«

»Dein Ziel ist erreicht, und du witterst Verrat«, sagte er finster. »Das nehme ich dir nicht ab.«

»Du gibst mir doch gar keine Gelegenheit, mich zu erklären!«

»Danilo in die Psychiatrie einzuweisen war doch die einzige Art, ihn für immer wegzusperren. Wenn …«

Karl verstummte, atmete tief durch und setzte noch einmal an. Diesmal sehr langsam und verbissen.

»Wenn ich nicht meine Karten in allen Instanzen richtig ausgespielt hätte, dann wäre die Sache nie gut ausgegangen. Du musst akzeptieren, was ich getan habe.«

Jana starrte auf den Teppich.

»Danilo hat eine vorzeitige Entlassung beantragt«, flüsterte sie.

Die Stimme ihres Vaters wurde hart.

»Jetzt verstehe ich, warum du hergekommen bist. Aber du wirst mit unserem Gespräch nichts erreichen. Du weißt doch schon, wie die Entscheidung ausfallen wird.«

»Ich habe nur gedacht …«

»Was hast du gedacht?«

Sie hob den Blick und sah, dass ihr Vater den Gehstock so fest umklammerte, dass seine Knöchel weiß hervortraten.

»Nichts«, murmelte sie zur Antwort.

»Danilo wird den Rest seines Lebens in der Psychiatrie verbringen«, sagte er hart. »Bilde dir bloß nichts anderes ein.«

6

Es war vier Uhr nachmittags, und man hatte ihnen Fisch und Kartoffeln serviert. Danilo aß schweigend und lauschte dem Klirren des Bestecks auf den Tellern seiner Mitpatienten. Manche von ihnen aßen schnell, als hätten sie es eilig, sich zurück unter die zerschlissene Decke zu legen und fernzusehen oder wieder einzuschlafen. Einige verschliefen den ganzen Tag und standen nur nachts ein paar Stunden auf.

Wie eine Kita für Erwachsene, dachte er. Mit dem großen Unterschied, dass die meisten zu krank waren, um Sozialkontakte zu pflegen.

Für ihn war es eine große Herausforderung, die eintönigen Tage herumzubringen. Auch der große Aufenthaltsraum, in dem er saß, wirkte düster und hoffnungslos. Die Wände waren in sterilem Weiß gehalten, der PVC-Boden war dunkel. Die Fenster waren zwar nicht vergittert, da die Scheiben ausbruchsicher waren, aber die Möbel waren grau und uninspiriert. Fröhliche Farben waren hier offenbar verpönt. Mit einer Ausnahme. Über dem Esstisch hing ein Gemälde, das eine Glasvase mit einem bunten Blumenstrauß zeigte.

Danilo legte das Besteck zur Seite und betrachtete Simon und Nils, die mit ihm am Tisch saßen. Die beiden waren die einzigen Patienten auf der Station, mit denen er sich ab und zu unterhielt, was er garantiert nicht getan hätte, wenn sie sich woanders begegnet wären.

Simon hatte wie immer sein Tischgebet gesprochen und aß nun langsam, mit geöffnetem Mund und abwesendem Blick, während Nils verstohlen die Kartoffel anstarrte, die Danilo auf seinem Teller zurückgelassen hatte.

»Nimm sie ruhig«, sagte Danilo.

»Das muss nicht sein, nur keine Umstände«, erwiderte Nils und fuhr sich übers Haar, das seitlich gescheitelt war.

»Hör auf, iss schon.« Danilo schob ihm den Teller hin. »Ich weiß doch, dass dir das Essen hier schmeckt.«

»Ja«, antwortete Nils. »Aber ich frage mich …«

»Ja?«

»Ich frage mich … wie man so was macht. Ich werde ja bald allein wohnen und …«

»Du hast keine Ahnung, wie man kocht?«

»Meine Mutter hat immer gekocht, bevor sie …«

Nils verstummte und fuhr sich mit einer zitternden Hand über den Mund. Dieser Mann war völlig kaputt, aber offenbar gesund genug, um aus der Klinik entlassen zu werden. Wie war das möglich?

»Mach dir darüber keine Sorgen«, sagte Danilo. »Das wirst du schon lernen.«

»Wie denn?«, fragte Nils.

»Kauf dir ein Kochbuch. Oder Tiefkühlessen.«

»Dann muss ich Geld verdienen.«

»Darüber musst du dir sicher auch keine Sorgen machen. Du wirst bald entlassen, freu dich doch darüber.«

Danilo schob Nils den Teller hin, aber der schüttelte den Kopf.

»Was ist denn los mit dir? Eben wolltest du die Kartoffel doch noch haben.«

»Ich habe es mir anders überlegt«, antwortete Nils.

Durch die nasse Windschutzscheibe starrte Jana auf die Eingangstür zur Staatsanwaltschaft. Sie wusste, dass sie hineingehen sollte, blieb aber noch eine Weile im Wagen sitzen. Ein beängstigendes Gefühl hatte sie ergriffen. Eine Leere, als hätte sie eine Gelegenheit versäumt, die nie wiederkehren würde.

Zwei Stunden lang hatte sie versucht, dieses Gefühl loszuwerden. Sie war in ein Restaurant gegangen, hatte dann aber nur vor ihrem Essen gesessen, ohne es anzurühren. Am Ende war sie gegangen, hatte sich wieder ins Auto gesetzt und einen langen Umweg zur Staatsanwaltschaft gemacht. Aber das Gefühl ließ sie nicht los.

Drei junge Mädchen kamen vorbei. Sie alberten im Regen herum, wie Jugendliche es tun, warfen das Haar nach hinten und blinzelten naiv, wenn ein Junge ihnen entgegenkam, der im selben Alter zu sein schien.

Jana fühlte sich ebenso naiv und albern wie die Mädchen. Sie bereute, dass sie zu ihrem Vater gefahren war. Sie wusste, dass er etwas hatte demonstrieren wollen, indem er Danilo in die Psychiatrie verbannt hatte. Vielleicht war das seine Art der Wiedergutmachung. Doch dies war nicht die Wiedergutmachung, die sie haben wollte. Wenn es um Danilo ging, gab es keine Graustufen, nur Schwarz oder Weiß, doch das verstand ihr Vater nicht.

Sie stieg aus dem Auto und dachte an seine Arroganz. An ihre vollkommene Machtlosigkeit ihm gegenüber. Zu gern hätte sie Danilo aus der Psychiatrie herausgeholt – doch solange die Macht in den Händen ihres Vaters lag, würde er nie entlassen werden.

Niemals.

»Die ist echt nicht wasserdicht«, hörte Henrik Mia sagen.

Sie ging neben ihm, die Hände in den Taschen und mit hochgezogenen Schultern.

»Wer denn?«, fragte er.

»Deine Jacke«, sagte sie zitternd. »Die lässt ganz schön viel Wasser durch. Es fühlt sich so an, als wäre ein ganzer verdammter Bach in meine Unterhose gelaufen.«

Henrik lächelte sie kurz an, aber er wurde wieder ernst, als er den Blick auf die Hundestaffel richtete, die ein Stück vor ihnen ging. Mehrere Stunden schon waren sie am Strömmen entlanggegangen, vom Kopparhammaren bis zur Riksvägenbron. An der Brücke hatten sie auf die andere Seite gewechselt und befanden sich nun beinahe wieder bei den Autos. Die Stille der Hundeführer deutete darauf hin, dass sie noch immer nichts gefunden hatten.

Was haben wir übersehen?, fragte er sich und zog das Handy aus der Tasche.

Gunnar hatte ihm per SMS mitgeteilt, dass die Befragung der Mitarbeiter im Ärztezentrum keine neuen Erkenntnisse ergeben hatte. Die Zusatzkräfte hatten mit Sonja Erikssons Mann und mehreren Freunden von Frida Norberg gesprochen, aber noch immer keine Verbindung zwischen den beiden Frauen gefunden.

Henrik seufzte wegen der Nachricht, der nassen Schuhe und der eiskalten Finger.

»Wen rufst du an?«, fragte Mia.

»Jana Berzelius«, sagte er. »Sie muss erfahren, dass der Sucheinsatz beendet ist.«

Er wählte die Nummer der Staatsanwältin, die nach zweimaligem Klingeln abnahm.

»Ja?«

»Ich wollte nur sagen, dass wir mit der Suche am Strömmen fertig sind.«

»Und was haben Sie gefunden?«, wollte sie wissen.

»Ein rostiges Fahrrad und einige Millionen Zigarettenstummel«, erwiderte er und strich sich die Regentropfen aus der Stirn.

»Ist das alles?«

»Wir haben nichts von Interesse entdeckt, nichts, was darauf hindeuten könnte, dass die Frauen hier getötet oder in den Fluss gebracht worden wären.«

»Das heißt, der Täter hat seine Opfer woanders in den Strömmen geworfen.«

»Richtig, aber wo?«

»Keine Ahnung«, entgegnete Jana Berzelius, »aber mittlerweile müsste der Täter begriffen haben, dass wir einiges an Ressourcen investieren werden, um ihn aufzutreiben, und er muss auch verstanden haben, dass es ab sofort viel schwerer für ihn werden wird. Vorausgesetzt, er will weitermachen. Sind neue Vermisstenmeldungen eingetroffen?«

»Nein, daher werden wir an die Öffentlichkeit gehen und unsere Mitbürger bitten, ganz genau nachzudenken und uns anzurufen, wenn sie irgendwelche Hinweise haben – auch wenn sie ihnen irrelevant erscheinen mögen.«

»Dann rufen doch nur die üblichen Verrückten an«, gab Jana Berzelius zu bedenken. Henrik wusste, dass sie recht hatte. Leute würden sich melden, die ihrem Nachbarn eins auswischen wollten, der noch immer nicht den im Februar ausgeliehenen Schneeschieber zurückgegeben hatte, oder einsame Menschen, die vermutlich nach etwas Aufmerksamkeit gierten oder einfach nur nach jemandem, mit dem sie reden konnten.

»Währenddessen arbeiten wir weiter daran, eine Verbindung zwischen den beiden Opfern herzustellen«, berichtete er. »Wir müssen herausfinden, warum ausgerechnet Sonja Eriksson und Frida Norberg auf diese fürchterliche Weise ermordet worden sind.«

»Ich hoffe, wir finden diese Verbindung schon bald.«

»Ich auch, aber jetzt müssen Mia und ich nach Hause und uns umziehen.«

»Tun Sie das«, sagte Jana Berzelius. »Ich bin in der Staatsanwaltschaft, ich habe noch ein bisschen zu tun.«

»Gut, wenn sich nichts Neues ergibt, hören wir uns morgen wieder«, antwortete er und beendete das Gespräch.

Jana legte ihr Handy auf den Schreibtisch, während Torsten an ihrem Zimmer vorbeiging. Den dünnen beigefarbenen Mantel hatte er sich über den Arm gelegt. Als er sie durch die Glaswand hindurch sah, wirkte er keineswegs erstaunt. Er blieb stehen und schob die Tür auf.

»Hast du über das Gutachten zu Danilo Peña nachgedacht?«, fragte er.

»Nein«, schwindelte sie. »Ich muss mich gerade um andere Sachen kümmern.«

»Mir ist schon klar, dass der Fall mit den ermordeten Frauen im Strömmen viel von deiner Zeit in Anspruch nimmt.«

Jana begegnete seinem Blick und nickte.

»Außerdem habe ich noch einen Antrag auf Erlassung eines Haftbefehls vorzubereiten«, sagte sie.

»Geht es um den Überfall auf den Schmuckladen?«, fragte er.

»Richtig, die Verhandlung ist morgen.«

Torsten lächelte freundlich.

»Dann nehme ich an, dass du heute als Letzte das Büro verlassen wirst«, sagte er und zog seinen Mantel an.

»Ich dachte, Oscar wäre noch da? In seinem Zimmer brennt noch Licht.«

»Ich glaube, er ist nach Hause gegangen«, erwiderte Torsten. »Ich gehe jetzt jedenfalls.«

Jana sah ihm nach, wie er den Flur entlangeilte. Sie warf einen raschen Blick in Oscars leeres Büro und lauschte dann der Stille, die sich herabsenkte.

Mia lehnte die Stirn an die Seitenscheibe, um nicht ihr Spiegelbild sehen zu müssen. Die Haare waren nass und zerzaust, die Lippen blau, und die Wimperntusche war verlaufen. Sie spürte ein Gewicht auf ihren Schultern, aber wusste nicht, ob es von der verdammt schweren, nassen Jacke kam oder von der auf ihr lastenden Verantwortung, weil sie den Mörder finden musste.

Das Auto schaukelte, während Henrik über das Kopfsteinpflaster des Skvallertorget fuhr. Ihr war es lieber, wenn er am Steuer saß, dann konnte sie sich währenddessen mit anderen Dingen beschäftigen, zum Beispiel ihrem Handy.

Sie wandte Henrik den Rücken zu, ehe sie möglichst unbemerkt das Telefon aus der Tasche zog. Zwei Nachrichten waren eingetroffen. Eine von Gunnar, die das morgige Teamessen betraf. Und eine Erinnerung daran, dass ein Onlineshop für Kleidung das ganze Wochenende Sonderangebote hatte.

Sie öffnete Tinder. Ein ganzer Tag war vergangen, und sie hatte sich kein einziges Mal bei Antony gemeldet.

»Denke an dich«, hatte er ihr geschrieben.

Konnte man Sehnsucht nach jemandem haben, den man

noch nie gesehen hatte? Offenbar schon, dachte Mia, als sie ein Bauchkribbeln verspürte.

»Denke auch an dich«, schrieb sie.

»Irgendwas Neues?«, fragte Henrik.

»Äh … nein«, antwortete sie schnell. »Nur eine SMS von Gunnar.«

»Zu welchem Thema?«, fragte er.

»Es geht ums Teamessen morgen.«

»Richtig, ja«, sagte Henrik und schlug mit der Hand aufs Lenkrad. »Das Essen.«

»Kommt Emma mit?«, erkundigte sich Mia.

»Wieso?«

»Gunnar hat mich zu einer Art Projektleiterin für dieses Abendessen gemacht. Ich muss wissen, wie viele kommen.«

»Ich werde sie fragen, wenn ich zu Hause bin.«

»Alle anderen haben zugesagt«, erwiderte sie knapp.

»Auch Jana Berzelius?« Er sah sie erstaunt an.

»Jana?«, wiederholte Mia. »Die habe ich nicht gefragt.«

»Tu das«, bat Henrik. »Wäre doch nett, wenn sie auch kommen würde.«

»Natürlich«, sagte Mia und lächelte ihn an. »Natürlich werde ich auch Jana Berzelius fragen.«

»Oh, du bist schon da?«

Die Stimme seiner Frau klang freudig überrascht, dachte Henrik, während er sich die nasse Jacke im Flur auszog. Seine Strümpfe hinterließen feuchte Spuren, als er in die Küche ging, wo Emma in Jogginghose und mit einem Wischlappen in der Hand vor der Arbeitsfläche stand.

»Meine Güte, du bist ja patschnass«, stellte sie fest.

»Ja, ich werde gleich heiß duschen und mich umziehen.«

»Papa, was hast du gemacht?«, fragte Vilma, die am Küchentisch saß. Vor ihr lagen ein Malbuch und ein rosa Filzstift.

»Ich war auf Schatzsuche«, erklärte er.

»Wo denn?«

»Im Regen.« Er sah zu Emma hinüber.

»Und was hast du gesucht?«, wollte Vilma wissen, während sie weitermalte.

Was sollte er darauf antworten? Dass sie lange herumgelaufen waren, über Stock und Stein, am Strömmen entlang, und überall nach der Stelle gesucht hatten, wo zwei Frauen bestialisch ermordet und in den Fluss geworfen worden waren?

»Papa? Was hast du gesucht?«

»Das weiß ich nicht.«

»Jetzt lass Papa mal unter die Dusche gehen«, sagte Emma.

»Weißt du nicht, was du gesucht hast?«, fragte Vilma. »Du bist ja komisch, Papa.«

»Manchmal weiß man eben nicht so genau, wonach man sucht«, antwortete er und stieg über einen schwarzen Plastikroboter, der auf dem Fußboden lag, ging zu seiner Tochter und gab ihr einen Kuss auf die Stirn.

»Ich suche nach Muscheln für die Meerjungfrau«, sagte Vilma und malte eine Muschel aus, die in dem Malbuch neben einem Seestern lag.

»Das sehe ich«, erwiderte er. »Wie viele sollst du finden?«

»Zwölf.«

»Wie viele hast du denn schon gefunden?«

»Sieben.«

»Toll, das sind ja schon total viele«, sagte er und wandte sich dann an Emma. »Wo sind Felix und Vilgot?«

»In Felix' Zimmer.« Sie lächelte. »Ich habe ihn dazu

überredet, auf seinen kleinen Bruder aufzupassen, während ich koche.«

»Ich kann dir beim Kochen helfen, wenn du willst.« Er ging zu ihr.

»Gern«, antwortete sie.

»Keine Umarmung?«

»Du bist pitschenass, Henrik.«

»Nur eine kleine?«, sagte er und legte seine Hände um ihre Taille.

»Deine Hände sind eiskalt!«, rief sie lachend und wand sich aus seinem Griff. »Geh jetzt unter die Dusche!«

Henrik verließ die Küche und ging ins Bad. Vilmas Frage tauchte wieder im Kopf auf. Was hatten sie eigentlich gehofft zu finden? Eine gruselige Höhle, in der ein Mann saß und darauf wartete, ihnen zu gestehen, dass er an genau dieser Stelle zwei Frauen getötet und aufgeschnitten hatte, um dann ihre Beine zusammenzunähen und …

Plötzlich hielt er inne, machte kehrt und ging zurück in die Küche.

»Papa, was machst du?«, rief Vilma, als er ihr das Malbuch wegnahm.

Er antwortete nicht, sondern betrachtete nur die lächelnde Meerjungfrau, die im Wasser schwamm. Seine Nackenhaare sträubten sich. Denn als er ihre lange, grüne Schwanzflosse sah, begriff er, in was der Mörder seine Opfer hatte verwandeln wollen.

7

Johanna Weber spannte ihren Regenschirm auf und verließ das Immobilienmaklerbüro, das in der Innenstadt von Norrköping in der Repslagaregatan lag. Sie gähnte ausgiebig, während sie durch die kurze Allee auf die private Parkgarage zuging, die in einem älteren Gebäude wenige Straßen entfernt lag. Neben einem der kahlen Bäume schauten schon ein paar Schneeglöckchen aus der nassen, dunkelbraunen Erde hervor.

In ihrer Tasche klingelte das Handy. Als sie sah, dass es Dunja war, wurde Johanna noch müder.

»Ja?«, antwortete sie und ging weiter durch den Regen.

»Johanna, ich habe den ganzen Tag darüber nachgedacht, was ich dir sagen soll. Mir ist nur eingefallen, dass ich mich schäme.«

»Ich habe dich gestern nach der Besichtigung siebzehn Mal angerufen, und du bist nicht rangegangen.«

»Ich habe zu viel getrunken, und ich …«

»Schon klar. Du bist ja ins Bett gefallen, als du heute Nacht nach Hause kamst, und ich habe dich heute früh kaum wach bekommen. Warum hast du nichts gesagt, bevor du losgegangen bist?«

»Ich musste schnell zum Bus.«

»Schlechte Ausrede, Dunja.«

»Ja, tut mir leid, aber ich habe mich mit einer Arbeitskollegin getroffen, und ich dachte, das wäre okay für dich.«

»Mit wem von der Schulküche hast du dich denn verabredet?«, fragte Johanna. »Wie heißt sie? Wo habt ihr euch getroffen?«

»Das ist doch egal, oder? Zwischen ihr und mir ist nichts«, beteuerte Dunja.

»Das hast du vor vier Monaten auch gesagt.« Johanna beobachtete einen Mann, der mit einem Pitbullterrier an der kurzen Leine vorbeilief.

»Warum fängst du schon wieder damit an? Wir hatten doch beschlossen, dass wir die Sache vergessen, oder nicht?«

»Ja, aber vielleicht *kann* ich die Sache nicht einfach vergessen?«, rief Johanna wütend.

Der Mann mit dem Hund drehte sich um und starrte sie an.

»Das heißt, du wirst mein Leben lang wegen eines harmlosen Fehltritts böse auf mich sein?« Dunja klang resigniert.

»Wie bitte?« Johanna fuhr sich empört durchs lange Haar. »Du hattest *Sex* mit einer anderen Frau und nennst das einen harmlosen Fehltritt?«

Eine ganze Weile herrschte Schweigen.

»Ich habe keine Energie, mich mit dir zu streiten«, sagte Dunja schließlich. »Und ich gebe zu, dass ich die schlechteste Ehefrau der Welt bin und es verdiene, dass du mich hasst.«

Johanna antwortete nicht, sondern ging weiter auf die Parkgarage zu.

»Hallo?«, fragte Dunja ungeduldig.

»Ich mache mir nur Sorgen um dich«, sagte Johanna schließlich.

»Ich weiß. Tut mir leid. Ich werde mich nicht mehr mit der Kollegin treffen, versprochen.«

»Ich will, dass du überhaupt keinen Kontakt mehr zu ihr hast.«

»Okay.«

»Sicher?«

»Warum sollte ich dich anlügen? Du wirst doch sowieso mein Handy kontrollieren, sobald ich nach Hause komme.«

»Ich will mich nur auf dich verlassen können«, erklärte Johanna.

»Das kannst du auch. Wann wirst du das endlich begreifen?«

Johanna biss sich auf die Unterlippe. Es war erst zwei Jahre her, dass sie einander in der Kirche versprochen hatten, sich in guten wie in schlechten Zeiten zu lieben. Sie war noch immer verrückt nach ihrer Frau, aber die Ehe zehrte an ihr. Manchmal hatte sie den Eindruck, dass Dunja frei sein und sich scheiden lassen wollte, aber Johanna hatte es nicht fertiggebracht, sie zur Rede zu stellen. Stattdessen überprüfte sie, was Dunja tagsüber gemacht hatte und mit wem sie über Handy telefoniert hatte. Sie war eigentlich nicht eifersüchtig, aber sie konnte es einfach nicht bleiben lassen.

»Bist du noch dran?«, fragte Dunja.

»Ich bin dran, und ich habe auch keine Energie, mich mit dir zu streiten.«

»Wollen wir uns wieder vertragen?«

»Kommt drauf an«, sagte Johanna.

Dunja fing an zu lachen.

»Hör auf, die Harte zu markieren, Schatz. Ich werde dich sowieso vernaschen, wenn ich nach Hause komme.«

Johanna lächelte. Mittlerweile war sie an dem alten Gebäude angekommen, in dem sich die Garage befand.

»Wann bist du zu Hause?«, fragte sie und blieb vor der Metalltür stehen.

»Das Seminar ist gerade zu Ende, und ich schätze, dass

ich mit dem Bus von Göteborg gegen neun Uhr zu Hause bin. Können wir dann nicht etwas Leckeres zusammen essen?«, schlug Dunja vor.

»Ich bin gerade auf dem Weg zum Auto. Wenn du willst, kann ich auf dem Heimweg Sushi holen.«

»Können wir nicht stattdessen Pizza bestellen?«

»Klar«, sagte Johanna.

»Bis bald. Bussi.«

Johanna legte ihr Handy in die Tasche, klappte den Regenschirm zusammen und öffnete dann die Tür zur Garage. Langsam ging sie durch das kleine Treppenhaus zum Fahrstuhl.

Sie wusste, dass sie das große Los gezogen hatte, weil es ihr gelungen war, einen der zwanzig Parkplätze zu ergattern. Es war zwar überall dreckig, und an einigen Stellen waren Stücke aus der Betonwand herausgebrochen, aber bei der niedrigen Miete konnte sie großzügig darüber hinwegsehen.

Die Fahrstuhltüren standen offen, also trat sie ein, drückte den Knopf und gähnte wieder, als der Lift sich langsam nach unten bewegte.

Die Stille in der Staatsanwaltschaft wurde von einem Handyklingeln unterbrochen. Jana warf einen Blick aufs Display und sah, dass es Henrik Levin war.

»Ja?«, meldete sie sich.

»Ich glaube, ich weiß, in was er sie verwandeln will!«, rief er hektisch.

»Wovon reden Sie?«

»Von dem Mörder!«, fuhr Henrik Levin fort. »Er hat die Beine der Opfer zusammengenäht. Vielleicht finden Sie es abwegig, aber ich glaube, das soll eine Schwanzflosse sein.«

»Sie meinen … die Toten sollen Meerjungfrauen darstellen?«

»Genau das meine ich!«

Jana lehnte sich zurück und sah aus dem Fenster. Doch anstelle der Stadt sah sie die bleichen zusammengenähten Beine der beiden Frauen vor sich und wurde von einer eisigen Kälte erfüllt.

»Je mehr ich darüber nachdenke, desto mehr bin ich der Überzeugung, dass Sie recht haben«, sagte sie. »Die Frage ist nur, was für ein Motiv der Täter haben sollte.«

»Keine Ahnung, ich wollte nur meine Gedanken mit Ihnen teilen.«

»Gut. Wir überprüfen zuerst die Symbolik, bevor wir mit dem Rest des Teams sprechen.«

»Abgemacht«, erwiderte Henrik Levin. »Bis morgen.«

Jana blieb mit dem Handy in der Hand sitzen. Henrik Levin hatte recht. Die Frage war nur, warum der Täter eine so komplizierte und zeitraubende Vorgehensweise gewählt hatte. Was für eine Botschaft wollte er vermitteln, indem er Meerjungfrauen erschuf?

Gerade wollte sie das Telefon auf den Tisch legen, als sie ein summendes Geräusch vernahm. Sie blickte auf den menschenleeren Flur hinaus.

Wieder war das summende Geräusch zu hören.

Sie hatte angenommen, dass sie als Einzige hier war, aber da im Zimmer nebenan noch Licht brannte, rief sie:

»Oscar?«

Der Parkplatz lag am anderen Ende der Garage hinter einem Betonpfeiler, was bedeutete, dass Johanna den ganzen Raum durchqueren musste, nachdem sie aus dem Fahrstuhl gestiegen war. Die Neonröhren an der Decke verbreiteten ein schwaches Licht, und vom Boden stieg eine feuchte Kühle hoch. Hier unten herrschte eine seltsame Stille.

Johanna steckte sich den Regenschirm unter den Arm, öffnete ihre Handtasche, wühlte das Portemonnaie, den Lipgloss und das Handy beiseite und fand schließlich ganz unten den Autoschlüssel.

Ein hohes Quietschen war zu hören. Der Fahrstuhl setzte sich wieder in Bewegung. Die Stahlseile schaukelten, als er langsam nach oben fuhr.

Johanna lauschte dem Geräusch, während sie zum Auto ging. Nun war der Lift stehen geblieben und knarrte, als würde jemand ihn betreten. Als sie erneut das quietschende Geräusch hörte, war ihr klar, dass er wieder nach unten fuhr.

Sie beschleunigte ihre Schritte und hörte, wie sich die Fahrstuhltüren hinter ihr öffneten. Sofort überkam sie das beklemmende Gefühl, beobachtet zu werden.

Sie ging weiter, aber das Gefühl verschwand nicht.

Ihr war bewusst, dass sie sich nicht umschauen sollte, sondern einfach zum Auto weitergehen und sich einschließen. Dennoch blieb sie stehen, drehte sich um und schrie auf, als sie den Mann entdeckte, der sie anstarrte.

Panik breitete sich in ihr aus, während er auf sie zuging.

»Nein, bitte nicht!«, flehte sie und ging ein paar Schritte rückwärts.

Johanna wusste, dass sie fliehen sollte, aber ihre Beine gehorchten ihr nicht, die Angst lähmte sie. Ihr Blickfeld schrumpfte zu einem schmalen Tunnel, und der Puls dröhnte in den Ohren, als ihr klar wurde, dass er zu ihr wollte.

»Bitte«, rief sie. »Lassen Sie mich! Lassen Sie mich in Ruhe!«

Jana sah in den Gang hinaus. Das summende Geräusch war nicht mehr zu hören, aber sie war davon überzeugt, dass jemand die Eingangstür zur Staatsanwaltschaft geöffnet hatte.

»Oscar?«, rief sie erneut, bekam aber keine Antwort.

Sie ging in den Flur hinaus. Plötzlich sah sie drüben an der Eingangstür einen Schatten, und im nächsten Augenblick erschien ein Mann im schwarzen Anzug.

Jana blieb abrupt stehen und starrte ihn erstaunt an.

»Du?«, sagte sie. Ihr Herz begann zu rasen.

Per Åström hielt inne. Seine verschiedenfarbigen Augen sahen sie leer und kalt an.

»Was machst du hier?«, fragte sie.

»Ich wollte mein Notizbuch holen«, antwortete er und fuhr sich durchs blonde Haar. »Oscar Nordvall hat mich angerufen und gesagt, dass er es auf den Schreibtisch gelegt hat, in meinem … seinem Zimmer.«

»Und wie bist du reingekommen?« Ihre Wangen wurden heiß.

Sie war unangenehm berührt und verlegen, aber es entging ihr nicht, wie gut er aussah in dem schwarzen Anzug und dem weißen Hemd, das am Hals lässig aufgeknöpft war.

»Ich bin Torsten im Treppenhaus begegnet, und er hat mich reingelassen«, erklärte Per.

»Er ist aber schon vor einer ganzen Weile gegangen«, sagte Jana.

»Wir hatten einiges zu besprechen.«

Eine quälende Stille trat ein.

»Ich …«, begann sie, hielt dann aber inne.

»Was?« Per machte einen Schritt auf sie zu und sah sie abwartend an.

Sie schüttelte den Kopf und senkte den Blick.

»Schon gut.«

Es gab so vieles, was sie gern zu ihm gesagt hätte, aber sie konnte es nicht.

Per machte noch einen Vorwärtsschritt. Und noch einen. Je näher er kam, desto fester ballte sie ihre Hände zu Fäusten.

Als er an ihr vorbeiging, atmete sie seinen Duft ein.

Ein lautes Knarren signalisierte ihr, dass er die Tür zu dem erleuchteten Büro nebenan geöffnet hatte.

Langsam hob sie den Blick und sah durch die Glaswand, wie er zum Schreibtisch ging, das schwarze Notizbuch an sich nahm und wieder den Raum verließ.

Er blickte sie an, während sie wie eine Statue im Flur stand.

»Na dann«, sagte er und ging an ihr vorbei.

Schweigend blieb sie stehen, bis sie die Eingangstür zufallen hörte. Erst da ließ sie zu, dass ihre Muskeln sich wieder entspannten.

Langsam ging sie auf das erleuchtete Zimmer zu, stellte sich auf die Türschwelle und betrachtete lange den großen Schreibtisch, der einmal Per gehört hatte.

Er hatte hinter dem Tisch gesessen, und jedes Mal, wenn sie vorbeigegangen war, hatte er sie angelächelt oder ihr zugewinkt.

In ihr wuchs eine starke Sehnsucht danach, das zurückzubekommen, was einmal gewesen war, aber sie schüttelte das Gefühl gleich wieder ab, reckte sich nach dem Lichtschalter und machte die Deckenbeleuchtung aus.

Eine Entschuldigung – hatte sie etwa geglaubt, dass das reichen würde? Vermutlich schon, aber jetzt, da ich die Hand auf ihren Mund presste, wusste sie, dass es zu spät war. Sie warf sich hin und her, trat und schrie, aber ich hielt sie fest und lauschte der Stimme in meinem Kopf, die mir sagte, dass das sein musste. Ich ignorierte ihre Angst, ihre Panik, hielt an meinem Hass und meiner Verachtung fest und all den anderen Gefühlen, die sie und alle anderen Schuldigen verursacht hatten.

Sie muss sich gefragt haben, wo ich herkam. Wer ich war. Und wie lange ich sie schon verfolgt hatte.

Schon wieder drehte sie sich weg. Sie machte einen verzweifelten Versuch, sich zu befreien, und ich wollte ihr sagen, dass sie aufhören sollte, sich zu wehren, dass sie aufgeben sollte, dass es jetzt genug war. Aber das wusste sie bereits.

Die Atemzüge kamen in immer größeren Abständen, waren mehr Seufzer als Atmung. Das Schlafmittel begann zu wirken, und sie wurde schwächer, fiel schließlich zu Boden.

Ich sah nicht auf ihr Gesicht. Sah nicht, wie sie langsam blinzelte. Öffnete einfach nur den Kofferraum. Und hob sie hinein.

DIENSTAG

8

Es war früh am Morgen. Mia lag unter der Daunendecke und hielt das Telefon in der Hand. Sie zuckte zusammen, als es plötzlich klingelte. Es war Henrik, und da sie schlaftrunken annahm, dass er über das Abendessen mit dem Ermittlungsteam reden wollte, ging sie nicht ran. Sie hatte wichtigere Dinge zu tun. Wie beispielsweise die neue Nachricht von Antony zu lesen, die sie über Tinder bekommen hatte. Es war zwar nur ein »Guten Morgen«, aber immerhin. Es waren erst einige Minuten vergangen, seit er sie verschickt hatte, und sie schrieb schnell zurück:

»Guten Morgen, was machst du gerade?«

Die Sekunden schleppten sich dahin, während sie auf eine Antwort wartete. Er hatte erzählt, dass er im IT-Bereich tätig sei, aber nicht, in welchem Unternehmen. Sie hatte nicht weitergefragt und auch nicht erzählt, wo sie selbst arbeitete. Dafür hatte sie sich erkundigt, warum er im Netz nach der Liebe suchte, und war gelinde gesagt erstaunt gewesen, als er geantwortet hatte, dass er verwitwet sei und nun nach einer neuen Frau suche, mit der er sein Leben teilen konnte.

Noch hatte er nicht verraten, wie er seine Frau verloren

hatte, aber Mia stellte sich vor, dass sie an Krebs oder bei einem Verkehrsunfall ums Leben gekommen war.

Ihr Herz schlug schneller, als er antwortete:

»Ich frühstücke und denke an dich.«

»Was denkst du denn?«, schrieb sie zurück.

»Ich frage mich, wie du aussiehst.«

»Das weißt du doch«, tippte sie und setzte noch einen lächelnden Smiley dahinter.

»Nur schade, dass man dich auf dem Foto kaum erkennen kann, wobei das ja auch irgendwie spannend ist.«

»Inwiefern?«, fragte sie.

»Weil ich weiß, dass ich nicht enttäuscht sein werde«, antwortete er. »Wann darf ich dich sehen? Heute Abend?«

Mia zuckte zusammen. Antony hatte sie nach einem Date gefragt. Nach einem richtigen Date, *in the real fucking life.* Aber würde sie sich zugestehen, ihn zu treffen? Sie wollte es doch ruhig angehen lassen und sich nicht gleich in etwas Neues hineinstürzen.

»Ich kann heute Abend nicht«, schrieb sie zurück.

»Und morgen?«, schlug er vor. »In der Pizzeria Cilla, um sieben?«

Mia rümpfte die Nase. Warum wollte er sich mit ihr in einem kleinen Lokal treffen und nicht in einem der großen Restaurants der Stadt?

Jetzt lehn seinen Vorschlag schon ab, sagte sie sich. Sonst stimmt was nicht mit dir.

Andererseits hatte sie ja gerade die Bestätigung bekommen, dass es da draußen einen Mann gab, der zwar nicht wusste, wer sie war, aber dennoch großes Interesse an ihr hatte. Und es konnte doch wohl nicht schaden, ihn sich wenigstens mal anzusehen?

Was soll's, dachte sie.

»Morgen kann ich«, erwiderte sie. Im nächsten Moment rief Henrik erneut an. Diesmal beschloss sie, das Gespräch anzunehmen.

»Was willst du, Henrik?«

»Warum gehst du nicht ran, wenn ich anrufe?«

Er klang aufgewühlt, fand Mia.

»Jetzt gehe ich ja ran«, sagte sie.

»Ich hole dich in zehn Minuten ab.«

»Was ist los?«

»Eine weitere Frau ist als vermisst gemeldet worden.«

Jana klappte ihren Laptop auf und wurde von einem kalten bläulichen Licht empfangen. Während der Computer hochfuhr, nahm sie einen großen Schluck aus ihrer Kaffeetasse. Hitze breitete sich in ihrem Körper aus, dieselbe Hitze, die sie im Gesicht gespürt hatte, als sie Per in der Staatsanwaltschaft begegnet war. Mit dem Unterschied, dass sie gestern vor Scham und Schuldgefühlen geglüht hatte.

Es war das erste Mal gewesen, dass sie seit den damaligen Ereignissen miteinander geredet hatten. Er wollte nichts mehr mit ihr zu tun haben, das wusste sie, trotzdem hatte sie sich geärgert.

Vielleicht weil er nichts zu den Geschehnissen gesagt hatte, sondern sich ihr gegenüber verhalten hatte, als sei es ihm vollkommen gleichgültig.

Vielleicht war sie aber auch wütend, weil sie ihm nie würde erzählen können, dass ihr damals nichts anderes übrig geblieben war, als ihn wegen Befangenheit anzuzeigen, um ihm das Leben zu retten. Und weil er für immer und ewig glauben würde, dass sie es getan hatte, weil er ihr nichts bedeutete.

Sie sah vom Bildschirm auf und blickte auf die Louis-

De-Geer-Halle und die brausenden Wasserfälle vor dem Fenster. Es war ohnehin zu spät, die Dinge noch mal anders und besser zu machen. Jetzt musste sie sich auf die Ermittlung konzentrieren.

Henrik Levin hatte sie informiert, dass eine weitere Frau als vermisst gemeldet worden war. Ob es eine Verbindung zum aktuellen Fall gab, wusste er nicht, aber sie hatte versprochen, sich mit ihm und Mia Bolander in Vilbergen zu treffen, wo die Vermisste wohnte.

Jana sah wieder auf den Bildschirm.

Im Internet gab es schon einen Haufen Artikel über die Mordfälle. Sämtliche Zeitungen hatten die Nachricht von den beiden Leichen im Strömmen zum Aufmacher erkoren.

Sie sah sich ein kurzes Interview mit Gunnar Öhrn aus der gestrigen Pressekonferenz an. Trotz der hartnäckigen Fragen der Journalisten weigerte er sich zu kommentieren, warum die Beine der Frauen zusammengenäht worden waren. Es schien nicht so, als hätten die Journalisten herausgefunden, was sie darstellen sollten.

Jana schrieb das Wort »Meerjungfrau« in die Suchmaske und scrollte dann die zahlreichen Treffer durch.

Es gab etliche Sagen, in denen Meerjungfrauen über das Meer und andere Gewässer herrschten. Ihr Gesang hatte angeblich eine verzaubernde Wirkung, und sie konnten Seeleute dazu bringen, ihre Schiffe auf Grund zu steuern oder selbst ins Wasser zu springen und zu ertrinken. Man hatte das Erscheinen einer Meerjungfrau als schlechtes Omen gedeutet, denn diese Wesen wurden zu den zerstörerischen Kräften der Natur gezählt.

Jana klickte eine Seite nach der anderen an. Die Uhr am Bildschirm zeigte an, dass sie gleich nach Vilbergen fahren musste, doch als sie feststellte, dass es mehrere Märchen über Meerjungfrauen gab, blieb sie sitzen und las weiter. Das bekannteste Märchen stammte von Hans Christian Andersen und handelte von einer Meerjungfrau, die sich in einen Prinzen verliebte und ihr Leben aufs Spiel setzte, um seine Liebe zu gewinnen.

Hatte der Täter sich etwa davon inspirieren lassen? Sie überflog schnell die Handlung, ehe sie den Laptop ausschaltete und die Wohnung verließ.

»Johanna Weber ist fünfunddreißig Jahre alt und arbeitet als Immobilienmaklerin. Sie ist gestern nicht von der Arbeit nach Hause gekommen«, berichtete Henrik. »Hallo, Mia?«

Mia saß neben ihm auf dem Beifahrersitz und zuckte zusammen. Sie waren unterwegs zum Wohngebiet Vilbergen, das in den Fünfzigern hochgezogen worden war. Die mittlerweile in die Jahre gekommenen Mehrfamilienhäuser waren ringförmig um ein paar Läden, einen Kiosk und eine Schule angeordnet. Obwohl es erst zehn Minuten her war, dass er sie abgeholt hatte, schien Mia vergessen zu haben, wo sie sich befand und was von ihr erwartet wurde.

Noch immer hatten sie keine Verbindung zwischen den beiden ersten Opfern, Sonja Eriksson und Frida Norberg, gefunden. Die Zusatzkräfte hatten die Bekanntenkreise der beiden befragt, ihre Anruflisten und ihre Profile in den sozialen Netzwerken geprüft, aber keinerlei Übereinstimmung gefunden.

Henrik war frustriert, und der abwesende Blick und das alberne Lächeln seiner Kollegin machten es auch nicht besser. Mia sollte nicht dasitzen und sich irgendwelchen Tagträumereien hingeben, nein, sie sollte sich genauso unter Druck fühlen wie er, weil sie den Täter noch immer nicht gefunden hatten.

»Hörst du mir zu?«, fragte er.

»Ich höre.«

»Gut, dann mache ich weiter. Johanna Weber wurde gestern Abend von ihrer Frau Dunja Weber als vermisst gemeldet und …«

»Von ihrer Frau?«, wiederholte Mia.

»Ja, wieso?«

»Sorry«, sagte sie und schüttelte den Kopf. »Ich dachte nur … Mach weiter.«

»Gestern um fünf Uhr nachmittags hat Dunja Weber zuletzt mit ihrer Frau gesprochen. Da war Johanna gerade unterwegs zu einer Parkgarage im Stadtzentrum, um ihr Auto zu holen.«

»Können wir ihr Handy orten?«, fragte Mia, die sich anscheinend endlich auf das konzentrierte, was er sagte.

»Es ist ausgeschaltet.«

»Gibt es in der Parkgarage eine Überwachungskamera?«

»Ja, aber Gunnar möchte, dass wir noch ein bisschen warten.«

»Wie bitte? Worauf sollen wir denn noch warten, verdammt? Jetzt ist schon die dritte Frau verschwunden, Henrik!«

»Aber wir wissen doch noch gar nicht, warum sie weg ist, oder? Und Gunnar will erst mal sehen, was Dunja zu sagen hat, ehe wir Maßnahmen ergreifen.«

»Okay«, sagte Mia zögerlich.

»Was denkst du?«, fragte Henrik.

»Dass es so klingt, als könnte es unser Mann sein.«

»Aber diesmal ist das Auto weg«, gab Henrik zu bedenken.

»Ja, aber es ist trotzdem dasselbe Muster. Außer sie ist einfach so weggefahren.«

»Sie würde nie einfach so wegfahren«, beharrte Dunja Weber. »Nicht, ohne etwas zu sagen. Nicht Johanna.«

Mia versuchte die Gedanken an das bevorstehende Date mit Antony zu verdrängen, während sie die dünne Frau musterte, die vor ihr saß. Sie war um die dreißig, trug einen Nasenring und hatte das honigfarbene Haar in einem Knoten mitten auf dem Kopf zusammengedreht.

Obwohl die Wohnung über hundert Quadratmeter umfasste, war die Küche beengt. Der Tisch nahm praktisch die gesamte Fläche ein, und Mia, Henrik und Jana Berzelius hatten den Bauch einziehen müssen, um sich hinzusetzen, weil die Stühle zu dicht an der Wand standen.

»Und Sie haben schon mit ihren Eltern und Geschwistern gesprochen?«, fragte Henrik.

»Ja, aber die haben nichts von ihr gehört«, sagte Dunja Weber aufgeregt. »Im Immobilienbüro auch nicht. Ich habe sogar mit dem Krankenhaus gesprochen, aber keiner weiß, wo sie steckt, und alle sagen, dass die Polizei erst etwas unternehmen wird, wenn sie länger als vierundzwanzig Stunden verschwunden ist.«

»Das stimmt, aber wir müssen wissen, was genau passiert ist«, erklärte Henrik. »Deshalb muss ich Sie fragen, ob Sie oder Johanna eine dieser Frauen gekannt haben.«

Er zeigte ihr die Fotos von Sonja Eriksson und Frida Norberg auf seinem Handy.

»Nein, aber Sie glauben doch wohl nicht … Sie glauben doch nicht etwa, dass *er* sie geholt hat?«, fragte Dunja Weber. »Der Mann, von dem man in der Zeitung lesen konnte?«

»Es ist zu früh, um irgendwelche Schlussfolgerungen zu ziehen«, antwortete Henrik ausweichend.

»Mein Gott.«

Dunja Webers Augen füllten sich mit Tränen.

Sie sah schockiert aus, dachte Mia, aber waren es echte Gefühle? Oder hatte sie womöglich irgendwas mit dem Verschwinden von Johanna zu tun?

Nein, das war wirklich zu weit hergeholt. Dunja Weber hatte in einem Bus von Göteborg hierher gesessen, als ihre Frau verschwand. Offenbar hatte sie dort tagsüber an einem Seminar zum Thema Ernährung teilgenommen. Dass diese magere Frau in einer Schulküche arbeitete, konnte Mia kaum nachvollziehen, denn sie war der totale Gegensatz zu der dicken, übellaunigen, verschwitzten Frau mit Haarnetz, die zu ihrer Schulzeit Rübenmus und Wurstgulasch auf die Teller geklatscht hatte.

»Hat sie wirklich niemand gesehen?«, fragte Dunja Weber.

Mia antwortete nicht auf die Frage.

»Bitte denken Sie nach«, sagte sie stattdessen. »Hat Ihre Frau in der letzten Zeit irgendwas Seltsames erlebt?«

»Wie meinen Sie das?« Dunja Weber wischte sich eine Träne von der Wange.

»Hat sie sich von jemandem bedroht gefühlt?«

Dunja Weber schüttelte den Kopf.

»Hat sie sich beobachtet oder verfolgt gefühlt?«, ergänzte Jana Berzelius. »Oder hat sie Drohanrufe oder entsprechende Nachrichten bekommen?«

»Nein, ich glaube nicht. Zumindest hat sie nichts davon erwähnt, und ich schaue nie in ihr Handy, während sie meines ständig kontrolliert.«

Mia runzelte die Stirn. Sie hatte den Eindruck, dass etwas nicht stimmte.

»Warum tut sie das?«, fragte sie.

»Ich weiß auch nicht so genau …« Dunja Weber seufzte.

»Ist in der letzten Zeit irgendwas vorgefallen, das sie dazu veranlasst hat, Ihr Handy zu kontrollieren? Haben Sie selbst bedrohliche Anrufe oder Nachrichten bekommen?«, wollte Jana Berzelius wissen.

Erneut schüttelte Dunja Weber den Kopf.

»Nein, nie. Sie will wohl einfach wissen, was ich so mache, und das ist ja in Ordnung, vermute ich.«

»Da frage ich mich allerdings, wie Ihre Ehe so läuft«, sagte Mia und verschränkte die Arme.

»Wie bitte?«, erwiderte Dunja Weber erstaunt.

»Sie und Ihre Frau – streiten Sie sich oft?«

»Äh, nein.«

»Trifft sie sich mit jemand anders?«, wollte Mia wissen.

»Wie meinen Sie das?«

»Hat sie Sie betrogen?«

»Nein, das würde sie nie tun.«

»Und Sie selbst?«, fragte Mia weiter.

»Ich?«

»Betrügen Sie Ihre Frau? Ich meine nur, weil sie ständig Ihr Handy checkt.«

»Ich liebe meine Frau«, betonte Dunja Weber frustriert. »Wir lieben uns, obwohl wir vom Wesen her sehr unterschiedlich sind, und ich will sie zurückhaben!«

»Das verstehen wir«, sagte Henrik ruhig. »Haben Sie ein aktuelles Foto von ihr, das wir verwenden könnten?«

»Ja«, antwortete Dunja Weber, zog ihr Handy aus der Tasche und wischte mit dem Finger über das Display. »Wie wäre es mit dem hier?«

Sie zeigte ihnen ein Foto von einer lächelnden Frau mit langen, dunklen Haaren.

»Ja, das wäre geeignet«, sagte Henrik, der sich über den Tisch gelehnt hatte, um besser zu sehen. »Sie können es mir rüberschicken. Wenn Sie mir Ihr Handy geben, tippe ich meine Nummer ein.«

Er nahm das Gerät in Empfang und gab rasch die Ziffern ein.

»Was hatte Ihre Frau denn an, als sie gestern zur Arbeit ging?«, fragte er, während er Dunja Weber das Telefon zurückgab.

»Eine karierte Hose und ein blaues Oberteil. Sie hatte die rote Handtasche dabei, die sie von mir zu Weihnachten bekommen hat.«

»Noch etwas anderes? Mütze, Haarband, Schmuck?«

»Johanna benutzt keine Mützen oder Haarbänder, und der einzige Schmuck, den sie trägt, ist der Ehering. Den hat sie immer am Finger.«

Henrik lehnte sich zurück.

»Haben Sie wirklich keine Ahnung, wo sie sein könnte?«

»Nein«, antwortete Dunja Weber.

»Bitte rufen Sie mich an, wenn Ihnen noch etwas einfallen sollte, was uns helfen kann, Ihre Frau zu finden.«

Dunja Weber nickte, während ihr die Tränen wieder in die Augen stiegen.

»Es gibt bestimmt eine logische Erklärung«, versuchte Henrik, sie zu trösten, aber sie starrte nur weinend auf die Tischplatte.

Eine Viertelstunde später hörte Henrik das Geräusch von Fahrstuhltüren, die sich öffneten. Vor ihm lag die Garage, zu der Johanna Weber unterwegs gewesen war, als ihre Frau zuletzt mit ihr gesprochen hatte. Sie sah aus, wie er sie sich vorgestellt hatte: klein, dunkel und schmutzig.

»Dunja Weber war tatsächlich in Göteborg auf dem

Seminar«, sagte Mia, die gemeinsam mit Jana Berzelius hinter ihm aus dem Fahrstuhl trat. »Gunnar hat gerade eine SMS geschickt, dass zwei ihrer Arbeitskolleginnen das bestätigt haben.«

»Okay«, antwortete Henrik, während sie sich im schwachen Lichtschein der Neonröhren durch die Garage bewegten. Leise zählte er die Parkplätze und kam auf zwanzig. Sechzehn waren von Autos verschiedener Marken und Modelle belegt.

»Wo befindet sich die Überwachungskamera?«, fragte Jana Berzelius. »Ich sehe sie nicht.«

»Sie sitzt oberhalb des Garagentors«, sagte er. »Und der Parkplatz von Johanna Weber ist da drüben, hinter dem Pfeiler.«

»Interessant«, bemerkte Mia.

»Was ist denn daran so interessant?«, fragte Henrik.

Ein summendes Geräusch erklang vom Garagentor, das sich langsam öffnete.

»Ihr Entführer wusste also, dass er hier zuschlagen musste. Er kannte ihre Bewegungsmuster, genau wie bei Sonja Eriksson und Frida Norberg.«

»Pass auf, dass die Fantasie nicht mit dir durchgeht«, sagte Henrik. »Wir wissen doch noch gar nicht, ob wir es mit demselben Täter zu tun haben.«

Er blieb vor dem leeren Parkplatz hinter dem Pfeiler stehen, ging in die Hocke und musterte den Boden, die Ölflecken und den Schmutz. Dann ließ er den Blick schweifen und schaute unter die Autos, die in der unmittelbaren Umgebung standen.

Was mochte hier passiert sein? Hatte jemand auf sie gewartet? Wurde sie überfallen, oder ging es um etwas völlig anderes?

Als Motorengeräusch zu hören war, erhob er sich wieder. Hinter Mia und Jana Berzelius sah er ein Auto in die Garage fahren. Es blieb in etwa zehn Metern Entfernung auf einem der freien Plätze stehen. Ein grüner, glänzender Jaguar.

Die Frau, die aus dem Auto stieg, sah sie fragend an. Der lila Mantel war an der Taille fest zusammengebunden, und sie trug ein weißes schimmerndes Halstuch.

»Tut mir leid, aber das ist eine private Parkgarage«, sagte sie und schlug die Tür mit einem Knall zu.

»Das wissen wir«, erwiderte Mia.

»Was machen Sie dann hier?«

»Wir sind von der Polizei«, erklärte Mia.

»Was ist denn passiert?«

»Das versuchen wir gerade herauszufinden«, entgegnete Mia.

Jana Berzelius machte einen Schritt auf die Frau zu und sagte: »Ich nehme an, Sie haben einen guten Überblick, was hier geschieht?«

»Ja, schon, man will ja nicht, dass sich jeder Hans und Franz hier in der Garage herumtreibt.«

Sie nickte vielsagend in Richtung ihres funkelnden Autos.

»Das verstehe ich gut«, sagte Jana Berzelius. »Haben Sie in den letzten Tagen hier jemand Unbefugten gesehen?«

»Nein.«

»Kennen Sie die Frau, der dieser Stellplatz gehört?«

Jana Berzelius deutete auf den leeren Platz von Johanna Weber.

»Johanna? Ja, wir haben uns ein paar Mal unterhalten, und ich habe versucht, sie zu erreichen.«

»Warum?«, wollte Henrik wissen.

»Ich habe einen Ring unter meinem Auto gefunden, von dem ich denke, dass er ihr gehört.«

»Wie kommen Sie darauf?«, fragte er.

»Auf der Innenseite ist ›Dunja forever‹ eingraviert.«

9

»Hallo, Danilo, ich bin's.«

Jemand schaute verlegen durch den Türspalt von Danilo Peñas Zimmer.

»Nils?«, sagte er vom Bett aus.

»Was machst du gerade?«

Danilo seufzte und richtete seinen Blick wieder auf den Fernseher. Eigentlich sollte er Nils sagen, dass er nicht mehrmals am Tag bei ihm hereinschauen musste, aber er brachte es nicht über sich.

»Wie du merkst, sehe ich fern.«

»Entschuldige. Willst du weiter fernsehen?«

»Wenn du schon fragst, dann: Ja.«

»Okay, aber wo wir ohnehin miteinander reden … Ich muss dich etwas fragen, über das ich nachgedacht habe.«

»Und das wäre?«

Nils schob die Tür ein bisschen weiter auf.

»Ich … ich habe über das mit dem Job nachgedacht. Aber ich habe ja keinen.«

»Dann musst du dir einen suchen«, sagte Danilo und schob einen Arm unter den Kopf.

»Ja, natürlich.« Nils lächelte nervös. »Aber …«

»Hm?«

»Was mache ich, wenn ich keine Arbeit finde? Was passiert dann?«

»Ich weiß es nicht, Nils«, erwiderte Danilo müde. »Ich kann dir nicht antworten, ich sehe fern.«

»Na klar, tut mir leid, dass ich dich gestört habe. Ich wollte nur …«

»Was denn?«

»Nein, schon gut. Danke, Danilo.«

Danilo lauschte den Schritten, die langsam im Flur erstarben. Nils war so lange eingesperrt gewesen, dass er nun, da er in die Freiheit entlassen werden würde, nicht mehr wusste, was er mit ihr anfangen sollte. Danilo hingegen hatte sich sein ganzes Leben außerhalb der Gesellschaft befunden. Gewalt und Tod hatten seine Rechnungen bezahlt. Er war der vollkommen falsche Ansprechpartner für die Frage, wie man ein ganz normales Leben führte.

Die Schritte kamen zurück.

»Was ist denn jetzt schon wieder, Nils?«, fragte er, ohne den Fernseher aus den Augen zu lassen.

»Kommen Sie bitte mit in den Besucherraum.«

Nicht Nils stand in der Türöffnung, sondern ein überheblicher Pfleger mit graumeliertem Haar und einer großen Narbe am Kinn.

»Warum?«, fragte Danilo und zog den Arm unter dem Kopf hervor.

»Ihr Rechtsanwalt ist hier.«

»Dunja Weber hat bestätigt, dass der Ring, der in der Parkgarage gefunden wurde, ihrer Frau Johanna gehört«, sagte Henrik Levin, der vorne am Whiteboard stand.

Jana sah, dass sein Blick von ihr zu Mia Bolander und dann weiter zu Gunnar Öhrn, Anneli Lindgren und Ola Söderström wanderte, die am Tisch des Konferenzraums saßen.

»Aha, und hat jemand eine Idee, wie er dort gelandet sein könnte?«, fragte Gunnar Öhrn. »Könnte sie ihn verloren oder freiwillig abgenommen haben?«

»Wohl kaum«, meinte Mia Bolander. »Dunja Weber hat heute früh gesagt, dass Johanna den Ring immer trägt. Und wir gehen ja davon aus, dass der Täter seinen Opfern Schmuck abnimmt. Sonja Eriksson hatte herzförmige Goldohrringe, und Frida Norberg trug ein rotes Piercing und einen Ring, als sie verschwand, aber nichts davon wurde an den beiden Leichen gefunden.«

»Der Täter hat doch sonst nie etwas zurückgelassen, warum sollte er das jetzt tun?«, gab Gunnar Öhrn zu bedenken.

»Vielleicht spielt er mit uns, was weiß ich?«, entgegnete Mia Bolander.

»Wie sicher sind wir denn, dass es unser Mann ist, der hinter dem Verschwinden von Johanna Weber steckt?«, fragte Gunnar Öhrn.

»Sicher«, antwortete Mia Bolander sofort.

»Henrik, was meinst du?«

»Ja, das ist unser Täter, zweifellos.«

»Dann sollte ich mich am besten gleich zur Parkgarage begeben, um eventuelle Spuren zu sichern«, sagte Anneli Lindgren und erhob sich.

»Ich denke, wir sollten uns jetzt den Film aus der Überwachungskamera besorgen«, schlug Mia Bolander vor.

»Ola, du hast gehört, was Mia gesagt hat. Sieh zu, dass du den Film ranschaffst!«

»Yes, Boss«, antwortete der Forensiker und stand auf.

»Eine furchtbare Sache«, sagte Gunnar Öhrn, als Anneli Lindgren und Ola Söderström den Raum verlassen hatten. »Drei Frauen sind entführt worden, von denen zwei ermordet wurden. Mit wem haben wir es hier eigentlich zu tun, verdammt?«

»Ich bin mir ziemlich sicher, dass der Täter ein intelligenter Mensch ist, der ein ziemlich normales Leben führt. Er hat eine Arbeit und vielleicht sogar eine Familie«, erklärte Mia Bolander. »Aber er hat irgendeine Störung, die dazu führt, dass er Frauen ermorden, verstümmeln und zusammennähen muss. Er hat seine Opfer genau studiert, um zu wissen, wann und wo sie allein sind, damit er zuschlagen kann, ohne entdeckt zu werden. Da er ihre Bewegungsmuster kennt, hat er sie vermutlich im Vorfeld ausgewählt. Und das Schwein steht bestimmt total darauf, von seinen Taten in der Zeitung zu lesen, vermutlich holt er sich bei jedem Artikel, den er liest, einen …«

»Mia!«, unterbrach Gunnar Öhrn sie. »Es reicht. Du denkst also, wir können ausschließen, dass die Opfer zufällig ausgesucht wurden?«

»Ja«, antwortete sie und nickte.

»Ich stimme dir zu.« Henrik Levin setzte sich an den Tisch. »Wir haben es mit einem Täter zu tun, der einem bestimmten Muster folgt, und zwischen den Morden vergehen nicht mehr als zwei Tage. Laut Björn Ahlmann von der Rechtsmedizin wurden Sonja Eriksson und Frida Norberg an dem Morgen ertränkt, an dem sie gefunden wurden. Johanna Weber ist gestern verschwunden, und wenn er seinem Muster folgt, heißt das …«

»… dass wir morgen ihre Leiche aus dem Strömmen ziehen. Das ist mir klar«, vervollständigte Gunnar Öhrn den Satz und kratzte sich am Hals, an dem schon rote Stressflecken zu sehen waren. »Also müssen wir weiterkommen mit den Ermittlungen und sie schnell finden. Wo ist sie jetzt? Wo hält er sie gefangen? Haben wir irgendeine Idee?«

»Die Durchsuchung des Gebiets am Strömmen gestern hat nichts ergeben, aber ich vermute, dass er sich an einem einsamen Ort aufhält, wo er kommen und gehen kann, wie er will«, sagte Henrik Levin.

»Ja, aber liegt dieser Ort im Wald?«, fragte Gunnar Öhrn. »Ist es ein alter Bunker, ein verlassenes Industriegebäude, eine verfallene Hütte? Und wo ertränkt er sie? In einer Badewanne?«

»Das wäre am logischsten«, fand Mia Bolander. »Er kann sie ja schlecht im Strömmen ertränkt und dann wieder herausgeholt haben, um ihre Beine zusammenzunähen und wieder in den Fluss zu werfen.«

»Wir warten noch immer auf die Laborergebnisse der Obduktionen. Vielleicht können die uns etwas darüber sagen, wohin er die Opfer bringt«, sagte Jana.

»Okay.« Gunnar Öhrn stand auf. »Wir gehen einen Schritt zurück. Wenn wir voraussetzen, dass der Täter seine Opfer ausgewählt hat, dann muss es eine Verbindung zwischen ihnen geben – die wir allerdings bisher zwischen den ersten beiden Frauen noch nicht gefunden haben. Aber mit Johanna Weber kann sich das ja ändern.«

Er ging zur Wand, an der die Fotos von Sonja Eriksson, Frida Norberg und Johanna Weber hingen.

»Was ist die Verbindung zwischen einer Rentnerin, einer Masseurin und einer Immobilienmaklerin?«, fragte er mit Blick auf die Bilder.

»Keine Ahnung.« Mia Bolander zuckte mit den Schultern. »Es muss was Einfaches sein. Das ist meine Vermutung.«

»Könnte er ein Verhältnis mit ihnen gehabt haben?«, schlug Gunnar Öhrn vor.

»Das bezweifle ich«, sagte Jana. »Johanna Weber ist lesbisch, und wir haben schon herausgefunden, dass zwischen den Opfern große Unterschiede in Alter und Aussehen bestehen. Ihre Wege müssen sich woanders gekreuzt haben.«

»Und irgendwas muss dazu geführt haben, dass er sie in Meerjungfrauen verwandeln will«, fügte Henrik Levin hinzu.

»Meerjungfrauen?«, rief Mia Bolander. »Wo hast du das denn her?«

»Du siehst doch, wie ihre Beine und Genitalien zusammengenäht sind.« Henrik Levin deutete mit dem Kopf auf die Fotos.

Es wurde still im Raum.

»Klingt plausibel, das muss ich zugeben«, sagte Gunnar Öhrn nach einiger Zeit und strich sich übers Kinn.

»Ja, schon, aber warum hast du das nicht schon etwas früher ausgespuckt?«, meinte Mia Bolander.

»Herr Levin und ich wollten diese Theorie erst einmal genauer untersuchen«, erklärte Jana Berzelius.

Sie spürte den hasserfüllten Blick der Kriminalobermeisterin. Vermutlich war Mia Bolander sauer, weil sie sie nicht in ihre Überlegungen mit einbezogen hatten.

»Und zu was für einem Ergebnis seid ihr gelangt, wenn ich fragen darf?«, meinte sie säuerlich. »Warum hat dieser Wahnsinnige die Opfer in Meerjungfrauen verwandelt? Kein normaler Mensch würde auf so eine Idee kommen.«

»Ein psychisch Kranker könnte solche Taten nicht begehen, das hast du selbst festgestellt«, sagte Henrik Levin in gewohnter Ruhe. »Dafür braucht es viel zu viel Planung.«

»Mag sein«, erwiderte Mia Bolander. »Aber sein Gehirn funktioniert ja offenbar nicht so, wie es soll.«

»Genau das tut es doch«, sagte Jana. »Das zeigt sich ja unter anderem darin, dass er so viel Zeit und Kraft investiert, um seine Opfer in Meerjungfrauen zu verwandeln.«

»Und ich frage noch einmal: Warum tut er das?«

»Dafür kann es mehrere Gründe geben«, erklärte die Staatsanwältin. »In den alten Sagen herrschten die Meerjungfrauen über das Meer. Ihr Erscheinen wurde als schlechtes Omen betrachtet und mit den zerstörerischen Kräften der Natur in Verbindung gebracht. Aber sie kann auch eine rätselhafte Frau symbolisieren. Das bekannteste Märchen handelt von einer Meerjungfrau, die sich in einen Prinzen verliebt und ihr Leben riskiert, um seine Liebe zu gewinnen. Eine Meerhexe verwandelt sie in einen Menschen, aber dafür muss die Meerjungfrau unter anderem ihre Stimme und ihre Zunge opfern, und jeder Schritt fühlt sich an, als würde sie auf scharfen Messern gehen. Trotz ihrer Opfer gewinnt sie nicht die Liebe des Prinzen. Er verlobt sich mit einer anderen Frau, und die Meerjungfrau verwandelt sich in Meeresschaum. Vielleicht gibt es einen Bezug zwischen der Verstümmelung der beiden Opfer und dem Leid der Meerjungfrau in diesem Märchen?«

»Ich dachte, in dieser Erzählung ginge es um die Liebe, aber da habe ich mich wohl geirrt«, meinte Mia Bolander. »Das klingt ja nach einer verdammt grausamen Geschichte.«

»Ja, aber es gibt auch Erzählungen, in denen die Meerjungfrau als schön, gütig und liebevoll beschrieben wird«, ergänzte Henrik Levin.

»Eine Traumfrau also«, murmelte Mia Bolander.

»Vielleicht will der Täter eine Traumfrau erschaffen, von der er denkt, dass sie ihn vollkommen glücklich machen kann«, schlug Gunnar Öhrn vor.

»Wir haben ja schon über Rache als denkbares Motiv gesprochen«, sagte Henrik Levin. »Es kann sein, dass wir nach jemandem suchen, der die Liebe verloren hat. Einen

Rächer der Liebe. Der die Frauen bestrafen oder ihnen die Schuld an etwas geben will.«

»Das führt uns zurück zur Theorie, dass er ein Verhältnis mit seinen Opfern gehabt haben könnte.« Jana stand auf.

»Gehen Sie schon?«, fragte Gunnar Öhrn.

Jana nickte. »Eine Verhandlung im Landgericht wartet, aber ich wäre Ihnen dankbar, wenn Sie mich kontaktieren könnten, sobald Sie neue Ergebnisse haben.«

»Es gab keine Spermaspuren«, fuhr Mia Bolander fort. »Das heißt, wir suchen nicht nach einem Vergewaltiger. Vielleicht verschaffen ihm das Schneiden an sich und die Verwandlung der Opfer sexuelle Befriedigung?«

»Oder er ist ein Fan von Märchen und Fantasy. Vielleicht ist er vollkommen besessen von Meerjungfrauen und lebt seinen Traum auf diese bizarre Art und Weise aus«, überlegte Gunnar Öhrn.

»Apropos, es gibt Kurse in Meerjungfrauenschwimmen«, erzählte Henrik Levin. »Davon habe ich im Internet gelesen. Und Frida Norberg ist ja gern geschwommen.«

»Gut«, sagte Jana. »Dann können Sie ja damit anfangen.«

Die schwere Tür des Besucherraums wurde hinter Danilo geschlossen. Er warf einen Blick auf seinen Rechtsanwalt Magnus Ekstrand, der allein auf der anderen Seite des Tisches saß. Der kahlköpfige Mann sah erschöpfter aus denn je. Sein Gesicht war blass, er hatte dunkle Ringe unter den rotgeäderten Augen, und die Beine, die in einer hellblauen Anzughose steckten, wirkten streichholzdünn.

»Was ist mit Ihnen los? Sie sehen aus, als hätten Sie hundert Jahre nicht geschlafen.«

»Ist schon okay. Ich bin am Wochenende in Brasilien einen Marathon gelaufen und bin immer noch müde«, antwortete Ekstrand. »Die Zeitumstellung, Sie wissen schon. Ich bin auf der Autofahrt hierher beinahe eingeschlafen.«

»Was machen Sie denn dann überhaupt hier?«, fragte Danilo.

»Setzen Sie sich doch bitte.« Magnus Ekstrand deutete mit dem Kopf auf den Stuhl gegenüber.

Danilo nahm widerwillig Platz.

»Es ist wohl eher ungewöhnlich, dass ich auf diese Weise um ein Treffen bitte, aber es geht um Ihren Antrag auf vorzeitige Entlassung aus der Forensischen Psychiatrie.«

»Was ist damit?«

»Nur eine kleine Mitteilung für Sie«, erklärte er, und erst jetzt sah Danilo, dass sich eine dünne Schicht Schweiß auf seiner Stirn und auf der Oberlippe gebildet hatte. »Wie geht es Ihnen eigentlich?«

»Scheißegal, kommen Sie lieber zur Sache«, sagte Danilo.

Der Anwalt lockerte den Schlipsknoten ein wenig, faltete die Hände auf dem Tisch und holte Luft.

»Wie Sie wissen, ist es Sache des Verwaltungsgerichts, über die vorzeitige Entlassung aus dem Maßregelvollzug zu entscheiden.«

»Hm«, gab Danilo von sich.

»Hm«, imitierte Magnus Ekstrand ihn. »Und Sie wissen auch, dass das Verwaltungsgericht sich dabei normalerweise an dem Gutachten eines fachkundigen Arztes orientiert?«

Danilos Geduld war langsam zu Ende. Er konnte den verdammten Ausführungen des Anwalts nicht länger zuhören.

»Aber in diesem Fall spielt das Gutachten keine Rolle mehr«, fuhr Ekstrand fort.

»Wovon reden Sie?« Danilo bemühte sich, ruhig zu bleiben.

»Nun, es spielt keine Rolle, ob der Arzt der Meinung ist, dass Sie entlassen werden können. Denn in diesem Fall, in Ihrem Fall, hat Berzelius …«

»Jana Berzelius?«, unterbrach Danilo ihn verbissen.

»Nein, nein, nicht sie.«

Danilo starrte den Anwalt erstaunt an, bis er begriff, von wem er gesprochen hatte.

»Sie meinen Karl Berzelius?«

»Äh, ja«, sagte Magnus Ekstrand nervös. »Genau.«

»Hat der Sie hierhergeschickt?«, zischte Danilo.

Der Anwalt schluckte schwer.

»Ja«, presste er hervor. »Und er lässt Ihnen ausrichten, dass es egal ist, wie oft Sie eine vorzeitige Entlassung beantragen.«

»Was meint er damit?«, fragte Danilo, aber er ahnte es schon, und es versetzte ihm einen Stich, als der Anwalt sagte:

»Dass … dass man Sie nie entlassen wird. Aber richten Sie Ihre Wut bitte nicht gegen mich«, fügte er eilig hinzu. »Es ist nicht meine Schuld, ich bin nur der Bote.«

Da konnte Danilo sich nicht mehr zurückhalten. Blitzschnell riss er den Anwalt vom Stuhl und versetzte ihm einen harten Schlag unter die Rippen. Sofort sackte der magere Mann auf dem Fußboden zusammen, hielt sich die Brust und schnappte nach Luft.

Es dauerte ein paar Sekunden, ehe seine Augen nach hinten rollten und er sich nicht mehr rührte. Das war die Folge eines Schlags aus kurzer Entfernung, dachte Danilo lächelnd. Oder eines Herzinfarktes.

10

Mia hatte Schuhe und Strümpfe ausgezogen. Jetzt stand sie barfuß neben Henrik und sah durch eine Glastür in die große Schwimmhalle. Im Fünfundzwanzig-Meter-Becken bewegten sich mehrere Rentnerköpfe langsam vor und zurück.

Sie drehte sich um, als ein breitschultriger, etwa fünfzigjähriger Mann in türkisem T-Shirt und Shorts aus einer Tür mit der Aufschrift »Nur Personal« trat.

»Mikael Rot?«

»Ja.«

»Mia Bolander«, stellte sie sich vor und hielt der sonnengebräunten Hand des Mannes ihre blasse Rechte hin. »Das ist mein Kollege Henrik Levin. Danke, dass Sie sich so kurzfristig Zeit für uns nehmen konnten.«

»Kein Problem«, sagte er.

»Wollen wir uns setzen?«, schlug Henrik vor.

»Klar, wir können nach oben auf die Tribüne gehen.«

Mikael Rot öffnete die Glastür. Seine Plastikpantoffeln klapperten gegen den Klinkerboden, während sie durch die Halle gingen. Die warme und feuchte Luft roch nach Chlor, und im Abenteuerbereich weiter hinten hallten fröhliche Rufe von spielenden Kindern.

Mia schauderte, als sie den schleimigen nassen Boden unter den Fußsohlen spürte. Das Risiko, sich Fußpilz zu holen, war verdammt groß, und sie verwünschte Jana Berzelius, die sie hergeschickt hatte.

»Sie bieten also Kurse in sogenanntem Meerjungfrauenschwimmen an«, sagte sie zu Mikael Rot, als sie auf den Holzbänken Platz genommen hatten. »Erzählen Sie mal, was ist der Clou daran?«

Er lachte auf.

»Tja, was ist eigentlich der Clou an Meerjungfrauen? Ich weiß nicht, was ich dazu sagen kann, außer dass sie extrem beliebt sind. Anfangs ging es uns vor allem darum, etwas Nettes für Kinder anzubieten, aber schon bald bekamen wir Anfragen von Erwachsenen, die auch ihren Traum ausleben und einmal eine Meerjungfrau sein wollten. Also haben wir letztes Jahr in zehn Meerjungfrauenflossen investiert, und wir müssen wohl noch welche dazukaufen, weil das Interesse ständig wächst.«

»Und was macht man dann genau?«, fragte sie. »Man presst sich in einen Plastikschwanz, taucht im Wasser herum und spielt?«

»Na ja, es ist nicht unbedingt ein Spiel. Das Ganze nennt sich Mermaiding und ist ein effektives Training für den ganzen Körper, vor allem für den Rumpf«, erläuterte Mikael Rot und legte sich die Hände auf den flachen Bauch. »Aber jetzt möchte ich erst mal wissen, warum Sie mit mir reden wollen.«

»Wir ermitteln im Mordfall Frida Norberg und haben die Information erhalten, dass sie regelmäßig hierher ins Schwimmbad gekommen ist«, erklärte Henrik. »Wissen Sie, wen ich meine?«

»Ehe ich diese Frage beantworte, wüsste ich gern, ob ich irgendwie unter Verdacht stehe«, sagte Mikael Rot und kratzte sich nervös am Bein.

»Nein, Sie stehen nicht unter Verdacht«, versicherte Mia und betrachtete eine Frau im Bademantel, die mit einem

Mädchen an der Hand vorbeiging. Die orangen Schwimmflügel an den Armen der Kleinen sahen riesig aus.

»Ich will nur nicht in irgendwas reingezogen werden«, fuhr Mikael Rot fort.

»Das respektieren wir natürlich«, sagte Henrik. »Aber es gehört zu unserer Arbeit, mit allen ihren Kontakten zu sprechen. Haben Sie Frida Norberg gekannt?«

»Nicht persönlich«, entgegnete Mikael Rot, »aber ich arbeite seit fünfzehn Jahren hier und weiß, dass sie regelmäßig nach der Arbeit hergekommen ist. Für uns ist es schwer zu begreifen, dass sie tot sein soll.«

Er verstummte, und seine breiten Schultern sanken ein wenig hinab.

»Kam sie allein her oder in Begleitung?«, fragte Henrik.

»Allein.«

»Wann haben Sie sie zuletzt gesehen?«

Mikael Rot kniff die Augen zusammen, als versuche er sich zu erinnern.

»Das muss vor einer Woche gewesen sein. Ich habe sie in der Sportschwimmerbahn gesehen. Aber ich verstehe nicht, worauf Sie hinauswollen.«

»Wir versuchen nur herauszufinden, wer sie umgebracht hat.« Mia zog an ihrem Pullover, der inzwischen am Rücken klebte.

»Und Sie glauben, dass sie ihrem Mörder hier begegnet ist? Hier im Schwimmbad?« Mikael Rot lächelte sie unsicher an.

»Das haben wir nicht behauptet. Aber jetzt, wo Sie es sagen – das ist ein interessanter Gedanke.«

»Wie oft ist Frida Norberg denn hergekommen?«, wollte Henrik wissen.

»Zweimal pro Woche ungefähr. Und sie hat auch mal am

Meerjungfrauenschwimmen teilgenommen, nur um es mal auszuprobieren.«

»Wann war das?«, fragte Henrik.

»Letzten Herbst, glaube ich.«

»Wir brauchen die Namen aller Teilnehmer.«

»Ich weiß nicht, ob das geht«, antwortete Mikael. »Es war ein Schnuppertag ohne Anmeldung, und ich glaube nicht, dass Isaac sich an alle erinnern kann, die hier waren.«

»Isaac?«, hakte Mia nach.

»Er hat damals die Meerjungfrauenkurse gegeben. Inzwischen unterrichtet er nur noch Freistilschwimmen. Ich sehe ihn ungefähr jeden zweiten Tag hier.«

»Wie heißt er mit Nachnamen?«, fragte sie.

»Bergman.«

»Wissen Sie, wo er wohnt?«

»Nein, aber seine Adresse steht im Mitarbeiterverzeichnis.«

Der dreißigjährige Mann, der durch den Türspalt einer Wohnung im Albrektsvägen spähte, war beinahe zwei Meter groß und trug einen hellgrauen Trainingsanzug. Die Nase war rot und geschwollen, als hätte er eine starke Erkältung.

»Isaac Bergman?«, fragte Henrik.

»Ja, wieso?«

»Wir sind von der Polizei und würden uns gern mit Ihnen unterhalten. Können wir reinkommen?«

»Na klar«, sagte Isaac Bergman heiser und ließ sie herein.

Das Wohnzimmer war mit einem Sofa, einem Tisch und einigen Kiefernholzregalen eher spärlich möbliert. An den Wänden hingen drei große Bilder von schneebedeckten Bergen.

In einer Sofaecke lag eine graue Katze und schlief. Sie sprang erschrocken auf den Fußboden, als Henrik und Mia sich setzten.

Henrik warf einen raschen Blick auf das gerahmte Hochzeitsfoto und den getrockneten Blumenstrauß, die beide neben dem Fernseher hingen, und stellte fest, dass es der Strauß war, den die Braut auf dem Foto in der Hand hielt.

»Wir kommen gerade vom Centralbadet«, erklärte Mia. »Wenn wir es richtig verstanden haben, sind Sie ziemlich oft dort.«

»Beinahe jeden Tag«, bestätigte Isaac Bergman, der am Türrahmen stehen geblieben war. »Das heißt, wenn ich gesund bin. Das Schwimmbad ist meine zweite Heimat.«

»Kannten Sie Frida Norberg?«

»Ach, Sie möchten über Frida Norberg sprechen?«

»Haben Sie sie gekannt?«, wiederholte Mia.

»Ein bisschen. Sie ist auch regelmäßig zum Schwimmen gegangen, und wir haben öfter mal ein paar Worte im Becken gewechselt, mehr aber nicht. Dass sie tot ist, weiß ich allerdings schon.«

»Sie war beim Meerjungfrauenschwimmen dabei, das Sie letzten Herbst angeboten haben.«

»Das stimmt, aber ich glaube, das war nicht ihr Ding. Meins übrigens auch nicht, deshalb habe ich auch nicht damit weitergemacht.«

»Wann haben Sie zuletzt mit ihr gesprochen?«, fragte Henrik.

Isaac Bergman wischte sich die laufende Nase ab.

»Das weiß ich nicht mehr so genau.«

»Bitte denken Sie nach«, bat Henrik ihn.

»Vor einer Woche vielleicht?«

»Und worüber haben Sie sich unterhalten?«

»Ich vermute, es ging um meinen Körper.«

»Ihren Körper?«, rief Mia erstaunt aus.

»Ich bin Schwimmer und extrem gut trainiert«, erklärte Isaac Bergman.

»Das heißt, Sie haben ihr Ihre Muskeln demonstriert?«, hakte Mia nach.

Bergman lachte. »Das nicht, aber ich habe ihr ein paar Tipps gegeben, wie sie effektiver brustschwimmen kann.«

Henrik betrachtete Isaac Bergman genau und versuchte zu entscheiden, ob seine Antwort glaubwürdig war oder nicht. Dann zog er sein Handy hervor.

»Wissen Sie, wer diese Frau ist?«, fragte er und hielt ihm ein Foto von Sonja Eriksson hin.

»Nein.«

»Und die hier?« Henrik zeigte ihm Johanna Weber.

»Nein, aber ich kann mir auch keine Gesichter merken. Ich kann mich ja kaum an die Kunden erinnern, bei denen ich gearbeitet habe.«

»Was arbeiten Sie denn?«, fragte Mia.

»Mit Steinen«, antwortete Bergman. »Ich bin Pflasterer bei Hallbergs Straßenbau.«

»Wenn ich sage, dass die Frauen auf den Fotos Sonja Eriksson und Johanna Weber heißen, klingelt es dann bei Ihnen?« Henrik steckte das Handy zurück in die Hosentasche.

Isaac Bergman schüttelte den Kopf.

Henrik änderte seine Strategie.

»Ich sehe, dass Sie verheiratet sind.« Er deutete mit dem Kopf auf das Hochzeitsfoto neben dem Fernseher.

»Nicht mehr.« Bergman wandte den Blick ab. »Sie ist abgehauen, sobald sie die Aufenthaltsgenehmigung hatte.«

Trotzdem hast du den Brautstrauß und das Foto aufgehoben, dachte Henrik.

»Aber Sie mögen sie immer noch?«, sagte er laut.

»Was hat das denn mit der Sache zu tun?«, entgegnete Isaac Bergman irritiert und verschränkte die Arme vor der Brust.

»Wie heißt sie?«, fragte Mia.

»Vanja Bergman.«

»Und wann hat sie Sie verlassen?«, fuhr sie fort.

»Vor einem Jahr. Wir wohnten damals in der Luntgatan, aber sie hat es geschafft, dass sie nach der Scheidung alles behalten durfte, sogar meinen Nachnamen. Deshalb wohne ich jetzt hier.«

»Waren Sie enttäuscht, als sie Sie verlassen hat?«, fragte Mia.

»Wieso?«, erwiderte er und zog die Augenbrauen zusammen.

»Haben Sie sich ausgenutzt gefühlt?«

Der Gesichtsausdruck von Isaac Bergman veränderte sich sofort, und er starrte Mia feindselig an.

»Was ist denn das für eine beschissene Frage? Was wollen Sie eigentlich von mir?«

»Immer mit der Ruhe. Wir wollen Ihnen nur ein paar Fragen zu Frida Norberg stellen«, sagte Henrik beschwichtigend.

»Dann bleiben Sie doch beim Thema.«

»Am Samstagnachmittag, wo waren Sie da?«

»Im Schwimmbad. Da habe ich mir auch die Erkältung zugezogen.«

»Waren Sie allein da?«

»Ja. Sind wir jetzt fertig?«

»Nur eins noch – wo waren Sie heute früh gegen sechs Uhr?«, fragte Henrik.

»Ich lag zu Hause und habe geschlafen«, sagte Isaac Bergman.

»Kann das jemand bezeugen?«

»Fragen Sie doch das Katzenvieh.«

Es war beinahe zwölf Uhr, als Jana das Landgericht betrat. In knapp zehn Minuten sollte der Siebenundzwanzigjährige, der unter Verdacht stand, einen Schmuckladen überfallen zu haben, dem Haftrichter vorgeführt werden.

Er saß rechts im Gerichtssaal und trug ein dunkelblaues Sweatshirt. Dann und wann warf er einen Blick auf den Richter und die Schöffen, die gegenüber von den Zuhörern aufgereiht dasaßen. Es war nicht zu übersehen, dass er nervös war, als hätte er eben erst den Ernst der Lage erfasst.

Neben ihm saß ein Mann in den Fünfzigern mit Geheimratsecken, der einen grauen Anzug trug. Jana kannte ihn, Stefan Callmander hieß er. Was machte der überhebliche Rechtsanwalt denn hier?

Widerwillig ging sie zu ihm. Als er sie kommen sah, bedachte er sie mit einem arroganten Lächeln.

»Fräulein Berzelius, jetzt glaube ich aber, dass Sie sich verlaufen haben. Hier sitzen nämlich die Gewinner, wissen Sie?«

»Ist etwas passiert?«, fragte sie.

»Wieso?«

»Weil Magnus Ekstrand nicht hier ist.«

Stefan Callmander lehnte sich zurück und faltete die Hände auf seinem Kugelbauch.

»Kennen Sie meinen Kollegen näher, da Sie nach ihm fragen?«

»Nein.«

Das künstliche Lächeln verschwand aus Callmanders Gesicht, und er beugte sich wieder vor.

»Es ist allerdings etwas passiert«, erzählte er. »Magnus Ekstrand ist leider an einem Herzinfarkt gestorben, und ich durfte als Verteidiger einspringen.«

Jana sah ihn erstaunt an.

»Warum hat mir das niemand erzählt?«

»Das war doch erst vorhin«, sagte Callmander. »Und ganz ehrlich begreife ich nicht, warum das relevant für die Verhandlung sein sollte.«

Sie wollte gerade an ihren Platz gehen, da sprach er weiter: »Aber es ist natürlich bedauerlich. Magnus Ekstrand war erst fünfundvierzig, und laut Aussage der Pfleger ist er einfach in sich zusammengesackt, zack, bum. Offenbar war er kürzlich einen Marathon gelaufen … Kann natürlich sein, dass der Körper gestreikt hat … Keine Ahnung.«

»Die Pfleger?«, wiederholte Jana.

»Ja, Ekstrand war gerade auf einem Routinebesuch bei einem Patienten in der Klinik für Forensische Psychiatrie in Vadstena, als es geschah«, sagte Callmander.

»Worum ging es bei dem Besuch?«

»Um einen Antrag auf vorzeitige Entlassung aus dem Maßregelvollzug, warum fragen Sie?«

Jana verzichtete auf eine Antwort. »Wissen Sie, wie der Patient hieß?«

Sie hätte nicht fragen sollen, aber sie musste es einfach.

»Wie soll ich das wissen? Ich weiß nur, dass in einer Minute die Verhandlung beginnt. Deshalb wäre es gut, wenn Sie sich jetzt mal auf Ihre Seite begeben würden, Fräulein Berzelius.«

11

Mia konnte sich nicht zurückhalten. Kaum hatte Henrik das Tablett auf den Tisch gestellt, riss sie den Cheeseburger an sich und biss ein großes Stück ab.

»Hungrig?«, fragte Henrik mit lauter Stimme, um die schreienden Kinder und die pfeifenden Maschinen im Burgerrestaurant am Packhusrondellen zu übertönen.

»Wie ein Wolf«, antwortete sie zwischen den Bissen.

»Warum hast du dann keine Pommes genommen?« Er wickelte vorsichtig das Papier von seinem Hamburger.

»Ich wollte noch ein bisschen Platz lassen für das Abendessen heute.«

»Welches Abendessen?«

Mia schluckte und sah ihn vielsagend an.

»Das Teamessen, das jedes Jahr stattfindet«, sagte sie. »Kommt Emma mit oder nicht?«

»Sie hat schon einen Babysitter organisiert«, antwortete Henrik und streute Salz über seine Pommes.

»Das heißt, sie kommt mit?«

»Ja, aber ich verstehe nicht, wie du in dieser Situation an das Abendessen denken kannst.«

»Vielleicht, weil ich dafür verantwortlich bin?«

»Ja, aber die Zeit läuft, und wir stehen ziemlich unter Druck, Mia. Wir brauchen einen Durchbruch bei unseren Ermittlungen, sonst dürfen wir morgen früh Johanna Webers Leiche aus dem Strömmen ziehen.«

»Henrik, es wäre gut, wenn du ein bisschen leiser reden würdest«, schlug Mia vor, als sie sah, dass die Leute in dem vollbesetzten Restaurant sich nach ihnen umdrehten.

Henrik atmete tief durch und senkte dann die Stimme.

»Tut mir leid, ich habe nur das Gefühl, als würden wir die ganze Zeit auf der Stelle treten und kein bisschen weiterkommen.«

»Wir und auch die Zusatzkräfte arbeiten doch die ganze Zeit«, sagte Mia. »Und gerade waren wir bei Isaac Bergman zu Hause.«

»Was hat uns das eigentlich gebracht?«

»Er hat in jedem Fall eine Verbindung zu Frida Norberg.«

»Aber er scheint Sonja Eriksson und Johanna Weber nicht zu kennen«, entgegnete Henrik.

»Das wissen wir doch nicht. Vielleicht hat er uns angelogen«, gab Mia zu bedenken.

»Mag sein, aber was sollte er für ein Motiv haben, Frauen in Meerjungfrauen zu verwandeln?«

»Vielleicht weil Wasser sein wahres Element ist?« Mia legte den Cheeseburger aus der Hand. »Jetzt hör mal zu, Henrik. Meinst du nicht, dass wir ihn ein bisschen genauer überprüfen sollten? Vor allem, ob es stimmt, dass er im Schwimmbad war, als Frida Norberg verschwunden ist.«

Sie wartete nicht auf seine Antwort, sondern griff nach ihrem Handy und rief Ola an, der sich sofort meldete.

»Ich habe was für dich«, erklärte sie.

»Ich auch für dich«, gab er zurück, »aber sag du zuerst.«

»Ich möchte, dass du Isaac Bergman im Albrektsvägen überprüfst.«

»Steht er unter Verdacht?«, wollte Ola wissen.

»Alle stehen derzeit unter Verdacht.« Sie zog ein Salatblatt aus dem Burger, das sie sich in den Mund steckte.

»Isaac Bergman behauptet, er sei am Samstagnachmittag, als Frida Norberg verschwand, im Schwimmbad gewesen. Wir müssen jemanden finden, der das bestätigen kann. Prüf bitte auch, ob er ein Alibi für die Zeit hat, in der Sonja Eriksson und Johanna Weber verschwunden sind. Okay?«

»Yes.«

»Gut«, sagte Mia. »Was hast du für Neuigkeiten? Und bitte sag, dass du die Aufzeichnungen der Überwachungskamera in der Parkgarage hast.«

»Nein, und ich werde sie auch nicht beschaffen können.«

»Was sagst du da?«

»Die Überwachungskamera ist seit letztem Winter defekt. Leider hat Anneli keinerlei Spuren in der Garage gefunden, die uns voranbringen würden. Aber wir werden mit allen Mietern der Parkgarage reden und sie fragen, ob ihnen etwas aufgefallen ist.«

»Verdammt«, fluchte Mia. Sie hatte gehofft, dass der Film ihnen Aufschluss darüber geben würde, wer Johanna Weber entführt und Sonja Eriksson und Frida Norberg umgebracht hatte.

»Allerdings habe ich einen Hinweis bekommen von einem Mann namens Eino Josefsson. Er ist Hausmeister im Jugendzentrum Strömvillan und hat gestern früh einen schwarzen Audi in der Nähe des Flusses gesehen – genau zu der Zeit, als Frida Norbergs Leiche dort gefunden wurde. Ich habe das Auto ausfindig gemacht, und ich glaube, es könnte für uns von Interesse sein.«

»Inwiefern?«, fragte Mia.

»Weil der Fahrzeughalter Simon Norell heißt. Weißt du, wer das ist?«

»Mir kommt der Name bekannt vor, aber ich kann ihn

gerade nicht einordnen«, sagte sie und stibitzte sich ein Pommesstäbchen von Henriks Tablett.

»Ist ja klar, du warst ja auch nicht an den Ermittlungen beteiligt.«

»Moment …«, sagte sie leise. »Das war der Typ, der seine Familie umgebracht und zerstückelt hat, oder?«

»Genau«, antwortete Ola. »Er hat seine Eltern im Schlaf überfallen, hat sie mit dem Messer erstochen und ist dann über seinen ein Jahr jüngeren Bruder hergefallen. Die Leichenteile wurden in einem See gefunden, und der Täter wurde in die Forensische Psychiatrie eingewiesen.«

»Und jetzt hat jemand sein Auto in der Nähe des Flusses gesehen?«

»Richtig«, bestätigte Ola. »Allerdings befindet er sich noch immer im Maßregelvollzug.«

Mia hob die Augenbrauen.

»Sehr seltsam. In welcher Klinik ist er untergebracht, wissen wir das?«

»Ja, in Vadstena.«

»Das ist nicht weit weg von Norrköping«, überlegte Mia laut. Sie warf Henrik einen Blick zu, der das Telefonat aufmerksam verfolgte.

»Etwa eine Stunde mit dem Auto«, sagte Ola.

»Hat er irgendwelche Ausgangsregelungen?«

»Nein«, meinte Ola. »Und wenn nicht er selbst mit dem Wagen gefahren ist, wer dann?«

Mia dachte nach. Lohnte es sich, der Sache nachzugehen? Vielleicht hatte sich nur jemand das Auto ausgeliehen. Aber als sie Henriks besorgten Blick sah, entschied sie sich.

»Wie kommen wir an den Mann ran, der uns den Hinweis gegeben hat?«, fragte sie.

»Ich habe seine Telefonnummer«, antwortete Ola.

Die Verhandlung war vorbei, und Jana erhob sich von ihrem Stuhl im Gerichtssaal. Rasch schob sie Unterlagen und Notizen in ihre Aktentasche und warf einen hastigen Blick auf Stefan Callmander, der auf der anderen Seite des Saals saß. Dem Rechtsanwalt war die Zornesröte ins Gesicht gestiegen, als der Haftrichter ihr zugestand, den siebenundzwanzigjährigen Kriminellen in Untersuchungshaft zu nehmen. Darüber hinaus wurden besondere Beschränkungen angeordnet: Callmanders Mandant durfte weder Radio hören noch fernsehen oder Zeitung lesen. Er durfte auch nicht mit anderen Häftlingen kommunizieren.

Der Anwalt nickte ihr zu, und ihr war klar, dass er noch etwas sagen wollte. Aber sie tat so, als habe sie es nicht gemerkt, drängte sich nach draußen auf den Bürgersteig und gesellte sich zu den vielen anderen Menschen, die geduckt durch den kalten Frühlingswind gingen.

Natürlich war ihr klar, dass Callmanders Kollege in Vadstena keineswegs an einem Herzinfarkt gestorben sein musste. Womöglich hatte Magnus Ekstrand gar keine Herzprobleme, sondern es war etwas ganz anderes vorgefallen. Ihr schwante nichts Gutes, denn sie wusste, wessen Verteidiger er gewesen war.

Jana griff nach ihrem Handy und wählte die Nummer ihres Vaters. Sie freute sich nicht gerade auf das Gespräch, aber sie musste einfach mit ihm reden. Nach dem fünften Klingeln hörte sie seine Stimme.

»Ja?«, meldete er sich.

»Danilos Anwalt ist tot«, sagte sie.

»Und du glaubst, ich wüsste es noch nicht?«

»Nein, natürlich nicht.«

»Warum rufst du mich dann an?«

Seine Stimme war kalt und hart, als wollte er demonstrieren, wie unnötig er ihren Anruf fand. Dabei bestand die Familie nur noch aus ihnen beiden, Vater und Tochter.

»Weil er gesund gewirkt hat, als ich ihn zuletzt gesehen habe.«

»Mag sein. Viele Menschen erleiden in jungen Jahren einen Herzinfarkt, und Magnus Ekstrand war vermutlich einer von ihnen.«

»Warum war er in der Forensischen Psychiatrie?«, fragte sie.

»Als Anwalt von Danilo war es sein gutes Recht, dort zu sein – auch ohne einen besonderen Anlass.«

Jana wurde ganz schwach zumute.

»Hast du etwas unternommen?«, fragte sie. »Hast du ihm einen Grund geliefert, dort hinzufahren?«

»Ich habe nichts getan.«

»Du lügst«, warf sie ihm vor. »Du hast ihn hingeschickt. Es war deine Schuld, oder? Es war deine Schuld, dass er gestorben ist.«

»Wie kannst du so etwas behaupten!«

»Ich weiß, wie gern du Danilo hinter Schloss und Riegel hast«, sagte Jana. »Ich weiß, was für Kontakte du hast, wen du …«

»Jana!«, unterbrach er sie. »Ich habe keine Ahnung, worauf du hinauswillst, aber ich verlange, dass du sofort mit deinen albernen Vorwürfen aufhörst. Kein Wort mehr davon, verstanden?«

Sie antwortete nicht, sondern drückte das Gespräch einfach weg und wandte ihr Gesicht zum Himmel.

Danilo saß auf dem harten Betonboden und lauschte den Schritten, die näher kamen. Er starrte auf die abgeschlossene Tür, bis er begriff, was die Schritte bedeuteten: Er würde aus der Isolierungszelle entlassen werden. Hier gab es nichts außer einem fest installierten Bett. Nur Einsamkeit und Stille, so weit weg vom realen Leben, wie man es sich nur vorstellen konnte.

»Ich möchte mich zunächst bei Ihnen entschuldigen«, sagte der Pfleger mit der Narbe am Kinn, als die Tür aufging. »Da Ihr Anwalt bewusstlos war, als wir ihn fanden, mussten wir rasch agieren, und ehe wir uns ein Bild von der Situation machen konnten, mussten wir Sie aus Sicherheitsgründen in die Isolierungszelle bringen. Ich hoffe, Sie haben Verständnis dafür.«

Danilo nickte. Es hatte keinen Sinn, das Vorgehen der Klinik zu kommentieren. Während er aufstand, gelobte er, nie wieder seinen Gefühlen nachzugeben. Das war seine einzige Überlebenschance. Aber er war mit der Information, dass Karl Berzelius ihn hier in der Forensischen Psychiatrie verrotten lassen würde, so unvermittelt konfrontiert worden, dass er sich nicht mehr hatte zügeln können.

Er hatte ja geahnt, dass der frühere Reichsstaatsanwalt über gute Kontakte zu den schwedischen Gerichten verfügte. Aber wie viele Rechtsanwälte, Richter und Staatsanwälte Karl Berzelius bereits um den Finger gewickelt hatte, wusste er nicht. Und auch nicht, was er als Bestechung oder Drohung eingesetzt hatte, um sie sich gefügig zu machen.

Danilo hatte sofort zugeschlagen. Danach hatte er sich wie jeder andere gute Staatsbürger neben den bewusstlosen Anwalt gehockt und eine besorgte Miene aufgesetzt, ehe er um Hilfe gerufen hatte. Denn die Leute sahen nur das, was sie sehen wollten. Das war schon immer so gewesen. Und als die Tür zum Besucherraum aufgegangen war, hatte er aufgeregt und durchaus glaubwürdig geschildert, wie Magnus Ekstrand einen plötzlichen Druck auf der Brust verspürt habe und dann bewusstlos geworden sei.

Es gab weder eine Überwachungskamera noch Zeugen, er hätte sich also jede x-beliebige Geschichte ausdenken können. Der Anwalt konnte ohnehin nicht mehr angehört werden, der war aus dem Spiel.

»Jetzt beeilen Sie sich bitte ein bisschen«, sagte der Pfleger und wedelte mit der Hand.

»Warum denn?«, fragte Danilo.

»Sie haben gleich Gruppentherapie.«

Der Wind hatte aufgefrischt, als Henrik und Mia am Jugendzentrum Strömvillan aus dem Auto stiegen. Hinter dem Zaun lag eine große Gründerzeitvilla, deren Garten zum Strömmen hinunterging.

Ein Mann mit kurzgeschorenem Haar und einem Pullover mit Flecktarnmuster stand am Zaun und wartete auf sie.

»Eino Josefsson«, stellte er sich vor. Er sprach mit finnischem Akzent und begrüßte sie mit festem Händedruck. »Ich hatte wegen des Audis angerufen.«

»Dafür sind wir Ihnen sehr dankbar«, versicherte Henrik.

»Sie haben ja gesagt, dass man Sie kontaktieren soll, also war das meine staatsbürgerliche Pflicht.«

»Sie arbeiten als Hausmeister hier im Jugendzentrum?«, fragte Henrik.

»Ja, seit vielen Jahren.«

»Wann haben Sie das Auto denn gesehen?«

»Gestern früh. Dort stand es.« Eino Josefsson zeigte auf die Straße.

»Ist Ihnen der Wagen früher schon mal aufgefallen?«, fragte Mia und versuchte, ihr Haar bei dem starken Wind im Zaum zu halten.

»Nein.«

»Und was war so auffällig daran?«, wollte sie wissen.

»Es hat die Einfahrt zum Jugendzentrum blockiert.«

»Ich dachte, der Wagen hätte unten am Fluss gestanden?«

»Wie Sie sehen, ist es von hier überhaupt nicht weit dorthin«, erklärte Eino Josefsson.

»Haben Sie auch den Fahrer gesehen?«, fragte Henrik.

»Nein, aber das liegt daran, dass unten an der Dragsbron so viele Leute standen, um das Tamtam unten am Kopparhammaren zu verfolgen. Ich habe auch eine Weile zugeschaut, und als ich zurückkam, war das Auto weg.«

»Wie viel Zeit war da vergangen?«, erkundigte sich Henrik.

»Eine halbe Stunde vielleicht. Ich habe mit meinen Kollegen darüber gesprochen, aber niemand hat den Audi gesehen oder etwas anderes bemerkt. Die Leute denken ja nur noch an sich.«

»Na gut«, sagte Henrik und reichte dem Hausmeister seine Visitenkarte. »Vielen Dank. Falls Ihnen noch etwas zum Fahrer einfällt oder wenn Sie sich an jemanden erinnern, der sich in der Nähe des Autos befand, rufen Sie einfach an.«

»Das werde ich.«

Henrik nickte Mia zu, und sie gingen davon.

»Du siehst nachdenklich aus«, sagte Mia, als sie wieder im Wagen saßen. »Dir ist was eingefallen, oder?«

»Könnte es sein, dass der Fahrer des Audis aus demselben Grund wie alle anderen hier war?«, überlegte Henrik. »Weil er zuschauen wollte, wie Frida Norbergs Leiche aus dem Wasser geborgen wurde?«

»Das klingt ein bisschen abwegig, finde ich.«

»Aber es ist nicht völlig unwahrscheinlich«, sagte Henrik. »Es kommt ja vor, dass Mörder zum Tatort zurückkehren.«

Er griff nach seinem Handy und rief Ola an.

»Was wollt ihr jetzt schon wieder von mir?«, fragte der IT-Forensiker.

»Wir müssen wissen, wer mit Simon Norells Auto gefahren ist. Könntest du den Wagen zur Fahndung ausschreiben?«

»Klar, kann ich, aber habt ihr schon vor dem Haus in Hultsbruk nachgeschaut?«

»Welches meinst du?«

»Das, wo Simon Norell gemeldet ist.«

»Du meinst aber nicht das Haus, in dem er seine Familie umgebracht hat?«

»Doch, genau das meine ich. Es ist zwar nicht gesagt, dass das Auto und der Fahrer dort sind, aber man könnte es ja mal probieren.«

»Du hast recht«, erwiderte Henrik. »Kannst du mir die Adresse raussuchen?«

»Einen Moment.«

»Ein komisches Gefühl, hier zu sein«, meinte Mia, während sie durch die Gartenpforte von Simon Norells Haus traten, das im kleinen Ort Hultsbruk außerhalb von Norrköping lag.

Die Zweige der ungepflegten Hecke schlugen hin und her, und ein altes Absperrband, das noch immer an der Gartenpforte hing, knatterte laut im Wind.

Mia blieb ein paar Meter hinter dem Zaun auf dem Grundstück stehen und betrachtete das braune Ziegelhaus. Die Fenster waren dunkel, und die grüne Farbe am Treppengeländer blätterte ab.

»Mia?«, sagte Henrik.

Sie drehte sich zu ihm um und sah, dass er mit dem

Kopf auf den schwarzen Audi deutete, der vor der kleinen Garage stand.

Schweigend gingen sie zum Auto. Mia spähte durchs Seitenfenster, zog den Ärmel ihres Pullovers über die Finger und prüfte den Griff auf der Fahrerseite.

»Abgeschlossen.« Sie legte die Hand auf die Motorhaube. »Aber der Motor ist noch warm.«

Sie gingen rasch die Vortreppe hinauf, und Henrik klingelte, doch niemand öffnete.

Mia sah durch das nächstgelegene Fenster neben der Tür, konnte aber keine Bewegung wahrnehmen.

»Polizei!«, rief Henrik. »Bitte öffnen Sie!«

Er klingelte wieder, drückte die Türklinke hinunter und schüttelte den Kopf. Die Tür war abgeschlossen. Wortlos signalisierte er Mia, dass sie sich trennen und auf der Rückseite des Hauses wiedertreffen sollten.

Geduckt ging Mia an der Giebelseite entlang und warf dabei einen Blick durch ein weiteres Fenster, doch auch dort regte sich nichts. Ein quietschendes Geräusch von der Rückseite des Hauses ließ sie innehalten.

Es klang so, als hätte jemand eine Tür geöffnet.

Sofort griff sie nach ihrer Pistole und lief weiter über den Rasen.

Als sie um die Ecke bog, stellte sie fest, dass sie recht gehabt hatte. Die Terrassentür stand offen.

Jemand musste soeben das Haus verlassen haben.

Aus dem Augenwinkel erahnte sie eine plötzliche Bewegung. Eine Gestalt kletterte eilig durch die Hecke und war im nächsten Moment verschwunden.

»Polizei! Stehen bleiben!«, rief sie und durchquerte den Garten auf der Rückseite des Hauses.

Die dornigen Äste rissen an ihrer Jacke, als sie sich ebenfalls durch das Loch in der Hecke drückte. Sie hörte, wie Henrik ihr etwas zurief, lief aber weiter aufs Nachbargrundstück.

Dabei kam sie an einer Schubkarre voller Wasser und einem Gewächshaus vorbei, erreichte die Straße auf der anderen Seite, war sich aber unsicher, in welche Richtung der Mann verschwunden war.

Gerade als sie beschlossen hatte, nach rechts zu laufen, entdeckte sie eine Frau in schwarzer Hose und hohen Lederstiefeln mit Goldschnalle. Sie stand ein Stück entfernt und beugte sich über einen Briefkasten.

»Ich bin Polizistin!«, rief Mia ihr zu. »Haben Sie jemanden vorbeilaufen sehen?«

Die Frau sah sie an, schüttelte dann erschrocken den Kopf, und Mia wurde klar, dass die Pistole in ihrer Hand angsteinflößend wirken musste.

»Trotzdem danke!«, rief sie und lief weiter.

Atemlos durchkämmte sie das Gebiet. Sie spähte zwischen die Häuser, die weit voneinander entfernt dastanden, und hielt Ausschau nach einer Bewegung in den Gärten. Eine schwarze Katze huschte über die Straße und verschwand unter einem Busch. Weiter weg sah sie zwei Kinder, die immer im Kreis radelten. Aber der Mann war und blieb verschwunden.

»Verdammt!«, rief Mia, als ihr klar wurde, dass die Verfolgungsjagd umsonst gewesen war. Sie wurde langsamer, und als sie sich umdrehte, entdeckte sie Henrik, der gerade über einen niedrigen Zaun sprang und auf sie zukam.

»Mia! Was ist los?«

»Henrik, jemand ist aus Simons Haus gekommen und durch die Hecke auf die Straße gelaufen.«

»Beschreibung?«, fragte er und zog gleich sein Handy aus der Tasche.

»Wie?«

»Sag mir, wie die Person aussieht, dann können wir die Zentrale bitten, eine …«

»Ich kann ihn dir nicht beschreiben«, zischte Mia. »Er ist durch die Hecke verschwunden, noch bevor ich überhaupt erkennen konnte, wie er aussah.«

»Aber du musst doch irgendwas Brauchbares bemerkt haben.«

»Sorg lieber dafür, dass wir einen Durchsuchungsbeschluss für das Gebäude bekommen«, unterbrach sie ihn und kehrte zu Simon Norells Haus zurück.

12

Eine Wollmaus schwebte über den Boden, während Henrik langsam das durchquerte, was einmal das Haus der Familie Norell gewesen war. Die kalte Luft kroch ihm durch die Kleidung bis auf die Haut.

Der Strom war abgestellt, und man hatte den Eindruck, als stünde die Zeit still, seit Simon Norell festgenommen worden war, weil er unter Verdacht stand, seine Eltern und seinen Bruder umgebracht und zerstückelt zu haben. In diesem Haus hatten die Morde stattgefunden. Wer war eben noch hier gewesen? Wer war vor ihnen geflohen und warum? War es ein Einbrecher gewesen? Oder ging es um etwas ganz anderes?

Henrik und Mia hatten alle Räume gesichert, und als Mia hinausgegangen war, um mit Anneli Lindgren zu reden, die gerade eingetroffen war, hatte er beschlossen, das Haus genauer zu durchsuchen.

Er ging weiter in die schmutzige, unmodern eingerichtete Küche. Eine niedrige Spüle, ein Elektroherd mit rostigen Platten, ein hellbrauner PVC-Boden, der sich durch die Feuchtigkeit an den Fugen wellte, und ein Tisch mit tiefen Schrammen.

Er öffnete den Kühlschrank und zog eine Grimasse beim Anblick dessen, was früher ein Käse gewesen sein mochte.

Vor dem Fenster waren Stimmen zu hören, und als er hinausschaute, sah er Anneli hinter dem Lenkrad des Audis sitzen und systematisch überall dort Pulver mit einem Pinsel verteilen, wo jemand seine Fingerabdrücke hinterlassen haben könnte.

Henrik ging in den Flur hinaus. Eine Tür stand offen, und dahinter erahnte er den Beginn einer schmalen Treppe, die vermutlich in den Keller führte.

Er leuchtete mit der Handytaschenlampe und ging vorsichtig die knarrenden Stufen hinunter. An der rauen Wand hing ein altmodischer schwarzer Lichtschalter. Er drehte ihn, doch nichts geschah. Der Keller blieb dunkel.

Langsam ging er weiter. Kisten lagerten auf Holzregalen, die sich durch die Feuchtigkeit verzogen hatten. Ganz hinten befand sich eine Tür, die mit Blech verstärkt war. Als er sie öffnete, sah er ein kleines, kahles Zimmer mit Betonwänden. Wie ein Bunker, dachte er und trat einen Schritt hinein, leuchtete mit der Lampe über den Fußboden und die Wände.

Mit einem unbehaglichen Gefühl verließ er den Keller und ging wieder hinauf.

Das Elternschlafzimmer lag im Obergeschoss. Dunkle Streifen von getrocknetem Blut waren auf dem Fußboden zu sehen, als wäre nicht ordentlich aufgewischt worden.

Er betrachtete die fleckige Matratze im Doppelbett und nahm an, dass die Polizei bei der Tatortuntersuchung die gesamte Bettwäsche beschlagnahmt hatte. Simon Norell hatte seine Eltern im Schlaf überfallen und mehrfach mit dem Messer auf sie eingestochen. Eine Nachttischlampe lag auf dem Boden, die die Eltern vermutlich umgestoßen hatten, als sie sich gegen die Angriffe des Sohns wehrten.

Die breiten Bodendielen knarrten unter Henriks Gewicht, während er zu den Kleiderschränken ging. Erst öffnete er den rechten, ließ den Blick über die Hemden und

Pullover gleiten, die sich auf den Bügeln drängten. Dann öffnete er den linken und hatte ebenso viele Kleidungsstücke erwartet, doch der Schrank war leer, bis auf ein rotes Kleid und eine Strickjacke mit Silberknöpfen.

Es knackte hinter ihm, und als er sich umdrehte, sah er Mias rotgefleckte Gesicht.

»Anneli möchte, dass du nach draußen zum Auto kommst«, sagte sie.

»Was ist los?«

»Komm einfach mit.«

Henrik schloss den Kleiderschrank und folgte Mia nach draußen.

Der weiße Schutzanzug knisterte, als Anneli aus dem Wagen stieg.

»Henrik, weißt du noch, wie wir darüber gesprochen haben, dass der Mörder offenbar den Schmuck seiner Opfer an sich genommen hat?«, sagte Anneli und sah ihn ernst an.

»Ja, natürlich.«

»Und dass Sonja Eriksson ihre Ohrringe nicht mehr trug, als sie gefunden wurde?« Sie zeigte ihm ihre behandschuhte Handfläche, in der ein kleines Goldherz lag. »Wenn ich mich nicht irre, gehört es ihr.«

Jana drückte die Finger an die Schläfen und starrte auf die Schreibtischplatte in ihrem Büro. Sie dachte noch immer an ihren Vater. Er hatte zu ihr gesagt, dass er alles in seiner Macht Stehende tun werde, damit Danilo für immer in der Forensischen Psychiatrie blieb. War der Anwalt bei Danilo gewesen, um ihm zu sagen, dass man ihn nie aus der Klinik entlassen werde? Musste er deshalb sterben? Es musste einen Zusammenhang geben.

Ihre Gedanken wurden unterbrochen, als das Handy

klingelte. Hastig zog sie es aus ihrer Blazertasche. Sie hatte keine Lust, mit jemandem zu sprechen, aber als sie sah, dass es Henrik Levin war, meldete sie sich sofort.

»Jana Berzelius.«

»Sie werden mir nicht glauben«, sagte Henrik Levin aufgeregt, »aber wir haben ein Auto mit einem Ohrring gefunden, der höchstwahrscheinlich Sonja Eriksson gehört.«

Jana zuckte zusammen.

»Tatsächlich? Und wer ist der Besitzer des Wagens?«

»Simon Norell. Vor neun Monaten wurde er im Maßregelvollzug untergebracht, weil er seine ganze Familie ermordet hat. Weder Mia noch ich waren an den Ermittlungen beteiligt, aber die Tat hat viel Aufmerksamkeit erregt. Ein Zeuge hat gestern früh das Auto bemerkt, und zwar ganz in der Nähe der Stelle, wo Frida Norberg gefunden wurde.«

»Wo ist der Wagen jetzt?«, fragte Jana.

»Vor Simon Norells Haus. Aber der Besitzer befindet sich noch immer in der Psychiatrie und kann unmöglich damit gefahren sein.«

»Könnte jemand das Auto gestohlen haben?«, fragte sie.

»Die Scheiben sind unbeschädigt, und niemand hat es kurzgeschlossen.«

»Haben Sie denn schon mit den Nachbarn geredet? Hat jemand den Fahrer gesehen?«

»Die Kollegen putzen gerade die Klinken in der Umgebung«, sagte er. »Aber Mia Bolander glaubt, ihn gesehen zu haben.«

»Wie bitte?«

»Eine Person ist aus dem Haus geflohen, nachdem wir geklingelt hatten«, erzählte Henrik Levin. »Wer es war, wissen wir natürlich nicht, aber da es weder im Auto noch im

Haus Anzeichen eines Einbruchs gibt, gehen wir davon aus, dass es jemand aus Norells Umfeld ist, der die Schlüssel hat und weiß, dass Simon in der Psychiatrie sitzt und dass das Haus leer steht.«

»Was wissen wir über Simon Norells Bekanntenkreis? Haben wir irgendwelche Namen?«

»Nein«, antwortete Henrik Levin. »Aber ich habe Ola Söderström beauftragt, das gesamte Material zu sichten, das wir zu Norell haben.«

»Ich nehme an, dass es ziemlich viele Unterlagen zu den Mordfällen gibt«, sagte Jana.

»Das denke ich auch. Und was das Auto angeht, habe ich die Kollegen schon gebeten, alle Tankstellen in der Umgebung zu befragen und herauszufinden, ob das Auto Knöllchen bekommen hat. Wenn wir Glück haben, können wir einkreisen, wo der Audi benutzt wurde. Ich lasse auch das Haus observieren.«

»Gut. Wir müssen die Person auftreiben, die den Wagen gefahren hat, und zwar so bald wie möglich.«

»Es gibt nur eine schnelle Art, das herauszufinden«, antwortete Henrik Levin.

»Und welche?«

»Mit Simon Norell zu sprechen. Wir fahren umgehend zur Forensischen Psychiatrie in Vadstena.«

»Dann sehen wir uns dort«, sagte Jana und stand auf.

»Der Traum kehrt also immer wieder?«, fragte Annie Rosvall.

Danilo versuchte sich auf die Stimme der Psychologin zu konzentrieren und die Gedanken an Karl Berzelius beiseitezuschieben. Er musste die Kontrolle behalten, durfte nicht daran denken, dass er sein restliches Leben in der Psychiatrie verbringen würde, denn sonst würde er zur Gefahr für sich und andere.

Er spürte die starrenden Blicke von Nils, Simon und Sophie und wusste, dass sie auf seine Antwort warteten.

»Ja. Er kehrt immer und immer wieder.«

»Solche Träume gibt es öfter«, erklärte Annie Rosvall weich.

»Aber nicht solche wie meiner«, sagte er und sah sie an.

»Warum denken Sie das?« Sie schob sich das rote Haar hinters Ohr. »Ist Ihnen der Traum unangenehm?«

»Nein«, antwortete Danilo.

»Können Sie uns nicht erzählen, wovon er handelt?«

»Ich sehe einen Jungen«, fing er an und wandte den Blick zum Fenster und zur Freiheit, die für ihn unerreichbar bleiben würde.

Verdammt, hör schon auf! Reiß dich zusammen. Konzentrier dich!

»Gut«, sagte Annie Rosvall. »Wie sieht er aus? Können Sie ihn beschreiben?«

Er sah sie an. Was wollte sie hören? Die Wahrheit? Und wenn er sie ihr geben würde, was wäre schon dabei? Es waren doch ohnehin nur Worte, die nichts bedeuteten.

»Er ist sieben oder acht, dünn wie ein Hering, mit rasiertem Kopf und verbissenen Gesichtszügen. Und er umkreist ein Mädchen.«

»Er umkreist sie?«, wiederholte sie und runzelte die Stirn. »Warum das?«

»Weil sie sich prügeln sollen.«

»Oje«, bemerkte Nils. Unsicher grinste er Simon an, der aber keine Miene verzog.

»Warum sollen sie das?«, fragte Annie Rosvall. »Wissen Sie den Grund?«

Ihr Gesichtsausdruck hatte sich verändert, die Augen waren offener, der Mund entspannter. Er hatte ihre Neugier geweckt.

»Weil der Trainer gesagt hat, dass sie es müssen.«

»Sie sehen also einen Trainer?«, fuhr Annie Rosvall fort. »Interessant. Was passiert dann?«

»Auf ein Signal des Trainers hin schlägt der Junge wie ein Wahnsinniger auf das Mädchen ein. Aber sie schlägt zurück, und schließlich gelingt es ihr, den Jungen umzustoßen und sich auf seinen Brustkorb zu setzen. Der Trainer schreit ihr zu, dass sie den Kampf zum Abschluss bringen soll, also erhebt sie ihre Faust zu einem letzten entscheidenden Schlag.«

»Und so was träumst du?«, fragte Sophie und schnaubte.

Danilos Muskeln spannten sich an.

»Sophie«, sagte Annie Rosvall. »Nichts ist in diesem Zusammenhang richtig oder falsch. Lassen Sie Danilo erzählen.«

»Aber …«

»Sophie!« Annie Rosvalls Stimme klang warnend.

»Okay, okay, tut mir leid.« Sophie presste die Lippen so fest aufeinander, dass es aussah, als wollte sie nie wieder etwas sagen.

Die Psychologin lehnte sich vor, fing Danilos Blick auf.

»Wer ist der Junge? Wen sehen Sie da?«, fragte sie ruhig. »Sie wissen, wer es ist, oder?«

»Nein«, antwortete er knapp und versuchte, sich wieder zu entspannen.

»Und das Mädchen?«

Er schüttelte den Kopf.

»Können Sie erzählen, was dann passiert?«

»Sie schlägt nicht zu. Der Trainer brüllt sie an, dass sie

den Kampf zum Abschluss bringen soll. Er schreit mehrmals dasselbe, aber sie tut es nicht, sie sieht den Jungen nur an.«

»Was denken Sie darüber?«, wollte Annie Rosvall wissen.

»Was ich darüber denke, dass sie nicht zuschlägt?«, wiederholte Danilo grinsend.

»Ja?«

»Nichts«, sagte er und verlagerte unbewusst das Gewicht.

»Dieser Trainer«, fuhr Annie Rosvall fort, »kennen Sie ihn?«

»Ich erkenne seine Stimme«, sagte Danilo, »aber ich habe keine Ahnung, wer es ist.«

»Was genau sagt er, wissen Sie das noch?«

»Er schreit dem Mädchen zu, dass es tot ist, wenn es nicht zurückschlägt.«

»Sagt er das wirklich? Zu dem Mädchen?«

»Ja.« Danilo nickte. »Und dann reißt er sie weg und prügelt auf sie ein.«

Es war mucksmäuschenstill im Gesprächsraum, während die anderen gespannt auf die Fortsetzung warteten.

»Was macht der Junge währenddessen?«, fragte Annie Rosvall und begegnete wieder seinem Blick.

»Er will nicht tatenlos zusehen, also wirft er sich auf den Trainer und schlägt zu, so fest er kann.«

»Er versucht sie also zu schützen?«

»Offenbar.« Danilo zuckte mit den Schultern.

»Was passiert dann?«

»Ich wache auf.«

Annie Rosvall lehnte sich zurück. Sie wirkte erschöpft.

»Sie haben den Traum wirklich detailliert wiedergegeben«, bemerkte sie.

»Weil ich ihn so oft geträumt habe«, entgegnete er.

Sophie konnte sich anscheinend nicht mehr zurückhalten. »Na klar«, kommentierte sie seufzend.

»Glaubst du mir etwa nicht?«, sagte Danilo.

Annie Rosvall beugte sich wieder vor.

»Ganz egal, ob der Traum ausgedacht ist oder nicht, werde ich Ihnen Zeit geben.«

»Wofür?«

»Zum Nachdenken. Bitte erklären Sie mir, woran es Ihrer Meinung nach liegt, dass das Mädchen nicht zuschlägt.«

»Wie soll ich Ihnen das erklären?«

»Mein Gott!«, kam es von Sophie.

Die Psychologin ignorierte sie und sah Danilo unverwandt an.

»Sie tun so, als hätten Sie keine Gefühle«, sagte sie. »Aber ich weiß, dass sie irgendwo da drinnen sind. Es kann natürlich mehrere Gründe geben, warum sie nicht zuschlägt, aber morgen will ich hören, was *Sie* davon halten. Können Sie bis dahin darüber nachdenken?«

Danilo zuckte wieder mit den Achseln.

»Darf ich das als ein Ja deuten?«

»Sie dürfen es deuten, wie Sie wollen«, antwortete er.

Annie Rosvall lächelte und wollte gerade noch etwas sagen, als einer der Pfleger in der Türöffnung erschien.

»Ich bräuchte mal eben Sie und Simon Norell«, erklärte er.

»Kein Problem, wie sind hier fertig«, antwortete Annie Rosvall.

»Simon, bitte stehen Sie auf«, sagte der Pfleger. »Sie bekommen Besuch.«

»Von wem?«, fragte Simon mit seiner leisen Stimme.

»Kommen Sie«, erwiderte der Pfleger nur.

Simon stand langsam vom Stuhl auf und verließ das Zimmer mit zögernden Schritten.

13

Janas Herz pochte schnell, als sie den streng bewachten Eingangsbereich der Klinik für Forensische Psychiatrie in Vadstena betrat. Vor Henrik Levin und Mia Bolander musste sie Ruhe bewahren, auch wenn es ihr schwerfiel, den Frust darüber zu verbergen, dass Danilo ganz in der Nähe war, aber dennoch unerreichbar. Am liebsten hätte sie ihn auf der Stelle vernichtet.

»Ihre Ausweise, bitte«, sagte der Wachmann an der Überwachungszentrale.

Sie wiesen sich aus und bekamen die Anweisung, ihre Wertgegenstände abzugeben. Dann passierten sie die Sicherheitsschleuse und gelangten in einen langen, kahlen Korridor. Ein Mann stand mit den Händen auf dem Rücken da und wartete auf sie.

»Lennart Fasth«, stellte er sich vor. »Ich bin der Einrichtungsleiter. Ich habe gehört, dass Sie mit Simon Norell sprechen wollen?«

»Ja«, sagte Henrik Levin. »Danke, dass wir so kurzfristig kommen dürfen. Wie Sie wissen, geht es um die Ermittlungen in einem Mordfall.«

»Da ich für die Sicherheit der Klinik zuständig bin, widerstrebt es mir, Sie zu ihm zu lassen, aber juristisch gesehen kann ich Sie natürlich nicht daran hindern.«

»Wir wären nicht hier, wenn es nicht absolut notwendig wäre«, erklärte Henrik Levin.

»Das ist mir klar«, antwortete Lennart Fasth. »Unsere Psychologin Annie Rosvall wird während des Gesprächs anwesend sein. Es ist wichtig, dass unsere Patienten sich bei solchen Begegnungen sicher fühlen. Das gilt insbesondere für die Patienten, die traumatisiert sind.«

»Bekommt Simon Norell normalerweise Besuch?«, fragte Jana.

»Diese Frage kann Ihnen Annie Rosvall beantworten. Da kommt sie schon.«

Er deutete mit dem Kopf auf eine rothaarige Frau, die mit einem warmherzigen Lächeln auf sie zuging.

»Willkommen«, sagte Annie Rosvall. Ein leichter Vanilleduft umgab sie, als sie die Besucher begrüßte.

»Die Staatsanwältin wollte wissen, ob Simon Norell häufig Besuch bekommt«, informierte Lennart Fasth die Psychologin, während sie über den blankpolierten Fußboden des Korridors gingen.

»Nein«, erwiderte Annie Rosvall.

»Steht er denn mit jemandem außerhalb der Klinik in Kontakt?«, erkundigte sich Jana.

»Er ruft manchmal seinen Großvater Ingvar Nordkvist an, der in einem Altersheim für Demenzkranke wohnt.«

»Gibt es noch jemanden, mit dem er Kontakt hat?«, fragte Henrik Levin.

»Nein, er redet nur ab und zu mit ein paar Patienten auf seiner Station.«

»Schreibt er Briefe?«, fragte Mia Bolander. »Hat er Zugang zu einem Computer?«

Annie Rosvall blieb stehen.

»Simon Norell ist ziemlich introvertiert. Und ich glaube, es ist am besten, wenn nur einer von Ihnen sich mit ihm unterhält.«

»Wäre es okay, wenn ich das übernehme?« Henrik Levin sah erst Mia Bolander und dann Jana an.

»Klar«, sagte Mia Bolander.

Jana nickte zur Antwort.

»Ich möchte Sie bitten, Simon Norell professionell und mit Respekt zu begegnen. Seien Sie sehr vorsichtig, wenn Sie mit ihm reden«, sagte Annie Rosvall zu Henrik Levin. »Er hat viele traumatisierende Erfahrungen gemacht, und sein Gesundheitszustand ist ernst. Was Fragen zu seiner Familie betrifft …«

Annie Rosvall atmete tief ein, bevor sie fortfuhr:

»… kann es sein, dass er sie als störend empfindet. Er hat den Weg zu seiner Heilung eingeschlagen, aber er legt noch immer ein vermeidendes Verhalten an den Tag. Deshalb könnte es schwierig werden, ihn zum Reden zu bringen.«

»Wir wollen nur wissen, wer während seines Aufenthaltes in der Klinik Zugang zu seinem Haus und seinem Auto hat, das ist alles«, sagte Jana.

»Für Sie, ja.«

Lennart Fasth legte wieder die Hände auf den Rücken.

»Auf welche Fragen er antworten möchte, können weder Sie noch wir beeinflussen«, bemerkte er.

»Ich muss noch etwas erwähnen, damit Ihnen der Ernst der Lage bewusst ist«, sagte Mia Bolander. »Zwei Frauen sind tot aufgefunden worden. Eine weitere ist verschwunden, und uns bleibt nur noch wenig Zeit, sie zu finden.«

»Vielleicht.«

»Nicht vielleicht«, korrigierte ihn Mia Bolander. »Sie wird sterben, wenn wir sie nicht finden.«

Annie Rosvall wechselte einen raschen Blick mit Lennart Fasth, ehe sie sich an Henrik Levin wandte.

»Ich möchte Sie daran erinnern, dass Sie mit einem Patienten sprechen werden, der Symptome einer Psychose zeigt. Sie sollten sich nicht zu viel erhoffen.«

»Was meinen Sie damit?«, fragte Henrik Levin.

»Ich habe den Eindruck, als hätte sich Simon Norell verschlossen seit den schrecklichen Ereignissen mit seiner Familie. Deshalb kann es schwer sein, zu ihm durchzudringen, und mir ist es ein Anliegen, dass Sie das begreifen. Gehen wir?«

»Wie ist das Leben hier drin?«, fragte Henrik und betrachtete Simon Norell, der schweigend auf der anderen Seite des Tisches in dem kleinen Besucherraum saß. Der zweiundzwanzigjährige Mann mit den tiefliegenden Augen und der hohen Stirn trug keine Gefängniskleidung, sondern ein zerschlissenes T-Shirt mit weitem Ausschnitt und eine ausgeleierte Jogginghose mit tiefem Schritt. Er sah die ganze Zeit weg, als hätte er Angst, Henrik in die Augen zu blicken. Neben ihm saß die Psychologin mit einem aufgeschlagenen Schnellhefter vor sich.

»Ich weiß, dass es Ihnen seltsam vorkommen muss, dass ich als Polizist einfach hier auftauche«, fuhr Henrik fort, »aber ich brauche Ihre Hilfe.«

Simon Norell antwortete nicht, sondern saß nur reglos und mit halboffenem Mund da.

Henrik versuchte zu begreifen, wie der Mann vor ihm seine ganze Familie hatte ermorden und zerstückeln können. Was hatte eine so zerstörerische Wut in ihm geweckt?

»Soweit ich verstehe, haben Sie häufiger Kontakt zu Ihrem Großvater?«, fragte er.

Simon Norell sah auf den Tisch.

»Simon«, sagte Annie Rosvall. »Es wäre gut, wenn Sie die Fragen des Polizisten beantworten könnten.«

»Wie?«

»Der Polizist hat Sie nach den Gesprächen mit Ihrem Großvater gefragt.«

Simon Norell nickte und fixierte weiterhin die Tischplatte.

»Ich rufe immer bei ihm zu Hause an«, erzählte er gedämpft.

»Oft?«, fragte Henrik.

»Einmal pro Woche.«

»Worüber sprechen Sie?«

»Alles Mögliche.«

»Telefonieren Sie auch noch mit jemand anderem?«, fragte Henrik.

»Nein.«

»Sie sind seit neun Monaten hier«, fuhr Henrik fort, »und Sie werden sicher noch einige Jahre hier verbringen. Wer sieht in dieser Zeit nach Ihrem Haus?«

Simon Norell begann sich mit kleinen, schnellen Bewegungen in die Armbeuge zu kneifen.

»Niemand«, antwortete er.

»Aber irgendjemand muss doch aufpassen, dass es nicht verfällt?«

»Nein.«

»Benutzt jemand Ihr Auto?«, fragte Henrik.

»Nein.«

»Wie kommt es dann, dass wir Ihren Wagen vor einem Jugendzentrum in Norrköping gesehen haben?«

»Weiß ich nicht.«

Er kniff sich immer schneller.

»Hat sich vielleicht ein Freund von Ihnen den Wagen ausgeliehen?«

»Nein.«

»Ein Nachbar oder ein Verwandter?«

Simon Norell schüttelte den Kopf. Die Armbeuge wies jetzt rote Flecken auf.

»Simon«, sagte Annie Rosvall mit ruhiger Stimme. »Ich weiß, dass es anstrengend für Sie ist, aber Sie müssen dem Polizisten alles erzählen. Wissen Sie, die Polizei muss die Person ausfindig machen, die Ihr Auto hat, das ist sehr wichtig.«

»Warum?«

»Ich kann nicht näher darauf eingehen«, sagte Henrik und dachte an Johanna Weber, die sie so schnell wie möglich finden mussten. »Aber wir brauchen Ihre Hilfe«, fügte er hinzu. »Sie müssen dafür nur meine Frage beantworten, wer Ihr Auto benutzt hat.«

»Ich weiß es doch nicht.«

»Könnte es Ihr Großvater sein?«, fragte Henrik und kämpfte gegen seine Frustration darüber an, dass das Gespräch nicht zum gewünschten Ziel führte.

Simon Norell sah erst erstaunt aus, doch dann schüttelte er den Kopf und kniff sich weiter in die Armbeuge.

Nun verlor Henrik die Geduld.

»Sagen Sie doch einfach, wer es ist!«

»Bitte beruhigen Sie sich«, schaltete sich Annie Rosvall ein.

»Ich muss wissen, wer mit dem Auto gefahren ist.«

»Ihnen ist noch gar nicht aufgefallen, dass Simon das vielleicht nicht weiß?« Annie Rosvall schlug mit einem Knall den Hefter zusammen, der vor ihr lag.

»Lassen Sie ihn doch noch eine Weile nachdenken«, bat Henrik.

»Tut mir leid«, sagte sie und stand auf, »aber ich denke, wir sind jetzt fertig.«

Es war schon halb vier nachmittags, als Jana zusammen mit Henrik Levin und Mia Bolander zum Parkplatz ging. Die beiden Polizisten schwiegen, vermutlich machte es ihnen zu schaffen, dass der Besuch in der Klinik sie nicht weitergebracht hatte. Sie selbst versuchte das erdrückende Gefühl loszuwerden, dass sie Danilo nichts anhaben konnte. Verstohlen sah sie am Gebäude hoch, als bildete sie sich ein, dass sie einen Blick auf ihn erhaschen könnte.

»Was machen wir mit Simon Norell?«, fragte Mia Bolander und unterbrach Janas Gedanken. »Ich finde es schon verdammt merkwürdig, dass er nicht sagen kann, wer sich sein Auto ausgeliehen hat.«

»Ich weiß, aber wir können nicht noch mehr Zeit mit ihm verschwenden. Wir müssen versuchen, auf anderem Weg herauszufinden, wer sich den Wagen geliehen hat«, sagte Henrik Levin.

Sein Handy klingelte.

»Es ist Ola«, verkündete er und nahm das Gespräch an. »Hallo, Ola, ich stelle das Handy auf laut, damit auch Jana Berzelius und Mia mithören können. Was hast du über Simon Norell herausgefunden?«

»Kaum etwas«, entgegnete Ola Söderström.

»Dann geh bitte weiter die Unterlagen durch, die wir haben.«

»Aber da ist nichts mehr. Ich habe schon alles angeschaut.«

»Wie hast du das denn geschafft in der kurzen Zeit?«, wollte Mia Bolander wissen.

»Das Material ist ziemlich mager, wenn ich so sagen darf, und es scheint so, als hätte Simon Norell überhaupt keinen Kontakt zu anderen Leuten gehabt.«

»Aber es muss doch irgendjemanden in seinem Umfeld geben, der …«

»Nein«, unterbrach Ola Söderström ihn. »Es gibt niemanden, den wir befragen können. Ihr könnt euch das Material ja selbst ansehen, wenn ihr zurückkommt. Übrigens habe ich inzwischen Isaac Bergman überprüft.«

»Und? Hast du was gefunden?«

»Fehlanzeige. Die Angestellten im Schwimmbad haben ausgesagt, dass er am Samstagnachmittag, als Frida Norberg verschwunden ist, dort schwimmen war. Er hat auch ein Alibi für die Zeitpunkte, als Sonja Eriksson und Johanna Weber entführt wurden. Ein Kollege von ihm hat bestätigt, dass er am Donnerstagabend und gestern Nachmittag bei der Arbeit war.«

»Okay«, erwiderte Mia Bolander stöhnend. »Was ist mit den Leuten, die einen Parkplatz in Johanna Webers Garage gemietet haben? Haben sie etwas beobachtet?«

»Ich habe erst die Hälfte von ihnen erreicht, und bisher ist niemandem etwas aufgefallen. Aber ich suche weiter.«

»Gut«, sagte Henrik Levin. »Wir brechen jetzt in Vadstena auf. Dann sehen wir uns in einer guten Stunde und können uns auf den neuesten Stand bringen.«

Er beendete das Gespräch und schob sein Handy in die Tasche.

»Was haben wir eigentlich bisher zu Johanna Weber herausgefunden?«, fragte Mia Bolander. »Nichts. Wir sind keinen einzigen Schritt weiter und haben keinerlei Hinweis auf ihren Aufenthaltsort.«

»Wir warten noch immer auf die Ergebnisse der Obduktionen«, sagte Henrik Levin. »Und wir hoffen natürlich, dass Annelis Durchsuchung von Norells Auto und Haus uns irgendwas liefert, womit wir weitermachen können.«

»Wir haben keine Zeit zu verlieren«, bemerkte Mia Bolander.

»Aber mehr können wir hier momentan nicht tun«, sagte er. »Währenddessen müssen wir die Simon-Norell-Spur weiterverfolgen.«

Jana nickte. »Und deshalb möchte ich Sie bitten, noch einmal bei Ola Söderström anzurufen.«

»Warum?«, fragte Henrik Levin.

»Es gibt einen Menschen, mit dem Simon Norell in Kontakt steht, nämlich seinen Großvater. Wir müssen herausfinden, in welchem Heim er wohnt, und mit ihm reden.«

»Aber er ist doch dement«, gab Mia Bolander zu bedenken.

»Ich weiß«, antwortete Jana.

»Und Sie wollen trotzdem mit ihm reden?«, vergewisserte sich Mia Bolander.

»Wir müssen es probieren«, sagte Jana. »Mit wem sonst sollten wir reden?«

14

Das Altersheim lag im neugebauten Teil des Wohngebiets Klockaretorpet. Ein muffiger Geruch nach alten Leuten schlug Mia entgegen, als sie mit Henrik und Jana Berzelius durch die Eingangstür trat. So ist es also, alt zu werden?, dachte sie und betrachtete ein paar Senioren, die ein Stück entfernt an einem Tisch saßen. Man musste in einer solchen Einrichtung wohnen, hilflos auf einem Stuhl herumsitzen und durfte nicht einmal entscheiden, wer einem den Arsch abwischte. Da wäre ihr ein Genickschuss weitaus lieber.

Ihre Gedanken wurden unterbrochen, als eine große Frau mit geblümtem Haarband und schwarzem Samtrock zu ihnen trat.

»Willkommen«, sagte sie mit ungewöhnlich dunkler Stimme. »Ich heiße Lene Karlsson und bin die Einrichtungsleitung.«

Mia konnte nicht aufhören, sie anzustarren. Natürlich hatte sie schon mal Frauen mit großen Füßen gesehen, aber das hier war der absolute Rekord. Größe 46 oder 47, tippte sie.

»Schuhe mit Absatz sind in meiner Größe schwer zu bekommen, das kann ich Ihnen sagen«, meinte Lene Karlsson lächelnd, als hätte sie Mias Gedanken gelesen. »Seit ich mich als Frau geoutet habe, weigere ich mich, etwas anderes zu tragen.«

Mia fühlte sich ertappt, aber dachte, dass Lene Karlsson

selbst schuld war, wenn sie sich so kleidete. Zugleich war sie wider Willen von ihrer stolzen Haltung beeindruckt.

»Meine Frau hat immer gesagt, dass sie sich anders fühlt, wenn sie Schuhe mit Absatz trägt, und ich kann ihr nur zustimmen.« Lene Karlsson lächelte noch breiter. »Man wird selbstsicherer und sieht besser aus. Ich habe auch versucht, das meinen Mitarbeitern zu vermitteln, aber sie bestehen auf ihren Birkenstocks. Sie wollten sich mit Ingvar Nordkvist unterhalten?«

»Das stimmt«, sagte Mia. »Ich hatte vorhin angerufen.«

»Ich würde Sie gern zu ihm lassen, aber leider hat seine Betreuerin abgelehnt.«

»Warum denn das?«, fragte Mia genervt.

»Ich weiß es nicht. Sie will nicht, dass Sie ihn sehen. Ich wollte Sie noch zurückrufen und es Ihnen sagen, aber da waren Sie schon unterwegs.«

»Wer ist seine Betreuerin?«, fragte Jana Berzelius. »Seine Frau?«

»Nein, seine Frau ist leider vor elf Jahren an einem Herzinfarkt gestorben. Die Betreuung hat Katrine Rasmussen übernommen, seine Tochter.«

»Könnten Sie so freundlich sein und sie noch einmal anrufen?«, bat Mia und lächelte einschmeichelnd. »Wir wollen ihm nur ein paar einfache Fragen zu Simon Norell stellen, seinem Enkel. Wir haben nämlich in Erfahrung gebracht, dass er regelmäßig bei Ingvar Nordkvist anruft.«

»Ach ja?« Lene Karlsson nahm ihr Haarband ab. »Wer hat das gesagt?«

»Sie wirken erstaunt«, stellte Henrik fest. »Hat er keinen Zugang zu einem Telefon?«

»Das hatte er mal, ja.«

»Aber jetzt nicht mehr?«

Lene Karlsson warf ihnen einen Blick zu, den Mia nicht deuten konnte.

»Für Demenzkranke erwacht die Kindheit oft zu neuem Leben«, erklärte sie. »Ingvar Nordkvist hat immer wieder probiert, seine toten Eltern anzurufen. Wir haben versucht, ihn abzulenken, aber am Ende haben wir in Absprache mit seiner Tochter beschlossen, dass es besser ist, das Telefon wegzupacken.«

»Aha«, sagte Mia. »Ingvar Nordkvist darf also nicht selbst telefonieren. Darf er Gespräche annehmen?«

»Natürlich«, antwortete Lene Karlsson und legte das Haarband wieder an.

»Aber?«

»Aber es hat niemand angerufen.«

»Also hat Simon Norell uns angelogen.«

Der Frust in Mias Stimme war nicht zu überhören, als sie sich ins Auto setzten. Auch für Henrik war es schwer verständlich, dass der junge Mann in der Psychiatrie ihm offenbar ins Gesicht gelogen hatte.

»Aber wen ruft er dann an?«, fuhr sie fort. »Den Täter? Ist er selbst in die Morde verwickelt? Wir müssen das herausfinden.«

Henrik antwortete nicht, sondern saß nur schweigend auf dem Fahrersitz, starrte die kleinen Regentropfen an, die auf die Windschutzscheibe trafen, und dachte an das Gespräch mit Simon Norell zurück. Was für Gefühle hatte er gezeigt? Scham oder Schuld? Nein, Angst und Sorge.

»Jetzt fahr schon«, fuhr Mia ihn an. »Wir haben doch gleich eine Besprechung. Jana Berzelius ist sicher schon längst da.«

»Ich will vorher mit Katrine Rasmussen reden«, erklärte

er und nahm sein Handy aus der Tasche. »Gib mir mal ihre Nummer.«

Mia verzog den Mund und zog den Zettel heraus, den Lene Karlsson ihnen gegeben hatte. Henrik gab die Ziffern ein, die sie ihm vorlas. Nach drei Freitönen antwortete eine heisere, misstrauische Stimme: »Hallo?«

»Spreche ich mit Katrine Rasmussen?«

»Ja. Und wer sind Sie?«

»Mein Name ist Henrik Levin, und ich bin Kriminalkommissar. Meine Kollegen und ich waren gerade im Altersheim in Klockaretorpet, um mit Ihrem Vater zu sprechen.«

»Aha?«

»Wenn ich es recht verstanden habe, wollen Sie nicht, dass wir mit ihm reden.«

»Warum sollte ich Ihnen die Genehmigung dazu erteilen?«

»Wir wollen ihm nur ein paar Fragen zu Simon stellen«, sagte er.

»Simon«, wiederholte Katrine Rasmussen und schnaufte. »Mein Vater und ich haben nichts über ihn zu sagen, außer dass wir ihm niemals – und das meine ich genau so, wie ich es sage –, dass wir ihm niemals verzeihen werden, was er seiner Familie angetan hat.«

Henrik lehnte sich zurück und räusperte sich.

»Das kann ich durchaus nachvollziehen, aber wir müssen im Rahmen einer Ermittlung dringend herausfinden, mit welchen Personen außerhalb der Klinik er in Kontakt steht.«

»Und Sie glauben, ich weiß das? Oder mein Vater?«

»Es ist sehr wichtig, dass Sie uns helfen«, fuhr er fort und warf einen Blick auf Mia, die ungeduldig an einer Haarsträhne zupfte.

»Sicher«, sagte Katrine Rasmussen, »aber ich will nichts mit dem Mörder meiner Schwester zu tun haben.«

»Lassen Sie mich Klartext sprechen: Bei dem Ermittlungsverfahren geht es um die beiden Frauen, die ermordet im Strömmen aufgefunden wurden. Im Kontext dieser Ermittlungen sind wir auf Simons Auto gestoßen. Wissen Sie, wer den Wagen benutzt haben könnte?«

»Keine Ahnung.«

»Sie selbst?«

»Wissen Sie, was? Sie sind verrückt! Vollkommen verrückt!« Ihre gellende Stimme schmerzte in Henriks Ohr.

»Das war nur eine einfache Frage«, sagte er ruhig.

»Auf die ich auf keinen Fall antworten werde.«

»Das heißt, Sie wissen nicht, wer …?«, begann er.

»Was daran verstehen Sie nicht?«, unterbrach ihn Katrine Rasmussen.

»Ich will nur wissen, wer den Wagen gefahren hat«, sagte Henrik. »Das ist alles.«

»Na gut. Da Sie offenbar eine ungewöhnlich lange Leitung haben, fange ich noch mal von vorn an. Ich hasse Simon, und es ist mir scheißegal, wer mit seinem Wagen gefahren ist oder mit wem er redet. Dasselbe gilt für meinen Vater. Noch was?«

»Nein«, antwortete Henrik.

»Gut. Dann möchte ich, dass Sie uns in Ruhe lassen«, sagte sie und beendete abrupt das Telefonat.

»Wer ist dran?«

Danilo sah Nils und Simon an, die mit ihren Spielkarten auf dem grauen Sofa im Aufenthaltsraum saßen. Keiner von ihnen schien die Frage begriffen zu haben. Nils sah nur verstohlen durch seine altmodische Lesebrille zu Simon, als wartete er darauf, dass dieser etwas sagte. Doch der junge Mann schwieg.

»Du, Simon?«, sagte Nils schließlich.

»Ja?«, antwortete dieser und betrachtete ihn mit seinen müden blauen Augen.

Nils räusperte sich und schien nicht recht zu wissen, wie er weitermachen sollte.

»Na ja, du … du hast ja vorhin Besuch gehabt.«

»Ja und?« Simon sortierte die Spielkarten in seiner Hand noch mal neu.

Auf dem Flur ging ein Patient mit gebeugtem Rücken und besorgtem Gesicht vorbei. Seine Lippen bewegten sich, aber Danilo hatte keine Ahnung, wovon er sprach.

»Waren das Freunde von dir?«, fragte Nils, der seine Neugier nicht mehr zügeln konnte.

Simon schüttelte langsam den Kopf.

»Wer denn dann?«

»Die Polizei«, antwortete Simon.

Danilo sah ihn an, als hätte er sich verhört.

»Die Polizei?«, wiederholte er.

»Aus Norrköping.«

»Was wollten die denn?«, erkundigte sich Danilo.

»Nichts.«

»Aber die sind doch nicht einfach so hergekommen.«

»Es ging um irgendeine Ermittlung«, sagte Simon und ordnete seine Spielkarten noch mal anders an.

»Bist du in was Kriminelles verwickelt?«, wollte Danilo wissen.

Simon schüttelte den Kopf. »Ich bin ja nicht derjenige, nach dem sie suchen.«

Danilo runzelte die Stirn. »Und nach wem suchen sie?«

»Das weiß nur der liebe Gott.«

»Hast du das gesagt?«, fragte Nils und grinste unsicher.

»Ich habe nur das gesagt, was ich unbedingt musste«, antwortete Simon. »Und ich bin mit Legen dran.«

Jana hatte Gunnar Öhrn und Ola Söderström gerade von der Begegnung mit Simon Norell erzählt, als die Tür geöffnet wurde und Henrik Levin zusammen mit Mia Bolander den Besprechungsraum betrat.

»Ich gehe davon aus, dass ihr schon wisst, dass Simon Norell uns bezüglich der Gespräche mit seinem Großvater angelogen hat«, begann Henrik Levin. »Es ist uns gelungen, seine Tante ausfindig zu machen, aber sie wusste nicht, mit wem er in Kontakt steht, und sie war auch nicht gerade kooperativ, um es mal so zu formulieren.«

»Aber warum hat er uns angelogen?« Gunnar Öhrn hob einen Tintenroller vom Tisch auf und ließ ihn zwischen den Fingern kreisen.

»Das frage ich mich auch«, meinte Mia Bolander, während sie am Tisch Platz nahm. »Wen ruft er denn an, verdammt?«

»Vermutlich dieselbe Person, die sein Auto hatte und vor uns geflohen ist«, bemerkte Jana.

»Aber er muss doch wissen, dass wir seine Anruflisten anfordern können«, beharrte Mia Bolander.

»Nein, das können wir nicht«, erklärte Jana.

Mia Bolander starrte sie ungläubig an. »Das ist ein Witz, oder?«

Jana schüttelte den Kopf. »Die Klinik versucht zwar eine Bedrohung des Klägers und die Einfuhr verbotener Gegenstände zu verhindern, aber es dürfen keine Listen über die Telefonate der Insassen geführt werden.«

»Und wie zur Hölle sollen wir die Nummer dann herausfinden?«, beschwerte sich Mia Bolander.

»Ich kann es über die Telefonzentrale der Region Östergötland probieren«, schlug Ola Söderström vor. »Über die laufen nämlich alle Gespräche.«

»Setz nicht zu viel Hoffnung darauf«, meinte Mia Bolander. »Die Verwaltung ist nicht gerade für Schnelligkeit und Flexibilität bekannt.«

»Jetzt gibt es also zwei große Fragezeichen, was Simon Norell betrifft«, fasste Gunnar Öhrn zusammen. »Wer ist mit seinem Wagen gefahren, und mit wem steht er in Kontakt?«

»Vielleicht können wir eine Antwort darauf bekommen, wenn die Kriminaltechnik sein Haus durchsucht hat?«, sagte Henrik Levin, der sich erst jetzt an den Tisch setzte.

»Ich habe eben mit Anneli gesprochen, doch leider hat die Durchsuchung des Hauses noch keine relevanten Ergebnisse geliefert. Allerdings hat sie klären können, dass der Ohrring aus dem Auto tatsächlich Sonja Erikssons ist«, antwortete Gunnar Öhrn.

»Hat sie im Wagen Fingerabdrücke oder DNA-Spuren gefunden?«, fragte Henrik Levin.

Gunnar Öhrn schüttelte den Kopf und ließ den Tintenroller wieder zwischen den Fingern kreisen.

»Das Auto war auffällig sauber. Keine Fasern, Haare oder Fingerabdrücke. Der Fahrer hat alle Oberflächen sorgfältig abgewischt oder war sich bewusst, wie man es anstellt, dass man keine Spuren hinterlässt.«

»Aber er war immerhin so nachlässig, dass er den Ohrring nicht bemerkt hat«, betonte Mia Bolander.

»Und wir sollten auch nicht darüber herumspekulieren, wie der Ohrring dort gelandet sein könnte, sondern wir gehen davon aus, dass Sonja Eriksson sich im Auto befunden hat«, sagte Gunnar Öhrn.

»Dann sollten wir vielleicht auch davon ausgehen, dass Frida Norberg und Johanna Weber ebenfalls in dem Audi waren«, schlug Mia Bolander vor.

»Johanna Webers Auto ist verschwunden«, warf Jana ein. »Vielleicht hat der Täter den Wagen gewechselt und hat ihr Auto übernommen, als er sie entführte?«

»Aber wo hat er sie hingebracht?«, erwiderte Mia Bolander. »Wo hält er seine Opfer eigentlich gefangen?«

»Ich weiß es nicht«, sagte Henrik Levin. »Ich weiß nur, dass wir alles Menschenmögliche tun müssen, um den Fahrer zu finden. Wenn wir ihn haben, dann haben wir auch seinen Aufenthaltsort und Johanna Weber. Wie läuft eigentlich die Befragung der Nachbarn? Hat jemand etwas gesehen?«

»Leider nicht«, sagte Gunnar Öhrn und klopfte mit dem Stift auf die Tischplatte. »Ich habe eben mit den Kollegen gesprochen, und wir haben bislang auch keinen Erfolg, was Strafzettel oder Beobachtungen in den umliegenden Tankstellen betrifft. Aber wir gehen noch immer davon aus, dass jemand aus Simon Norells Umfeld das Auto benutzt hat und im Haus gewesen ist. Alles deutet darauf hin, dass derjenige Zugang zu den Schlüsseln gehabt hat.«

»Sollen wir auch davon ausgehen, dass Simon Norell selbst in die Morde involviert ist?«, wollte Mia Bolander wissen.

»Du meinst, er hat jemanden beauftragt, die Frauen umzubringen?«, sagte Henrik Levin. »Ziemlich weit hergeholt, findest du nicht?«

»Mag sein, aber was wissen wir eigentlich bisher über ihn? Wer ist dieser Simon Norell?«, gab Mia Bolander zurück.

Ola Söderström griff nach ein paar Mappen, die auf dem Tisch lagen.

»Wie ich schon vorhin bei unserem Telefonat sagte, haben wir relativ wenig Informationen über ihn. Das alte Ermittlungsmaterial ist in diesen Mappen archiviert«, erklärte er und verteilte sie an die Kollegen. »Vor neun Monaten hat das Gericht die Unterbringung von Simon Norell in der Forensischen Psychiatrie angeordnet, wegen dreifachen Mordes durch Erstechen an seinen Eltern Tore und Anna und seinem jüngeren Bruder Jakob. Die Leichenteile wurden einige hundert Meter von seinem Elternhaus entfernt im Ågelsjön gefunden. Simon Norell war offenbar an einer Art Psychose erkrankt.«

Jana schlug die Mappe auf.

»Sie haben recht, das Material ist mager«, sagte sie.

»Aber warum?«, fragte Henrik Levin. »Die Ermittler müssen ja mehrere Personen aus seinem Bekanntenkreis vernommen haben.«

»Davon sollte man ausgehen«, meinte Ola Söderström.

»Es gibt auch kaum Fotos vom Tatort«, stellte Mia Bolander fest, die in einer anderen Mappe blätterte.

»Niemand in der Familie scheint besonderen Spaß am Fotografieren gehabt zu haben, was erstaunlich ist, wenn man bedenkt, dass wir in einer Welt leben, in der praktisch alles mit dem Handy festgehalten wird«, bemerkte Ola Söderström. »Die wenigen Fotos, die es gibt, stammen von einem USB-Stick, der im Zuge der Ermittlungen beschlagnahmt wurde. Es gibt wohl auch ein paar Filme, unter anderem von der Konfirmation des einen Bruders.«

»Die Familie war also religiös?«, fragte Jana und blätterte weiter in den Unterlagen.

»Die Eltern waren sogar sehr gläubig.«

»Das erklärt auch die Namen«, sagte sie.

»Was meinen Sie?«

»Simon und Jakob. Das waren zwei von Jesu Jüngern.«

»Warum ist mir das gar nicht aufgefallen?« Ola Söderström zupfte seine Mütze zurecht.

Jana schlug die Mappe zu und fragte sich, wo sie mit der Suche anfangen sollten.

»Simon Norell war einundzwanzig, als er die Verbrechen beging«, sagte Henrik Levin, als würde er laut denken.

»Ja«, fuhr Ola Söderström fort. »Sein Bruder war zwanzig, als er getötet wurde. Sie hatten also beide die Schule abgeschlossen.«

»Auf welchem Gymnasium waren sie?«, fragte Henrik Levin.

»Dem Ebersteinska«, erwiderte Ola Söderström. »Vorher waren sie auf der Hultdalsskolan und in den ersten sechs Jahren auf der Åbymoskolan.«

»Und was haben sie nach dem Schulabschluss gemacht?«, wollte Henrik Levin wissen.

»Simon hat als Hausmeister in der Kirchengemeinde Kolmården gearbeitet. Jakob dagegen hat ein Fernstudium in Marketing belegt, das heißt, er hat von zu Hause aus studiert.«

»Also, dieses beschissene Material gibt ja gar nichts her«, fluchte Mia Bolander und warf die Mappe, in der sie geblättert hatte, genervt auf den Tisch. »Wie sollen wir denn da den Fahrer des Wagens herausfinden?«

»Wir müssen von vorn anfangen«, erklärte Gunnar Öhrn. »Wir müssen Simons Arbeitskollegen in der Kirchengemeinde, seine Bekannten, Mitschüler, Verwandten vernehmen.«

»Das wird ja ewig dauern«, klagte Mia Bolander.

»Ich weiß«, sagte Gunnar Öhrn. »Ich werde sofort unsere Zusatzkräfte darauf ansetzen. Aber um Zeit zu sparen, könntet ihr vielleicht mit Martin Tyberg reden.«

»Wer ist das?«, fragte Jana.

»Der Polizist, der zuerst vor Ort bei der Familie Norell war und Simon vernommen hat«, erklärte Gunnar Öhrn.

»Ich glaube, ich kenne ihn nicht«, erwiderte Jana.

»Er wurde von einem anderen Bezirk als Ermittler geschickt.«

»Warum denn das?«

»Wir hatten gerade Personalknappheit«, entschuldigte sich Gunnar Öhrn. »Martin Tyberg ist leider nicht mehr als Polizist tätig, sondern ermittelt jetzt im Auftrag von Länsförsäkringar bei Versicherungsbetrügereien. Aber vielleicht erinnert er sich an irgendetwas, das uns hilft, den Fahrer von Simons Wagen zu identifizieren. Oder was uns auf eine neue Fährte bringt.«

»Gute Idee«, stimmte Henrik Levin zu.

Gunnar Öhrn wandte sich an Jana. »Sie könnten auch mit Per Åström sprechen.«

»Warum?«

»Er war der ermittelnde Staatsanwalt.«

»Gut«, sagte Henrik Levin. »Wenn Mia und ich uns mit Martin Tyberg unterhalten, könnten Sie, Frau Berzelius, vielleicht mit Per Åström reden?«

»Ich?«, rief sie.

»Sie kennen ihn doch am besten von uns allen. Ginge das?«

Jana schluckte.

»Natürlich. Kein Problem.«

15

Wie lange hatte sie mit dem Handy in der Tiefgarage des Polizeigebäudes gesessen? Zu lange, dachte Jana und seufzte laut. Sie hatte die Aufgabe bekommen, Per zu kontaktieren, und sie musste mit ihm reden, ansonsten würde sie sich vor dem Ermittlungsteam erklären müssen, und das war undenkbar. Sie konnte nicht länger zögern, sie würde ihn jetzt anrufen.

Pers Name befand sich nicht mehr in ihren Kontakten. Ihre Finger zitterten leicht, als sie die Nummer der Anwaltskanzlei heraussuchte, wo er arbeitete. Sie bekam plötzlich Magenschmerzen, als der erste Freiton erklang.

Was sollte sie zu ihm sagen? Wie sollte sie ihr Anliegen formulieren?

Eine fremde Stimme verlas eine Ansage, dass die Kanzlei für heute geschlossen sei. Also ließ sie das Handy in die Ablage gleiten, startete den Motor und fuhr aus der Garage.

Die Scheibenwischer schoben die Regentropfen beiseite, während sie durchs Zentrum fuhr. Ihr Kopf dröhnte vor Anspannung, als sie ihren Wagen vor Pers Haustür in der Skomakaregatan parkte.

Sie atmete tief durch und stieg aus. Ein paar Sekunden stand sie im kühlen Regen da und überlegte, ehe ihr der Türcode wieder einfiel.

Er wohnte ganz oben, und sie war außer Atem, als sie vor seiner Wohnungstür stand.

Bevor sie die Klingel betätigte, zupfte sie den Mantel zurecht und glättete ihr Haar. Es fühlte sich komisch an, wieder hier zu stehen.

Während sie darauf wartete, dass die Tür geöffnet wurde, kreisten ihre Gedanken um den mit einem Messer bewaffneten Mann, der genau hier gestanden hatte. Er hatte Per umbringen wollen, und sie hatte ihn aufs Dach hinaufgejagt. Vielleicht hatte sie erst bei dem darauffolgenden Kampf begriffen, wie viel Per ihr bedeutete.

Dass sie alles tun würde, um ihn zu schützen.

Jana drückte noch einmal auf die Klingel, doch sie hörte keine Schritte oder andere Geräusche aus der Wohnung.

Enttäuscht ging sie die Treppen wieder hinunter, setzte sich ins Auto und startete den Motor. Sie kam an den englischen Reihenhäusern an der Södra promenaden vorbei, am kleinen ICA-Supermarkt in Kneippen und gelangte schließlich zum Racketstadion.

Als sie den Wagen abgestellt hatte, saß sie eine Weile ruhig da, lauschte dem rhythmischen Trommeln des Regens aufs Autodach und starrte die große Tennishalle an, die vor ihr lag.

Per spielte nach der Arbeit oft und gern Tennis. Die Wahrscheinlichkeit, dass sie ihn hier finden würde, war groß.

Warum ging sie nicht rein? Warum zögerte sie wieder?

Jana schüttelte über sich selbst den Kopf, strich sich noch einmal übers Haar und stieg aus.

»Martin«, antwortete eine gestresste Stimme.

»Martin Tyberg, nehme ich an?« Mia beugte sich über das Handy, das auf Henriks Schreibtisch lag.

»Ja, das bin ich.«

Die Stimme hallte im Lautsprecher wider. Im Hintergrund war eine Frau zu hören, die die anwesenden Passagiere zum Boarding aufforderte.

»Hier spricht Kriminalobermeisterin Mia Bolander von der Polizei Norrköping, und neben mir steht mein Kollege Henrik Levin. Wir müssten mit Ihnen über Simon Norell sprechen.«

»Hm, ich muss gleich ins Flugzeug nach New York steigen«, sagte er. »Sie müssen sich also kurzfassen.«

»Sie wissen, wen ich meine?«

»Ja«, antwortete Martin Tyberg. »Ich gehe ein bisschen beiseite. Moment …«

Es wurde still in der Leitung. Mia warf einen Blick auf Henrik, der ihr gegenüber auf dem Bürostuhl saß.

»So, jetzt kann niemand mithören. Simon Norell, sagten Sie? Doch, ich kann mich gut an ihn erinnern. Das war eine tragische Geschichte.«

»Sein Name ist in einem neuen Fall aufgetaucht«, erklärte Henrik, »und als wir die Unterlagen von der letzten Ermittlung durchgeschaut haben, hatten wir den Eindruck, als wären die Menschen in seinem Umfeld nicht näher untersucht worden.«

»Haben Sie mit ihm gesprochen?«

»Ja.«

»Dann wissen Sie, dass er nicht gerade ein soziales Genie ist. Er spricht nicht gern und hat auch geschwiegen, als wir zum Tatort kamen. Er saß einfach nur vor dem blutbefleckten Schlafzimmer und glotzte ins Nichts. Obwohl ich ihm eine Menge Fragen zu den Ereignissen gestellt habe, bekam ich keine Antworten. Er sagte nur, dass seine Familie tot sei. Das war auch das Einzige, was er am Telefon sagte, als er den Notruf wählte.«

»Das heißt, er hat selbst den Rettungswagen gerufen?«, hakte Mia nach.

»Ja. Und erst nachdem wir die Blutspuren gesichert hatten, zeigte er uns, wo im Ågelsjön die Leichenteile lagen. Wir haben nicht alle gefunden, aber es lag ja irgendwie auf der Hand.«

»Was lag auf der Hand?«

»Die Lösung des Falles.«

Mia stützte die Ellbogen auf den Schreibtisch und lehnte sich noch weiter zum Telefon hin.

»Was haben die Nachbarn über die Familie gesagt?«, fragte sie.

»Nicht viel«, erwiderte Martin Tyberg, »nur dass sie Einzelgänger gewesen seien. Keiner hat sich näher mit ihnen unterhalten.«

»Und Sie haben keinen Kontakt zu anderen Personen in Simon Norells Umfeld aufgenommen?«, fragte Henrik.

»Das war nicht nötig. Es war ja vollkommen klar, dass er schuldig war. Wissen Sie, das ist so ähnlich, wie wenn die Eltern das Einwickelpapier einer Schokoladentafel entdecken. Sie haben zwar nicht gesehen, wer den Inhalt aufgegessen hat, niemand hat es gefilmt, aber dann sehen sie das verschmierte Gesicht des Kindes. Alles deutet darauf hin, dass das Kind die Schokolade gegessen hat. Was der Familie Norell widerfahren ist, wurde auch nicht gefilmt, aber das Blut auf Simons Kleidung und sein Hinweis auf die Leichen im See waren eindeutig.«

Mia hob die Augenbrauen. Martin Tyberg wusste, dass sie Polizisten waren, dennoch sprach er mit ihnen, als hielte er sie für etwas zurückgeblieben.

»Das heißt, er hat kein Geständnis abgelegt?«

»Doch, das hat er, und es gibt auch ein ziemlich deutliches Motiv. Rache.«

»Rache wofür?«, fragte Mia, während im Hintergrund der letzte Aufruf für den Flug nach New York zu hören war.

»Für seine harte Erziehung, glaube ich. Laut der Tante ging es in seinem Elternhaus ziemlich gewalttätig zu. Am Ende hatte Simon offenbar genug, und deshalb ist es letztlich so weit gekommen. Es tut mir leid, aber ich muss jetzt Schluss machen.«

»Eine letzte Frage«, sagte Henrik. »Haben Sie eine Ahnung, mit wem Simon Norell heute in Kontakt stehen könnte? Hat er Freunde erwähnt, Verwandte …«

»Nein«, unterbrach Martin Tyberg ihn. »Das hat er nicht. Keinen einzigen.«

»Falls Ihnen noch jemand einfällt, der …«

»Auf jeden Fall«, unterbrach Tyberg ihn erneut, »dann melde ich mich. Tschüs!«

»Tschüs«, sagte Mia, aber er hatte das Gespräch schon beendet.

Sie fluchte. Noch immer hatten sie keinen Hinweis auf Johanna Webers Aufenthaltsort. Sie hatten auch nicht herausgefunden, mit wem Simon Norell in Kontakt stand oder wer die Schlüssel zu seinem Auto und zu seinem Haus hatte. Und auf der Uhr an der Wand war es fünf vor sechs.

»Wir müssen los. In einer Stunde sollen wir im Restaurant sein«, sagte sie zu Henrik.

»Das geht nicht.« Frustriert fuhr er sich durchs Haar.

»Was meinst du?«

»Wir können doch jetzt nicht mit dem Ermittlungsteam essen gehen, wir müssen weiterarbeiten.«

Mias Geduld war am Ende.

»Aber ich habe alles gebucht«, sagte sie. »Ich habe keine Wahl, ich muss hingehen.«

»Und Johanna Weber ist dir egal? Sollen wir zulassen, dass sie ertränkt und wie die anderen in eine Meerjungfrau verwandelt wird?«

»Habe ich gesagt, dass sie mir egal ist? Nein, das habe ich nicht, und das sagt auch sonst keiner aus dem Team. Wir haben Zusatzkräfte, die rund um die Uhr nur an diesem Fall arbeiten. Deshalb werde ich für eine kurze Weile mal nicht Polizistin sein, sondern etwas Spaß haben. Du kannst machen, was du willst. Hauptsache, du bringst mich jetzt erst mal nach Hause.«

Sie sah ihn schon von Weitem. Sein blondes Haar und seine blauen Sportsachen. Seine Art, sich mit kleinen, raschen Schritten unten auf dem Spielfeld zu bewegen und den Ball in einer perfekten Flugbahn übers Netz hinweg zum Gegner zu schlagen.

Jana war angespannt, während sie über die Zuschauertribüne ging und an einem Schwarzen Brett mit Anmeldeformularen für Vereinsmeisterschaften und Sommertrainingslager vorbeikam.

An der Wand neben dem Schwarzen Brett lehnte eine schlanke Frau, die ein Handy ans Ohr presste. Sie trug eine ausgeschnittene Bluse und hatte lange blonde Locken.

Jana stellte sich ein paar Meter von ihr entfernt hin, ignorierte ihre neugierigen Blicke und sah hinunter aufs Spielfeld, zu Per und seinem Gegner. Er kam ihr bekannt vor, ein Mann von gut fünfzig Jahren mit hoher Stirn, und sie verzog das Gesicht, als sie Stefan Callmander erkannte. Typisch, dass sie ausgerechnet hier auf den arroganten Anwalt stoßen musste.

Es kam ihr wie eine halbe Ewigkeit vor, bis Per eine letzte harte Rückhand spielte, die Hände zu einer Siegergeste erhob und zum Netz ging, um seinem Kollegen für ein gutes Match zu danken.

Sie nahmen ihre Sporttaschen von einer Bank neben dem Spielfeld und gingen zur Tür, ohne Jana zu bemerken.

Gerade wollte sie zu ihnen hinuntergehen, als sie ihre Schritte und Stimmen auf der Treppe hörte, die zur Besuchertribüne führte.

Sie hielt den Atem an und wartete.

»Dreizehn«, sagte Stefan Callmander mit etwas heiserer Stimme. »Die Zahl hat einen symbolischen Wert. Das war der Tag, an dem meine Tochter geboren wurde, an einem Freitag, dem dreizehnten, vor vielen Jahren.«

»Das heißt, du besitzt dreizehn Immobilien in Norrköping?«, hörte sie Per fragen.

»Das ist eine sichere Investition.«

Jetzt sah sie die beiden Männer, die die Treppe heraufgekommen waren.

Per wollte gerade noch etwas erwidern, als er abrupt stehen blieb und sie anstarrte.

»Was ist?«, fragte Callmander und drehte den Kopf, weil er wissen wollte, was Per gesehen hatte. »Ach, das Fräulein Berzelius«, sagte er dann. »Nett, Sie zu sehen.«

Sie nickte zur Antwort.

»Ich werde mir etwas zu trinken kaufen«, verkündete Callmander und legte Per die Hand auf die Schulter, ehe er davonging.

Per kam langsam auf sie zu. Schweißperlen standen auf seiner Stirn und liefen die Schläfen hinunter.

»Ich muss mit dir über einen alten Mordfall sprechen«, erklärte sie, als er vor ihr stand.

»Du hast dich kein bisschen verändert, wie ich sehe«, sagte er und lächelte kurz. »Immer sofort auf den Punkt.«

»Es geht um Simon Norell.«

»Ach?« Er stellte seine Tasche auf den Boden.

»Du hast doch das Ermittlungsverfahren geleitet und auch den Prozess gegen ihn geführt.«

»Ja«, bestätigte er ernst.

»Sein Name ist in einem neuen Fall aufgetaucht«, sagte sie, »und wir müssen alle Personen in seinem Umfeld erfassen. Du kennst vielleicht jemanden, der … Ich meine, du hast von deinen Ermittlungen vielleicht noch Aufzeichnungen oder andere Unterlagen, die du mir geben kannst. Das Material war nicht so umfangreich, und es ist ziemlich dringend.«

»Ich verstehe die Situation«, antwortete Per und wischte sich mit dem Schweißband über die nasse Stirn. »Aber ich glaube nicht, dass ich dir weiterhelfen kann. Wenn ich mich recht entsinne, hatte Simon Norell überhaupt keine Bekannten. Er und sein kleiner Bruder waren Einzelgänger.«

»Per?«, ertönte eine weiche Stimme.

Jana fuhr überrascht zusammen, als die Frau mit den blonden Locken auf sie zukam.

»Hallo«, sagte er und lächelte die Blondine an, die sich dicht neben ihn stellte. Zu dicht.

»Hallo.« Sie sah fragend von Per zu Jana.

Per räusperte sich. »Das ist Jana Berzelius von der Staatsanwaltschaft. Wir … wir haben früher zusammengearbeitet.«

»Davon hast du mir nie erzählt.« Sie versetzte ihm einen kleinen Stoß in die Seite, ehe sie Jana die Hand hinstreckte.

»Typisch Männer«, fuhr sie fort. »Erzählen einem nie was von ihren Kollegen. Ich heiße Viktoria Johansson.«

Doch Jana ergriff die ausgestreckte Hand nicht, sondern blieb wie erstarrt stehen.

Viktorias Lächeln erstarb, sie straffte den Rücken und ließ die Hand wieder sinken.

»Ich habe Hunger«, sagte sie in neutralem Tonfall und sah Per an. »Fahren wir?«

Jana schauderte. Sie hörte, dass Per etwas erwiderte, und versuchte, seine Worte zu verstehen, doch sie konnte an nichts anderes denken als an ihr Herz, das heftig in ihrer Brust pochte.

Als sie den Blick senkte, sah sie plötzlich, dass Viktoria mit der Hand zwei von Pers Fingern umfasste.

Ihre Gedanken wurden langsam und wirr.

Sie trat einen Schritt zurück.

»Ich muss los«, murmelte sie und hörte selbst, wie konfus es klang, als sie den beiden erklärte, dass sie es eilig habe.

»Wolltest du nichts anderes fragen?«, sagte Per.

Doch Jana antwortete nicht, sondern machte einfach kehrt und floh aus der Tennishalle.

16

Henrik betrat das Haus und hängte seine Jacke auf, die auf dem kurzen Weg vom Auto klatschnass geworden war. Sein Magen knurrte, aber die Vorstellung, mit dem Ermittlungsteam essen zu gehen, erschien ihm vollkommen absurd, jetzt, da sie mitten in einem so großen Fall steckten. Was würden die Leute sagen, wenn sie wüssten, dass die Polizei sich in einem Restaurant amüsierte, statt nach dem vermuteten Serienmörder zu suchen?

Er hörte das Lachen seiner Schwiegermutter aus der Küche und dann Vilgot, der vor Kichern kaum noch Luft bekam.

»Hallo«, sagte er, als er in die Küche trat.

Der ganze Raum war hell erleuchtet. Auf dem Tisch stand der schwarze Plastikroboter und bewegte zu lauter Musik die Arme auf und ab, bis er schließlich verstummte.

Ingrid sah ihn an. Sie trug ihr graues Haar kurzgeschnitten, die Brille wie immer weit unten auf der Nase. Vilgot saß auf ihrem Schoß und sagte, dass er den Roboter noch mal winken sehen wollte.

»Wie geht es dir?«, fragte sie.

»Alles gut«, schwindelte er. »Danke, dass du auf die Kinder aufpasst, aber ich …«

»Es macht mir doch Spaß«, unterbrach sie ihn. »Ich habe einen Zeichentrickfilm über Pinguine mitgebracht, den ich zusammen mit den Kindern sehen wollte, wenn ihr gegangen seid. Aber er ist erst ab sieben, das heißt, Vilma, Felix und ich werden mit dem Film warten, bis dieser kleine Kerl hier geruht hat einzuschlafen. Ich hoffe, ihn gegen acht ins Bett zu bekommen. Vorausgesetzt, wir können uns vom Roboter losreißen.«

»Klingt nach einer harten Herausforderung«, meinte Henrik lächelnd.

Er verließ die Küche und ging mit schweren Schritten die Treppe hinauf.

Vilma saß auf dem flauschigen Teppich in ihrem Zimmer. Sie hatte ihren rosa Pullover mit den weißen Katzen an und hielt eine Schere in der einen Hand und eine Gummilitze in der anderen. Rote, gelbe und blaue Perlen lagen vor ihr in einer quadratischen Plastikbox.

»Hallo«, begrüßte sie Henrik.

Sie murmelte eine Antwort, ohne aufzublicken, und schnitt dabei leise und konzentriert unterschiedlich lange Stücke von der Gummilitze ab.

Henrik lächelte vor sich hin und ging dann in Felix' Zimmer. Sein Sohn saß mit großen Kopfhörern vor dem Rechner und war vollkommen von seinem Computerspiel absorbiert.

Henrik ging weiter ins Badezimmer.

Emma hob die Augenbrauen, als er die Tür öffnete. Sie sah schön aus in ihrem schwarzen Kleid, mit dem schimmernden Lidschatten und dem silbernen Armband, in das die Initialen der Kinder eingraviert waren.

»Ich habe dir ein Hemd aufs Bett gelegt, hast du es gesehen?«

»Nein«, sagte er.

»Ich dachte, du könntest deine dunkelblauen Chinos dazu anziehen«, fuhr sie fort, holte das Glätteisen aus dem

Schrank und schob den Stecker in die Steckdose neben dem Spiegel.

»Emma …«

»Ich weiß, dass du die Hose zu eng findest, aber du siehst wirklich gut aus darin.«

»Emma, ich kann nicht zum Abendessen gehen. Ich kann nicht, ich muss …«

Er verstummte und begegnete ihrem enttäuschten Blick.

»Was musst du?«, fragte sie.

»Eine weitere Frau ist verschwunden.«

»Ich weiß.« Sie nickte. »Ich habe davon gelesen.«

»Und ich halte den Gedanken nicht aus, im Restaurant zu sitzen und Spaß zu haben, wenn es so viel anderes gibt, was ich tun könnte.«

»Henrik, ich weiß, dass du alles tust, was du kannst, um sie zu finden, aber was essen musst du doch trotzdem.«

Er schüttelte den Kopf.

»Komm«, sagte sie und ging auf ihn zu, legte die Arme um ihn, küsste ihn auf den Hals und die Lippen.

»Was versuchst du mir zu vermitteln?«, fragte er.

»Dass dir ein bisschen Abstand ganz guttun würde.« Ein wohlbekanntes Glitzern war in ihren Augen zu sehen, ehe sie ihn noch einmal küsste.

»Emma …«

»Ja?«

»Versuchst du mich zu überreden? Und setzt dich selbst als Lockmittel ein?«

»Man nimmt, was man zur Verfügung hat«, entgegnete sie und lächelte ihn an.

»Aber wenn du glaubst, dass deine Versuche irgendwas bringen, dann hast du dich getäuscht.«

»Das hast du letzte Woche auch gesagt.«

Emma ließ die Hände über seinen Rücken gleiten.

»Aber da war deine Mutter nicht im Haus.«

»Wir müssen ja nicht«, meinte sie. »Aber ich sollte dich vielleicht daran erinnern, dass ich morgen auf eine Konferenz fahre. Und dieser Roboter ist ziemlich laut.«

Henrik sah sie eine Weile an, wog die Alternativen gegeneinander ab und zog dann ihren warmen Körper an sich.

»Soll ich die Tür abschließen?«, fragte er.

Der Regen prasselte gegen die Windschutzscheibe, und es wehte stark, als Jana in die Stadt fuhr. Die Narbe im Nacken juckte, ja, sie juckte ganz fürchterlich, während das Gehirn ihr die unerträglichen Bilder von Per und Viktoria vorspielte, ihr Lächeln und die ineinander verschränkten Finger, immer wieder.

Sie raste am Hauptbahnhof vorbei, bog in die Drottninggatan, fuhr in hohem Tempo in die Tiefgarage und bremste abrupt auf ihrem Parkplatz.

Mit einem Knall schlug sie die Autotür zu. Ihre Schritte hallten in der leeren Garage wider.

Als sie zum Treppenhaus kam, begann sie zu laufen. Im zweiten Stock stand eine ältere Frau mit einem Blumenstrauß in der Hand.

»Platz da«, fuhr Jana sie an, stieß sie beiseite und schob sich an ihr vorbei.

»Was soll denn das?«, fragte die Frau erschrocken.

Jana rannte den ganzen Weg bis zu ihrer Wohnung. Sobald die Tür hinter ihr zugefallen war, schlug sie auf die Vase ein, die auf der Kommode stand. Sie fiel auf den Fußboden, das Wasser spritzte heraus, und das dicke Glas splitterte. Mit einem enormen Kraftaufwand packte sie die

Kommode und stieß sie um. Dann griff sie nach der Bodenlampe und brach den schwarzen Fuß entzwei.

Keuchend betrachtete sie die Verwüstung. Sie konnte nicht in der Wohnung bleiben, sie musste sofort hier raus. Sonst würde sie alles zerstören, was sie besaß.

Der Boden knarrte, als sie ins Schlafzimmer ging.

Rasch zog sie sich um. Wenig später lief sie in Sportkleidung die Treppen hinunter, hinaus auf die Straße und rannte auf dem nassen Asphalt davon.

Das libanesische Restaurant Meze lag in derselben Straße wie eine Pfandleihe und ein Friseursalon. Mia ließ den Blick durch das beinahe vollbesetzte Lokal schweifen, während sie dem Smalltalk von Gunnar, Anneli und Ola lauschte. Sie reckte sich nach der kleinen Schüssel mit Oliven und steckte sich gerade zwei in den Mund, als Henrik und Emma hereinkamen.

»Ich dachte nicht, dass ihr noch kommt«, meinte sie erstaunt.

»Ich auch nicht«, erwiderte Henrik. »Meine Frau ist schuld.«

»Das heißt, du hast ihn überredet?«, sagte Mia zu Emma. »Ich bin beeindruckt. Henrik kann ziemlich hartnäckig sein, wenn er sich für etwas entschieden hat.«

»Das stimmt«, bestätigte Emma lachend. »Aber ich habe meine Tricks.«

»Okay.« Gunnar schlug mit der Gabel gegen sein Weinglas, um die Aufmerksamkeit des ganzen Teams zu wecken, ehe er sich erhob. »Ich weiß, dass wir mitten in einem schwierigen Fall stecken und dass dieses Abendessen ein wenig ungelegen kommt. Trotzdem hoffe ich, dass wir uns alle entspannen und etwas Spaß haben können, wenn auch nur für eine Weile. Und wie immer will ich damit beginnen, dass wir diesen Abend auf einem Foto festhalten.«

Er winkte einen Kellner zu sich und gab ihm sein Handy.

»Machen Sie vorsichtshalber drei Fotos«, bat Gunnar ihn und setzte sich wieder.

»Alle mal lächeln!«, sagte der Kellner und hielt das Handy hoch.

Mia legte den Kopf schief und lächelte, als sie das Klicken der Handykamera hörte.

»Danke«, sagte Gunnar, als ihm der Kellner das Telefon zurückgab. Er steckte es in die Tasche und drehte sich wieder zum Tisch.

»Damit übergebe ich das Wort an Mia, die den Abend für uns organisiert hat.«

Sie stand auf. »Das Essen ist schon bestellt und wird gleich serviert. Ihr kennt die Regeln, oder? Da wir alle ungefähr dasselbe essen und trinken, splitten wir die Rechnung einfach zu gleichen Teilen. Das macht dann fünfhundert Kronen pro Person. Haben alle Bargeld dabei?«

»Bargeld?«, brummte Ola und schob sich das Haar unter die gelbe Mütze. »Mal ehrlich, warum können wir nicht einfach mit Swish zahlen?«

»Es ist besser, wir machen es so, wie Mia es entschieden hat«, antwortete Anneli und lächelte müde.

»Okay, ich bin vielleicht ein bisschen old school, aber heute Abend müsst ihr das aushalten. Ich weiß, dass manche von euch so schnell wie möglich zurück aufs Revier wollen.« Mia warf Henrik einen vielsagenden Blick zu. »Deshalb wäre es gut, wenn wir vor dem Essen das Finanzielle regeln. Ihr könnt das Geld einfach hierhin legen.«

Sie schob einen weißen Teller in die Mitte des Tisches und setzte sich.

»Jana Berzelius ist nicht gekommen«, stellte Henrik fest, während er sein Portemonnaie aus der Tasche zog.

Mia zuckte mit den Schultern.

»Stimmt.«

»Du hast sie doch gefragt, oder?«

»Na klar.« Mia schluckte. »Aber sie hat gesagt, dass sie keine Zeit hat. Oder das Lokal war ihr einfach nicht schick genug.«

17

Jana war viel zu schnell und viel zu weit gelaufen. Planlos war sie im peitschenden Regen an Läden und Schulen vorbei und durch Wohngebiete gerannt, bis sie im Vrinneviskogen gelandet war. Aber jetzt konnte sie nicht mehr.

Langsam ließ sie sich im Gras auf die Knie sinken und roch den Duft von nasser Erde. Sie hatte Blutgeschmack im Mund, und die Lunge brannte von den raschen keuchenden Atemzügen. Regen und Schweiß liefen ihr von der Stirn ins Gesicht, und die Kleider waren durchnässt.

Langsam hob sie den Blick, versuchte herauszufinden, wo sie war. Zwischen den Bäumen erahnte sie eine Straße, und im Scheinwerferlicht eines vorüberfahrenden Autos sah sie drei junge Männer, die in einem Buswartehäuschen auf der anderen Straßenseite Schutz gesucht hatten.

Ihr wurde immer kälter, und Jana wusste, dass sie nach Hause gehen sollte, aber sie schaffte es nicht aufzustehen. Also blieb sie noch eine Weile sitzen, ehe sie sich erhob.

Die Beine trugen sie kaum, als sie wieder in den Wald hineinging, wo sie hergekommen war.

Hinter ihr war das Knacken eines abbrechenden Asts zu hören. Sie drehte sich um, strich sich das Haar aus dem Gesicht und entdeckte die Männer. Sie hatten das Wartehäuschen verlassen, die Straße überquert und kamen jetzt selbstsicher auf sie zu.

Was wollten sie von ihr? Sie wusste es nicht, aber es konnte nichts Gutes sein.

Die Milchsäure in den Oberschenkeln brannte, als sie versuchte, schneller zu laufen.

Sie hörte die Schritte der Männer hinter sich und begriff, dass sie sie bald einholen würden.

Plötzlich ahnte sie aus dem Augenwinkel eine Bewegung, sah, dass einer der Männer auf sie zustürmte, und wusste, dass sie eigentlich parieren müsste. Aber sie war zu müde, hatte keine Kraft, die sie ihm entgegensetzen konnte.

Der Mann stieß sie ins Gras und setzte sich rittlings auf ihre Brust.

»Du siehst aus, als würdest du frieren«, sagte er. »Sollen wir dich wärmen?«

Er grinste und nahm ein Messer aus der Jackentasche, setzte ihr die scharfe Klinge an den Hals.

»Wenn du schreist, schlitze ich dir den Hals auf, kapiert? Nicke, wenn du mich verstanden hast.«

»Warum antwortest du nicht, du verdammtes Luder?«, sagte ein zweiter Mann, der ebenfalls auf sie zukam. Er hatte eine Tätowierung im Gesicht und schmale Augen, die Jana an eine Schlange erinnerten.

»Du musst antworten, wenn Zoran mit dir redet, verdammt noch mal!«

Jana schwieg.

»Sie traut sich vielleicht nicht. Womöglich hat sie Angst«, meldete sich der Dritte im Bunde zu Wort. Er hatte seine Kapuze übergezogen, das Gesicht war im Dunkeln nicht zu erkennen.

»Natürlich hat sie Angst«, antwortete der Mann mit der Tätowierung. »Wer fängt an?«

»Immer mit der Ruhe, Danne. Ich habe sie gefangen«,

sagte Zoran, der noch immer auf Janas Brust saß. »Die kleine Hure gehört mir.«

»Dann nimm sie, Zoran, nimm sie!«

»Halt sie fest!«

Der Mann mit der Tätowierung, der offenbar Danne hieß, packte Janas Hände. Sie versuchte, Widerstand zu leisten, aber er war überraschend stark. Der Puls dröhnte in ihren Ohren, als er ihre Arme nach oben streckte. Gleichzeitig bewegte sich der Mann mit der Kapuze auf ihre Beine zu. Ihr war klar, dass er sie spreizen und dann ihre Fußgelenke festhalten würde, damit sie völlig hilflos wäre.

Plötzlich durchströmten sie Wut und Adrenalin.

Es war Zeit, die Sache zu beenden.

»Warum sollte dieses Lokal nicht schick genug für Jana Berzelius sein?«, fragte Emma, während der Kellner Schalen mit libanesischem Fladenbrot, Hummus und Zaziki auf den Tisch stellte.

»Keine Ahnung, ich habe sie nicht gefragt«, antwortete Mia achselzuckend.

Das anfangs noch leise Gemurmel im Lokal steigerte sich allmählich.

An der Bar standen zwei Frauen in kurzen Röcken und High Heels, die offenbar gleichzeitig die Lippen schürzen, mit dem Hintern wackeln und mit den Wimpern klimpern konnten. Verdammt talentiert, dachte Mia. Dann und wann ließen sie den Blick schweifen, als hofften sie, einen Mann zu finden, der sie auf einen Drink einlud. Mia kannte dieses Verhalten nur zu gut. Denn sie selbst hatte viel zu viele Abende darauf verwendet, dasselbe zu tun.

»Meinst du, Jana Berzelius ist wählerisch?«, fuhr Emma fort.

»Hat Henrik dir das nicht erzählt?«, entgegnete Mia und brach sich ein Stück Fladenbrot ab.

Emma beugte sich näher zu ihr.

»Was meinst du damit?«, fragte sie.

Mia sah sie eine Weile an und senkte dann ihre Stimme.

»Bist du Jana Berzelius schon mal begegnet?«

»Nein, nicht dass ich wüsste.«

»Na dann«, sagte Mia und tauchte das Stück Brot in den Zaziki.

»Aber ich weiß, dass ihr mit ihr zusammenarbeitet«, antwortete Emma. »Und dass ihr sie gut kennt.«

Mia schüttelte den Kopf.

»Ich kenne sie kaum, und ich glaube, keiner von uns kennt sie näher.«

»Henrik hat gesagt, dass sie eine fähige Staatsanwältin ist.«

»Ja, natürlich. Deshalb müssen wir es ja auch mit ihr aushalten.«

»Und du magst sie nicht, wenn ich dich richtig verstehe«, stellte Emma fest.

Mia seufzte schwer. »Jana Berzelius denkt, sie ist besser als alle anderen.«

»Inwiefern denn?«

»In jeder Hinsicht«, antwortete Mia.

»Aha …«

»Versteh mich nicht falsch.« Mia steckte sich das Brotstück in den Mund. »Jana Berzelius ist anders. Sie ist … verdammt anders.«

Der Mann, der Zoran hieß, saß noch immer rittlings auf Jana und hielt ihr das Messer an den Hals. Sie hörte das

Geräusch von einem Gürtel, der geöffnet wurde, und sah in ihren Blicken den Vorsatz, ihr wehzutun.

Sie presste den Rücken auf den Boden, zählte rückwärts.

Drei.

Zwei.

Eins.

Sie riss das rechte Bein in einem Bogen hoch und warf Zoran ab. Dann bewegte sie die Ellbogen blitzschnell vorwärts, sodass der Mann mit der Tätowierung ihre Handgelenke losließ.

Sie rollte im nassen Gras herum, kam auf die Beine und sah, dass die drei Männer sich instinktiv dicht nebeneinandergestellt hatten.

Die Straße hinter den Bäumen lag verlassen da, und das Risiko, dass jemand sehen würde, was im Wald geschah, ging gegen null.

Zoran hielt noch immer das Messer in der Hand. Alle drei Männer grinsten, aber ihr Lachen erstarb, als sie sich auf sie zubewegte. Offenbar waren sie völlig verblüfft, dass sie nicht versuchte, vor ihnen zu fliehen.

Zoran stieß mit dem Messer warnend in die Luft, doch mit jedem Schritt, den sie näher kam, steigerte sich ihre Wut, die erwacht war, als sie Per und Viktoria zusammen gesehen hatte. Nichts konnte sie in diesem Moment aufhalten.

Sie warf sich auf Zoran, schlug so fest mit der Handfläche gegen sein Kinn, dass sein Kopf nach hinten kippte und gleich wieder nach vorn fiel. Dabei drehte sie ihm das Messer aus der Hand. Anschließend verlagerte sie ihr Gewicht, holte mit dem Fuß aus und traf den Mann mit der Kapuze an der Schläfe. Bewusstlos sank er zu Boden.

Sofort bückte sie sich, griff nach dem Messer im Gras

und wollte sich gerade über den Mann mit der Tätowierung hermachen, als sie hinter sich das Gebrüll von Zoran hörte.

Sie reagierte sofort, wirbelte mit dem Messer in der Hand herum und stach ihm zweimal in die Bauchgegend und einmal in den Hals. Genau so, wie sie es bei den vielen Trainingseinheiten ihrer Kindheit gelernt hatte.

Er fiel in sich zusammen und zuckte noch kurz, das war alles.

Jetzt gab es keinen Weg zurück.

Jana ging zu dem Mann mit der Kapuze, der bewusstlos dalag, und schnitt ihm die Kehle durch. Dann warf sie einen Blick auf den Mann mit der Tätowierung, der verängstigt und verwirrt dastand. Als sie einen Schritt auf ihn zumachte, stolperte er rückwärts und versuchte verzweifelt zu fliehen.

Rasch hatte sie ihn eingeholt und stieß ihn um. Er fiel schwer auf den Rücken, strampelte mit den Beinen im Gras. Sie beugte sich über ihn und presste das Messer unter sein Kinn. Erschrocken versuchte er, es beiseitezuschieben, aber sie drückte fester zu und schob dann die Klinge gerade nach oben durch den Kiefer.

Ein gurgelndes Geräusch drang aus seinem Mund. Die Augen rollten nach hinten, der Körper zuckte unkontrolliert.

Jana wartete, bis er sich nicht mehr rührte, wischte dann das Messer ab, steckte es in den Hosenbund und betrachtete die drei toten Männer.

Dann machte sie sich auf den Weg.

Sie sah sich nicht um, kein einziges Mal, sondern ging einfach langsam davon.

Das restliche Essen war serviert worden, und Mia nahm sich von den Hähnchenspießen, der Lammwurst und dem Fattoush.

»Du findest also, dass Jana Berzelius anders ist«, konstatierte Emma.

»Ja«, antwortete Mia aufrichtig und legte das Besteck aus der Hand. »Sie ist anmaßend, arrogant und verdammt langweilig.«

»Und wie würdest du dich selbst beschreiben?«, fragte Emma, während sie den Wein in ihrem Glas kreisen ließ.

»Als offenes Buch.« Mia nahm zwei Schlucke Bier, ehe sie fortfuhr: »Außerdem bin ich echt nett, und ich …« Sie verstummte und stellte ihr Bierglas hin. »Wie peinlich«, sagte sie und schlug sich mit der Handfläche gegen die Stirn.

»Was ist peinlich?«, wollte Emma wissen.

»Ich habe ganz vergessen, dass du Schulpsychologin bist.«

»Das ist doch egal. Ich höre gern zu. Es gibt viele Leute, die mir ihr Herz ausschütten.«

»Es gibt auch viele Leute, die an Hämorrhoiden leiden. Das möchte man auch nicht.«

Emma lachte.

Auch Mia lächelte, ehe sie sich über den Tisch beugte und sich räusperte, um die Aufmerksamkeit ihrer Kollegen zu erhaschen.

»Tut mir leid, wenn ich störe, aber ich wollte nur wissen, ob ihr inzwischen das Geld auf den Teller gelegt habt.«

Alle nickten, und Mia nahm sofort den Teller an sich.

»Aber das kann nicht stimmen«, sagte sie, als sie die Scheine nachgezählt hatte.

»Was ist?«

»Es fehlt noch was. Irgendjemand hat nur zweihundert hingelegt.«

»Also ich war das nicht«, sagte Anneli.

»Ich auch nicht«, meinte Ola.

Mia runzelte die Stirn. »Seid ihr sicher?«

»Natürlich«, entgegnete Anneli.

»Es fehlen also dreihundert«, stellte Gunnar fest. »Ich habe kein weiteres Bargeld dabei, sonst würde ich einfach …«

»Dann machen wir das so«, unterbrach Henrik ihn und hielt Mia drei Hundertkronenscheine hin. »Bitte sehr, jetzt stimmt es.«

»Ich übernehme das natürlich«, versicherte Gunnar ihm.

»Ich weiß«, erwiderte Henrik. »Und jetzt essen wir.«

Ein schmatzendes Geräusch war zu hören, als Jana ihre durchnässte Trainingskleidung auf den Klinkerboden des Badezimmers fallen ließ. Sie hatte kein Gefühl mehr in den Füßen und zitterte vor Kälte.

Die letzten Kräfte verließen sie, als sie die Dusche betrat. Sie schloss die Augen, spürte die heißen Wasserstrahlen auf ihrem nackten Körper und sank langsam auf den Boden.

Immer wieder ging sie im Kopf die Ereignisse im Wald durch. Sie war von einer überwältigenden Wut gepackt worden, als die Männer sie festgehalten hatten. Nichts hatte sie aufhalten können, es war eine Frage des Überlebens gewesen. Und sie hatte überlebt.

Der Heimweg hatte lange gedauert. Das Adrenalin hatte eine quälende Schwere in ihren Muskeln hinterlassen. Sie war stehen geblieben, hatte das Messer in einen Abfallkorb gesteckt und war dann weitergegangen.

Jana kauerte sich auf dem nassen Boden zusammen. Sie

wusste, dass sie die drei jungen Männer nicht hätte töten dürfen, und sie verfluchte die Gewalt, die sie in sich trug. Es war eine Kraft, die sie nicht kontrollieren konnte, der sie vollkommen hilflos gegenüberstand.

Doch die Gedanken an Per und Viktoria schmerzten mehr als alles, was sie jemals erlebt hatte.

Sie hatte die Kraft ihrer Gefühle unterschätzt, hatte nicht begriffen, wie groß ihre Angst war.

Sie konnte es noch immer nicht begreifen.

Dass sie jetzt allein war.

Ganz allein.

Die Frau kämpfte, um den Kopf über der Wasseroberfläche zu halten. Ich empfand nichts als Verachtung, als sie schrie, dass jemand sie retten solle. Denn ich wusste, wie es sich anfühlte, um Hilfe zu rufen, ohne gehört zu werden, wie es war, einsam und verlassen zu sein, wenn alle einem den Rücken zugekehrt hatten, die sich hätten zuständig fühlen und Verantwortung übernehmen sollen.

Aber nur, weil man etwas ignoriert, hört es noch lange nicht auf zu existieren. Und wer ruft jetzt um Hilfe?, dachte ich. Wer schreit jetzt?

»Bitte«, weinte sie. »Ich sage auch nichts, versprochen, ich habe Sie nicht gesehen, ich …«

Sie verlor den Faden, bekam Wasser in den Mund und hustete laut. Hysterisch suchte sie weiter, fuhr mit den Fingern über die anderen Wände, tastete die Ecken ab, dabei wusste sie bereits, dass es keinen Ausweg gab. Mit dem Arm erwischte sie das Rohr an der Decke, begann zu ziehen und zu zerren, um den Wasserzufluss zu stoppen, aber sie rutschte ab, sank unter die Oberfläche und schluckte Wasser.

Während sie verzweifelt versuchte, Luft in die Lunge zu be-

kommen, dachte ich, dass sie recht hatte. Sie hatte mich nicht gesehen. Ich war jetzt jemand anders, aber noch immer unsichtbar für sie. Für alle.

Ich ging zu ihr, lehnte mich an die Glaswand und sah ihr direkt in die zu Tode erschrockenen Augen.

»Jetzt siehst du mich«, flüsterte ich.

MITTWOCH

18

Danilo Peña war aufgewacht, hatte sich im eingebauten Fernseher einige der harmlosen Morgensendungen angeschaut, war dann wieder eingeschlafen und hatte geträumt, dass Jana vor ihm herlief. Er versuchte, sie einzuholen, aber es gelang ihm nicht, sosehr er sich auch bemühte. Sie wurde immer kleiner, entfernte sich immer weiter, um schließlich ganz zu verschwinden. Er hörte, dass sie nach ihm rief, obwohl ihre Stimme anders klang. Sie kam ihm bekannt vor, aber es war nicht Janas, sie gehörte jemand anders …

»Danilo?«

Er schlug die Augen auf und sah Nils, der in der Türöffnung stand.

»Was ist denn los, Nils?«, fragte er stöhnend und legte sich den Arm übers Gesicht. In solchen Momenten verfluchte er die Tatsache, dass sich die Zimmertüren in der Psychiatrie nicht abschließen ließen.

»Du hast geschlafen.«

»Und ich würde gern weiterschlafen, deshalb wäre es gut, wenn du jetzt loswerden könntest, was du sagen willst.«

»Na ja … mein Fernseher hat ein neues Geräusch von sich gegeben. Es klang wie ein Ticken, wie von einer Uhr.«

»Dann schalt ihn eben ab«, sagte Danilo.

»Das hilft nicht … Aber das ist wohl so.«

»Was meinst du damit?«

»Das ist wohl so, dass ich mich daran gewöhnen muss, wenn ich hier rausmuss.«

Danilo nahm den Arm vom Gesicht und betrachtete Nils.

»Du solltest dich freuen, dass du nicht mehr hier sein musst. Ich würde gern mit dir tauschen.«

»Ich freue mich ja auch, aber es müsste von mir aus nicht jetzt gleich sein.«

»Warum nicht?«, fragte Danilo. »Du kannst in eine eigene Wohnung ziehen.«

»Das klingt aber einsam.«

»Wir können nach dem Frühstück darüber reden, Nils.«

»Verstehe. Tut mir leid, dass ich dich gestört habe. Tschüs.«

»Bis später«, antwortete Danilo.

»Ach ja, noch was.«

»Ja?«

»Dein Fernseher tickt auch«, erklärte Nils.

Mit einem Seufzer schwang Danilo die Beine über die Bettkante, schaltete das Gerät aus und legte sich wieder hin.

»Danke, Danilo. Wir sehen uns später.«

Danilo drehte sich zur Seite, betrachtete den Türspalt und lauschte den Schritten im Flur, die sich langsam entfernten. Er mochte diese Stille nicht. Sie machte es ihm viel schwerer, die Gedanken zum Schweigen zu bringen.

Wieder musste er an den Traum von Jana denken. Es war frustrierend, dass er sie nicht hatte einholen können. Aber es war trotz allem nur ein Traum. Er wusste, dass er sie irgendwann kriegen würde, es war nur eine Frage der Zeit. Dass er hier in der Forensischen Psychiatrie saß, bedeutete nur, dass es etwas länger dauern würde, aber die Gelegenheit, der Moment würde kommen, dachte er und schloss wieder die Augen.

Mia Bolander lag auf der Bank und hielt die Langhantel in den Händen. Sie war allein im Kraftraum der Polizei und fluchte, weil die zwanzig Kilo noch zehn Mal hochgestemmt werden mussten. Krafttraining war das Schlimmste für sie, aber es war die einzige Art, vor dem abendlichen Date mit Antony in Last-minute-Form zu kommen.

Zugleich hatte sie ein schlechtes Gewissen, dass sie hier auf der Bank lag. Vielleicht würde man heute die Leiche von Johanna Weber finden.

Als sie die Stange erneut mit den Händen umfasste, gab ihr Magen ein Grummeln von sich.

Lag es am Stress, weil sie Johanna Weber noch immer nicht gefunden hatten? Oder an der Nervosität vor dem Treffen mit Antony?

Was hatte sie denn eigentlich für einen Grund, nervös zu sein? Befürchtete sie, dass das Date peinlich oder langweilig werden würde? Oder dass sie ihm nicht gefallen würde?

Normalerweise liebte Mia Dates. Das war ihre beste Disziplin. Schon immer hatte sie gerne im weit ausgeschnittenen Kleid und voller Selbstvertrauen eine Kneipe betreten, hatte sich ein paar große Bier oder Cocktails erflirtet, und sie hatte nie eine große Sache daraus gemacht, wenn jemand sie mal ignoriert hatte. Die Bars waren ja voll von Männern, die gern mit ihr zusammen sein wollten. Aber wenn Antony sie blöd fand, was sollte sie dann tun?

Mia kam bei den Männern gut an, das wusste sie. Aber sie war weder niedlich noch gutaussehend, eher etwas dazwischen, und angenommen, er suchte nach einer richtig hübschen Frau? Nach einer, die etwas dünner war als sie. Ein bisschen größer. Ein bisschen …

Sie seufzte und dachte, dass sie schon alle möglichen Versionen von sich selbst kannte, nur nicht diese. Die nervöse.

»Reiß dich zusammen«, sagte sie laut. »Hoch mit der Hantel, verdammt!«

Eins, dachte sie und füllte die Lunge mit Sauerstoff.

Zwei.

Es fühlte sich an, als wäre es hier im Kraftraum zweihundert Grad heiß. Dabei hatte sie nur ein kurzes Oberteil und Shorts an.

Drei.

Los jetzt!

Vier.

Fünf.

Wie in fünfhundert Kronen, dachte sie. So viel hätte sie der libanesische Abend gestern gekostet. Das Essen war lecker gewesen, aber viel zu teuer.

Warum konnte nicht die Polizeibehörde die Rechnung übernehmen?

Sechs.

Oder Gunnar? Er wollte schließlich unbedingt, dass sich das Team traf, und als Ermittlungsleiter bekam er sicher ein sechshundert Mal höheres Gehalt als sie, obwohl er seine Tage hinter dem Schreibtisch zubrachte. Das Gehalt als Kriminalobermeisterin war dagegen ein Witz, wenn man mit einberechnete, dass von ihr erwartet wurde, rund um die Uhr zu arbeiten, beim Job ihr Leben aufs Spiel zu setzen und Dinge zu sehen, die eigentlich niemand sehen sollte.

Deshalb hatte sie das Gefühl, als wäre es nur recht und billig, dass sie nicht ihren vollen Anteil an der Rechnung bezahlt hatte. Als hätte sie etwas gewonnen.

Sieben.

Die Muskeln zitterten, aber sie presste den Rücken gegen die Flachbank, um die Langhantel wieder in Richtung Decke zu drücken.

Noch drei.

Mia hielt inne, als sie das Handy klingeln hörte. Sie hängte die Langhantel zurück an ihren Platz, erhob sich von der Bank und erweckte ihre tauben Arme durch Schütteln wieder zum Leben, während sie zu ihrer Sporttasche ging. Es war Henrik.

»Du klingst außer Atem«, sagte er. »Wo bist du?«

»Im Kraftraum, wieso?«, fragte Mia.

»Wir haben ein Treffen mit der Direktorin vom Ebersteinska gymnasiet organisiert, und ich wollte dich abholen. Jana Berzelius ist schon unterwegs.«

»Ich bin gleich fertig. Noch drei«, antwortete sie.

»Drei was?«

»Noch drei Wiederholungen und eine Dusche«, erklärte sie.

Henrik Levin ließ das Handy auf die Ablage zwischen den Sitzen gleiten, fuhr in Smedby los und durchquerte eilig ein schlaftrunkenes Norrköping, um Mia abzuholen.

Momentan lieferten sie sich einen verzweifelten Wettlauf gegen die Zeit. Sie mussten dringend herausfinden, wer Simon Norells Auto benutzt hatte. Alle Vernehmungen am Vorabend waren ohne Ergebnis verlaufen. Die Zusatzkräfte hatten mit dem Pfarrer und mit einigen Mitgliedern der Gemeinde Kolmården gesprochen, wo Simon gearbeitet hatte, und es war ihnen auch gelungen, mit ein paar der Nachbarn in Hultsbruk ins Gespräch zu kommen, aber keiner hatte ihnen brauchbare Hinweise geben können. Alle waren sich einig gewesen, dass Simon sich eher unauffällig verhalten habe. Dass er und sein Bruder Einzelgänger gewesen seien. Niemand wusste, wer Zugang zum Auto gehabt haben könnte, in dem Sonja Erikssons Ohrring gefunden worden war. Sie hatten keinen einzigen Namen, dem sie hätten nachgehen können.

Auch in der Umgebung von Simons Haus hatten die Kollegen nichts Auffälliges beobachtet. Wer war da vor ihnen geflohen? Konnte es Isaac Bergman gewesen sein? Aber was hatten sie eigentlich gegen ihn in der Hand, abgesehen davon, dass er gern im Schwimmbad war und mit einem der Opfer gesprochen hatte? Nichts.

Würde der Besuch des Gymnasiums ihnen Namen liefern, mit denen sie weiterarbeiten konnten?

Henrik hoffte es.

Sie hatten auch keine Verbindungen zwischen Sonja Eriksson, Frida Norberg und Johanna Weber gefunden. Warum hatte der Täter ausgerechnet sie ausgewählt? Es gab so vieles, was sie voneinander unterschied: Alter, Beruf und Aussehen. Und wer war überhaupt dazu in der Lage, etwas so Groteskes zu tun, wie die Beine seiner Opfer aufzuschlitzen und anschließend die Oberschenkel und Genitalien zusammenzunähen? Was steckte hinter der Meerjungfrauensymbolik? Dass man sich für die Liebe aufopferte?

Henrik hörte sein eigenes Seufzen. Sie waren der Lösung des Falles nicht einen Deut näher gekommen. Noch immer warteten sie auf die Laborergebnisse und auf eine Antwort von der Telefonzentrale der Region Östergötland wegen der Nummer, die Simon angerufen hatte.

Henriks Gedanken wanderten immer wieder zu Johanna Weber.

Von den Mietern der Parkgarage hatte keiner etwas beobachtet. Bislang hatten sie keine einzige Spur von ihr, und Henrik hatte das Gefühl, als liefe ihnen die Zeit davon. Wenn der Mörder dem bisherigen Muster folgte, würde man heute Johanna Webers Leiche finden.

Besorgt starrte er das Handy an, das zwischen den Sitzen lag. Als er aufsah und sich selbst im Rückspiegel betrachtete, zuckte er zusammen. Die Angst in seinen Augen war nicht zu übersehen. Die Angst vor dem Anruf, dass man eine weitere tote Frau im Strömmen gefunden hatte.

»Sie dürfen natürlich fragen, was immer Sie wollen, aber ich muss schon sagen, dass dieses Treffen für mich ein wenig überstürzt kam. Worum geht es denn?«, fragte Stina Tunell, als Jana, Henrik Levin und Mia Bolander vor ihrem Schreibtisch im Direktorat Platz genommen hatten.

Die dunkelhäutige Frau hatte freundliche Augen mit Lachfalten. Sie trug eine orangefarbene Bluse, und die Ohrringe schaukelten jedes Mal, wenn sie den Kopf bewegte.

Jana hatte sich für ein schwarzes Kostüm entschieden. Ihre Beine schmerzten, und der Blazer spannte über den noch immer geschwollenen Handgelenken. Die Wohnung war nach wie vor verwüstet, sie hatte nach ihrem gestrigen Ausbruch noch nicht aufgeräumt.

Die Nacht war unruhig gewesen, und nach dem Aufwachen hatte sie das Chaos einfach ignoriert und stattdessen im Internet nach Nachrichten über die drei Männer gesucht, die sie umgebracht hatte. Aber sie hatte nichts gefunden. Vielleicht waren ihre Leichen noch nicht entdeckt worden. Vielleicht durchsuchte die Polizei in diesem Moment den Vrinneviskogen nach Spuren. Aber dann hätten Henrik Levin und Mia Bolander ihr davon erzählt. Auch wenn Jana davon überzeugt war, dass die Polizei keine Spuren von ihr entdecken würde, änderte das nichts an der Sache an sich. Es dämpfte nicht ihre Frustration darüber, dass sie wieder einmal so instinktiv gehandelt hatte.

»Wir sind hergekommen, um über Simon Norell zu sprechen«, erklärte Henrik Levin.

»Verstehe«, erwiderte Stina Tunell.

»Sie sehen nachdenklich aus«, stellte Mia Bolander fest.

»Nein, nein«, versicherte die Direktorin. »Allerdings haben wir dreizehnhundert Schüler, und es ist ja doch ein paar Jahre her, dass er auf diese Schule gegangen ist.«

»Aber Sie wissen, von wem wir reden?«, vergewisserte sich Henrik Levin.

»Ja. Die ganze Schule weiß von seiner Tat, aber niemand kann begreifen, wie es dazu kommen konnte. Wir haben zumindest keinerlei Alarmsignale wahrgenommen.«

»Wissen Sie, mit wem er hier in der Schule Kontakt hatte?«, fragte Henrik Levin. »War er mit irgendjemandem näher befreundet?«

»Er hatte nur seinen jüngeren Bruder.«

»Das sagen alle«, kommentierte Mia Bolander.

»Weil es der Wahrheit entspricht. Simon hat zwar den Wirtschaftszweig besucht und Jakob den naturwissenschaftlichen, aber die Brüder haben die Pausen immer gemeinsam verbracht.«

»Hatte er denn gar keinen Kontakt zu seinen Klassenkameraden?«, fragte Jana und schlug vorsichtig die Beine übereinander.

»Nein, die beiden waren meist unter sich und haben niemanden an sich herangelassen.«

Jana runzelte die Stirn und fragte sich, was Simon dazu gebracht haben mochte, seinen kleinen Bruder umzubringen.

»Und Jakob?«, fragte sie. »Was können Sie mir über ihn erzählen?«

»Tja, was kann ich über ihn erzählen?«, sagte Stina Tunell und schob ein paar Papiere auf dem Schreibtisch herum, als wollte sie Zeit gewinnen. »Er war verschlossener als Simon. Wirkte verloren oder vielleicht auch schüchtern? Bei Jugendlichen lässt sich das oft nicht so genau sagen. Wenn ich mich recht entsinne, war Simon gesprächiger und offener als sein Bruder, und es ist wie gesagt kaum zu begreifen, dass er seiner Familie so schreckliche Dinge antun konnte.«

»Gab es Anzeichen, dass bei Simon etwas nicht in Ordnung war?«, erkundigte sich Henrik Levin.

»Wenn Sie mich fragen: Nein. Aber vielleicht wäre es besser, Sie würden mit Lillemor Svensson reden, seiner Klassenlehrerin. Wenn Sie Glück haben, hat ihre Stunde noch nicht begonnen. Ich werde mal sehen, ob ich sie erwische«, sagte sie und griff nach dem Telefon. »Einen Moment, bitte.«

Fünf Minuten später gingen Jana, Henrik Levin und Mia Bolander durch einen erleuchteten Flur. Lillemor Svensson stand schon vor ihrem Klassenzimmer und wartete auf sie. Beim Namen Lillemor hatte Jana sich eine ältere Frau vorgestellt, aber die Lehrerin sah bedeutend jünger aus. Vielleicht lag es an den Zöpfen, der vollkommen glatten Stirn und der Lücke zwischen den Vorderzähnen.

»Wie kann ich Ihnen helfen?«, fragte sie mit weicher Stimme und schloss die Tür zum Klassenzimmer, wo die Schüler schon in ordentlichen Reihen saßen.

»Wir würden gern mit Ihnen über Simon Norell sprechen«, erklärte Henrik Levin. »Natürlich nur, wenn Sie Zeit haben.«

»Na klar, ein paar Minuten habe ich. Was möchten Sie wissen?«

»Wir versuchen herauszufinden, mit wem Simon Norell hier an der Schule Kontakt hatte«, sagte Jana.

Die Lehrerin nickte. »Verstehe. Es ist furchtbar, was da passiert ist. Keiner von uns Lehrern hat eine Ahnung, warum er seine Familie getötet hat.«

»Gab es denn Anzeichen, dass es ihm schlecht gegangen ist?«, fragte Henrik Levin.

»Nein«, antwortete Lillemor Svensson.

»Gar keine?«, hakte Mia Bolander nach.

Die Lehrerin schüttelte den Kopf. »Simon hat sich in der Schule gut benommen. Mir ist nie aufgefallen, dass er sich seltsam verhalten hätte. Zumindest nicht in der Zeit, in der ich ihn als Schüler hatte. Natürlich habe ich im Nachhinein viel darüber nachgedacht, aber viele Jugendliche sind ja gut darin, zu verbergen, wie es ihnen eigentlich geht. Die Pubertät ist, wie Sie wissen, eine ereignisreiche Lebensphase. Schließlich sind das die Jahre, in denen wir selbstständig werden und eine eigene Identität ausbilden. Als Lehrer kann man nicht immer sehen, ob ein Schüler depressiv ist oder nicht. Und egal, wie man sich verhält, riskiert man immer den Vorwurf, zu nervig gewesen zu sein, sich nicht genug gekümmert oder aber sich zu sehr eingemischt zu haben.«

Sie lächelte kurz und senkte dann den Blick.

»Simon und Jakob waren ein bisschen einsam, obwohl sie einander hatten, wenn Sie verstehen, was ich meine. Jedes Jahr kommt es vor, dass Schüler gemobbt werden.

Ich weiß nicht, ob die beiden Brüder betroffen waren, aber man hatte zumindest den Eindruck, dass sie einander eine gute Stütze waren. Viele haben sie als unzertrennlich erlebt. Ich habe manchmal versucht, mit Simon zu reden und ihn zu ermutigen, mehr Freunde zu finden. Aber dann hat er immer geantwortet, er habe doch schon zwei.«

»Haben Sie ihn nach diesen Freunden gefragt?«, wollte Henrik Levin wissen.

Lillemor Svensson blickte wieder auf. »Natürlich.«

»Und was hat er gesagt?«

»Dass er ja seinen Bruder und seinen Großvater habe.«

19

Die Wolkendecke war dichter geworden, als Mia, Jana Berzelius und Henrik den verlassenen Schulhof überquerten. Mia konnte Simon und Jakob beinahe vor sich sehen. Zwei Jungen, die fest zusammenhielten, aber trotzdem einsam waren. Woher kam diese Einsamkeit? War sie selbstgewählt? Oder hatte die Boshaftigkeit der Klassenkameraden dazu geführt?

»Ob Simon wohl gemobbt wurde?«, fragte sie.

»Mag sein«, sagte Henrik. »Die Frage müssten seine Klassenkameraden von damals beantworten können.«

»Oder sein Großvater«, schlug Jana Berzelius vor. »Wenn Simon ihn als seinen Freund bezeichnet hat, müssen sie einen guten Kontakt gehabt haben. Wir sollten mit ihm reden.«

Henrik nickte und zog sein Handy heraus. Mia sah, dass er Katrine Rasmussen anrief. Drei laute Freitöne erklangen, ehe ihre schneidende Stimme im Lautsprecher des Telefons zu hören war.

»Hallo?«

»Hier ist Kriminalkommissar Henrik Levin. Ich hatte Sie gestern darüber informiert, dass wir bei einer Mordermittlung auf das Auto Ihres Neffen gestoßen sind.«

»Sie haben sie ja nicht mehr alle, dass Sie mich noch mal wegen Simon anrufen. Ich habe nichts über ihn zu sagen«, fauchte sie.

»Ich weiß, dass Sie nichts mit ihm zu tun haben wollen«, fuhr Henrik fort. »Ich will nur wissen, wer mit seinem Auto gefahren ist.«

»Und ich kann darauf nicht antworten.«

»Sie werden jede einzelne Frage beantworten. Wenn Sie das nicht tun, müssen wir Sie zur Vernehmung aufs Polizeirevier abholen. Es ist ernst«, sagte Mia entschlossen.

»Und wer sind Sie?«

»Ich heiße Mia Bolander und bin ebenfalls Polizistin. Neben mir steht Staatsanwältin Jana Berzelius. Wir drei müssen erfahren, wer das Auto gefahren hat.«

Katrine Rasmussen schwieg eine ganze Weile, als bräuchte sie Zeit, um ihre Wut zu ersticken. Dann erklärte sie:

»Ich meine es ernst, wenn ich sage, dass ich nicht die geringste Ahnung habe, wer das Auto benutzt hat.«

Und genau das ist das große Problem, dachte Mia. Wir wissen es ja auch nicht.

»Mit wem stand Simon während seiner Kindheit und Jugend in Kontakt?«, fragte Jana Berzelius.

»Er war nur mit seinem Bruder zusammen«, erwiderte Katrine Rasmussen.

»Und offenbar mit seinem Opa, also Ihrem Vater«, sagte Mia.

»Um dem Elend zu Hause zu entfliehen und ein bisschen Ruhe zu haben, ja.«

»Sie haben angedeutet, dass die Brüder eine ziemlich harte Jugend hatten«, sagte Henrik. »Dass es häusliche Gewalt gab.«

Katrine Rasmussen holte tief Luft, ehe sie antwortete:

»Allerdings wurden sie nur von ihrem Vater geschlagen.«

»Aha, und warum?«

»Meine Schwester und ihr Mann haben von den Jungen verlangt, dass sie nach Gottes Wort leben, aber was tut man, wenn jemand nicht gehorcht?«

»Man schlägt ihn jedenfalls nicht. Aber Sie fanden das vielleicht in Ordnung?«, fragte Mia.

»Na sicher«, erwiderte Katrine Rasmussen ironisch. »Ich habe versucht, mich von dem Ganzen fernzuhalten. Sind Sie jetzt zufrieden?«

Mia biss sich auf die Lippe. Es hatte sie schon immer gestört, wenn Erwachsene sahen, dass es Kindern schlecht ging, aber nichts dagegen unternahmen. Durch so etwas war das Leben vieler Menschen zerstört worden.

»Noch etwas«, sagte Henrik. »Ich möchte, dass Sie das Altersheim in Klockaretorpet anrufen.«

»Warum?«

»Sie müssten uns die Erlaubnis erteilen, mit Ihrem Vater zu sprechen.«

»Niemals. Er ist krank, ich werde das nicht zulassen.«

»Und ich werde nicht noch einmal fragen. Dies ist eine Mordermittlung, und ich verstehe ehrlich gesagt nicht, warum Sie sich einem Besuch bei Ihrem Vater so widersetzen. Vielleicht sollten wir Sie in den Kreis der Verdächtigen aufnehmen. Gibt es etwas, von dem Sie nicht wollen, dass Ihr Vater es uns erzählt?«

»Sie haben sie wirklich nicht mehr alle.«

»Danke.« Er öffnete die Autotür. »Sagen Sie der Heimleitung einen schönen Gruß, dass wir sofort kommen.«

Danilo hörte die ruhige, weiche Stimme von Annie Rosvall. Sie sprach mit Sophie über einen Traum, der von einem unerwünschten Kind handelte. Er fand es quälend, dazusitzen und zuzuhören, aber er hatte keine andere Wahl.

»Und im Traum habe ich gedacht, dass es ja Möglichkeiten gibt, das Kind loszuwerden«, erzählte Sophie. »Zum Beispiel, indem man es von einer Brücke oder vor einen Zug wirft, aber dann ist mir eingefallen, dass es besser wäre, es beim Vater zu lassen. Aber als ich herausgefunden hatte, wer der Vater des Kindes war, habe ich total Angst bekommen. Echt jetzt.«

»Wer war denn der Vater?«, fragte Annie Rosvall ruhig.

Sophie rieb sich die Augen, ehe sie antwortete:

»Mein Onkel.«

»Wie schrecklich«, sagte Nils und rieb seine zitternden Hände an den Hosenbeinen.

»Kannst du mal ruhig sein, oder was?«

»Sophie, bitte!« Annie Rosvall seufzte.

»Er muss still sein, wenn ich rede.«

»Ja, aber jetzt bleiben Sie bitte bei Ihrem Thema«, sagte Annie Rosvall. »Sie haben von Ihrem Onkel erzählt. Warum träumen Sie von ihm, was glauben Sie?«

Sophie zog an den Ärmeln ihres Pullovers und rutschte weiter in den Stuhl hinein.

»Weil ich öfter Sex mit ihm hatte. Wobei das nicht immer nur von ihm ausgegangen ist, falls Sie das gedacht haben sollten.«

»Aber Sie waren dreizehn, Sophie, und er ist schließlich wegen Vergewaltigung zu einer Haftstrafe verurteilt worden.«

»Ja, ja, bla, bla«, erwiderte sie, was Nils zum Grinsen brachte.

»Warum sagen Sie das?«, erkundigte sich die Psychologin.

»Weil es nicht meine Schuld war, dass er im Knast gelandet ist. Das waren meine Eltern, die haben total die Nerven verloren.«

»Und das war der Zeitpunkt, als Sie angefangen haben, sich zu ritzen?«

»Das lag nicht nur an meinem Onkel. Mir ging es ja schon eine ganze Weile schlecht. Ich hasste mein ganzes Leben. Und weil ich meine Panik irgendwie loswerden wollte, bin ich in die Küche gegangen, habe mir ein Messer genommen und mich damit ins Bein geritzt.«

»Hat das nicht wehgetan?«, fragte Annie Rosvall.

»Natürlich! Es tut immer weh, aber ich habe gelernt, wie ich es am besten anstelle, damit die Schnitte nicht zu tief werden. Nur wenn ich aufgeregt oder wütend bin, verliere ich manchmal die Kontrolle.«

»Simon«, mahnte Annie Rosvall plötzlich.

»Was?« Er blinzelte abwesend.

»Hören Sie Sophie eigentlich zu?«

Simon nickte langsam.

»Gut. Denn das ist mir wichtig. Alle Menschen haben dieselben Grundgefühle, und man kann sich selbst und seine Handlungen besser verstehen, wenn man sich darauf einlässt, genau zuzuhören, was andere fühlen und wie sie damit umgehen.«

»Ich …«, setzte er an.

»Ja?«

»Ich habe immer geschrien. Aber mein Vater hat zurückgeschrien.«

Danilo sah, wie Simon sich in die Armbeuge kniff.

»Was hat er geschrien?«, fragte Annie Rosvall. »Können Sie sich daran erinnern?«

»Dass er mich so lange im Keller einsperrt, bis ich mich verändere«, sagte Simon und kniff sich immer weiter. »Ich habe nicht verstanden, was er meinte, und meine Mutter, die … die ist nie zu mir in den Keller gekommen und hat mir nie beigestanden, obwohl ich lauter blaue Flecken hatte von den Schlägen.«

»Wie haben Sie sich da gefühlt?«

Simon atmete laut und senkte den Blick.

»Ich bin wütend geworden … Irgendwann wollte ich gar nicht mehr, dass sie da war. Ich wollte sie nie wiedersehen, also habe ich geschwiegen und nichts mehr gesagt, wenn mein Vater oder meine Mitschüler mich geschlagen haben. Ich habe sie nur noch gehasst. Erst habe ich mich dafür geschämt, aber ich konnte ihnen nicht vergeben. Das kann niemand außer Gott.«

»Amen«, kommentierte Sophie. Nils zog die Schultern hoch und grinste wieder.

»Lassen Sie Simon bitte ausreden«, sagte Annie Rosvall.

»Aber eigentlich wollten wir über Träume reden, oder?«, vergewisserte sich Sophie.

»Genau«, bestätigte Annie Rosvall. »Träume können viel über unsere Gedanken und Gefühle aussagen. Nächstes Mal erzählen Sie von einem Ihrer Träume, Simon. Ich hoffe, Sie können ihn genauso klar wiedergeben wie Sophie und Danilo. Da fällt mir noch was ein, Danilo.«

»Ja?«

»Wir haben letztes Mal darüber gesprochen, dass Sie häufig von einem Mädchen und einem Jungen träumen, die gegeneinander kämpfen. Woher kommen diese Träume, was meinen Sie?«, fragte sie.

»Keine Ahnung«, entgegnete er.

Sie sah ihn unverwandt an, und er hielt ihrem Blick ruhig stand. Er hatte alles im Griff und musste einfach nur die Stunde im Gesprächsraum absitzen.

»Sie haben gesagt, dass Sie nicht wissen, wer der Junge und das Mädchen sind, aber ich …«

»Das ist nicht wichtig«, unterbrach Danilo sie.

»Aber im Traum versucht der Junge, das Mädchen zu schützen, nicht wahr?«, hakte die Psychologin nach.

»Das ist Ihre Schlussfolgerung, nicht meine.« Er sah aus dem Fenster hinaus in den Hof.

»Sie haben mir früher einmal erzählt, Sie hätten eine Schwester.«

»Das ist nicht meine Schwester«, sagte er und fing ihren Blick auf. »Wann werden Sie das endlich kapieren?«

Annie Rosvall hob die Augenbrauen.

»Ich bitte um Entschuldigung. Aber Sie sind zusammen aufgewachsen, war das nicht so?«

»Nur eine Zeitlang, bis sie …«

»Bis sie was?«

»Bis sie irgendwann weg war. Aber mir ist nicht klar, was das mit dem Traum zu tun haben soll.«

Danilo rutschte auf dem Stuhl herum, der allmählich unbequem wurde. Wann war die Therapiestunde endlich vorbei?

»Ist sie abgehauen?«, kam es von Sophie.

»Das ist nicht wichtig. Können wir jetzt weitermachen?«

»Klar«, sagte Sophie. »Ich erkläre auch gern, was mein Traum bedeutet.«

»Einen Moment, Sophie«, bat die Psychologin. »Ich habe noch ein paar Fragen an Danilo.«

Sie wandte sich wieder zu ihm.

»Wissen Sie, warum sie weggelaufen ist?«

»Warum reden wir eigentlich über sie?«, fragte er genervt.

»In Träumen tauchen oft Angehörige auf, und ich frage mich, ob das Mädchen in Ihren Träumen diese Schwester sein könnte.«

»Nein!«

»Hoppla«, kommentierte Nils.

Danilos Antwort war zu schnell und zu brüsk gewesen, das hörte er selbst.

Ganz ruhig, verdammt noch mal, immer mit der Ruhe!

»Aber was empfinden Sie, wenn Sie an den Traum denken?«, fragte Annie Rosvall und beugte sich zu ihm.

»Nichts, nehme ich an.«

»Sie fühlen also etwas, was Sie nicht identifizieren können?«

»Wie?«

»Sie können das Gefühl nicht identifizieren, weil es etwas ist, was Sie nicht empfinden wollen.«

Ihr Gesicht war zu nah, ihr Blick bedrängte ihn.

»Sie können nicht …«, setzte er an.

»Ich glaube, Ihr Traum lässt sich auf drei Arten deuten. Es könnte darum gehen, dass Sie eine Art Aggression gegenüber diesem Mädchen empfinden. Dass Sie Macht über sie ausüben möchten. Die zweite Deutung wäre, dass Sie das Mädchen schützen wollen …«

Sie sah ihn lange an.

»Und die dritte?«, fragte er schließlich.

»Sie haben doch gesagt, dass sie den Jungen nicht schlägt, obwohl der Trainer sie dazu auffordert. Irgendetwas in ihr hindert sie daran, und als sie selbst von dem sogenannten Trainer verprügelt wird, versucht der Junge sie zu schützen.«

»Und?«

»Und was denken Sie darüber?«

Danilo verlagerte wieder sein Gewicht.

»Okay, Sie bringen es nicht fertig, es auszusprechen. Also sage ich es an Ihrer Stelle: Sie wollen dieses Gefühl nicht wahrhaben.«

»Was meinen Sie?«, fragte er und versuchte noch einmal, seine Sitzposition zu verändern.

»Das Gefühl von Zusammengehörigkeit. Sie haben vielleicht schlechte Erfahrungen gesammelt, da sie aus Ihrem Leben verschwunden ist? Oder Sie haben Angst.«

»Ich habe keine Angst, kapiert?«, erwiderte er unwirsch. »Vor nichts und niemandem!«

»Doch. Sie haben Angst, dass es wehtun könnte. Sie sagen, dass Sie nichts empfinden, aber das ist ein klassischer Fall von Verleugnung, weil Sie es nicht empfinden wollen. Sie weigern sich ganz einfach einzusehen, dass Sie noch immer Gefühle für sie haben«, erklärte die Psychologin und lehnte sich zurück. »Bitte, Sophie«, fuhr sie fort. »Jetzt können Sie uns Ihren Traum erklären.«

20

Es war gut vierundzwanzig Stunden her, dass Henrik mit Mia und Jana Berzelius im Altersheim gewesen war, und die Einrichtungsleiterin nahm sie ebenso freundlich in Empfang wie beim letzten Mal.

»Sie wussten, dass wir kommen würden?«, fragte er.

»Ja«, antwortete Lene Karlsson lächelnd. »Frau Rasmussen hat gerade angerufen und Ihnen die Erlaubnis erteilt, mit ihrem Vater zu sprechen. Ich glaube, er ist in seinem Zimmer. Bitte folgen Sie mir.«

Henrik lauschte dem Geräusch ihrer hochhackigen Schuhe auf dem Boden, während sie durch die Flure gingen. Er fragte sich, wie ihr früheres Leben als Mann ausgesehen haben mochte. War sie ein normaler Familienvater gewesen wie er selbst? Der die Kinder zur Schule brachte, Essen kochte und Gutenachtgeschichten vorlas, aber heimlich davon träumte, eine Frau zu sein? Es fiel ihm schwer, diese Sehnsucht nachzuvollziehen, und er konnte sich die Überlegung nicht verkneifen, wie Emma es wohl aufnähme, wenn er eines Tages nach Hause käme und ihr erzählte, dass er das Geschlecht wechseln wolle. Was würden die Kinder dazu sagen? Und wie würde er selbst reagieren, wenn eines seiner Kinder eine solche Veränderung durchlaufen wollte?

»Ah, da ist er ja«, sagte Lene Karlsson, als sie eine Tür mit einem gestickten Herz öffnete.

Das Zimmer war groß und mit einer Kochecke ausgestattet. Ein bärtiger Mann saß auf einem Stuhl direkt neben dem Fernseher und hatte die Hände in den Schoß gelegt. Henrik musterte ihn genau und fand, dass Simon ihm ähnelte – sie hatten die gleichen tiefliegenden Augen und die gleiche hohe Stirn.

»Hallo, hier ist Lene Karlsson.«

»Lene Karlsson?«, sagte der Mann. »Wer ist das?«

»Sie leitet diese Einrichtung«, erklärte die Frau lächelnd und legte ihm die Hand auf die Schulter.

»Das heißt, Sie sind mehr mit Lene zusammen als mit mir?«, fragte Ingvar Nordkvist.

»Ich bin doch Lene«, sagte sie und strich ihm leicht über die Wange.

Der Mann sah sie lange und nachdenklich an.

»Wann darf ich nach Hause?«, fragte er dann.

Sie antwortete nicht, sondern drehte sich um und lächelte Henrik, Mia und Jana Berzelius traurig an.

»Ingvar Nordkvist stellt immer wieder dieselbe Frage«, erklärte sie leise. »Wir haben erst gedacht, er wäre einfach beunruhigt, aber so ist es nicht. Er ist bei dieser Frage hängen geblieben, könnte man sagen. Am besten ist es, wenn man ihn ablenkt, indem man über andere Dinge spricht. Was wollten Sie ihn denn fragen?«

»Dürfte ich vielleicht …?«, bat Henrik und nickte in Richtung des alten Mannes.

»Natürlich, gehen Sie ruhig zu ihm.«

Henrik ging neben ihm in die Hocke.

»Hallo, Herr Nordkvist. Ich heiße Henrik Levin und bin Polizist.«

Ingvar Nordkvist sah ihn fragend und abwesend zugleich an.

»Wann darf ich nach Hause?«, wiederholte er.

»Sie wollen nach Hause?«, fragte Henrik.

»Ja«, sagte Ingvar Nordkvist und wandte das Gesicht wieder zum Fernseher.

»Das kann ich gut verstehen.« Henrik nickte. Dann nahm er sein Handy hervor. »Wir müssen mit Ihnen über Simon sprechen«, fuhr er fort und rief ein Bild des jungen Mannes auf. »Wissen Sie, wen ich meine?«

»Sollte ich das wissen?«

»Ja.« Henrik hielt ihm das Telefon hin. »Können Sie sich bitte das Foto anschauen?«

Der alte Mann drehte den Kopf und betrachtete lange das Bild seines Enkels.

»Er jagt mich«, sagte er plötzlich.

»Wer jagt Sie?«, fragte Henrik.

»Simon.«

»Sie wissen also, wer das ist?«

Ingvar Nordkvist lächelte breit.

»Ja. Das ist mein Vater.«

Henrik nickte enttäuscht.

»Ich verstehe«, erwiderte er und stand auf.

Im selben Moment klingelte sein Handy. Er sah aufs Display und nahm das Gespräch sofort an.

»Hallo, Gunnar.«

»Henrik?«

»Was ist los?«

Aber Gunnar musste nichts weiter sagen. Denn Henrik hatte schon begriffen, was geschehen war.

Ein uniformierter Polizist bat ein paar Schaulustige, sich ein Stück von der Absperrung im Strömparken zu entfernen. Jana, die am Flussufer stand, sah die Unruhe in ihren Gesichtern, als sie fragten, was eigentlich los war. Doch der uniformierte Kollege bat sie nur erneut zurückzutreten.

Von Weitem sah sie die Journalisten mit ihren Kameras, Handys und langen Objektiven. Die Nachricht von der toten Frau war schon durchgesickert.

»Wer hat sie gefunden?«, fragte sie und wandte sich an Henrik Levin und Mia Bolander.

»Eine Frau, die mit ihrer Enkelin Enten füttern wollte«, antwortete Henrik Levin, ohne den Blick von der Leiche zu lösen, die in dem trüben Wasser trieb.

Sie lag auf dem Bauch, und das dunkle Haar waberte um ihren Kopf wie Seegras. Die Rettungssanitäter waren vor Ort, und die Wasserwacht hatte schon ein Boot mit Tauchern vom Stapel gelassen.

»Wissen wir, wie viele Leute sich zu dem Zeitpunkt hier befanden?«, fragte sie.

Henrik Levin sah sie an und schüttelte langsam den Kopf.

»Die Frau steht noch unter Schock. Wir haben nur ganz kurz mit ihr reden können, ehe sie ins Krankenhaus gebracht wurde«, berichtete er.

Jana nickte und sah dann auf den Strömmen, wo sich das Boot der Leiche näherte. Jetzt sind es schon drei Tote, dachte sie. Und zwischen den Morden sind jeweils zwei Tage vergangen.

»Ich war fest davon überzeugt, dass wir Johanna Weber retten werden«, sagte er, während die Taucher den Arm der Toten packten. »Und jetzt, wo ich sie sehe …«

Sein Satz wurde von den Anweisungen des Rettungsdienstleiters unterbrochen, der mit großer Ruhe versuchte, den Einsatz zu koordinieren.

»Wir haben alles getan, was wir konnten, Henrik«, meinte Mia Bolander beruhigend.

»Tatsächlich?«

Es sah aus, als wollte Mia Bolander noch etwas sagen, aber sie hielt inne, als das Handy von Henrik Levin klingelte. Er warf einen Blick aufs Display und sah schlagartig müde aus.

»Es ist Dunja Weber«, verkündete er.

»Woher weißt du das?«

»Ich habe die Nummer gespeichert, als sie mir das Bild ihrer Frau geschickt hat.«

Er sah aufs Wasser, während er das Handy klingeln ließ.

»Willst du nicht rangehen? Du musst doch mit ihr reden, verdammt.«

»Was soll ich denn sagen?« Er rieb sich die Stirn.

»Wir können davon ausgehen, dass sie schon vom Leichenfund weiß«, meinte Jana und nickte in Richtung der Absperrbänder, wo sich die Journalisten mit ihren Kameras drängten.

»Genau«, sagte Mia Bolander. »Also sprich mit ihr, Henrik. Versuch sie zu beruhigen.«

Er sah die beiden Frauen eine ganze Weile an, dann seufzte er und ging mit dem Handy davon.

»Was ist los? Erzählen Sie es mir«, forderte Dunja Weber ohne Umschweife. Ihre Stimme zitterte vor Besorgnis.

Henrik sah ins Gras, und noch ehe er geantwortet hatte, fuhr sie fort: »Im Internet steht, dass man eine dritte Leiche gefunden hat, und ich habe Fotos vom Strömmen gesehen, aber es steht nicht da, wer die Frau ist, und ich muss doch wissen …«

»Frau Weber …«, setzte er an.

»Ist es Johanna?«

Henrik sah eilig zu den Tauchern hinüber, die die Leiche aus dem Wasser hoben und ins Gras legten.

»Sind Sie jetzt zu Hause?« Er versuchte, seine Stimme ruhig klingen zu lassen.

»Ja, aber warum fragen Sie? Warum antworten Sie mir nicht?«

»Ich werde einen Kollegen zu Ihnen schicken, mit dem Sie sprechen können.«

»Nein«, keuchte sie. »Das kann doch alles nicht wahr sein.«

»Bitte, Frau Weber.«

Aber sie hörte nicht zu. »Können Sie mir nicht einfach sagen, ob sie es ist?«

»Sind Sie allein zu Hause?«, fragte er.

»Ich verstehe nicht.« Dunja Weber weinte. »Ist sie tot? Dann sagen Sie es mir bitte!«

Henrik hörte rasche Schritte hinter sich und drehte sich um. Jana Berzelius kam auf ihn zu und bedeutete ihm mit einer Geste, das Gespräch zu beenden.

»Eine Sekunde bitte«, sagte er zu Dunja Weber, nahm das Handy vom Ohr und hielt das Mikrofon zu. »Was ist, Frau Berzelius?«

»Wir haben uns geirrt«, erklärte sie und sah ihn mit ernstem Blick an.

»Wovon sprechen Sie?«

Ohne die Antwort der Staatsanwältin abzuwarten, lief Henrik zurück zum Strömmen, wo das Boot inzwischen am Ufer angelegt hatte.

Die Frau lag auf dem Rücken in dem offenen Leichensack, die langen dunklen Haare bauschten sich hinter einem Ohr. Ihre braunen Augen starrten leer gen Himmel, und von der Leiste bis zu den Knöcheln zog sich eine Reihe von großen Stichen.

Henrik hielt das Handy wieder ans Ohr und schloss die Augen. »Frau Weber?«

»Was ist denn los, verdammt?«, brüllte sie.

Henrik holte tief Luft.

»Das ist nicht Ihre Frau.«

Am anderen Ende wurde es still.

»Wie?«, schluchzte Dunja Weber. »Ich verstehe nicht.«

»Die Tote ist nicht Ihre Frau Johanna.«

21

Gunnars Augenringe sahen bedeutend dunkler aus als am Vorabend, stellte Mia fest. Es war offensichtlich, dass ihm der Fund einer weiteren Frauenleiche naheging. Alle am Tisch des Besprechungsraums wirkten niedergeschlagen. Henrik starrte apathisch auf das Whiteboard, Ola kippelte auf dem Stuhl, und Anneli spielte an ihrer Armbanduhr herum, die mit großen digitalen Ziffern anzeigte, dass es elf Uhr vormittags war. Nur Jana Berzelius saß völlig reglos da.

»Man hat also noch ein Opfer im Strömmen gefunden«, begann Gunnar die Besprechung.

»Und Henrik hat gedacht, es wäre Johanna Weber«, meinte Mia.

»Ich hatte gar nicht damit gerechnet, dass es jemand anders sein könnte«, erklärte Henrik.

»*Niemand* hatte damit gerechnet«, sagte Gunnar. »Aber alle sind sich wohl einig, dass wir es mit einem verrückten Serienmörder zu tun haben.« Er kratzte sich am Hals und fuhr fort: »Die Tote wurde als Emilia Borg identifiziert. Viel wissen wir noch nicht, nur dass sie zweiundvierzig Jahre alt und verheiratet war. Sie war Lehrerin und hat als Springerin an verschiedenen Schulen in Norrköping gearbeitet.«

»Das verstehe ich nicht«, meinte Ola. »Ich bin die Liste von vermissten Personen mehrere Male durchgegangen. Wie kann sie uns entgangen sein?«

»Sie ist nicht als vermisst gemeldet worden«, antwortete Gunnar.

»Warum nicht?«, fragte Ola mit gerunzelter Stirn.

»Diese Frage kann wohl nur ihr Mann beantworten.«

»Wann ist sie verschwunden?«

»Am Montagnachmittag, vor zwei Tagen, also zum gleichen Zeitpunkt wie Johanna Weber.«

Mia meinte in Henriks Augen dieselben Fragen zu sehen, die sie sich selbst stellte: Was können wir tun, um diesen furchtbaren Morden Einhalt zu gebieten? Der Fall hatte schon viel zu viele Menschenleben gefordert.

Gunnar beugte sich über den Tisch. »Drei Frauen sind getötet und in Meerjungfrauen verwandelt worden. Sie wurden alle an verschiedenen Stellen im Strömmen gefunden, und wir haben keine Ahnung, wie sie dort hingekommen sind, wo sie getötet wurden und wo der Täter ihnen die Beine zusammengenäht hat. Gehen wir davon aus, dass er Johanna Weber irgendwo gefangen hält? Dass sie von jetzt an gerechnet in zwei Tagen tot im Fluss treiben wird?«

»Gunnar«, sagte Henrik. »Jetzt beruhige dich, wir …«

»Ich werde mich nicht beruhigen! Ich bin bereit, alles zu tun, um diese Sache zu beenden. Wie wählt der Täter seine Opfer aus? Wie kann er wissen, wann sie allein sind? Und wo ist sein verdammtes Versteck?«

»Wir haben leider noch keine Verbindungen zwischen den bisherigen Opfern gefunden«, antwortete Henrik, »aber wir forschen natürlich weiter, jetzt, da Emilia Borg tot ist. Bedauerlicherweise haben wir auch noch immer keine Ahnung, wo der Mörder sie und die anderen Frauen gefangen gehalten haben könnte.«

»Wir gehen davon aus, dass er sie an einem total verlassenen Ort versteckt und es genießt, dass niemand ihre Hilfeschreie hören kann«, sagte Mia. »Aber wir müssen wohl auf neue Hinweise durch die Obduktionsergebnisse hoffen.«

Gunnar nickte müde, aber zustimmend.

»Und wie können wir denjenigen ausfindig machen, der Simon Norells Auto benutzt hat?«, fragte er.

»Das ist leichter gesagt als getan«, meinte Henrik. »Die Zusatzkräfte haben den Pfarrer vernommen und mit Nachbarn und Gemeindemitgliedern geredet. Wir haben Gespräche mit Simons Direktorin und Lehrerin, mit seiner Tante und seinem Großvater geführt, aber niemand von ihnen konnte uns sagen, wer der Fahrer des Wagens gewesen sein könnte.«

»Ihr habt doch gestern mit Martin Tyberg gesprochen, was hat er gesagt?«

»Dass alle in der Familie Einzelgänger waren.«

Gunnar kratzte sich wieder am Hals.

»Okay. Und was meint Per Åström?«

Jana Berzelius richtete sich auf. »Dasselbe«, sagte sie. »Dass Simon und sein jüngerer Bruder meistens allein waren. Die Lehrerin hat zwar erzählt, dass er auch seinen Großvater als nahen Freund bezeichnet hat, aber Ingvar Nordkvist ist viel zu dement, um befragt zu werden.«

»Das heißt, nur Simon Norell kann den Fahrer kennen?«, fragte Gunnar.

»Scheint so«, sagte Jana Berzelius. »Wir wissen ja auch, dass er mit jemandem Kontakt gehabt hat und dass es nicht der Großvater gewesen sein kann.«

»Gut, dass Sie das sagen«, meinte Ola. »Ich habe eine Mail von jemandem aus der Telefonzentrale der Region Östergötland bekommen, der herausgefunden hat, welche Nummer Simon immer anruft.«

»Haben Sie die schon überprüfen können?«, fragte Jana Berzelius.

»Ja, leider.«

»Wieso leider?«, sagte Mia. »Was meinst du damit?«

»Die Nummer gehört zu einer anonymen Prepaidkarte. Ich konnte zwar den Provider herausfinden, aber es lässt sich nicht sagen, wem die Karte gehört und wer das Handy benutzt. Solange es ausgeschaltet ist, können wir es auch nicht orten.«

»Ist außer mir noch jemand überzeugt davon, dass Simon selbst in die Morde involviert ist?«, fragte Mia.

»Das ist durchaus denkbar«, sagte Jana Berzelius. »Aber warum jetzt? Er sitzt doch seit neun Monaten in der Psychiatrie. Und was sollte er für ein Motiv haben? Warum sollte er wollen, dass ihre Beine zusammengenäht werden?«

»Ich weiß es nicht«, gab Mia zu.

»Ich auch nicht«, meinte Gunnar. »Aber wir müssen noch mal mit ihm reden.«

»Ich bin bereit, einen weiteren Versuch zu starten«, erklärte Henrik.

»Gut. Dann lass mich kurz in der Psychiatrie anrufen«, sagte Gunnar und stand auf. »Außerdem möchte ich, dass wir uns mit Emilias Mann unterhalten. Wir wissen bisher kaum etwas über ihn, und ich würde sehr gern seine Erklärung hören, warum er seine Frau nicht als vermisst gemeldet hat.«

»Wir fahren gleich zu ihm«, beschloss Henrik.

»Frau Berzelius?«, sagte Gunnar. »Sie wissen, was ich möchte?«

»Dass ich mitkomme«, entgegnete sie.

Henrik versuchte sich zu entscheiden, was er von Tony Borg halten sollte. Der fünfundvierzigjährige Mann saß in der Küche der riesigen Wohnung in der Repslagaregatan. Er war braungebrannt und gut angezogen, und sein Haar war zurückgegelt. Immer wieder verzog er den Mund zu einem Lächeln und zeigte seine blendend weißen Zähne, dabei hatte er vor einer Stunde seine tote Frau identifizieren müssen.

»Warum haben Sie Ihre Frau nicht als vermisst gemeldet?«, fragte Henrik.

Tony Borg zuckte mit den Achseln.

»Ich wollte kein großes Ding draus machen«, sagte er.

»Ach ja?«, rief Mia, die neben Jana Berzelius vor dem eingebauten Edelstahlofen stand. »Ihre Frau ist verschwunden, und Sie wollten kein großes Ding daraus machen?«

»Das war blöd, ich weiß.«

»Haben Sie sich denn gar keine Sorgen gemacht?«, fragte Henrik.

»Um Emilia?« Tony Borg schüttelte den Kopf. »Nein, sie kam und ging, wie sie wollte. Wir haben am besten funktioniert, wenn jeder seine Freiheit hatte.«

Henrik stützte sich auf der schwarzen Marmorplatte der Kücheninsel ab. Der Raum war puristisch möbliert und in modernem Design gehalten, genau wie die übrige Wohnung.

»Sie haben also keine gute Ehe geführt?«, hakte Henrik nach. »Bitte antworten Sie ehrlich.«

»Ich war schon der Meinung, dass wir eine gute Ehe geführt haben«, sagte Tony Borg.

»Aber Ihre Frau nicht?«

»Emilia fiel es schwer, eine konventionelle Beziehung aufrechtzuerhalten.«

Tony Borg lächelte kurz, aber jetzt konnte Henrik deutlich die Trauer in seinem Blick erkennen.

»Hatte Ihre Frau eine Affäre?«, fragte Mia.

»Das habe ich vermutet«, sagte er zögernd. »Und als sie verneint hat … bin ich wütend geworden.«

»Sie haben sich deswegen gestritten?«

»Ja«, antwortete Tony Borg. »Ziemlich schlimm sogar.«

»Was meinen Sie mit ziemlich schlimm?«, meldete sich Jana Berzelius zu Wort.

»Ich war wütend und traurig und habe Dinge gesagt, die ich bereue. Ich wollte sie umbringen, so wütend war ich.«

»Ihnen ist schon klar, was Sie da sagen?«, hakte Jana Berzelius nach.

»Das ist jetzt wohl der Zeitpunkt, an dem ich nach einem Anwalt fragen sollte, oder? Aber nur weil ich gesagt habe, dass ich sie umbringen wollte, heißt das ja noch lange nicht, dass ich es auch getan habe.« Tony Borg bemühte sich, wieder seinen Charme spielen zu lassen. Er lächelte, und die Trauer war aus seinem Blick verschwunden.

»Wann hatten Sie diesen Streit?«

»Am selben Nachmittag, an dem sie verschwunden ist.«

»Also am Montag?«, präzisierte Jana Berzelius.

»Ja, und wenn ich gewusst hätte, was passieren würde … Ich meine, im Nachhinein kommt mir der Streit so überflüssig vor, so verdammt überflüssig.«

»Wie viel Uhr war es da?«, fragte Henrik.

»Drei oder vier Uhr nachmittags vielleicht«, sagte Tony Borg. »Da ist sie abgehauen, und da habe ich sie zum letzten Mal gesehen.«

»Wissen Sie, wo sie hinwollte?«

»Nein, sie ist einfach weg.«

»Mit dem Auto?«

»Das habe ich auch erst gedacht, aber ihr BMW steht noch immer draußen auf dem Hof.« Tony Borg nickte in Richtung Fenster.

Henrik ging hin und sah hinaus. Draußen waren zwei BMWs zu sehen, die vier Stockwerke tiefer auf dem Parkplatz standen.

»Der weiße ist ihrer«, erklärte Tony Borg. »Der große gehört mir.«

»Was hatte sie an, als sie verschwand?«, wollte Henrik wissen und kehrte zur Kücheninsel zurück.

»Tja, was hatte sie an? Eine Jeans und eine Bluse mit so einer Schleife am Hals.«

»Irgendwelchen Schmuck?«

»Ja, eine goldene Rolex. Fünfundsiebzigtausend hat sie gekostet. Warum fragen Sie?«

Henrik antwortete nicht darauf, sondern fuhr fort: »Was haben Sie nach dem Streit getan?«

»Ich bin wieder ins Büro gefahren. Um den Kopf freizubekommen.«

»Wann war das ungefähr?«

»Gegen fünf oder sechs vielleicht.«

»Kann jemand bestätigen, dass Sie dort waren?«, fragte Jana Berzelius.

»Ja, mein Programmierer, Robin Palm.«

»Haben Sie sich eigentlich irgendwann bei Ihrer Frau gemeldet?«

»Nein, ich bin davon ausgegangen, dass sie nichts mehr von mir wissen wollte, also habe ich auch nicht bei ihr angerufen.« Tony Borg errötete, als würde er sich für seine Äußerung schämen. »Nach größeren Auseinandersetzungen, oder wie immer man das nennen soll, ist sie eigentlich meistens zu ihren Eltern gefahren, und es hat dann ein paar Tage gedauert, bis sie wieder mit mir reden wollte.«

»Könnten Sie sich vorstellen, wer ihr Schaden zufügen wollte?«, erkundigte sich Mia.

»Nein.«

»Gibt es jemanden, der Sie bedroht hat? Oder ist insbesondere in der letzten Zeit etwas vorgefallen, was Sie beunruhigt hat?«

»Nein«, sagte Tony Borg. »Mal abgesehen von einem Mailserverausfall in der Arbeit vor ein paar Tagen. War echt stressig, bis alles wieder gelaufen ist.«

»Tja, das klingt in der Tat schlimm«, bemerkte Mia sarkastisch.

»Kennen Sie diese Frauen?« Henrik hatte sein Handy aus der Tasche gezogen und zeigte Tony Borg die Fotos von Sonja Eriksson, Frida Norberg und Johanna Weber.

»Nein, die kenne ich nicht«, versicherte Tony Borg.

»Wissen Sie, ob Emilia eine der Frauen gekannt hat?«

»Das kann ich mir nicht vorstellen«, antwortete er.

»Sie wollten aus dem Verschwinden Ihrer Frau kein großes Ding machen«, sagte Henrik. »Was haben Sie damit gemeint?«

»Wissen Sie, ich habe ein IT-Unternehmen gegründet und mittlerweile zehn Angestellte. Ich habe mir eine gute Stellung erarbeitet und lege Wert auf meinen guten Ruf. Da will ich keine Journalisten auf den Fersen haben, ganz einfach.«

»Verstehe«, erwiderte Henrik, obwohl er sein Gegenüber gar nicht verstand. Wenn seine eigene Frau verschwunden wäre, hätte er jede Möglichkeit genutzt, um sie zu finden. »Danke, dass Sie sich Zeit für uns genommen haben«, fuhr er fort. »Wir werden vermutlich noch einmal mit Ihnen sprechen müssen.«

»Hier ist meine Karte«, sagte Tony Borg und zog eine Visitenkarte aus der Gesäßtasche. »Wenn etwas ist, rufen Sie einfach an. Und falls Sie mit Robin über dieses Alibiding reden wollen, können Sie direkt im Büro anrufen.«

»Bitte nehmen Sie Kontakt mit uns auf, wenn Ihnen noch etwas einfällt, ein Detail, ein Name, was auch immer«, bat Henrik.

»Selbstverständlich«, versicherte Tony Borg. »Es tut mir leid, dass ich Ihnen momentan nicht weiterhelfen kann. Abgesehen davon, dass Sie mich ja jetzt abhaken können.«

»Inwiefern abhaken?«, fragte Henrik.

»Na ja, Sie können mich von der Liste der Verdächtigen streichen. Denn so was führen Sie doch, oder?«

22

Mia schüttelte irritiert den Kopf, als sie zusammen mit Henrik und Jana Berzelius auf die Straße trat. Tony Borgs Wohnung war geräumig und ausgesprochen schick eingerichtet, aber im Grunde nur eine Bühne, um Durchschnittsschweden wie sie höhnisch daran zu erinnern, dass sie nie ein solches Zuhause haben würden.

»Ich mag Tony Borg nicht«, sagte sie, während sie zum Parkhaus Ankaret gingen, das auf der gegenüberliegenden Straßenseite lag.

»Geht mir genauso«, meinte Henrik.

»Er schien sich eher Sorgen um seinen guten Ruf zu machen, als um seine ermordete Frau zu trauern«, sagte sie. »Wie kann man nur so ticken? Ich fasse es nicht.«

»Vielleicht steht er unter Schock und hat immer noch nicht begriffen, was passiert ist?«, mutmaßte Jana Berzelius, ohne sie anzusehen.

»Ganz sicher«, antwortete Mia ironisch. »Oder es ist ihm einfach egal. Außerdem sah er aus wie einer dieser schmierigen Schlagerfuzzis.«

»Ich wünsche niemandem, dass er so etwas durchmachen muss wie er jetzt«, meinte Henrik.

Mia hob den Blick und beobachtete die Leute, die sich auf der Suche nach einem Mittagessen in den Einkaufspassagen der Stadt tummelten, um einen weiteren Nachmittag in der Arbeit durchzuhalten. Ein dicklicher Mann in Lederjacke sah sie etwas zu lange an, und sie ertappte sich bei der unangenehmen Einsicht, dass das sehr wohl der Mann sein konnte, mit dem sie heute Abend ein Date hatte. Sie hatte ja keine Ahnung, wie Antony in Wirklichkeit aussah.

Die Staatsanwältin unterbrach ihren Gedankengang.

»Unser Täter hat bisher seine Opfer entführt, wenn sie gerade unterwegs zu ihrem Auto waren«, sagte sie. »Gehen wir davon aus, dass auch Emilia Borg gerade zu ihrem Wagen wollte, als sie verschwand?«

»Ich denke schon. Wir sollten die Kriminaltechnik bitten, gleich das Gebiet zu durchkämmen«, sagte Henrik.

»Wir sollten auch die Eltern und Bekannten von Emilia Borg kontaktieren«, schlug Mia vor. »Vielleicht wussten sie, wohin sie unterwegs war?«

»Vor allem müssen wir mit dem Programmierer reden«, antwortete Henrik, »und herausfinden, ob Tony Borg ein Alibi für die Zeitpunkte hat, an denen Sonja Eriksson, Frida Norberg und Johanna Weber verschwunden sind.«

»Glaubst du wirklich, dass er hinter der ganzen Sache steckt?«, entgegnete Mia. »Wir sind doch bisher davon ausgegangen, dass es sich nicht um einen Täter im direkten Umfeld der Opfer handelt. Wer Wert auf seinen guten Ruf legt, wird doch nicht so viel Zeit und Kraft investieren, um Frauen zu entführen, zu ermorden und anschließend in Meerjungfrauen zu verwandeln, die er in den Strömmen wirft, wo sie auch ganz sicher gefunden werden, oder? Warum erschießt er sie dann nicht einfach und vergräbt sie anschließend irgendwo im Wald?«

»Diese Frage müssen wir uns natürlich stellen.« Henrik zog das Handy aus der Tasche, blieb aber gleich mit dem Blick am Display hängen, statt eine Nummer zu wählen.

»Was ist?«, fragte Mia.

»Gunnar hat gerade eine Nachricht geschickt, dass er ein weiteres Gespräch mit Simon Norell in der Psychiatrie organisieren konnte.«

»Wann denn?«, fragte Jana Berzelius.

»In einer knappen Stunde. Das heißt, wir müssen jetzt losfahren, wenn wir rechtzeitig in Vadstena sein wollen. Kommen Sie mit?«

Die Staatsanwältin schüttelte den Kopf. »Wenn Sie mit Simon Norell sprechen, übernehme ich den Programmierer.«

Zweimal hatte Jana vergeblich bei Robin Palm angerufen. Nachdem sie eine Nachricht auf seiner Mailbox hinterlassen hatte, ging sie weiter zur Staatsanwaltschaft. Als sie am Restaurant Il Cibo vorbeikam, wurde ihr bewusst, dass sie hungrig war. Das Lokal war klein und überraschend beliebt. Beinahe zu beliebt, dachte sie, als sie eintrat und die lange Schlange vor dem Kellner sah, der die Tischvergabe übernahm. Von ihrem Standort aus konnte sie einen Blick auf die Schiefertafel mit den Tagesgerichten erhaschen und entschied sich für einen Salat mit Artischocken und Parmesan.

Während sie wartete, sah sie durch die hohen Fenster nach draußen.

Auf einmal schlug ihr Herz schneller.

Sie meinte, dort draußen zwischen den vielen Menschen auf dem Gehweg ein bekanntes Gesicht zu sehen.

»Der Nächste, bitte«, hörte sie den Kellner sagen.

Die Schlange bewegte sich weiter voran.

Das war sicher nur Einbildung, dachte Jana. Das war nicht Per gewesen. Es war nun schon das zweite Mal, dass sie glaubte, ihn gesehen zu haben. Sie musste sich wirklich zusammenreißen.

»Der Nächste, bitte«, rief der Kellner wieder, und Jana wollte gerade einen Schritt vorwärts machen, als sie eine Stimme hinter sich hörte.

»Jana?«

Sie drehte sich um und sah direkt in Pers verschiedenfarbige Augen.

»Hallo«, sagte er.

»Hallo …«

Mehr bekam sie nicht heraus. Sie wusste, dass sie weitersprechen sollte, aber ihre Zunge war wie gelähmt. Und was hätte sie auch sagen sollen?

Per dachte vermutlich dasselbe, denn er verlagerte unbehaglich das Gewicht von einem Fuß auf den anderen und schob dann die Hände in die Taschen seiner Anzughose.

»Bist du auch hungrig?«, wollte er wissen und lächelte dann verlegen. »Natürlich, sonst würdest du ja nicht hier stehen. Bist du schon mal hier gewesen?«

Jana nickte. Seit dem Ende ihrer Freundschaft hatte sie ihr gemeinsames Lieblingslokal Durkslaget gemieden und stattdessen in Restaurants gegessen, wo das Risiko gering war, Per zu begegnen.

»Das Lokal ist wirklich gut«, sagte er. »Mir schmeckt die Pasta carbonara am besten. Hast du die schon mal probiert?«

Jana schüttelte den Kopf und dachte, dass sie das Gericht nie essen und nie wieder hierhergehen würde, jetzt, da sie wusste, dass Per öfter hier war. Es tat weh, ihn zu sehen.

»Versuch sie mal«, fuhr er fort. »Oder die Pasta mit Scampi.«

»Danke für den Tipp«, antwortete sie und trat einen Schritt zur Seite, bereit zur Flucht. Doch Per hatte das schon vorhergesehen.

»Warte.« Er streckte die Hand aus, um sie aufzuhalten.

Sie blieb stehen.

»Ich wollte dich anrufen«, sagte er ernst. »Wir müssen reden.«

Jana erstarrte, als rechnete sie mit einem Angriff, und zwang sich, ihm in die Augen zu schauen, von denen das eine blau war und das andere braunmeliert. Sie wartete darauf, dass er weitersprach, doch er schwieg.

»Worüber müssen wir reden?«, brachte sie hervor.

»Über den Fall.«

»Über den Fall?«, wiederholte sie erstaunt. »Warum das?«

»Du wolltest doch, dass ich dir helfe«, sagte er und zog sie zur Seite, damit sie niemand hörte.

»Aber du konntest mir doch gar keine Namen von Simon Norells Bekannten nennen«, sagte sie leise.

»Der Nächste, bitte!«, rief der Kellner hinter ihr.

»Braucht ihr nur das? Namen?«, fragte Per.

Jana holte tief Luft, versuchte sich zu entspannen, ihre Gefühle zu unterdrücken und sich auf die Arbeit zu konzentrieren.

»Wir haben einen Beweisgegenstand in Simon Norells Auto entdeckt, deshalb müssen wir unbedingt herausfinden, wer mit dem Wagen gefahren ist«, antwortete sie. »Wir wissen auch, dass er mit jemandem außerhalb der Psychiatrie in Kontakt steht.«

»Aber er weigert sich zu sagen, wer es ist?«

»Ja, und da du gegen ihn ermittelt und die Klage gegen ihn geführt hast, habe ich mir gedacht …«

Sie verstummte.

Per nickte.

»Ich denke noch mal genauer nach, versprochen.«

Die Armmuskeln schmerzten, aber Danilo machte dennoch einen Liegestütz nach dem anderen. Der Schweiß lief ihm von der Stirn auf den Fußboden seines Zimmers, der nach Reinigungsmitteln und Klaustrophobie roch. Er zählte bis hundertachtundneunzig, hundertneunundneunzig und zweihundert, bis er sich auf den Rücken rollte und Luft holte.

Er hatte versucht, alle Gedanken, alle Gefühle aus seinem Körper zu verbannen. Normalerweise konnte er das ganz gut, aber irgendwas stimmte nicht, irgendwas passierte gerade mit ihm, was ihm nicht geheuer war. Danilo wusste, dass er ein Risiko eingegangen war, indem er der Psychologin von seinem sogenannten Traum erzählte, aber er hatte entschieden, dass es das wert war. Er war davon ausgegangen, dass er nie gezwungen sein würde, über diesen Traum nachzudenken, aber jetzt war es anders gekommen.

Bisher hatte er nur selten etwas analysiert. Sein Leben hatte mit Gewalt und Tod begonnen und war dann immer so weitergegangen, ohne dass er je darüber nachgedacht hatte. Doch jetzt drohte das, was er all die Jahre verdrängt hatte, an die Oberfläche zu kommen.

Keuchend erhob er sich vom Fußboden, zog sich den verschwitzten Pullover und die klebrige Hose aus und stellte sich in die Dusche. Er aktivierte den Bewegungssensor, brachte das Wasser zum Laufen und stand dann lange unter dem heißen Strahl.

Ihn beschlich das schreckliche Gefühl, dass er ab sofort gezwungen sein würde, noch intensivere Gespräche mit Annie Rosvall zu führen. Sie würde nicht aufgeben, ehe er sein ganzes Leben und seine ganze Kindheit mit ihr durchgekaut hatte. Aber er konnte ihr nicht erzählen, was er und Jana erlebt hatten. Sie würde es nicht verstehen. Niemand würde ihn verstehen. Niemand außer Jana.

Noch immer in Gedanken versunken stieg er aus der Dusche und griff nach dem Handtuch. Während er sich abtrocknete, wurde der beschlagene Spiegel langsam wieder klar.

Er knotete sich das Handtuch um die Hüfte, strich sich die Haare aus der Stirn und erstarrte, als er sein Spiegelbild sah.

Ein kleiner Junge blickte ihn aus dem Spiegel an, mit rasiertem Kopf und ängstlichen Augen.

Danilo fuhr mit der Hand über das Glas, bis das Bild des Jungen sich auflöste und verschwand. Er versuchte, tief durchzuatmen. Der unangenehme Geschmack von Einsamkeit stieg in ihm auf. Dabei war er immer allein gewesen und hatte sich nie auf jemand anders verlassen. Doch dies war eine andere Art der Einsamkeit, eine, die er sich nicht selbst ausgesucht hatte, eine, bei der er seinen Gefühlen ausgeliefert war.

Danilo hatte nicht vor, in sein Inneres zu dem kleinen Jungen vorzudringen, deshalb zog er sich wieder die verschwitzten Sachen über und begann Situps zu machen. Er wusste, es würden mindestens zweihundertfünfzig werden. Noch etliche Stunden würde er auf dem Fußboden liegen und mit seinen Übungen und seinen wirren Gedanken kämpfen.

»Hallo, Simon«, begrüßte Henrik den großgewachsenen Mann, der soeben in Begleitung der Psychologin das Besucherzimmer der Forensischen Psychiatrie betreten hatte. »Danke, dass ich noch mal mit Ihnen reden darf.«

Simon Norell antwortete nicht, sondern blieb reglos in der Türöffnung stehen. Er hatte dieselben Sachen an wie am Tag zuvor, ein zerschlissenes T-Shirt und eine ausgebeulte Jogginghose.

»Setzen Sie sich, Simon«, sagte Annie Rosvall und schloss die Tür hinter sich.

Mit schweren Schritten ging Norell durch das Zimmer, setzte sich auf den Stuhl gegenüber von Henrik und starrte mit seinen schläfrigen Augen auf die Tischplatte. Die Psychologin nahm neben ihm Platz, mit übergeschlagenen Beinen und konzentriertem Blick.

»Bei unserem letzten Treffen haben Sie mir erzählt, dass Sie gern Ihren Großvater anrufen. Erinnern Sie sich?«, sagte Henrik.

Simon Norell nickte mit halboffenem Mund.

»Und genau darüber möchte ich mit Ihnen reden. Wir wissen nämlich beide, dass das nicht stimmt.«

Simon Norell sah zu ihm hoch.

»Was?«, fragte er.

»Sie rufen nicht Ihren Großvater an, sondern jemand anderen, und ich möchte, dass Sie jetzt ganz ehrlich antworten: Wer hat Ihr Auto benutzt?«

»Ich weiß es nicht. Niemand.«

Simon Norell starrte wieder auf den Tisch und kniff sich mit Zeigefinger und Daumen in die Armbeuge.

»Ist es ein Freund von Ihnen?«, hakte Henrik nach.

»Nein.«

»Ein früherer Mitschüler? Oder ein Verwandter?«

Erneut schüttelte Simon Norell den Kopf.

»Nein.«

»Wissen Sie, wer Sonja Eriksson ist?«

»Nein.« Wieder kniff er sich.

»Oder Frida Norberg? Johanna Weber? Emilia Borg?«

Auch jetzt schüttelte er den Kopf.

»Na gut«, sagte Henrik und stützte die Ellbogen auf den Tisch. »Hören Sie zu, Simon. Wir haben eine ganz einfache Aufgabe zu erledigen. Ich muss wissen, wer mit dem Auto gefahren ist. Sobald Sie es mir erzählen, ist das Gespräch vorbei.«

Doch Simon Norell schwieg.

Henrik breitete die Arme aus.

»Warum sagen Sie nicht einfach, wer es ist?«, fragte er und hörte selbst, wie genervt er klang.

»Ich kann nicht … ich …«

»Sie können nicht? Los jetzt, Simon.«

»Ich meine … Ich weiß es nicht.«

»Doch, das wissen Sie. Sagen Sie mir, mit wem reden Sie?«

»So kommen wir nicht weiter«, schaltete sich Annie Rosvall ein.

»Ist es dieselbe Person, die mit Ihrem Auto gefahren ist? Sie müssen mir helfen, Simon! Wer hat Ihr Auto benutzt?«

»Ich kann Ihnen nicht sagen, wer damit gefahren ist.« Simon Norell sprach mit einer neuen Schärfe in der Stimme und kniff sich noch fester in die Armbeuge.

»Warum nicht? Ist es jemand, der Ihnen gedroht hat, damit Sie schweigen?«

»Nein«, entgegnete Simon Norell ohne Umschweife.

»Ich muss aber wissen, wer es ist! Es ist sehr wichtig, verstehen Sie das nicht? Drei Frauen sind ermordet worden!«

»Herr Levin, ich verstehe die Dringlichkeit«, unterbrach ihn die Psychologin. »Aber Simon kann vielleicht nicht …«

Henrik ignorierte sie. »Sie wollen es mir nicht erzählen,

Simon, nicht wahr?«, fuhr er fort. »Sie wollen mir nicht helfen!«

Simon Norell erhob sich so heftig, dass der Stuhl mit einem lauten Knall nach hinten flog.

»Jetzt reicht es aber, Herr Levin!«, sagte Annie Rosvall. Dann wandte sie sich an Simon Norell. »Bitte setzen Sie sich.«

Doch der junge Mann schob ihren Arm beiseite, ging zur Tür und schlug fest dagegen. Ein graubärtiger Pfleger öffnete.

»Treten Sie bitte zurück«, sagte er zu Simon Norell.

Dieser nickte, machte ein paar Rückwärtsschritte und hielt die Hände hoch, als gäbe er auf.

»Alles in Ordnung hier drin?«, erkundigte sich der Pfleger.

»Ja«, versicherte Annie Rosvall, und Henrik nickte.

»Bitte bleiben Sie stehen und machen Sie keine Dummheiten«, wandte sich der Pfleger an Simon Norell.

»Ich will nur zurück in mein Zimmer«, erklärte dieser.

»Gut, dann gehen wir. Ganz ruhig und brav.«

Der Pfleger packte Simon Norell am Arm und führte ihn durch die Tür nach draußen.

Schweigen senkte sich über den Raum.

»Das war ja eine komplette Katastrophe«, stellte Annie Rosvall schließlich fest und erhob sich. »Es ist völlig inakzeptabel, einen Patienten so unter Druck zu setzen.«

»Wir müssen ihn aber zum Reden bringen, und wir haben ein Recht …«

»Ein Recht worauf?«, konterte sie wütend. »Wenn ich entscheiden dürfte, dann würde ich Ihnen verbieten, ihn wiederzusehen.«

»Können nicht Sie als Psychologin mit ihm reden?«

»Das habe ich jetzt aber nicht gehört. Ich werde meine Fachkompetenz nicht für solche Zwecke einsetzen, das ist ethisch nicht vertretbar.«

»Ihnen ist der Ernst der Lage offenbar nicht klar. Wir haben keine Alternative, wir *müssen* Simon zum Reden bringen. Können wir nichts tun, um Sie davon zu überzeugen, uns zu helfen?«

Annie Rosvall schwieg.

»Gar nichts?«, hakte Henrik nach.

»Fahren Sie vorsichtig«, sagte sie und schloss die Tür hinter sich.

23

»Das ist also unsere Art, Kriminalfälle zu lösen? Indem wir psychisch kranke Patienten unter Druck setzen und angreifen?«

Gunnars erregte Stimme dröhnte aus den Lautsprechern. Mia hatte die Freisprechanlage aktiviert, damit Henrik mithören konnte, was Gunnar sagte. Jetzt bereute sie, dass sie überhaupt rangegangen war, denn sie hatte das Gefühl, als hätte ihr Chef nur angerufen, um sie zur Schnecke zu machen.

»Wir haben ihn doch gar nicht angegriffen«, protestierte sie, während Henrik in die Tiefgarage des Polizeigebäudes einbog.

»Seine Psychologin hat mir am Telefon gesagt, wir hätten Simon Norells Rechte verletzt. Was ist eigentlich passiert? Henrik, kannst du mir das erklären?«

Mia sah zu ihrem Kollegen. Sie fand, dass er resigniert wirkte. Auf dem Rückweg nach Norrköping hatte er nicht über die Ereignisse in der Psychiatrie sprechen wollen. Er hatte nur gesagt, dass es ihm nicht gelungen sei, etwas aus Simon Norell herauszubekommen.

»Ich bin zu weit gegangen«, sagte Henrik und parkte ein.

»Du bist viel zu weit gegangen!«, brüllte Gunnar. »Du hast Fragen gestellt, ohne seinen Gesundheitszustand zu beachten, und anstelle eines Vertrauensverhältnisses hast du Chaos erzeugt! Und weißt du was? Niemand sonst kann uns erzählen, wer mit Simon Norells Auto gefahren ist. Niemand! Wie sollen wir jetzt weiterkommen? Kannst du mir das sagen?«

Als Henrik schwieg, wurde Gunnar noch lauter.

»Kannst *du* auf meine Frage antworten, Mia?«

Ausnahmsweise fehlten auch ihr die Worte. Die Beleidigungen, die Gunnar über Henrik ausschüttete, gefielen ihr nicht, und am liebsten hätte sie ihn gebeten, den Mund zu halten, aber sie hielt sich zurück. Das würde ohnehin nichts ändern.

Gunnar räusperte sich. »Die Regionspolizeichefin hat ein Machtwort gesprochen«, sagte er dann. »Wir müssen jetzt endlich diesen Serienmörder finden. Wie machen wir das? Und was tun wir, wenn heute eine weitere Frau verschwindet? Sollen wir einfach abwarten, bis wir sie aus dem Strömmen ziehen können?«

Henrik und Mia schwiegen.

»Das ist doch nicht zu fassen«, fuhr Gunnar fort. »Ihr wisst also auch nicht, was wir tun sollen? Dann sollte ich vielleicht gleich bei Carin Radler anrufen und ihr sagen, dass wir nicht in der Lage sind, diesen Fall zu lösen, dass es völlig …«

Mia hielt seine Tirade nicht mehr aus und drückte das Gespräch weg.

»Idiot.«

Henrik saß noch immer mit leerem Blick neben ihr und schwieg.

»Mach dir nichts draus, Gunnar redet nur Mist«, versuchte sie ihn zu trösten.

»Nein, er hat recht«, sagte Henrik. »Ich habe auch das Gefühl, als würden wir diesen Fall nie lösen.«

»Fang du jetzt nicht auch noch damit an. Wir haben

doch jede Menge Anhaltspunkte, die wir weiterverfolgen müssen.«

»Welche denn? Die Befragungen von Emilia Borgs Eltern und Bekannten haben nichts ergeben, wir haben noch immer keine Verbindung zwischen ihr und den anderen beiden Opfern herstellen können. Die Kriminaltechniker haben die Umgebung ihres Autos abgesucht, ohne …«

»Ohne interessante Spuren zu finden, ich weiß. Wir müssen aber noch das Alibi ihres Mannes überprüfen. Und ich verspreche dir … Irgendwie werden wir herausfinden, wer mit Simons Wagen gefahren ist.«

»Wie denn?«

»Keine Ahnung«, sagte Mia. »Wir werden jemanden finden müssen, der in die Psychiatrie geht und ihn unter Druck setzt. Jemanden, dem die Regeln scheißegal sind und der ihn zum Reden bringt.«

»Mia …«

»Ich weiß, das ist vielleicht nicht die allerbeste Idee, aber wir müssen weiterkommen, und Simon muss ja hinter den Mauern der Klinik mit jemandem reden, oder nicht?«

Henrik antwortete nicht.

»Jedenfalls können wir nicht den ganzen Tag hier herumsitzen, bis wir vergammeln.« Mia öffnete die Autotür und stieg aus.

»Was sollen wir dann machen?«, fragte Henrik.

»Essen vielleicht. Es ist bald zwei, und wir haben noch nichts zwischen die Kiemen gekriegt.«

»Ich habe aber keinen Hunger.«

»Los jetzt, wir gehen hoch in die Kantine und …«

»Tu das, ich bleibe noch eine Weile hier sitzen.«

»Na gut«, sagte Mia und knallte die Autotür zu.

Henrik grübelte noch einmal über den erfolglosen Besuch in der Forensischen Psychiatrie nach, während er auf die nackte Betonwand vor der Windschutzscheibe starrte. Es herrschte kaum Zweifel, dass Simon Norell mit dem Serienmörder kommunizierte, den sie gerade jagten, aber was nützte das, wenn es sich nicht beweisen ließ und wenn er sich weigerte, etwas preiszugeben?

Das Handy klingelte.

Henrik vermutete, dass es Gunnar war, der ihn erneut zusammenstauchen wollte, doch diesmal erschien der Name seiner Frau auf dem Display.

»Hallo«, meldete er sich gedehnt und ließ sich noch tiefer in den Sitz sinken.

»Hallo«, antwortete Emma. »Wie geht es dir? Ist etwas passiert?«

»Nein. Es war einfach ein harter Tag, und ich bin müde.«

»Ich bin unterwegs zum Bahnhof. Glaubst du wirklich, du schaffst es, die Kinder zu betreuen, während ich weg bin?«

»Schaffen?« Er konnte sich ein Lächeln nicht verkneifen. »Warum nicht?«

»Du hast doch so viel zu tun.«

»Ich weiß schon, du findest, ich engagiere mich viel zu stark für meine Arbeit.«

»Manchmal finde ich das, aber du bist ja schon immer Polizist gewesen, und es ist, wie es ist. Aber ich weiß auch, dass du deine Arbeit liebst und dass du etwas Sinnvolles machst. Sonst wärst du ja nicht so engagiert.«

»Richtig, aber ich werde meine Arbeitszeit reduzieren, sobald dieser Fall abgeschlossen ist.«

»Das hast du gesagt, ja.«

»Und ich stehe dazu. Du musst dir keine Sorgen wegen

der Kinder machen. Konzentrier dich stattdessen auf die Konferenz.«

»Das werde ich, versprochen«, sagte Emma. »Ich liebe dich.«

Meine Güte, wie sehr er solche Sätze brauchte, gerade jetzt.

»Findest du es albern, wenn ich dich bitte, das noch mal zu sagen?«, fragte er.

»Ja.« Sie lachte.

»Nur noch ein einziges Mal?«

»Ich liebe dich, Henrik.«

»Ich liebe dich auch«, antwortete er und beendete das Gespräch.

Dann ließ er das Handy in den Schoß fallen und legte die Hände aufs Lenkrad. Musste er wirklich Verbrecher jagen, um seinem Leben einen Sinn zu verleihen? Er zweifelte daran. Andererseits – wie würde es ihm ergehen, wenn es ihnen nicht gelang, den Serienmörder festzunehmen?

Sein Handy gab ein Signal von sich. Björn Ahlmann hatte ihm eine SMS geschickt. Die Obduktion von Emilia Borgs Leiche war abgeschlossen. Der Tod war gegen sieben Uhr morgens eingetreten, und Emilia Borg war, wie auch Sonja Eriksson und Frida Norberg, ertrunken. Ahlmann wartete noch immer auf die Laborergebnisse, die hoffentlich Aussagen über den Ort ermöglichen würden, wo die Opfer gefangen gehalten und getötet worden waren.

Frustriert drückte Henrik die Finger gegen die Augen. Er verstand es einfach nicht. Drei tote Frauen und eine Vermisste. Und keinerlei Hinweise, die sie irgendwie weiterbrachten. Wer konnte schon sagen, wann der Mörder aufhören würde? Sie mussten Johanna Weber retten und dem ganzen Spuk ein Ende setzen. Wo verlief die Grenze ihrer Möglichkeiten? Die gab es nicht mehr, stellte er fest. Von jetzt an waren alle Mittel erlaubt.

Henrik richtete sich auf, wählte die Nummer der Forensischen Psychiatrie und ließ sich mit Annie Rosvall verbinden.

»Es wundert mich, dass Sie sich bei mir melden«, sagte sie. »Ich hoffe nicht, dass Sie mich um einen weiteren Gesprächstermin mit Simon Norell bitten wollen. Als Psychologin muss ich Nutzen und Risiken abwägen, und in seinem Fall ist es ganz offensichtlich, dass Sie völlig unangemessen reagiert haben, deshalb …«

»Ich stimme Ihnen zu, dass ich eine Grenze überschritten habe«, unterbrach Henrik sie. »Aber jetzt rufe ich in einer anderen Sache an.«

»Und zwar?«, antwortete Annie Rosvall zögernd.

»Sie haben mal gesagt, dass Simon nur mit den Patienten auf seiner Station spricht.«

»Mit einigen wenigen Personen, ja.«

»Könnten wir die Namen bekommen?«

»Als Polizist dürften Sie damit vertraut sein, dass Patientendaten der Schweigepflicht unterliegen«, erklärte Annie Rosvall.

»Und als Psychologin müssten Sie sich darüber im Klaren sein, dass es strafbar ist, der Polizei bei Ermittlungen zu einem Mordfall wichtige Informationen vorzuenthalten. Also sagen Sie schon, wer sind diese Patienten?«

Jana betrachtete den halbgegessenen Salat, der auf ihrem Schreibtisch stand. Sie hatte ihn sich auf dem Weg zur Staatsanwaltschaft gekauft und sich entschieden, ihn in ihrem Zimmer zu essen, um mit ihren Gedanken an Per allein sein zu können. Er hatte im italienischen Restaurant mit ihr Smalltalk gemacht, ja, er hatte sie sogar angelächelt. Dennoch hatte die Panik sie überwältigt und gelähmt. Sie hatte kaum ein Wort herausgebracht, sondern ihn nur angestarrt und beinahe das Luftholen vergessen. Dann war sie geflüchtet.

Warum war sie nicht geblieben? Und hatte etwas Nettes zu ihm gesagt, etwas Entschuldigendes? Warum hatte sie nicht das ausgesprochen, was sie so selten oder nie über die Lippen brachte und was ihr so unangenehm war?

Und was empfand sie eigentlich für ihn?

Sie wusste es nicht, hatte keine Ahnung, außer dass sie sich sehr danach sehnte, ihn wiederzusehen.

Jana erhob sich vom Schreibtisch, nahm den Salat mit und ging zur Teeküche, um ihn wegzuwerfen.

Am Waschbecken stand ihr hartnäckiger Kollege Oscar und leerte mit großen Schlucken ein Glas Wasser. Heute trug er einen hellgrauen Anzug, und sein schmales, glattrasiertes Gesicht leuchtete vor Enthusiasmus.

»Wie gut, dass Per Åström sein Notizbuch zurückbekommen hat«, sagte er.

Jana schwieg und ging zum Mülleimer, in den sie die Salatreste kippte.

»Ich hoffe, ich werde als Staatsanwalt genauso gut wie ihr beide«, sprach Oscar weiter und schüttete noch mehr Wasser in sich hinein. »Ich weiß ja nicht, wie es bei euch so war, aber ich bin jedenfalls nervös, weil ich meinen ersten großen Fall bekommen habe.«

»Welchen denn?«, fragte sie und drehte den Wasserhahn auf, um sich die Hände zu waschen.

»Die Morde im Vrinneviskogen.«

Sie sah ihn hastig an und dachte sofort an den dunklen

Wald, die toten Männer und das Messer, das so leicht durch ihre Haut geglitten war.

»Die Polizei geht davon aus, dass es sich um eine Auseinandersetzung zwischen zwei Banden handelt«, sagte er.

»Bestimmt ist das so«, erwiderte sie und wandte das Gesicht wieder zum laufenden Wasserhahn.

»Bestimmt«, wiederholte Oscar und stellte sein Glas auf die Arbeitsfläche. »Trotzdem will ich den Fall so schnell wie möglich aufklären. Wünsch mir viel Erfolg.«

»Na klar, viel Erfolg«, murmelte sie, während er aus der Küche ging.

Das Wasser war viel zu kalt an den Händen, aber sie ignorierte es, wusch sie sich trotzdem und versuchte das anhaltende Unbehagen nach dem Gespräch abzuschütteln. Sie fragte sich, ob sie Oscar und seine Ermittlungsergebnisse vorsichtshalber im Blick behalten sollte.

Während sie sich die Hände abtrocknete, begann ihr Handy zu klingeln. Sie erkannte die letzten drei Ziffern der Nummer und wusste, dass es der Programmierer in Tony Borgs Firma war, Robin Palm.

»Sie hatten angerufen?«, sagte er, nachdem sie sich gemeldet hatte.

»Ja, und ich danke Ihnen für den Rückruf. Ich wollte Sie nur fragen, ob Sie wissen, wo sich Tony Borg am Montagnachmittag aufgehalten hat.«

»Keine Ahnung … Ich weiß nur, dass er gegen drei die Firma verlassen hat und erst später am Abend zurückgekommen ist.«

Er klang abwesend, so als würde er sich während des Telefonats mit etwas anderem beschäftigen.

»Wissen Sie, um wie viel Uhr er zurückgekommen ist?«, fragte sie.

»Gegen sechs vielleicht, und dann ist er bis Mitternacht geblieben.«

Jana nickte. Wenn Tony Borg um drei Uhr gegangen und erst gegen sechs wiedergekommen war, konnte er noch immer der Täter sein.

»Wissen Sie, wo er heute war, so gegen neun Uhr morgens?«

»Er war hier in der Firma, aber er ist gegangen, nachdem die Polizei angerufen hat.«

»Und am Samstagabend, wissen Sie, wo er da war?«

Jana befragte ihn zu den Zeitpunkten, als die anderen Frauen verschwanden und tot aufgefunden wurden. Die Antwort war immer dieselbe:

»Ich gehe davon aus, dass er hier war.«

»Sie gehen davon aus?«

»Tony arbeitet viel.«

»Kann noch jemand bezeugen, dass er zu den fraglichen Zeiten bei der Arbeit war?« Jana lehnte sich gegen die Arbeitsfläche.

»Ist das denn nötig? Wir haben keine Stempeluhr, aber ich bin mir beinahe zu hundert Prozent sicher, dass ich ihn zu den fraglichen Zeiten hier gesehen habe.«

»Wie gut kennen Sie Tony Borg?«, wollte sie wissen. »Treffen Sie sich auch außerhalb der Arbeit?«

»Nein, ich bin auch die meiste Zeit in der Firma. Mit der Sache, in der Sie da ermitteln, habe ich nichts zu schaffen, und ich gehe davon aus, dass das auch für Tony gilt.«

Plötzlich fiel ihr auf, dass sie noch gar nicht erzählt hatte, warum sie sich nach Tony Borgs Alibi erkundigt hatte, und dass Robin Palm nicht mal nachgefragt hatte. Wenn er wusste, worum es ging, sollte er nicht ein bisschen aufgewühlter wirken, da doch die Frau seines Chefs ermordet worden war?

»Sie müssen sich doch wundern, warum ich Sie so detailliert befrage?«

»Eigentlich nicht«, sagte Robin Palm. »Ich weiß ja, was mit Emilia passiert ist. Es ist schrecklich.«

»Haben Sie sie gut gekannt?«

»Nein.«

»Wissen Sie, wie die Ehe der beiden war?«

»Die beiden waren wohl glücklich miteinander, schließlich hat er sie ständig auf Geschäftsreisen mitgenommen und so.«

»Und dann ist man glücklich?«, hakte Jana nach.

»Hm, vielleicht doch nicht«, ruderte Robin Palm zurück, »aber es war ihm jedenfalls wichtig, es zu demonstrieren.«

»Was wollte er demonstrieren?«

»Ihre perfekte Ehe.«

24

Henrik schwitzte. Er war die Treppe in den dritten Stock des Polizeigebäudes hochgelaufen, während er erfolglos versucht hatte, Mia zu erreichen. Jetzt eilte er durch den Flur.

Ohne anzuklopfen, ging er geradewegs in Gunnars Zimmer und schloss die Tür hinter sich. Sein Chef saß hinter dem Schreibtisch, schob sich die Gleitsichtbrille auf die Nasenspitze und sah ihn fragend an.

»Ich muss mit dir sprechen«, erklärte Henrik.

»Ich habe vollstes Verständnis dafür, dass du wütend auf mich bist nach alldem, was ich vorhin gesagt habe, und ich …«

»Darum geht es nicht.«

»Worum dann?«, wollte Gunnar wissen und nahm die Brille ab.

Henrik atmete tief ein.

»Du hast selbst gesagt, dass wir alles tun müssen, was in unserer Macht steht, um bei den Ermittlungen weiterzukommen, oder?«

Gunnar sah ihn misstrauisch an. »Was meinst du?«

Henrik setzte sich. »Ich wollte Simon Norell dazu bringen, mir zu erzählen, mit wem er telefoniert, aber es ist mir nicht gelungen. Er redet nicht mit mir, er redet nicht mit den Pflegern, sondern nur mit drei oder besser gesagt zwei Mitpatienten.«

Gunnar sah ihn zweifelnd an.

»Es ist natürlich ein Risiko«, fuhr Henrik fort, »aber es besteht die Möglichkeit, dass einer dieser Mitpatienten aus Simon Norell herauskitzelt, wen er angerufen hat und wer über die Schlüssel zu seinem Auto und seinem Haus verfügt.«

»Moment mal«, sagte Gunnar. »Du willst dir Hilfe von einem Patienten holen? Einem, der rosa Elefanten sieht oder Stimmen von Außerirdischen hört?«

»Das war Mias Idee, aber ich finde sie gut.«

»Das meinst du nicht ernst, oder?«

Gunnar lachte unsicher.

»Das meine ich vollkommen ernst«, betonte Henrik. »Johanna wird sterben, und es werden noch mehr Frauen ermordet, wenn wir jetzt nicht etwas Drastisches versuchen.«

Gunnar sah ihn skeptisch an.

»Mag sein, Henrik, dass wir verzweifelt und ratlos sind, aber dieser Vorschlag klingt …«

»… völlig verrückt, ich weiß.«

»Und ich bin es schließlich, der …«

»… der die Verantwortung trägt, wenn etwas schiefläuft, das weiß ich auch. Aber wir müssen irgendetwas unternehmen, um Johanna zu retten und diesen Irren zu fassen, der Frauen ermordet und verstümmelt.«

Gunnar schwieg eine Weile.

»Es muss aber unter dem Siegel der Verschwiegenheit laufen, niemand darf etwas davon erfahren«, sagte er schließlich.

»Du stimmst also zu?«

»Ja, aber ich kann diesen Entschluss nicht alleine fassen. Jana Berzelius als ermittelnde Staatsanwältin und die Regionspolizeichefin haben ein Wörtchen mitzureden.«

»Ich lasse sie herrufen«, erklärte Henrik.

Gunnar lehnte sich zurück. »Bist du sicher, dass dies die richtige Strategie ist?«

»Ich habe sorgfältig darüber nachgedacht und bin zu dem Schluss gekommen, dass dies unsere einzige Chance ist«, sagte Henrik.

Gunnar nickte langsam.

»Dann gibt es wohl keinen Grund zu warten.«

Die Tür wurde geöffnet, und Mia starrte sie verständnislos an.

»Was ist los?«, fragte sie. »Was habe ich verpasst?«

Regionspolizeichefin Carin Radler trug heute ein blaues, enganliegendes Kostüm und warf einen misstrauischen Blick in die Runde.

»Ich habe nicht viel Zeit«, sagte sie und griff nach der Kaffeetasse, die vor ihr auf dem Tisch stand. »Ich sollte eigentlich in einer Pressekonferenz sitzen und den Medienvertretern erklären, warum es der Polizei in Norrköping nicht gelingt, die Meerjungfrauenmorde aufzuklären, und wie es kommt, dass gestern Abend im Vrinneviskogen drei junge Männer tot aufgefunden wurden.«

Am Tisch im Konferenzraum saßen auch Gunnar Öhrn, Henrik Levin, Mia Bolander und Jana, die sofort den Blick senkte, als Carin Radler die drei Männer erwähnte.

»Wir sind unglaublich dankbar, dass Sie es trotzdem einrichten konnten, sofort herzukommen«, erklärte Gunnar Öhrn. »Wie Sie wissen, tun wir alles, um die Meerjungfrauenmorde aufzuklären, deshalb haben wir den Bandenmorden im Vrinneviskogen weniger Priorität eingeräumt.«

Jana seufzte innerlich vor Erleichterung.

»Und was soll ich hier?«, fragte Carin Radler und trank einen Schluck Kaffee.

»Es gibt Hinweise darauf, dass der Täter weitere Morde plant«, antwortete Gunnar Öhrn. »Wir gehen davon aus, dass er momentan eine Frau namens Johanna Weber gefangen hält.«

Carin Radler stellte die Tasse wieder auf den Tisch.

»Und Sie haben noch immer keine Spuren von ihm?«

»Wir haben mit den Angehörigen, Freunden und Bekannten der Opfer gesprochen und vergeblich nach Verbindungen zwischen den Frauen gesucht. Alle unsere Gesprächspartner waren sehr schockiert, dass die Opfer auf so brutale Weise ermordet wurden.«

»Alle außer Tony Borg«, murmelte Mia Bolander.

»Sein Alibi scheint aber zu stimmen«, erklärte Jana. »Ich habe mit seinem Programmierer Robin Palm gesprochen, der bezeugen konnte, dass Tony Borg am Montag die Firma um drei Uhr verlassen hat und gegen sechs Uhr zurückgekommen ist. Er selbst sagt aus, dass er zwischen fünf und sechs Uhr zur Arbeit gefahren ist. In drei Stunden hätte er es geschafft, sowohl seine Frau als auch Johanna Weber zu entführen, aber Robin Palm hat ausgesagt, dass Tony Borg auch in der Firma war, als Sonja Eriksson und Frida Norberg verschwanden und als man sie gefunden hat. Vielleicht sollten wir noch mit jemand anders aus seiner Firma sprechen, aber bislang sehe ich keinen Hinweis, dass er der Täter sein könnte.«

Carin Radler spielte ungeduldig an ihrer Kaffeetasse herum. »Und jetzt erklären Sie mir bitte, was ich hier tun soll.«

»Ein Ohrring von einem der Opfer wurde in Simon Norells Auto gefunden. Sie erinnern sich, das war der Mann, der letztes Jahr seine gesamte Familie umgebracht hat«, sagte Henrik Levin.

»Warum vernehmen Sie ihn dann nicht?«

»Wir haben es probiert«, erklärte Henrik Levin. »Er ist in der Forensischen Psychiatrie untergebracht.«

»Das ist in diesem Zusammenhang nicht von Bedeutung«, entgegnete Carin Radler. »Sie können ihn einfach ein zweites Mal vernehmen. Es gibt jede Menge Methoden, die Sie einsetzen können.«

»Die Methode, die wir vorschlagen wollen, ist sehr ungewöhnlich.« Henrik Levin machte eine Pause.

Jana sah Carin Radler verstohlen von der Seite an. Sie sah in der Tat etwas ratlos aus. Auch sie selbst wusste nicht, worum es eigentlich ging. Sie war nur in aller Eile zu dieser Besprechung ins Polizeigebäude gerufen worden.

»Was haben Sie vor?«, fragte die Regionspolizeichefin.

»Was wir jetzt erzählen, muss unter uns bleiben«, erklärte Henrik Levin und warf seinem Chef einen raschen Blick zu.

»Natürlich«, antwortete Carin Radler.

»Gut, wir haben Folgendes vor«, fuhr Henrik fort. »Es gibt drei Mitpatienten in der Klinik, mit denen Simon Norell häufiger redet, aber er vertraut nur zweien davon. Wir möchten einen der beiden als Informanten einsetzen.«

»Das kommt nicht infrage.« Carin Radler schüttelte heftig den Kopf.

»Bitte hören Sie zu, Frau Radler«, sagte Henrik. »Es gibt keine Alternative.«

»Natürlich gibt es die. Wir setzen einfach einen unserer eigenen Informanten ein«, antwortete sie und bedachte Henrik Levin mit einem strengen Blick.

»Simon Norell spricht aber nur mit diesen Personen.«

Carin Radler atmete tief ein und fingerte wieder an der Kaffeetasse herum.

»Wer sind die beiden?«

»Der eine heißt Nils Andersson und sitzt seit zwölf Jahren in der Forensischen Psychiatrie«, berichtete Henrik. »Er leidet an akustischen Halluzinationen und wurde als schizophren diagnostiziert, aber die Erkrankung ist unter Kontrolle, und er wird in einigen Tagen entlassen.«

»Und der andere?«

»Bei dem anderen wurde vor acht Monaten Maßregelvollzug angeordnet. Laut dem psychiatrischen Gutachten ist er ein Psychopath, er bekommt aber keine Psychopharmaka, sondern nimmt nur an einer Gesprächstherapie teil.«

»Wie heißt er?«, wollte Carin Radler wissen.

»Danilo Peña.«

Jana starrte Henrik Levin verständnislos an. Hatte sie sich verhört?

»Danilo Peña ist zweiunddreißig Jahre alt und wurde wegen organisierten Drogenschmuggels, Menschenraubs, versuchten Mordes und schwerer Körperverletzung in die Psychiatrie eingewiesen.«

»Tut mir leid.« Carin Radler schob die Kaffeetasse von sich. »Was Sie da sagen, klingt ziemlich …«

»Wir wissen, wie das klingt«, schaltete sich Gunnar Öhrn ein, »aber genau wie Henrik Levin eben gesagt hat, haben wir keine Alternative. Wir können den Mörder finden, wenn wir diesen Weg wählen, und es ist dringend!«

»Frau Berzelius, was meinen Sie dazu?« Carin Radler wandte sich an Jana. »Teilen Sie Herrn Öhrns Auffassung? Ist dies der einzige Weg, um den Fall zu lösen? Indem wir einen Verbrecher hinzuziehen, der zu krank ist, um im Gefängnis zu sitzen?«

Jana war völlig überrumpelt und wusste nicht, was sie sagen sollte. Sie nickte nur.

»Oder wir müssen beten, dass der Rechtsmediziner einen

Hinweis findet, der uns zum Mörder führen kann. Aber angesichts der Tatsache, dass er bisher nichts gefunden hat, ist das eher unwahrscheinlich«, bemerkte Gunnar Öhrn.

»Ihnen muss aber klar sein, dass meine Befugnisse nicht für diese Art von Anfragen missbraucht werden sollten«, betonte Carin Radler.

Gunnar schnaubte. »Diese Art von Anfragen? Verdammt noch mal, Frau Radler, wenn der Mörder nicht gestoppt wird, müssen wir bald Johanna Webers Leiche aus dem Strömmen fischen. Und wer weiß, wie viele Frauen noch?«

Rote Flecken breiteten sich auf Hals und Wangen der Regionspolizeichefin aus.

»Die Angehörigen von Johanna Weber werden sehr dankbar sein, wenn Sie Ihre Befugnisse dafür einsetzen, um ihr Leben zu retten«, bemerkte Henrik Levin ruhig.

Janas Herz schlug heftig. Sie hatte noch immer nicht ganz verstanden, was da gesagt worden war. Erwogen sie allen Ernstes, über Danilo an Informationen von Simon Norell zu gelangen?

»Wie wollen Sie Ihren Plan rein praktisch umsetzen?«, fragte Carin Radler.

»Wenn Sie unseren Weg gutheißen, wählen wir einen der Patienten aus und sprechen direkt mit ihm«, erklärte Henrik Levin.

»Sie gehen also davon aus, dass sie den Auftrag annehmen werden?«

»Uns ist schon klar, dass sie irgendeine Art von Kompensation für ihren Einsatz erwarten werden«, sagte er.

»An welcher Art von Kompensation könnten sie interessiert sein?«, wollte Carin Radler wissen. »Eine weiche Matratze zum Schlafen? Ein perfekt gebratenes Rinderfilet? Eine Ganzkörpermassage?«

»Uns ist natürlich klar, dass sie mehr verlangen werden«, erwiderte Henrik Levin.

»Tut mir leid, dass ich euch unterbreche«, meldete sich Mia Bolander zu Wort. »Aber ich glaube, wir müssen die Frage umdrehen. Was wollen wir ihnen geben? Ich meine, das größte Interesse der Patienten dürfte doch sein, dass sie aus der Geschlossenen entlassen werden und unbegrenzt Ausgang und Beurlaubungen bekommen oder sogar in den offenen Vollzug verlegt werden. Geht das überhaupt?«

»Ich hätte vielleicht über solche Dinge nachgedacht, wenn es nicht um einen Mann mit einer schweren psychischen Störung gehen würde«, meinte Carin Radler.

»Aber …« Henrik Levin verstummte, als die Regionspolizeichefin den Kopf schüttelte.

Janas Magen verkrampfte sich. Während des Gesprächs war in ihr eine neue Hoffnung aufgekeimt. Wenn Danilo Peña in den offenen Vollzug verlegt werden würde, hätte sie die Chance, an ihn heranzukommen. Aber Carin Radlers Mienenspiel ließ erahnen, dass sie den Vorschlag der Polizei ablehnen würde.

»Danilo Peña hat keine so schwerwiegende psychische Störung, wie es im psychiatrischen Gutachten behauptet wird«, sagte Jana. Alle Blicke richteten sich auf sie.

»Aber es wurde doch festgestellt, dass er ein Psychopath ist?«, wendete Mia Bolander ein. »Oder sind Sie etwa der Meinung, dass Psychopathie keine schwerwiegende psychische Störung ist?«

»Man spricht hier mittlerweile eher von einem bestimmten Persönlichkeitstypus, der mit Gefährlichkeit und unmoralischem Verhalten assoziiert ist«, antwortete Jana möglichst ruhig, während die Gefühle wie ein Sturm in ihr tobten.

Ein schwaches Lächeln trat auf Carin Radlers Lippen.

»Dann verstehe ich nicht, warum überhaupt eine Unterbringung im Maßregelvollzug angeordnet wurde.«

Jana dachte an ihren Vater, an das im Vorfeld abgekartete Urteil.

»Weil das Gericht die traditionelle Auffassung vertritt, dass Psychopathie eine psychische Störung ist«, log sie. »Und weil es davon ausgeht, dass die Gefahr, die von einem Straftäter ausgeht, durch eine Behandlung in der Forensischen Psychiatrie gesenkt werden kann. Das heißt, es steht vor allem die Risikoabwägung im Vordergrund.«

»Das weiß ich«, erwiderte Carin Radler. »Doch würden Sie sagen, dass Danilo Peña nach einem Aufenthalt von nur acht Monaten in der Forensischen Psychiatrie als ungefährlich eingestuft werden kann?«

»Es steht mir nicht zu, das zu beurteilen …«

»Aber als Staatsanwältin ist es ja Ihre Aufgabe, die Rechtssicherheit aufrechtzuerhalten«, unterbrach Carin Radler sie.

Jana fing ihren Blick auf.

»Ich würde sagen, dass wir keine andere Wahl haben, als ihn als Informanten einzusetzen«, sagte sie.

»Das heißt, Sie schätzen ihn als am geeignetsten für diesen Auftrag ein?«, hakte Carin Radler nach.

Jana schluckte.

»Ja«, antwortete sie.

25

Es war schon fünf Uhr nachmittags, als Danilo Peña durch die Tür des Besucherzimmers in der Forensischen Psychiatrie trat und auf der gegenüberliegenden Seite des Tisches Platz nahm. Mia fand, dass er sich während seines Aufenthaltes in der Klinik nicht besonders verändert hatte. Er hatte höchstens mehr Muskeln bekommen, aber die langen Haare hingen ihm noch immer in die Stirn, und der Blick, mit dem er nacheinander Mia, Henrik und Jana Berzelius bedachte, war genauso dunkel und hart wie damals.

Henrik legte die Unterarme auf den Tisch und faltete die Hände. Zuerst hatte es eine Diskussion gegeben, als sie um einen Termin mit Danilo Peña gebeten hatten. Es war nicht richtig klar, ob der Einrichtungsleiter und die Psychologin ihren Plan durchschaut hatten, vielleicht ahnten sie ja auch, worum es ging, da Henrik verlangt hatte, die Namen der Patienten zu erfahren, mit denen Simon Norell kommunizierte. Jedenfalls hatten sie die Erlaubnis erhalten, mit Peña zu sprechen.

»Dieses Gespräch hat nie stattgefunden«, sagte Henrik und verstummte dann, als wartete er auf eine Reaktion.

Doch Danilo Peña sah ihn gar nicht an, sondern hatte seinen Blick fest auf Jana Berzelius gerichtet.

»Wir haben ein Angebot zu machen, und ich wäre Ihnen dankbar, wenn Sie gut zuhören würden. Ich werde gleich zur Sache kommen. Wie Sie sicher wissen, sind in kürzester

Zeit drei Frauen in Norrköping ermordet worden. Da die Morde einem bestimmten Muster folgen, wissen wir, dass sie vom selben Täter verübt wurden.«

Henrik atmete tief durch und fuhr dann fort: »Es gibt einen Patienten auf Ihrer Station namens Simon Norell. Er wurde verurteilt, weil er seine Familie ermordet hat, und wir sind davon überzeugt, dass er uns sagen kann, wer der Täter ist und … Ja, also deshalb sind wir hier.«

Danilo Peña sah ihn grinsend an.

»Deshalb haben Sie Simon also so fleißig besucht«, sagte er mit seiner dunklen, rauen Stimme.

»Wir haben versucht …«, setzte Mia an.

»Wir haben versucht …«, ahmte Danilo Peña sie nach und grinste erneut.

»Wir wollten Sie fragen, ob Sie uns helfen können«, erklärte Henrik.

»Das habe ich schon kapiert.«

»Wir können Ihnen Ausgang und Beurlaubungen ermöglichen.«

»Daran habe ich kein Interesse«, erwiderte Danilo Peña.

»Frauen wurden entführt, ermordet, verstümmelt und in den Strömmen geschmissen, verdammt noch mal«, sagte Mia.

»Ist mir egal.«

»Der nächste Mord wird für übermorgen erwartet«, erklärte Henrik.

»Dann ist es ja schade, dass Sie vergeblich hergefahren sind«, entgegnete Danilo Peña und verschränkte lässig die Hände im Nacken.

Mias Geduld mit diesem überheblichen Idioten war bald am Ende, aber nach einem strengen Blick von Henrik riss sie sich zusammen.

»Was hätten Sie denn gern?«, fragte Henrik.

Danilo Peña nahm die Hände herunter und beugte sich vor.

»Eine Garantie«, zischte er zwischen den Zähnen hervor.

»Was für eine Garantie?«

»Dass Sie mich hier rausschaffen.«

Henrik schüttelte den Kopf.

»Das ist nicht möglich. Wir können Ihnen nur Ausgang und Beurlaubungen anbieten.«

»Haben Sie nicht gehört, was ich gesagt habe? Ich will eine Garantie.«

»Wir können Sie nicht entlassen«, sagte Mia.

»Das können Sie nicht?« Peña erhob sich. »Na dann …«

»Warten Sie«, bat Henrik.

»Na klar, ich habe Zeit«, meinte Peña und setzte sich wieder. »Die Frage ist nur, ob Sie die auch haben.«

Mia verschränkte die Arme vor der Brust und sah verstohlen zur Staatsanwältin, die neben ihr saß. Ihr fiel auf, dass Jana Berzelius während des ganzen Gesprächs geschwiegen hatte, das sah ihr gar nicht ähnlich.

»Wir können veranlassen, dass das Verwaltungsgericht Ihre vorzeitige Entlassung prüft, aber wir können den Ausgang der Überprüfung nicht beeinflussen«, bot Henrik an.

»Wann?«, fragte Peña.

»Das weiß ich nicht«, antwortete Henrik. »Aber ich nehme an, das Verwaltungsgericht prüft Ihren Fall …«

»… so bald wie möglich«, ergänzte Jana Berzelius.

Mia sah fragend von ihr zu Henrik.

»Wir sollten vielleicht noch mal mit der Regionspolizeichefin reden, bevor wir zu viel versprechen«, sagte sie.

Henrik nickte zustimmend.

»Entschuldigen Sie uns einen Moment?«, wandte er sich an Danilo Peña.

»Unter einer Bedingung«, antwortete Peña. »Dass Jana Berzelius hierbleibt.«

»Warum denn das?«, fragte Henrik.

»Wir müssen auch ein bisschen miteinander reden«, sagte er angespannt.

»Ist das in Ordnung, Frau Berzelius?«, wollte Henrik wissen.

»Ja«, antwortete sie ebenso angespannt.

Nachdem die Tür zu war, wurde es still im Raum. Jana hatte keine Angst, sie war nicht einmal nervös, weil sie mit Danilo allein war. Sie machte sich nur Sorgen darüber, dass sie die Kontrolle verlieren könnte, dass der Hass und ihre Sehnsucht nach Rache überhandnehmen würden.

»Jana«, sagte er langsam. »Du sitzt hier und denkst darüber nach, wie du mich umbringen kannst. Ob du besser die Beine von deinem Stuhl abbrichst oder die hohen Absätze von deinen Schuhen nimmst.«

»Nein«, erwiderte sie. »Ich überlege, ob ich deinen Hals gegen die Tischkante pressen soll, bis du nicht mehr atmest.«

»Du kannst tun, was du willst. Hier drinnen gibt es keine Kamera, niemand hört von außen mit …«

»Interessant, dass du das erwähnst. Ich nehme an, dein Anwalt hat zufälligerweise auch in diesem Zimmer seinen Herzinfarkt erlitten?«

Danilo legte den Kopf schief.

»Du glaubst, dass ich etwas damit zu tun habe.«

»Mir fällt es schwer zu glauben, dass er eines natürlichen Todes gestorben ist«, sagte sie.

»Ist er tot? Das wusste ich nicht. Wie bedauerlich.«

»Hör auf, das Unschuldslamm zu spielen. Ich weiß, wozu du fähig bist.«

»Und deshalb traust du dich nicht, mich anzugreifen, obwohl du es so gern möchtest? Hast du Angst vor mir?«

Jana ballte unter dem Tisch die Hände zu Fäusten und kämpfte gegen die aufsteigende Wut an.

»Ich habe nie Angst vor dir gehabt«, sagte sie hart.

»Du hast immer Angst vor mir gehabt, solange ich dich kenne.«

»Aber jetzt giltst du als psychisch krank, Danilo. Das heißt, du kannst sagen, was du willst. Niemand wird dir ein Wort davon glauben.«

»Nicht einmal Per Åström?«

Jana starrte Danilo wütend an und ballte die Fäuste immer fester.

»Wie geht es ihm eigentlich inzwischen? Seid ihr noch immer …?«

Jana sah weg, zwang sich, sitzen zu bleiben.

»Du antwortest gar nicht«, stellte Danilo fest. »Sehr interessant. Erzähl, was ist passiert?«

Er grinste sie an. Sie biss sich auf die Unterlippe und konzentrierte sich.

»Ich muss schon sagen, dass es ziemlich clever von der Polizei ist, dich als Informanten einzusetzen«, bemerkte sie so ruhig wie möglich. »Geht es dir hier gut?«

Sie stellte fest, dass sein Grinsen verschwunden war.

»Du hast mich während des Gerichtsverfahrens ziemlich hängen lassen«, zischte er und beugte sich vor.

»Willst du, dass ich mich entschuldige?«

»Sei mal realistisch, Jana. Ich will keine verdammte Entschuldigung. Ich will nur hier raus.«

»Es ist aber nicht sicher, dass die Polizei sich auf deine Forderungen einlässt«, sagte sie.

»Da mach dir mal keine Sorgen. Du weißt doch genau, wie verzweifelt sie sind. Sie werden schon erreichen, dass mein Fall noch mal beim Verwaltungsgericht geprüft wird.«

»Du hast gehört, was sie gesagt haben. Sie können den Ausgang nicht beeinflussen.«

»Aber du kannst das.«

Im selben Moment wurde die Tür hinter ihr geöffnet. Henrik Levin und Mia Bolander kamen herein und nahmen wortlos Platz. Levin wirkte besorgt. Er strich sich über den Mund und sah eine Weile auf die Tischplatte, ehe er seinen Blick auf Danilo richtete.

»Wir haben mit der Regionspolizeichefin gesprochen«, sagte er.

»Und?«

»Sie sollen herausfinden, mit wem Simon Norell kommuniziert und wer sein Auto benutzt hat. Er hat erzählt, dass er mit seinem Großvater telefoniert, aber das stimmt nicht. Bis Freitag früh brauchen wir einen Namen. Je früher, desto besser.«

Danilo lächelte Jana höhnisch an.

»Vermutlich wird er nicht sofort reden«, fuhr Mia Bolander fort. »Aber wenn Sie ihn tatsächlich dazu bringen, wird er vermutlich etwas preisgeben, was uns auf die richtige Fährte bringen kann.«

»Und wann wird mein Fall geprüft?«, wollte Danilo wissen.

»Wenn Sie Ihren Auftrag erfüllt haben, wird die Prüfung höchstens eine Woche dauern. Aber Sie müssen ruhig bleiben, auf keinen Fall gewalttätig werden und uns alles berichten, was gesagt wird«, erklärte Henrik Levin.

»Wie soll ich das machen?«, fragte Danilo.

Henrik Levin nahm ein Handy und ein Ladekabel aus der Hosentasche und legte beides vor Danilo auf den Tisch.

»Indem Sie anrufen. Die Regeln sind einfach. Sie können von diesem Gerät aus nur eine einzige Nummer wählen, und wenn Sie das Telefon irgendwie missbrauchen sollten, dann ...«

»Ich verstehe«, unterbrach Danilo ihn. »Ich werde mich dann bei Jana Berzelius melden.«

»Nein, bei mir«, berichtigte ihn Henrik Levin.

Danilo lächelte wieder höhnisch.

»Das war eine Feststellung, keine Frage«, sagte er.

Der kalte Abendwind drang bis ins Mark, als Henrik den Tankdeckel aufdrehte und die Zapfpistole in die Öffnung steckte. Mia und er hatten an der Shell-Tankstelle in Herrbeta gehalten. Durch die offene Tür auf der Fahrerseite hörte er, wie sie etwas murmelte, was im Surren der Benzinpumpe unterging.

»Was hast du gesagt?«, fragte er.

»Gestört«, wiederholte sie und lehnte sich zu ihm herüber. »Danilo Peña ist so verdammt gestört.«

»Ich weiß, dass du das findest.« Er schob die vor Kälte steifen Finger in die Hosentaschen.

»Und weißt du, was ich noch finde? Dass Danilo Peña und Jana Berzelius sich ziemlich ähnlich sind.«

»Hör auf.« Er warf ihr einen müden Blick zu.

»Ehrlich gesagt habe ich bisher noch nicht darüber nachgedacht«, fuhr sie fort. »Aber beide haben dunkles Haar und dunkle Augen. Und es ist doch schon komisch, dass er verlangt hat, mit ihr allein zu sein, während wir draußen geredet haben. Und dann, dass er nur ihr mitteilen will, was Simon Norell ihm erzählt.«

»Ich weiß nicht«, sagte Henrik. »Ich bin ja schon froh, dass er sich darauf eingelassen hat, als Informant zu dienen.«

»Ja, schon, aber glaubst du nicht, dass Simon Norell verdammt misstrauisch sein wird, wenn Danilo Peña anfängt, ihm so aufdringliche Fragen zu stellen?«

»Vielleicht«, antwortete er und warf einen Blick auf die Zahlen an der Zapfsäule, die noch immer weiterliefen.

»Worüber machst du dir denn solche Sorgen?«, fragte Mia.

Henrik antwortete nicht, sondern zog nur fröstelnd die Schultern hoch.

»Du zweifelst aber nicht daran, dass die Sache funktioniert, oder?«

Er schüttelte den Kopf.

»Nein, das ist es nicht«, meinte er.

Die Zapfpistole schaltete sich ab, der Tank war voll.

»Quält dich dein Gewissen? Verdammt, Henrik, wir haben doch nichts falsch gemacht. Wir haben Danilo Peña nur gebeten, mit der einzigen Person zu sprechen, die vermutlich weiß, wer der Mörder ist. Ob Simon Norell sich entscheidet zu reden, ob er es in einer Stunde tut oder in einer Woche – das alles können wir nicht beeinflussen.«

»Ich weiß.«

Er hängte den Schlauch zurück in die Zapfsäule.

»Du wirkst aber immer noch angespannt. Sag mal – was bereitet dir denn die meisten Sorgen?«

»Die Konsequenzen, falls er *nicht* redet«, sagte er und drehte den Tankdeckel wieder zu.

Als Jana sich Norrköping näherte, empfand sie einen seltsamen Rausch. Sie musste die ganze Zeit an Danilo denken. Bislang war sie überzeugt gewesen, dass er den Rest seines

Lebens in der Forensischen Psychiatrie verbringen würde. Sie konnte es noch gar nicht richtig fassen, dass die Polizei das Risiko eingehen wollte, ihn als Informanten einzusetzen, um an Simon Norell ranzukommen. Und erst recht nicht, dass sie bald die Möglichkeit erhalten sollte, wieder Auge in Auge vor ihm zu stehen.

Sie fuhr durch die Stadt und dann weiter zur Küste nach Lindö.

Sobald sie das Dach der großen Villa sah, wo ihr Vater lebte, fuhr sie langsamer. Sie parkte das Auto vor dem Briefkasten, stieg aus und ging zur Haustür. Von innen war ein schriller Ton zu hören, als sie auf die Klingel drückte. Nach einigen Sekunden ging die Tür auf.

»Ich muss mit ihm reden«, sagte sie ohne Umschweife.

»Er ruht sich aber gerade aus«, erklärte Elin. »Sie können doch nicht einfach so hereinplatzen, Jana.«

Doch Jana ignorierte die Ermahnungen der Haushaltshilfe, drängte sich einfach an ihr vorbei und ging auf die geschlossene Schlafzimmertür zu. Als sie sie öffnete, sah sie ihren Vater auf der weißen Tagesdecke des Doppelbetts liegen. Das karierte Hemd hing über der Hose, und die Hände waren über dem Bauch gefaltet. Das Rollo war bis auf einen kleinen Spalt heruntergezogen.

»Du hast es dir offensichtlich angewöhnt, dieses Haus ohne jegliche Vorwarnung zu betreten«, sagte ihr Vater. Er öffnete die Augen, hob den Kopf und warf ihr einen raschen Blick zu.

Jana schloss die Tür hinter sich und ging zum Bett.

»Die Polizei hat soeben beschlossen, Danilo als Informanten einzusetzen«, erzählte sie leise, damit die Haushaltshilfe sie nicht hören konnte.

Ihr Vater lachte auf.

»Soll das ein Witz sein?«

Jana schüttelte den Kopf.

»Er soll einen Mann in der Forensischen Psychiatrie dazu bringen, ihnen mehr Informationen über den gesuchten Serienmörder zu liefern. Im Gegenzug wird das Verwaltungsgericht seine vorzeitige Entlassung prüfen.«

Ihr Vater richtete sich mühsam auf und blinzelte, um im Dämmerlicht besser sehen zu können.

»Ich verstehe, dass du damit etwas andeuten möchtest, ich weiß aber nicht, was, Jana.«

»Das weißt du sehr wohl. Du weißt ganz genau, was ich will.«

Sie hörte, wie wütend und hart sie klang, aber sie konnte sich nicht beherrschen.

»Du bist ermittelnde Staatsanwältin und solltest diese Situation nicht ausnutzen, um dich an ihm zu rächen. Und du weißt sehr gut, dass die Entlassungsprüfung bedeutungslos ist.«

»Das weiß ich, aber …«

»Dann hör auf, so zu tun, als hätte er eine Chance, aus der Psychiatrie herauszukommmen! Geh jetzt.«

»Aber …«

»Geh!«

26

Danilo lächelte breit. Seine Karten waren gut. Richtig gut. Drei Könige und ein Ass. Aber das war nicht der Grund für sein Lächeln. Noch immer verspürte er diese alberne Freude nach dem Besuch der Polizei. Niemals wäre ihm eingefallen, dass er auf diese Weise aus der Klinik gelangen könnte. Und er lächelte noch immer, als er daran zurückdachte, wie verzweifelt Jana im Besucherzimmer versucht hatte, ruhig und fokussiert zu bleiben, um nicht die Kontrolle über sich zu verlieren. Er hatte ihre angespannten Schultern gesehen und gewusst, dass sie ihre Hände unter dem Tisch zu Fäusten geballt hatte.

Mit seiner Vermutung, dass sie ihn töten wollte, hatte er richtiggelegen. Während des Gesprächs war er sich nicht sicher gewesen, warum ihr sein Tod so wichtig war. Jetzt im Nachhinein nahm er an, dass es um Per Åström ging.

Danilo hatte keine Ahnung, was zwischen Jana und Per nach dem Gerichtsverfahren vorgefallen war, aber ihr Blick hatte Bände gesprochen. Åström hatte überlebt. Danilo dachte einen Moment darüber nach, ob ihm das irgendwas ausmachte, doch schon bald kannte er die Antwort: Nein, kein bisschen.

Er lehnte sich zurück und spürte das Handy, das er sich in den hinteren Hosenbund gesteckt hatte. Simon saß schweigend auf dem gegenüberliegenden Sofa. Sein Blick ruhte auf der letzten Karte, die Nils gerade ausgegeben hatte. Das

Lächeln auf Danilos Lippen erstarb. Denn plötzlich wurde ihm deutlich bewusst, dass sein Schicksal in den Händen dieses jungen Mannes ruhte.

»Du?« Nils starrte ihn durch seine Lesebrille an.

»Was ist denn, Nils?«

»Na ja, du … du hast dich ja heute mit jemandem getroffen.«

»Mag sein«, erwiderte Danilo ausweichend.

»Du hast doch sonst nie Besuch.«

»Stimmt.«

»Und … Wer war das?«, fragte Nils und beugte sich vor.

»Eine Frau«, sagte Danilo.

Ein jungenhaftes Lächeln zog über Nils' Gesicht.

»Ist sie deine Freundin?«

»Sie hasst mich.«

»Warum?« Nils sah erstaunt aus.

»Das hat viele Gründe«, erwiderte Danilo. »So viele, dass sie sogar mal versucht hat, mich zu töten.«

»Aber … Was hat sie mit dir gemacht?«, fragte Nils vorsichtig.

Danilo stand auf, zog den Pullover hoch und zeigte die Narbe, die weiß auf seinem Bauch leuchtete.

»Das hier.«

»Oh.« Nils schlug eine zitternde Hand vor den Mund.

Danilo zog den Pulli wieder hinunter und setzte sich, als er Annie Rosvall sah, die mit ihrem Filofax in der Hand durch den Flur ging. Sie wirkte konzentriert, und die roten Haare wippten auf ihren Schultern. Sie kam zu ihnen und nickte ihm kurz zu, ehe sie sich an Nils wandte. Danilo fragte sich, was das Nicken zu bedeuten hatte. Wusste sie vom Auftrag der Polizei?

»Nils«, sagte sie.

»Ja?«, antwortete er und sah sie an.

»Haben Sie vergessen, dass die Chefärztin und ich heute mit Ihnen die Entlassung durchsprechen?«

»Tut mir leid«, sagte Nils und ließ die Karten auf dem Sofa liegen, ehe er der Psychologin nach draußen in den Flur folgte.

»Wie viele Stiche kannst du machen?«, wollte Danilo wissen, als sie verschwunden waren.

Simon antwortete nicht, sondern sah nur Annie Rosvall hinterher.

»Wie findest du sie?«, fragte Danilo stattdessen.

»Was meinst du?«, antwortete Simon und richtete seinen Blick langsam auf ihn.

»Die Psychologin natürlich«, sagte Danilo. »Ist sie dein Typ?«

»Sie ist hübsch, aber was spielt das für eine Rolle?« Simon atmete schwer.

»Ich dachte, dass sie dich vielleicht an jemanden erinnert.«

»An wen denn?«

»Jemanden zu Hause, nach dem du dich sehnst und mit dem du dich öfter mal unterhältst.«

Danilo versuchte, Simons Blick festzuhalten, doch es gelang ihm nicht.

»Ich habe keine Familie«, antwortete Simon und sah wieder auf die Karten in seiner Hand.

»Ich auch nicht«, meinte Danilo. »Aber du stehst doch mit jemandem in Kontakt, oder nicht?«

»Ich rufe zu Hause bei meinem Großvater an.«

»Redest du sonst nie mit jemandem?«

Simon spielte an seinen Karten herum, als hätte er die Frage nicht gehört. Danilo hatte nicht übel Lust, ihm die

Faust so oft ins Gesicht zu schlagen, bis er endlich verriet, mit wem er kommunizierte. Aber er blieb sitzen und sammelte sich überraschend schnell. Es gab keine Alternative, wenn Gewalt kein Ausweg war.

»Tust du das?«, fragte Danilo übertrieben artikuliert. »Redest du mit jemand anderem?«

»Zwei«, sagte Simon.

»Zwei?«

»Ich kann zwei Stiche machen.«

Was machte dieser Fall nur mit ihnen?, fragte sich Mia, während sie sich das schwarze Kleid über den Kopf zog. Was musste der Täter für ein Mensch sein, wenn er sie sogar dazu brachte, Danilo Peña als Informanten anzuwerben? Sie mochte ihn nicht, doch immerhin schien er den Auftrag ernst zu nehmen. Sie hoffte von ganzem Herzen, dass er Simon zum Reden bringen würde. Denn was blieb ihnen dann noch übrig?

Mia begutachtete sich im Schlafzimmerspiegel und verzog das Gesicht. Das Kleid war gar nicht so schlecht, da hatte sie schon schlimmere Sachen angehabt. Aber der Ausschnitt war viel zu tief. Sie fand ihren Busen durchaus sehenswert, aber sie wollte auch nicht wie ein peinlicher Teenie wirken.

Es war kurz vor sieben Uhr. In zwanzig Minuten war sie mit Antony in der Pizzeria verabredet, und da wollte sie seriös wirken. Dafür gab es ungeschriebene Regeln, die ihr normalerweise herzlich egal waren, an die sie sich heute jedoch halten wollte. Also zog sie das Kleid aus, streifte ein kurzes Oberteil über und stieg in eine Hose, die am Hintern eng anlag. Dann ging sie ins Bad und nahm Wimperntusche und ihren Glitzerlidschatten aus dem Schrank.

Ihre Hand zitterte leicht, während sie sich schminkte, und Mia wurde bewusst, dass sie mal wieder nervös war.

Woher kam dieses Gefühl?

Glaubte sie wirklich, dass sie heute Mr Right treffen und dass ihr Leben dadurch so glänzend und perfekt wie das aller anderen werden würde? Sie fragte sich, was an dieser Vorstellung eigentlich so schlimm war. Im Grunde tat es ganz gut, mal von etwas anderem zu träumen als von ihrem normalen Leben, in dem sie die Nase voll hatte von ihrem Job und frustriert darüber war, dass sie noch immer nicht alle losen Fäden der aktuellen Ermittlung zusammengebracht hatten.

Das Handy im Schlafzimmer gab ein Signal von sich. Antony hatte ihr eine Nachricht geschickt, dass sie ihn an seinem blauen Hemd erkennen werde.

Sie hatte Bauchkribbeln. Wie sollte sie nur ihre Nerven beruhigen? Mit einem Bier? Oder vielleicht zwei? Doch sie hatte kein Bier zu Hause, und sie durfte nicht alles vermasseln, indem sie betrunken zum Date erschien. Nein, sie musste sich zusammenreißen, einen guten Eindruck erwecken, sonst würde die ganze Sache vorbei sein, noch ehe sie begonnen hatte.

Mia fuhr sich durchs Haar und ging zurück zum Spiegel. Sie begutachtete sich von der Seite. Und entschied sich dann doch für das Kleid.

Henrik rührte mit dem Pfannenwender im Bauernfrühstück herum und hörte, wie Felix und Vilma sich darum stritten, wer die Teller aufdecken sollte und wer das Besteck. Vilgot saß auf dem Fußboden und schob ein blaues Plastikauto vor und zurück.

Henrik hob die Bratpfanne von der Herdplatte, spürte,

wie schwer sie in den Händen war. Herrgott, was war er müde! Es war ein langer Tag gewesen, und er wünschte, dass Emma hier wäre. Auch wenn er mit ihr nicht über den Fall sprechen konnte, hätte ihm allein ihre Anwesenheit gutgetan.

Er griff nach dem Telefon, um sie anzurufen, ließ es dann aber bleiben und schickte ihr stattdessen ein Herz-Emoji. Dann wartete er auf ihre Antwort, aber sie meldete sich nicht. Vielleicht dauerte die Konferenz noch an. Vielleicht saß sie mit ihren Kollegen beim Abendessen, oder sie war mit etwas anderem beschäftigt. Es war ihm zu viel, jetzt darüber nachzudenken, also drehte er sich um und betrachtete seinen Sohn auf dem Boden.

»Wie schnell du fährst«, sagte er.

Vilgot strahlte. Henrik hob ihn hoch, küsste ihn auf die weiche, runde Wange und verkündete, dass jetzt Essenszeit sei.

»Können wir nicht vor dem Fernseher essen?«, schlug Felix vor.

»Ja! Bitte, Papa!«, fiel Vilma ein.

Henrik sah sie an.

»Natürlich können wir das machen. Wir essen vor dem Fernseher.«

»Juchu!«

Während Henrik seinen Jüngsten ins Wohnzimmer trug und auf den Fußboden setzte, deckten Felix und Vilma den kleinen Tisch vor dem Sofa. Henrik schaltete den Fernseher an, suchte eine Kindersendung heraus und ging dann in die Küche, um das Essen zu holen. Er hatte gerade das Bauernfrühstück in eine Schüssel gekippt, als das Handy klingelte. Enttäuscht stellte er fest, dass es Ola war und nicht Emma.

»Ein Glück, dass ich dich erwische«, sagte Ola. »Hast du Zeit zu reden? Es ist wichtig.«

»Na klar. Was ist denn?«

»Wir haben gerade einen Anruf von einem Mann bekommen, der einen Parkplatz in der Garage mietet, wo Johanna Weber verschwunden ist. Als Erstes hat er sich entschuldigt.«

»Wofür?«

»Als wir gestern mit ihm sprachen, hat er behauptet, nichts gesehen zu haben, was mit ihrem Verschwinden zu tun hat. Aber es hat sich herausgestellt, dass er gelogen hat.«

»Inwiefern? Was hat er gesehen?«

»Wie du weißt, ist die Überwachungskamera in der Garage defekt. Obwohl sich etliche Mieter beschwert haben, hat der Besitzer sie nicht reparieren lassen. Der Mann hatte irgendwann die Nase voll und hat eine eigene Überwachungskamera installiert, und zwar in einem Lüftungsventil oberhalb von seinem Mercedes. Er hatte Angst, dass man ihn dafür belangen würde, deshalb hat er die Kamera uns gegenüber nicht erwähnt. Aber das schlechte Gewissen hat ihn eingeholt, als er die Aufzeichnungen durchgeschaut und dabei festgestellt hat, dass Johanna Weber darin auftaucht. Ich habe den Film hier vorliegen.«

»Das heißt, du siehst Johanna Weber auf deinem Bildschirm?«

»Ja, und ich sehe noch mehr. Nämlich einen Mann.«

Das Blut rauschte durch Henriks Adern. »Kannst du erkennen, wer es ist?«

»Nein, die Auflösung ist leider miserabel.«

»Ich komme«, sagte Henrik und beendete das Gespräch.

Dies war vielleicht der Durchbruch, den sie so dringend brauchten, dachte er und sah zu seinen Kindern im Wohnzimmer hinüber.

»Tut mir leid«, flüsterte er ihnen zu.

Dann wählte er die Nummer seiner Schwiegermutter.

Die Straßenbeleuchtung war schon an, als Jana ins Stadtzentrum zurückfuhr. Nach dem Gespräch mit ihrem Vater empfand sie totale Hoffnungslosigkeit, ein kindisches Gefühl der Enttäuschung darüber, nicht das bekommen zu haben, was sie wollte. Warum hörte ihr Vater ihr nicht zu? Warum weigerte er sich, Danilo zu entlassen?

Die Gedanken jagten durch ihren Kopf, und sie versuchte immer wieder, sich zu beruhigen und klar zu denken.

Danilo musste raus.

Sie sagte es mehrmals nacheinander.

Er musste raus, und sie würde nicht aufgeben, ehe sie sich durchgesetzt hatte.

Es ging einzig und allein darum, ihn zu töten. Um nichts anderes.

Das Handy vibrierte in der Tasche. Sie zog es hervor und sah, dass es Henrik Levin war.

»Tut mir leid, dass ich so mit der Tür ins Haus falle«, sagte er. »Aber Ola Söderström hat einen privaten Überwachungsfilm aus der Parkgarage vorliegen, wo Johanna Weber verschwunden ist. Nicht nur sie ist darauf zu sehen, sondern auch ein Mann.«

»Ist das unser Mann?«, fragte sie.

»Vermutlich ja, jedenfalls müssen wir ihn sofort identifizieren. Ich bin unterwegs zum Polizeirevier.«

Jana drückte das Gaspedal durch.

»Ich auch«, sagte sie.

27

Ob das Antony war?, dachte Mia, als sie die Pizzeria Cilla betrat, die in einer Seitenstraße nahe dem Holmentorget im Stadtzentrum lag. Der Mann, der ganz hinten im Lokal mit dem Rücken zu ihr saß, hatte zurückgegeltes Haar und trug ein blaues Hemd. Schräg vor ihm auf dem Tisch stand ein Glas Bier.

Ihr Bauch kribbelte, als sie zu ihm ging, aber jetzt konnte sie keinen Rückzieher mehr machen.

Lagen ihre Haare gut?

War ihr Busen unter der Jacke gut genug zu sehen?

Ja. Jetzt musste sie sich nur darauf konzentrieren, zu atmen und zu lächeln. Aber freundlich, nicht übertrieben.

Es waren nur noch wenige Schritte bis zum Tisch. Sie würde das schaffen.

Dann drehte er sich um.

»Verdammt!« Sie starrte ihn mit offenem Mund an. »Was machen Sie denn hier?«

»Äh … hallo?«, erwiderte er.

»Bitte sagen Sie nicht, dass *Sie* Antony sind?«

»Doch«, meinte er grinsend. »Auf Tinder schon.«

Mia war sich natürlich darüber im Klaren gewesen, dass dieser Antony auch ein totaler Spinner sein konnte, aber doch nicht ausgerechnet *dieser* Spinner. Der schmierige Tony Borg, der frischverwitwet war, weil man seine Frau ermordet hatte.

Der Traum von Liebe löste sich in Luft auf, zusammen mit dem kribbelnden Gefühl, das sie beim Betreten der Pizzeria gehabt hatte.

»Wie soll ich Sie denn jetzt nennen?«, fragte sie und zog die Jacke enger um sich, um den Ausschnitt des Kleides zu verbergen.

»Mir ist es eigentlich egal«, sagte er und sah sie an. »Eigentlich heiße ich Tony.«

»Und mit Nachnamen?«

»Mit Nachnamen?«

»Das ist eine durchaus berechtigte Frage.«

»Ich heiße Borg, das wissen Sie doch. Und was ist mit Ihnen?«

»Ich heiße Mia und nenne mich auch Mia. Eigentlich ganz einfach.«

»Aha, dann sind Sie das im Gegenlicht.«

»Ja, die Frau, mit der Sie ein Date haben.«

»Ich hatte keine Ahnung, dass Sie Polizistin sind.« Er erhob sich.

»Und ich hatte keine Ahnung, dass Sie sich gern in schäbigen Lokalen verabreden, wo doch Ihre Frau gerade gestorben ist!«

»Ich liebe Pizzerien, weil das Risiko, erkannt zu werden, so gering ist.« Er zeigte einen Spalt von einem knappen Millimeter zwischen Daumen und Zeigefinger, ehe er sich zum Ausgang wandte.

»Gehen Sie?«, fragte Mia.

Er musterte sie von oben bis unten.

»Ich sehe nicht den geringsten Grund zu bleiben.«

Was für ein verdammtes Arschloch, dachte Mia und spürte, wie die Wut in ihr tobte. Jetzt reichte es aber!

»Setzen Sie sich wieder!«, verlangte sie.

»Warum?«

»Weil es so viele Fragen gibt, auf die ich gern eine Antwort hätte. So, Antony oder Tony oder wie auch immer Sie heißen, Borg, hinsetzen!«

Die Antwort von Emma kam in Form eines Smileys, als er gerade mit Jana Berzelius den Fahrstuhl des Polizeigebäudes betrat. Er schämte sich, da er soeben die Kinder an seine Schwiegermutter übergeben hatte, zusammen mit einer langen Entschuldigung. Ingrid hatte gesagt, dass es gar kein Problem sei und dass er sich keine Sorgen machen müsse, sondern in aller Ruhe weiterarbeiten könne. Er wünschte, sie hätte ihn wenigstens ein bisschen zurechtgewiesen, aber nicht einmal das hatte sie getan.

Sein Gedankengang wurde unterbrochen, als die Lifttüren sich öffneten. Die beiden gingen eilig zu Olas Zimmer.

»Seid ihr schon da?«, fragte der Forensiker erstaunt und nahm die Füße vom Schreibtisch, auf dem sich leere Limodosen und Süßigkeitentüten stapelten. Jede Menge Kabel verliefen über den Fußboden, und mitten im Durcheinander standen mehrere alte Festplatten.

»Wir wollten den Mann in der Garage so schnell wie möglich sehen«, erklärte Henrik.

»Ich suche euch den Film raus.«

Ola drehte sich zum Computer und drückte ein paar Tasten. Jana Berzelius und Henrik stellten sich hinter ihn.

»Na, dann legen wir mal los«, sagte Ola und startete den Film.

Die Parkgarage lag still und verlassen da. Datum und Uhrzeit erschienen unten auf dem Bildschirm.

»Haben wir nur diese Perspektive?«, fragte Henrik.

»Yes«, antwortete Ola.

»Nur damit ich es richtig verstehe: Die Kamera steckt in einem Lüftungsventil?«, vergewisserte sich Jana Berzelius.

Ola nickte. »Und wie ihr seht, ist sie genau auf den Mercedes gerichtet, der in der Mitte der Garage steht. Es ist eine ziemlich enge Perspektive, und wir können von den Autos dahinter kaum etwas erkennen.« Er verstummte, als eine Gestalt zu sehen war, die durch die Garage ging.

»Johanna Weber«, sagte Jana Berzelius, die sich näher zum Bildschirm gebeugt hatte.

»Ja, das stimmt«, bestätigte Ola.

Johanna Weber ging weiter, blieb aber nach ein paar Schritten stehen und drehte sich um. Sie wich zurück und verschwand dann aus dem Bild.

»Das ist das Einzige, was wir von ihr sehen«, erklärte Ola. »Einige Minuten später kommt ihr Auto vorbei, aber ich kann nicht feststellen, wer am Steuer sitzt. Glaubt es mir, ich habe es hundert Mal probiert.«

»Zeig es uns noch mal«, bat Henrik.

Ola spielte die Sequenz ein weiteres Mal vor, und sie sahen Johanna Weber, die stehen blieb, sich umdrehte und etwas anschaute.

»Halten Sie mal bitte an«, sagte Jana Berzelius. »Könnten Sie ihr Gesicht ranzoomen?«

»Die Auflösung ist ziemlich schlecht«, erwiderte Ola, »aber ich werde sehen, was sich machen lässt.«

Er drückte ein paar Tasten und vergrößerte Johanna Webers Gesicht schrittweise.

»Noch ein bisschen, bitte«, sagte die Staatsanwältin, und schon bald füllte das unscharfe Gesicht von Johanna Weber den gesamten Bildschirm.

Ihre Augen blickten ernst, erschrocken, und ihr Mund stand offen.

»Was erschreckt sie so?«, fragte Henrik.

»Die Frage ist nicht was, sondern wer«, entgegnete Ola. »Schau mal hier.«

Er zoomte wieder aus dem Bild heraus und zeigte auf die Ecke des Bildschirms, wo ein Männergesicht im Profil zu erahnen war, und ließ den Film dann langsam vorlaufen. Johanna Webers Mund bewegte sich.

»Sie spricht mit ihm«, sagte Ola.

»Hol sein Gesicht näher ran«, bat Henrik.

Ola kam seinem Wunsch nach.

Henrik schnappte nach Luft und sah Jana Berzelius an.

»Kennt ihr den Mann?«, fragte Ola.

Jana Berzelius nickte langsam.

»Ja. Wir wissen ganz genau, wer das ist.«

Er hatte sie angelogen, dachte Mia, während sie Tony Borg musterte, der ihr in der Pizzeria Cilla gegenübersaß. Er hatte sich auf Tinder für jemand anders ausgegeben.

Ein Schauer lief ihr über den Rücken, als sie ihm in die Augen blickte. Irgendwo im Hinterkopf meldete sich die Information, dass er für die Zeitpunkte, an denen seine Frau und Johanna Weber verschwunden waren, kein Alibi hatte. Wie sah es eigentlich mit seinem Alibi aus, als die anderen Frauen verschwunden waren? Sie war verunsichert und fragte sich, wie zur Hölle er am selben Tag, an dem man die Leiche seiner Frau gefunden hatte, zu einem Date gehen konnte. Was war das eigentlich für ein Mensch?

»Sagen Sie mir bitte, wie lange wir schon miteinander chatten?«, fragte sie.

»Was ist denn das für eine Frage?«, entgegnete er und nahm einen Schluck aus seinem Bierglas.

»Antworten Sie ehrlich.«

»Wissen Sie das nicht selbst? Sie als Polizistin?«

»Beantworten Sie meine Frage«, beharrte sie.

»Ich denke, wir chatten seit einer Woche oder so, warum?«

»Schon da haben Sie sich auf Tinder als Witwer ausgegeben. Dabei wurde die Leiche Ihrer Frau erst heute Morgen gefunden.«

»Das habe ich doch nur so geschrieben, ich …«

»Wussten Sie, dass Ihre Frau sterben würde?«, fragte Mia.

Borgs Blick verhärtete sich.

»Nein, woher sollte ich das denn wissen?«, sagte er. »Ich habe mich als Witwer bezeichnet, weil ich mich trotz meiner Beziehung mit Emilia einsam gefühlt und weil ich dadurch viel mehr Rückmeldungen bekommen habe. Sie glauben doch wohl nicht, dass …«

Ihr Handy klingelte in der Jackentasche. Es war Henrik, und sie meldete sich sofort.

»Hallo, Henrik.«

»Störe ich?«

»Nein«, schwindelte sie.

»Gut, denn es ist uns gelungen, einen Mann zu identifizieren, der in der Parkgarage war, als Johanna Weber verschwand.«

»Soll das ein Witz sein?«, fragte Mia.

»Nein.«

»Und wer ist es?«

»Du wirst es nicht glauben«, sagte er. »Aber es ist Tony Borg.«

Henrik stand noch immer mit dem Handy am Ohr in Olas Büro. Er hatte es sich nicht eingebildet. Mia hatte hektisch nach Luft geschnappt. Er fragte sich, wo ihre Begeisterung über den großen Durchbruch abgeblieben war. War sie so erstaunt darüber, dass ausgerechnet Tony Borg in der Parkgarage gewesen war? Vielleicht, aber daran lag es nicht. Es musste etwas anderes sein, das spürte er. Erst als er sie fragte, ob alles in Ordnung sei, schien sie wieder zu sich zu kommen.

»Henrik«, sagte sie. »Komm bitte zur Pizzeria Cilla.«

Er hob die Augenbrauen und fing die verwunderten Blicke von Jana Berzelius und Ola auf.

»Warum?«

»Ich brauche Hilfe bei einer Festnahme.«

Mia sah Tony Borg an. Das Blut pulsierte in ihren Adern.

»Was war das denn?«, fragte er, als sie ihr Handy in die Jackentasche zurücksteckte.

»Sie werden mir jetzt aufs Revier folgen«, sagte Mia und stand auf.

»Wegen meines Benutzernamens auf Tinder, oder was?«, entgegnete er grinsend.

Sie starrte ihn an. Hatte der Meerjungfrauenmörder so seine Opfer gefunden? Sie auf Tinder angebaggert, den Witwer gespielt, um Sympathien zu gewinnen, und sie dann umgebracht? Vielleicht hatte Emilia ihn dabei erwischt und war ihm ebenfalls zum Opfer gefallen.

Mia hatte keine Zeit zu verlieren, sie musste ihn festhalten, bis Henrik kam, damit keine weiteren Frauen leiden mussten. Aber was sollte sie tun? Wer wusste, wozu er in der Lage war, wenn er unter Druck stand?

»Legen Sie die Hände auf den Tisch«, befahl sie ihm.

»Hören Sie schon auf«, sagte Tony Borg und sah sich um. »Wissen Sie nicht, wer ich bin? Sie blamieren mich ja, verdammt!«

Die beiden Pizzabäcker am Ofen sahen neugierig zu ihnen herüber.

»Hände auf den Tisch!«, wiederholte sie.

»Nie im Leben!«

Unvermittelt stand er auf und versetzte ihr mit voller Kraft einen Stoß. Sie wurde nach hinten geworfen und versuchte, sich mit den Händen aufzufangen, schlug aber mit dem Hinterkopf auf dem Boden auf, dass ihr schwarz vor Augen wurde. Als sie sich wieder aufrappelte, sah sie sich um. Sie stand noch unter Schock und zitterte am ganzen Körper.

Tony Borg war verschwunden.

»Wo ist er hin?«, schrie sie.

Die Pizzabäcker zeigten zur Tür.

Ihr Kopf dröhnte, als sie das Lokal verließ. Sie erhaschte gerade noch einen Blick auf den Rücken von Tony Borg, der unterwegs zum Holmentorget war.

»Verdammte Scheiße!«

Mia streifte hektisch die hohen Schuhe ab, zog das Kleid bis zu den Oberschenkeln hoch und rannte hinterher. Sie würde diesen Idioten fangen, so leicht würde er nicht davonkommen.

Tony Borg hatte einen ordentlichen Vorsprung, aber sie sah, wie er den Platz überquerte und nach links in eine dunkle Gasse abbog, über die man zum Strömmen gelangte.

Mia folgte ihm. Als sie aus der Gasse trat, entdeckte sie ihn, wie er gerade über die Fußgängerbrücke eilte, die aus einem riesigen rostigen Rohr bestand und am Wasserfall vorbeiführte. Keine anderen Menschen waren zu sehen, und das Geräusch seiner Schritte wurde vom dröhnenden Wasser übertönt.

Die Kälte schmerzte an ihren Fußsohlen, als sie über den harten Boden rannte. Tony Borg hatte die Treppe am anderen Ende der Brücke erreicht und lief hinauf, doch er stolperte an der obersten Stufe und fiel nach vorne auf die Kante.

Mia jagte hinterher und sah, dass er sich den Knöchel hielt und davonzukriechen versuchte. Mit letzter Kraft lief sie die Treppe hinauf und holte ihn ein.

Wütend trat er um sich, aber sie warf sich zur Seite und versetzte ihm ebenfalls einen Tritt, und er wimmerte laut, als sie seinen verletzten Knöchel traf. Rasch beugte sie sich über ihn, packte seinen Arm und zwang ihn, sich auf den Bauch zu legen. Er jammerte noch lauter, als sie sich auf seinen Rücken setzte.

»Ruhig liegen bleiben!«, schrie sie.

Ihre Hand zitterte, während sie das Handy aus der Jackentasche hervorwühlte und es sich zwischen Ohr und Schulter klemmte.

Henrik meldete sich sofort.

»Ich bin es schon wieder«, sagte sie keuchend.

»Mia, was ist los? Ich bin schon unterwegs zur Pizzeria.«

»Vergiss die Pizzeria. Fahr stattdessen zum alten Wasserrohr.«

28

Der gesamte Charme, den Tony Borg bei ihrer ersten Begegnung hatte spielen lassen, war verschwunden. Das nach hinten gegelte Haar war zerzaust, das Hemd schmutzig. Er sah geradezu ungepflegt aus, wie er da neben seinem Verteidiger im Vernehmungszimmer saß. Ein Arzt hatte sich seinen verstauchten Knöchel angesehen, ehe er hergebracht worden war.

Henrik wollte, dass Mia sich ebenfalls vom Arzt untersuchen ließ, aber sie hatte sich geweigert und stattdessen verlangt, dass er ihre High Heels suchte, die sie bei der Jagd nach Tony Borg von sich geschleudert hatte. Jetzt stand sie im Nebenraum hinter dem Spiegelglas, von wo aus sie das Geschehen verfolgte.

Henrik wusste, wie gern sie Tony Borg Daumenschrauben angelegt hätte, aber im Hinblick auf die jüngsten Ereignisse durfte sie bei der Vernehmung nicht anwesend sein. Stattdessen leiteten Jana Berzelius und er das Gespräch.

Daumenschrauben anlegen, dachte Henrik. Genau das würden sie tun. Denn er hatte das Gefühl, dass der richtige Mann vor ihnen saß. Der Mann, der Sonja Eriksson und Frida Norberg umgebracht hatte. Der seine eigene Frau zur Meerjungfrau gemacht hatte. Und der Johanna Weber entführt hatte. Sie würden aus ihm herausbringen, wo er sie gefangen hielt. Für Höflichkeiten war keine Zeit mehr. Jetzt war Eile geboten.

»Bei unserem ersten Zusammentreffen behaupteten Sie, nicht zu wissen, wer Johanna Weber ist«, setzte Henrik an.

»Das weiß ich auch nicht«, antwortete Tony Borg.

»Nein?«

»Nein, habe ich doch gerade gesagt.«

»Ich werde Ihnen jetzt ein Foto zeigen, und ich möchte Sie bitten, mir zu sagen, wer darauf abgebildet ist.«

Henrik öffnete die Mappe, die vor ihm auf dem Tisch lag, zog das Foto von der Aufzeichnung der Überwachungskamera heraus und schob es Tony Borg hin.

»Das Bild ist ziemlich unscharf«, wandte der Verteidiger ein, ein Mann in den Fünfzigern mit gepflegtem Schnurrbart.

»Aber man kann die Personen trotzdem erkennen«, warf Jana Berzelius ein. »Oder nicht, Herr Borg?«

Er schwieg.

»Sie müssen nicht antworten. Wir wissen schon, dass Sie das sind.« Henrik zeigte auf das Gesicht, das auf dem Foto zu sehen war. »Eine Frau steht vor Ihnen. Wer ist das? Können Sie mir diese Frage beantworten?«

Noch immer Schweigen.

»Hören Sie auf, den Dummen zu spielen«, sagte Henrik. »Das ist Johanna Weber.«

»Aber …«

»Kein Aber. Sie und ich wissen sehr gut, dass Sie sich dort in der Garage begegnet sind. Doch jetzt ist sie verschwunden, und ich möchte, dass Sie sich noch einmal das Foto anschauen.«

»Warum?«

»Weil es beweist, dass Sie der Letzte waren, der Johanna Weber gesehen hat, bevor sie verschwunden ist. Los jetzt, erzählen Sie uns, was Sie mit ihr angestellt haben.«

Tony Borg schüttelte resigniert den Kopf.

»Sie müssen nichts sagen, wenn Sie nicht wollen.« Der Verteidiger strich sich über den Schnurrbart. »Vielleicht ist es gut, wenn Sie sich ein bisschen Zeit zum Nachdenken lassen.«

»Sie haben uns erzählt, dass Sie und Ihre Frau sich am Montag gestritten hätten und dass Sie anschließend zurück zur Arbeit gefahren seien, *um den Kopf freizubekommen*«, sagte Henrik. »Aber dieses Foto beweist ja, dass Sie nicht zur Arbeit, sondern zu Johanna Weber gegangen sind. Warum haben Sie uns angelogen?«

Tony Borg wich seinem Blick aus, und Henrik war immer überzeugter, dass der Programmierer nicht die Wahrheit gesagt hatte, was das Alibi betraf. Vielleicht hatte Tony Borg ihn unter Druck gesetzt, damit er aussagte, dass sein Chef bei der Arbeit gewesen sei? Oder er hatte entsprechend viel Geld bekommen?

»Wir warten noch immer auf Antwort«, erklärte Jana Berzelius.

»Aber ich habe doch gar nichts getan, ich schwöre es.«

»Warum waren Sie dann in der Garage?«, wollte Henrik wissen. »Sie haben Johanna Weber verfolgt, Sie wussten, dass Sie dort allein sein würden und dass es die perfekte Gelegenheit wäre, sie zu betäuben und dann zu entführen, genau wie Sie es mit Sonja Eriksson und Frida Norberg getan haben. Wie finden Sie Ihre Opfer? Über Tinder?«

Tony Borg sah sie trotzig an.

»Und warum haben Sie Ihre Frau getötet?«, fuhr Henrik fort und beugte sich noch weiter über den Tisch. »Hat sie Sie auf frischer Tat ertappt? Hat sie erfahren, dass Sie sich mit anderen Frauen treffen? Haben Sie sich gestritten, weil Sie sie betrogen haben? Sie sind dann extrem wütend geworden und haben Ihre Frau angegriffen, nicht wahr?«

»Nein …«

»Oder haben Sie etwa Angst bekommen bei dem Gedanken, was die Leute sagen könnten? Ich kann mir vorstellen, dass es Ihnen schwergefallen wäre, ihr zu gestehen, dass Sie sie betrogen haben. Und dass Sie deshalb Ihre Frau ertränkt, ihre Beine zusammengenäht und sie dann in den Strömmen geworfen haben, genau wie Sie es mit Sonja Eriksson und Frida Norberg getan haben. Aber Johanna Weber lebt, oder? Wo ist sie? Wo halten Sie sie gefangen? Haben Sie sie irgendwo in ein dunkles Zimmer gesperrt? Genießen Sie es, dass niemand sie schreien hört?«

Tony Borg starrte ihn an. Jetzt war sein Blick hasserfüllt.

»Ich kenne keine Johanna. Und ich habe weder meiner Frau etwas angetan noch den anderen Frauen, von denen Sie reden.«

»Kennen Sie Simon Norell?«

»Nein.«

»Warum lügen Sie?«, fragte Henrik, der sich langsam nicht mehr beherrschen konnte.

»Ich lüge nicht.«

»Doch, das tun Sie, und ich verstehe nicht, was das alles soll.«

»Ich bin einfach nur ehrlich.«

»Wo ist Johanna Weber? Antworten Sie!«

Henrik spürte, wie sein Herz stolperte. Sie brauchten eine Antwort, und zwar dringend!

Tony Borg beugte sich zu seinem Verteidiger und flüsterte ihm etwas ins Ohr. Der Anwalt nickte und faltete die Hände auf dem Tisch.

»Herr Borg will ein für alle Mal sagen, dass er nichts mit dem Verschwinden von Johanna Weber zu tun hat.«

»Nichts?«, fragte Henrik.

»Er gibt zu, in der Parkgarage gewesen zu sein, meint aber, es sei ein Zufall gewesen, dass Johanna Weber gleichzeitig dort war. Es gibt keine direkten Beweise oder Zeugenaussagen, dass er ihr Schaden zugefügt hätte. Deshalb wird er keine weiteren Fragen dazu beantworten. Sie müssen entscheiden, ob Sie die Vernehmung weiterführen wollen oder nicht.«

Henrik schlug wütend die Hand auf den Tisch, erhob sich so abrupt, dass der Stuhl hintenüber zu Boden fiel, und verließ wortlos den Vernehmungsraum.

Zwanzig Minuten später schloss Jana ihre Wohnungstür auf. Sie schaltete die Deckenlampe im Flur an und betrachtete die Glasscherben von der zersprungenen Vase, die auf dem Boden vor der umgestürzten Kommode verstreut lagen. Die Vernehmung von Tony Borg war ebenso chaotisch verlaufen, wie ihre Wohnung gerade aussah. Es hatte sich nicht richtig angefühlt, sie zu beenden, aber Borg hatte offensichtlich beschlossen zu schweigen. Heute Abend kamen sie nicht weiter, und sie hoffte, dass eine Nacht in Untersuchungshaft ihn etwas gefügiger machen würde. Das war meistens so.

Was hatte Tony Borg eigentlich zu verbergen? Warum log er, was Johanna Weber betraf? Steckte er hinter ihrem Verschwinden?

Hatte er Sonja Eriksson, Frida Norberg und seine eigene Frau getötet?

Es musste eine Verbindung zwischen Tony Borg, den Morden, dem Verschwinden von Johanna Weber und dem Ohrring in Simon Norells Auto geben, dachte sie.

Aber welche? War er etwa der Mann, mit dem Simon

Norell telefonierte? Und was für ein Motiv hatte er, die Frauen in Meerjungfrauen zu verwandeln?

Jana ärgerte sich, dass noch so viele Fragen offen waren. Die Vernehmung würde gleich morgen früh fortgeführt werden, und sie hoffte, dass die Polizei bis dahin seine Wohnung und sein gesamtes Hab und Gut durchsucht hatte. Die Kollegen würden herausfinden, mit wem er über Tinder und andere Datingplattformen kommuniziert hatte, ob er irgendeine Verbindung zu den Opfern hatte, die ihnen bisher entgangen war, und ob er Häuser oder andere Immobilien besaß, in denen Johanna Weber möglicherweise gefangen gehalten wurde.

Als das Handy klingelte, zuckte Jana zusammen. Sie griff nach dem Telefon und sah, dass jemand von einer unterdrückten Nummer anrief. Der Gedanke, dass es Danilo sein könnte, jagte ihr einen Schauder über den Rücken. Gleichzeitig ereilte sie die brutale Einsicht, dass er für die Ermittlungen vielleicht gar keine Rolle mehr spielte. Wenn Tony Borg der Mörder war, wäre der Fall gelöst.

Sie schluckte schwer und bereitete sich auf seine heisere Stimme vor.

»Jana Berzelius.«

»Hallo, hier ist Per.«

Jana war völlig überrumpelt.

»Bist du zu Hause?«, fuhr er fort.

»Warum?«, brachte sie heraus.

»Na ja, ich habe über Simon Norell nachgedacht. Kann ich vorbeikommen?«

»Jetzt?«

»Natürlich nur, wenn du willst. Ich bin gerade in deiner Nähe, um mir etwas zu essen zu holen.«

Jana begutachtete das Chaos im Flur.

»Es ist spät, ich weiß«, fuhr er fort. »Morgen ginge es auch, wenn es dir …«

»Nein«, sagte sie. »Es passt mir gut, wenn du kommst, ich muss nur vorher ein bisschen aufräumen.«

»Ich kann in einer Viertelstunde bei dir sein.«

»Dann bis gleich.« Sie beendete das Gespräch.

Als Erstes richtete sie die Kommode wieder auf. Dann holte sie eine Plastiktüte aus der Küche und begann die Glasscherben und die kaputte Lampe vom Boden aufzusammeln.

Mia beobachtete, wie Henrik das Licht im Besprechungsraum des Polizeigebäudes ausschaltete. Sie hatten gerade die Zusatzkräfte über die Vernehmung von Tony Borg informiert und Arbeitsaufträge für den Abend und die bevorstehende Nacht verteilt.

»Du siehst noch immer ziemlich aufgewühlt aus«, stellte sie fest.

»Ich bin überzeugt, dass er der Mörder ist«, sagte er. »Momentan deutet alles darauf hin. Trotzdem wissen wir kaum etwas. Wo hält er Johanna Weber gefangen? Werden wir sie rechtzeitig finden?«

Mia versuchte, ihn zu beruhigen, obwohl sie genauso aufgebracht war wie er.

»Immerhin ist es uns gelungen, das Schwein festzunehmen«, erwiderte sie und ertappte sich bei dem Gedanken, was wohl passiert wäre, wenn sie nicht rechtzeitig erfahren hätte, dass Tony Borg von der Überwachungskamera aufgezeichnet worden war. Wäre sie dann sein nächstes Opfer geworden?

Ihr Magen zog sich vor Angst und Unbehagen zusammen.

»Alles in Ordnung bei dir?«, fragte Henrik, während sie durch den Flur gingen.

»Ja, klar.«

»Ganz sicher?«, hakte er nach.

»Hör schon auf«, sagte sie, ohne ihn anzusehen.

»Es ist halb zehn. Ich muss nach Hause zu den Kindern. Soll ich dich heimbringen, oder was wäre dir am liebsten?«

»Soll ich ehrlich sein?« Sie sah ihn wieder an.

»Ja?«

»Mir wäre es am liebsten, ich müsste außer dir niemandem erklären, warum ich mich heute Abend mit diesem Scheißkerl getroffen habe.«

»Na, das ist ja nicht gerade schwer zu erraten«, erwiderte Henrik. »Parfüm, Schminke, ausgeschnittenes Kleid.«

Mia lächelte verlegen.

»Ihr hattet also ein Date?«, fragte Henrik.

»Wir sind uns wie gesagt im Netz begegnet. Das hier sollte unser erstes Date werden.«

»In einer Pizzeria? Wie reizend.«

Mia senkte den Blick.

»Ich weiß noch, dass du ihn einen schmierigen Schlagerfuzzi genannt hast«, fuhr Henrik fort. »Aber vielleicht hast du ja deine Meinung geändert?«

»Hey, ich hatte doch keine Ahnung, dass er der Typ war, mit dem ich gechattet habe!«

»Wie konnte dir das denn entgehen?« Henrik sah sie fragend an.

»Du weißt doch sowieso nichts über Internetdating, also halt einfach den Mund.«

»Okay, okay, ich werde nicht weiterfragen«, sagte er und machte eine abwehrende Geste.

»Gut, denn mein Leben ist wieder so einsam wie eh und

je, mal abgesehen von einem Mann, der mich gebeten hat, ihm den Hintern zu rasieren.«

»Warum kannst du dich nicht an ganz normale, vernünftige Männer halten?«, fragte Henrik.

»Das werde ich ab jetzt tun«, versicherte Mia. »Kannst du mich ein Stück mitnehmen?«

»Na klar, wohin?«

»Zum O'Learys.«

»O'Learys? Warum denn das?«

»Weil dort die normalen und vernünftigen Männer sind.«

»Komm rein«, sagte Jana, als sie die Tür öffnete.

Per trug ein Polohemd und seine grüne Sportjacke und hielt in der einen Hand eine weiße Plastiktüte.

»Ich muss bald mit dem Essen nach Hause, deshalb kann ich nicht so lange bleiben«, erklärte er und stellte die Tüte innen vor die Tür.

Zwei Schachteln mit thailändischem Essen lagen darin, und Jana wurde innerlich kalt, als sie daran dachte, dass eine vermutlich für Viktoria war.

»Setzen wir uns«, erwiderte sie knapp und ging in die Küche.

»Mir ist klar geworden, dass der Fall, an dem ihr gerade arbeitet, der größte seit Langem ist.« Er nahm am Küchentisch Platz.

Sie nickte.

»Habt ihr schon Verdächtige in Simon Norells Umfeld?«

Jana sah ihn ernst an. »Du bist Anwalt, Per. Du weißt, dass ich dir nichts von den Ermittlungen erzählen darf.«

»Tut mir leid, daran habe ich nicht gedacht«, sagte er und fuhr sich durchs blonde Haar.

»Du hast nicht bereut, dass du deine Stelle als Staatsanwalt aufgegeben hast?«, fragte sie und biss sich auf die Zunge.

Sie hatte die Frage viel zu direkt gestellt, viel zu früh.

Er sah sie nachdenklich an, als versuchte er zu ergründen, was sie meinte. Sie schlug die Augen nieder, und ihr Gesicht wurde heiß, als er mit der Antwort zögerte.

»Nein«, meinte er schließlich. »Ich habe es nicht bereut. Die größte Veränderung ist, dass ich Rechnungen stellen muss, daran habe ich mich noch nicht gewöhnt.«

Er lächelte kurz.

»Ich habe gehört, dass ehemalige Staatsanwälte als Verteidiger ziemlich nervig werden können«, sagte sie und versuchte zurückzulächeln.

»Das stimmt. Ich weiß, wie eine gute Untersuchung aussehen sollte, und stelle sofort fest, was der ermittelnde Staatsanwalt übersehen hat.«

»Apropos – die Ermittlungen im Fall Norell machen einen ziemlich mangelhaften Eindruck. Das sieht dir gar nicht ähnlich.«

»Genau deshalb bin ich hergekommen – um dir das zu sagen«, erklärte Per. »Das soll keine Entschuldigung sein, aber während der Ermittlungen im Fall Norell hatte ich das Verfahren gegen Peña im Kopf, und du weißt ja, wie das ausgegangen ist.«

Jana schlug wieder die Augen nieder und nickte langsam.

»Ich will dir damit nur vermitteln, dass mein Leben damals sehr turbulent war und dass ich …« Per verlor den Faden, als Janas Handy klingelte. Sie warf einen raschen Blick aufs Display. Diesmal war es Danilo.

»Einen Moment …«, murmelte sie und erhob sich vom Stuhl.

Sie spürte Pers Blick im Rücken, als sie die Küche verließ. Es bestand das Risiko, dass er vom Gespräch etwas hörte, auch wenn sie das Zimmer wechselte, aber sie musste einfach mit Danilo sprechen.

Also ging sie weiter ins Schlafzimmer, schloss die Tür hinter sich und meldete sich.

»Jana hier.«

»Jana …«, sagte Danilo gedehnt.

»Erzähl, was du herausgefunden hast«, flüsterte sie und stellte sich ans äußerste Ende des Raums mit dem Rücken zur Tür.

»Warum so eilig? Ich will erst über etwas anderes reden.«

»Und du glaubst, dass ich zuhören will?«

»Wenn ich anrufe, hörst du zu. Verstanden?«

Jana schwieg.

»Ich habe schon lange auf diesen Moment gewartet«, sagte Danilo. »Nämlich darauf, mit dir über alte Erinnerungen zu sprechen.«

»Ich werde auf gar keinen Fall …«

»Was wirst du nicht tun? Du willst dich also nicht erinnern? Komm schon, du hast doch immer noch diese Träume, oder nicht? In denen alles wieder hochkommt?«

Jana biss die Zähne zusammen.

»Wir waren am Anfang sieben Kinder, weißt du das noch? Und dein Überlebenswille muss genauso stark gewesen sein wie meiner, denn am Ende waren nur noch du und ich übrig.«

Jana hörte das gedämpfte Geräusch eines Stuhls, der über den Küchenfußboden scharrte. Gestresst warf sie einen Blick zur geschlossenen Schlafzimmertür und fürchtete, dass Per vielleicht davorstand und lauschte.

»Erinnerst du dich?«, hakte Danilo nach.

»Was willst du eigentlich?«, flüsterte sie, öffnete vorsichtig die Schlafzimmertür und hielt Ausschau.

Aber sie konnte Per nirgends entdecken, deshalb schloss sie die Tür gleich wieder.

»Ich habe heute an dich gedacht«, fuhr er fort. »Oder besser gesagt an eine unserer Trainingsstunden, und ich will wissen, ob du dich auch noch daran erinnerst.«

»Wir haben viel zu oft gegeneinander gekämpft, als dass ich die einzelnen Trainings auseinanderhalten könnte.«

»Ich werde dir auf die Sprünge helfen. Ich denke an die Stunde, als der Trainer uns beigebracht hat, wie wichtig es ist, etwas zu Ende zu bringen. Ich habe dich ziemlich fest geschlagen, aber du hast dich gewehrt.«

»Weil ich es musste.«

»Interessant, dass du das so sagst. Du hast doch nicht aus freiem Willen zugeschlagen, oder?«

Jana runzelte die Stirn. Sie war erstaunt, dass er mit ihr darüber reden wollte. Noch nie hatte sie ihn über seine Erinnerungen sprechen hören.

»Wir wären getötet worden, wenn wir nicht gegeneinander gekämpft hätten. Aber es ist schon ewig her. Wir waren damals ganz anders als jetzt.«

»Wir waren Kinder«, sagte er, »aber okay, du hast recht. Ich werde uns das Mädchen und den Jungen nennen, denn so nenne ich uns normalerweise.«

»Du kannst doch nicht mit anderen über uns reden!«, erwiderte Jana empört.

»Immer mit der Ruhe, Jana. Keiner weiß, dass das, was ich erzähle, tatsächlich geschehen ist.«

»Aber es gibt nichts zu besprechen.«

Sie hörte, wie in der Wohnung eine Tür geöffnet und wieder geschlossen wurde.

»Weder du noch ich können vor unserer Vergangenheit fliehen, Jana. Sie holt uns immer wieder ein. Und du hast recht, das Mädchen und der Junge haben gegeneinander gekämpft, weil sie es mussten. Doch dieses Mal gelang es ihr, ihn umzustoßen und sich auf seinen Brustkorb zu setzen. Der Trainer schrie ihr zu, dass sie es zu Ende bringen sollte, deshalb hob sie ihre geballte Faust zu einem letzten entscheidenden Schlag. Weißt du das noch?«

Jana wollte sich nicht erinnern, wollte ihn nicht erzählen hören. Sie wünschte sich, dass sie hätte auflegen können, dass sie die dunkle Stimme zum Verstummen bringen könnte, die von Dingen sprach, über die man besser schwieg.

»Er hat mehrmals dieselben Worte geschrien, aber das Mädchen hat nicht zugeschlagen, sie hat nur den Jungen angesehen. Was denkst du darüber?«

»Was ich darüber denke, dass das Mädchen nicht zuschlägt?«, wiederholte sie.

»Ja.«

»Nichts.«

»Willst du wissen, was ich glaube?«, fragte Danilo. »Dass das Mädchen den Jungen gernhatte.«

Jana schauderte. Obwohl Danilo sich nicht im selben Zimmer befand wie sie, fühlte sie sich vor ihm unangenehm bloßgestellt.

»Ich habe dir nur eine Sache zu sagen«, erklärte sie verbissen. »Und zwar, dass du Simon Norell fragen sollst, ob er Tony Borg kennt.«

Sie beendete das Gespräch und atmete tief durch, versuchte sich zu beruhigen, ehe sie das Schlafzimmer verließ.

Es war totenstill in der Wohnung.

»Per?«, rief sie, als sie in den Flur hinaustrat.

Doch sie bekam keine Antwort. Die Küche war leer, und die Plastiktüte an der Tür war weg.

Als ihr klar wurde, dass er einfach gegangen war, holte sie zitternd Luft. Langsam ging sie in die Küche und entdeckte auf dem Tisch einen Zettel mit Pers neuer Telefonnummer.

Dankbar betrachtete sie die Notiz. Dann legte sie die Hand auf den Stuhl, wo er eben gesessen hatte. Er war noch warm.

Die Gewalt war unvermeidlich. Die Wahrheit musste erstickt werden, und es durften keine Zweifel mehr bleiben. Von ein bisschen Prügel ging die Seele schon nicht kaputt. Aber wo verlief die Grenze? Wie viel Gewalt konnte man aushalten, ehe man selbst böse wurde? Und wie sieht Bosheit aus? Sieht sie aus wie ich? Oder wie die Frau im Wassertank?

Genau wie die anderen suchte sie verzweifelt nach einem Ausweg. Ich saß schweigend und ruhig auf dem Stuhl hinter dem blendenden Licht der Bodenlampen, denn das war die einzige Stelle, wo ich mich vor ihr versteckt halten konnte, und beobachtete ihre Hände, die sich an den Wänden des Tanks auf- und abbewegten. Doch es gab keine Öffnung. Die Frau drehte sich im Kreis, ohne jemals anzukommen.

»Hilfe! Hilfe!«

Sie schlug gegen die Wände, fest, denn sie wollte nicht sterben, nicht jetzt, noch nicht. Aber die Wände gaben nicht nach, natürlich nicht, was hatte sie denn geglaubt?

»Das kann doch nicht wahr sein«, heulte die Frau. »Das kann doch nicht wahr sein …«

Ihr Blick wanderte zum Bodenablauf und weiter nach oben zur Rohrmündung am Deckel des Tanks, ehe sie zitternd weitertastete. Sie kam zur wasserdichten Tür, fummelte mit Dau-

men und Zeigefinger an den Bolzen herum, als könnte sie sie abschrauben.

Und ich lachte sie aus. Probier es ruhig, dachte ich, probier es aus.

Als sie mein Gelächter hörte, hielt sie inne. Sie schaute sich erschrocken um, versuchte mich zu sehen, aber vergeblich.

»Hallo?«, brüllte sie und schlug mit den Händen gegen die Glasscheibe. »Ist da jemand?«

Sie hielt die Luft an, lauschte und rief: »Wer sind Sie? Was wollen Sie? Warum tun Sie mir das an?«

Die Frau schlug immer fester gegen die Scheibe.

»Sagen Sie doch was!«, schrie sie. »Reden Sie mit mir!«

»Hab keine Angst«, sagte ich.

Sie sah völlig verängstigt aus, als sie ins Licht blinzelte.

»Wer sind Sie?«

»Du weißt, wer ich bin«, antwortete ich.

»Nein.« Sie schüttelte aufgeregt den Kopf.

»Nicht?«

Sie schüttelte erneut den Kopf und atmete panisch durch die Nase ein und aus.

»Du hast Zeit zum Nachdenken«, sagte ich. »Die anderen wussten am Anfang auch nicht, wer ich bin.«

»Die anderen …?«

Die Sekunden vergingen, während sie zu verstehen versuchte, was ich meinte.

»Nein, nein, nein …«

Sie hielt sich die Hand vor den Mund, und die Tränen liefen ihr über die Wangen.

Jetzt wusste sie es, dachte ich und lachte wieder.

Sie wusste, dass sie hier sterben würde.

DONNERSTAG

29

Die Uhr auf dem Bildschirm zeigte halb acht. Ein weiterer diesiger, kühler Morgen. Jana Berzelius aß Knäckebrot, während sie im Internet las, was die Medien über die drei Männer schrieben, die sie im Vrinneviskogen getötet hatte. Die Polizei hatte noch keinen Tatverdächtigen, und trotz einer ausführlichen Untersuchung des Tatorts hatte man nichts Konkretes gefunden. Der Regen hatte alle Spuren weggewaschen, genau wie sie gehofft hatte.

Raubmord war ausgeschlossen, da keine Wertsachen fehlten. Die Polizei ging davon aus, dass es sich um eine Auseinandersetzung zwischen zwei verfeindeten Banden mit tragischem Ausgang handelte. Ihr Kollege, Staatsanwalt Oscar Nordvall, ermahnte die Allgemeinheit, sich zu melden, sollte jemand etwas Relevantes gesehen oder gehört haben.

Jana nahm einen Schluck Kaffee. Sie wusste, dass nichts in ihre Richtung deutete, dennoch wollte das Gefühl der Panik nicht verschwinden. Sie hatte die Kontrolle verloren und drei Männer getötet. Zwar hatten sie ihr wehtun wollen, aber sie hatte sie quasi hingerichtet.

Sie schluckte, um die Bilder der blutigen Leichen im

Wald zu verdrängen, und dachte stattdessen an Per. Der Zettel mit seiner Telefonnummer lag noch immer auf dem Küchentisch vor ihr.

Sollte sie ihn anrufen und ihn um Entschuldigung bitten, weil sie sich gestern Abend mit ihrem Handy ins Schlafzimmer zurückgezogen hatte? Jeder normale Mensch hätte sich entschuldigt. Aber was würde das bringen? Er gehörte jetzt einer anderen. Er war glücklich. Und ihre beiden Welten ließen sich ohnehin nicht vereinen, redete sie sich ein.

Jana faltete den Zettel und legte ihn in die Tasche ihres Blazers. Sie war zu Dingen fähig, zu denen kein normaler Mensch in der Lage sein sollte. Die Gewalt steckte tief in ihr, genau wie bei Danilo.

Unbewusst legte sie die Hand auf die Narbe in ihrem Nacken, als ihre Gedanken um Danilo zu kreisen begannen. Warum hatte er angefangen, von den Ereignissen aus ihrer gemeinsamen Vergangenheit zu sprechen? Er hatte noch nie mit ihr über Erinnerungen geredet. Jedenfalls nicht auf diese Art und Weise. Was mochte dahinterstecken?

Zum ersten Mal überhaupt dachte sie darüber nach, was es bedeutete, dass er und sie die einzigen der sieben Kinder auf der Insel waren, die überlebt hatten. Trotz allem, was er ihr und anderen Menschen angetan hatte, stammten sie aus derselben Welt. Er wusste, wer sie war, was für eine Ausbildung sie durchlaufen hatte und mit welchem Ziel. Sie waren einander ebenbürtig.

Ihr war klar, dass sie sich nicht auf ihn verlassen konnte. Dass er manipulativ und verlogen war. Aber seine Worte gestern hatten sie ins Herz getroffen. Denn als er davon sprach, dass das Mädchen den Jungen gerngehabt habe, hatte sie eine plötzliche Panik erfüllt.

Der Panik davor, dass er recht haben könnte.

Jana nahm die Hand vom Nacken, als das Handy auf dem Tisch klingelte. Ob es wieder Danilo war?

Widerwillig griff sie nach dem Telefon und war erstaunt, dass der Name Henrik Levin auf dem Display erschien. Er würde sie nie so früh anrufen, wenn es nicht extrem wichtig war.

»Was ist passiert?«, fragte sie ohne Umschweife.

»Ich habe eben einen Anruf von Tony Borgs Verteidiger bekommen. Borg hat verlangt, so bald wie möglich mit uns sprechen zu dürfen.«

»Worüber?«

»Das müssen wir herausfinden«, sagte Henrik Levin. »Wann können Sie aufs Revier kommen?«

»Ich komme sofort«, erklärte sie.

Danilo Peña lehnte sich angespannt gegen den Türrahmen und spähte in Simon Norells Zimmer. Er hatte nur noch bis morgen Zeit, um an die verlangten Informationen heranzukommen. Am liebsten wäre er zu Simon ins Zimmer gegangen, aber das war nicht erlaubt. Die Patienten durften sich auf ihrer Station frei bewegen, aber nicht die Zimmer ihrer Mitpatienten betreten.

Danilo räusperte sich laut, aber es nützte nichts. Simon saß auf dem Fußboden und ignorierte ihn. Sein Blick klebte am eingebauten Fernseher, und er hörte dem Reporter zu, der von den Meerjungfrauenmorden in Norrköping erzählte.

Danilo sah, wie Simons Gesichtsausdruck sich veränderte, als der Reporter berichtete, dass die Polizei nun nach einem Zusammenhang zwischen den Opfern Sonja Eriksson, Frida Norberg und Emilia Borg suchte.

»Das war der Grund, warum die Polizei mit dir reden wollte, oder?«, meinte Danilo.

»Habe ich das behauptet?«, erwiderte Simon mit schleppender Stimme.

»Du hast gesagt, dass sie aus Norrköping waren.«

»Aha.«

»Weißt du, wer es ist?«

»Wer denn?«, entgegnete Simon und kratzte sich am Hals.

»Der, von dem sie im Fernsehen sprechen.«

Simon schüttelte den Kopf. »Ich kenne ihn nicht.«

»Aber ich kenne dich. Oder zumindest müsste ich das nach so vielen Monaten. Und ich weiß, dass du öfter bei jemandem anrufst, und ich glaube nicht, dass es dein Großvater ist.«

»Ach?«

»Mit wem telefonierst du? Mit Tony Borg?«

»Nein.«

»Wen rufst du dann an?«

»Das geht dich nichts an.«

»Haben wir ein Problem, Simon?«

»Das weiß ich nicht.«

»Mir kommt es aber so vor, und ich glaube, dass du das Problem erschaffen hast.«

»Danilo?«

Danilo drehte den Kopf und sah die rothaarige Psychologin, die ihm auf dem Flur entgegenkam. Sie lächelte.

»Kann ich kurz mit Ihnen sprechen?«, fragte sie sanft.

»Wir haben doch nachher unsere Gruppentherapie«, antwortete er.

Annie Rosvall hielt seinem Blick stand.

»Ich wollte Sie etwas fragen«, beharrte sie. »Es dauert nicht lang. Wir können uns auch in den Aufenthaltsraum setzen, wenn Sie wollen.«

Danilo schwieg, aber folgte ihr widerwillig.

»Wie geht es Ihnen?«, erkundigte sie sich, nachdem sie im Aufenthaltsraum Platz genommen hatten.

»Was wollten Sie mich fragen?«

»Danilo.« Sie strich sich das Haar hinters Ohr. »Sie haben zu mir gesagt, dass Sie zu niemandem Kontakt haben.«

»Das habe ich ja auch nicht«, log er und dachte an das Gespräch mit Jana am Vortag.

Er hatte sich geschworen, niemals über das zu sprechen, was längst tot und begraben war, aber er hatte es trotzdem getan. Weil er die Einsamkeit hier in der Klinik irgendwie aushalten musste, eine Einsamkeit, die ihn zwang, an die Vergangenheit zu denken. Indem er alles an Jana weitergab, würde er damit umgehen können. Sie stellte keine Gegenfragen, verlangte keine Analysen von ihm. Sie lebten unter ganz unterschiedlichen Voraussetzungen und Spielregeln, aber sie waren zusammen aufgewachsen, hatten dieselben Dinge erlebt und dasselbe Verhältnis zu Gewalt. Vor ihr hatte er nichts zu verlieren.

Nicht einmal sich selbst.

»Wie erklären Sie sich dann, dass Sie sich gestern mit einer Frau getroffen haben?«, fragte Annie Rosvall.

Danilo fing ihren Blick auf. Wie zum Teufel hatte sie davon erfahren?

»Nils«, stöhnte er.

Die Psychologin sah ihn auffordernd an.

»Laut seiner Aussage haben Sie sich mit einer Frau getroffen, die Sie hasst und die Ihnen wehtun will.«

»Er hat Halluzinationen«, erklärte Danilo und erhob sich.

»Setzen Sie sich«, forderte Annie Rosvall ihn auf.

»Wenn Sie glauben, dass Sie mich mit Ihren indiskreten Fragen aus dem Gleichgewicht bringen können, haben Sie sich getäuscht«, erwiderte er und verschränkte die Arme.

»Ich glaube, Sie haben da etwas falsch verstanden. Ich versuche Sie nicht aus dem Gleichgewicht zu bringen. Ich bin Ihre Psychologin und will Ihnen helfen. Wer ist die Frau?«

»Sie geben nicht auf, oder?«

Er straffte den Rücken und stellte fest, dass sie darauf wartete, dass er weiterredete. Als er schwieg, fuhr sie mit weicher Stimme fort:

»Danilo, vielleicht wollten Sie Nils nicht sagen, dass Sie sich gestern mit der Polizei getroffen haben. Ich weiß nicht, was die Polizei zu Ihnen gesagt hat, aber bitte glauben Sie mir, dass es besser ist, wenn Sie schweigen, als wenn Sie ihn beunruhigen, indem Sie ihm irgendwas von einer Frau erzählen, die Ihnen wehtun will.«

»War's das?«

»Ich weiß, dass Sie sich nicht öffnen möchten«, sagte sie sanft, »und solange Sie das nicht tun, kann ich dem Chefarzt nicht berichten, dass Sie Fortschritte machen.«

»Wollen Sie mich erpressen?«

»Ich möchte nur Ihr Vertrauen gewinnen, das ist alles.«

Sie wartete wieder. Auf eine Antwort, ein Nicken, eine Reaktion, irgendwas. Aber er gab ihr nichts.

»Sie wollten so schnell wie möglich mit uns reden«, sagte Henrik Levin und lehnte sich zurück. »Und nun, da wir hier sind, möchten wir gern hören, was Sie zu erzählen haben.«

Tony Borgs Blick flackerte. Er saß neben seinem Anwalt, gegenüber von Henrik und Jana Berzelius im Vernehmungszimmer.

Die Durchsuchung seines Computers und Handys hatte nichts ergeben. Es deutete auch nichts darauf hin, dass er mit Simon Norell in Kontakt gestanden hätte. Tony Borg besaß keine Immobilien, und mehrere seiner Angestellten hatten ausgesagt, dass er bei der Arbeit gewesen sei, als seine Frau gestern im Strömmen gefunden wurde. Sie hatten auch versichert, dass er gearbeitet habe, als Sonja Eriksson und Frida Norberg verschwanden und gefunden wurden.

»Herr Borg?«, sagte Jana Berzelius, die neben Henrik saß. »Wir fragen noch einmal – worüber wollen Sie sprechen?«

Tony Borg schluckte angestrengt.

»Ich war es«, gab er zu. »Ich war auf der Aufzeichnung der Überwachungskamera zu sehen, und ich weiß, wer …«

Er verstummte, sackte etwas in sich zusammen.

»Ich weiß auch, wer Johanna Weber ist, aber ich habe nichts gemacht.«

»Sie haben eine ganze Menge gemacht«, sagte Henrik und warf einen raschen Blick zum Spiegel, hinter dem Mia stand und die Vernehmung mitverfolgte. »Sie haben meine Kollegin niedergeschlagen, haben versucht, vor der Polizei zu fliehen, und offenbar gelogen, was Johanna Weber betrifft.«

»Okay, okay, ich wollte nur sagen, dass ich Johanna Weber nichts angetan habe, ich schwöre es, ich …«

Tony Borgs Unterlippe begann zu zittern.

»Warum waren Sie dann in der Garage?«, fragte Jana Berzelius.

»Ich habe Johanna Weber gesehen, als sie auf dem Weg dorthin war, und wollte mit ihr reden, aber sie hat telefoniert, also bin ich ihr hinterhergegangen.«

»Sie sind ihr also bis zur Garage gefolgt?«, hakte Henrik nach.

Tony Borg wand sich auf dem Stuhl, ehe er schließlich antwortete.

»Ja.«

»Um mit ihr zu reden?«

»Ja.«

»Worüber?«, fragte Henrik.

Wieder verlagerte Tony Borg unbehaglich sein Gewicht. Er sah aus, als würde er seine Gesprächsbereitschaft schon wieder bereuen.

»Worüber?«, wiederholte Henrik.

»Nichts.«

»Nichts?«, fragte Jana Berzelius.

»Nichts, was ich erzählen kann.« Tony Borgs Augen füllten sich mit Tränen.

»Was meinen Sie damit?«, wollte Jana Berzelius wissen.

Er schüttelte trotzig den Kopf.

»Ich habe nichts mehr zu sagen, ich …«

»Hören Sie zu, Herr Borg«, unterbrach Henrik ihn. »In dieser Situation können Sie nicht an Ihren guten Ruf denken. Erzählen Sie uns bitte, worüber Sie sich mit Johanna Weber unterhalten haben.«

»Nein, das kann ich nicht … Verdammt …« Er wischte sich die Tränen ab, die ihm die Wange hinunterliefen.

Der Anwalt legte tröstend eine Hand auf die Schulter seines Mandanten.

»Sie müssen uns erzählen, was in der Garage passiert ist«, sagte Henrik. »Haben Sie sie bedroht? Haben Sie sie überfallen? Haben Sie sie an einen geheimen Ort gebracht?«

»Nein, nein«, erwiderte Tony Borg weinend. »Ich …«

»Sagen Sie schon, was haben Sie getan?«, beharrte Henrik.

»Ich habe nur mit ihr gesprochen.«

»Worüber?«, wollte Jana Berzelius wissen.

Tony Borg schlug die Hände vors Gesicht.

»Dazu …«, wisperte er. »Dazu müssen Sie Dunja Weber befragen.«

»Wir haben gerade mit einem gewissen Tony Borg gesprochen«, sagte Mia Bolander und versuchte ein Gähnen zu unterdrücken. »Er behauptet, Sie könnten uns erzählen, worüber er und Ihre Frau Johanna sich an dem Abend unterhalten haben, als sie verschwunden ist.«

Dunja Weber antwortete nicht. Sie saß gegenüber von Mia am Küchentisch. Ihre Augen waren geschwollen, und das honigfarbene Haar sah schlimm aus. Genauso schlimm, wie Mia sich fühlte. Ihr Körper bestrafte sie für das ganze Bier, das sie sich gestern in der Kneipe erflirtet hatte, aber das hatte sie gebraucht, um das katastrophale Date in der Pizzeria Cilla zu verdrängen.

»Wissen Sie, wer Tony Borg ist?«, fragte Jana Berzelius nach, die ebenfalls am Tisch saß.

Dunja Weber nickte.

»Es ist schrecklich«, sagte sie. »Ich habe solche Gewissensbisse.«

»Warum?«, fragte Mia.

Etwas in Dunja Webers Gesichtsausdruck erinnerte sie an einen Teenager, der etwas hatte mitgehen lassen und auf frischer Tat ertappt worden war.

»Sie haben mich gefragt, ob ich Johanna betrogen habe, und ich habe Nein gesagt. Aber das stimmt nicht.«

»Sie haben sie also betrogen«, stellte Henrik fest.

»Ja, und zwar mit Emilia, Tonys Frau.«

Ihr Gesicht zuckte, als versuchte sie, die Tränen zurückzuhalten.

»Wir sind am Sonntagabend zusammen weggegangen. Am Tag danach habe ich zu Johanna gesagt, dass ich mich mit einer Kollegin von der Arbeit getroffen hätte und dass nichts passiert sei, aber …«

»Aber das war auch eine Lüge?«, ergänzte Mia.

»Ja …«

Dunja Weber brach zusammen und weinte hemmungslos. Nach einer Weile fasste sie sich wieder, wischte die Tränen ab und fuhr mit zitternder Stimme fort:

»Sie können das sicher nicht nachvollziehen. Aber Johanna ist so ein Kontrollfreak. Sie hat jede verdammte Mail und jede SMS gelesen, die ich verschickt habe, und sie hat sich jeden Tag meine Anrufliste angeschaut. Ich weiß, dass sie das nur gemacht hat, weil ich ihr wichtig war und so, aber ich habe mich von ihr total erdrückt gefühlt, und als Emilia mich gefragt hat, ob ich mit zu ihr nach Hause kommen möchte, habe ich es getan.«

»Und dann hat Ihre Frau Sie erwischt?«, fragte Jana Berzelius.

»Nein.« Dunja Weber schüttelte den Kopf. »Nicht meine Frau, sondern Tony.«

»Was ist passiert?«

»Wir haben einen dummen Fehler gemacht, das war alles«, schluchzte sie.

»Könnten Sie das genauer erklären?«, bat Henrik.

Dunja Weber holte tief Luft.

»Wir haben vergessen, das Bett auszuschütteln, und Tony hat Haare von mir auf dem Laken entdeckt. Als er Emilia damit konfrontierte, hat sie sofort zugegeben, dass sie mit mir geschlafen hatte. Tony ist total ausgeflippt bei der Vorstellung, die Leute könnten herumerzählen, dass seine Frau lesbisch ist. Offenbar haben sie sich deshalb ziemlich gestritten, und er hat mich mehrere Male angerufen und mir SMS geschrieben, aber ich habe nicht reagiert, sondern nur alles gelöscht, damit Johanna es nicht sehen konnte. Ich hatte gedacht, das würde reichen, aber dummerweise wusste er, wer sie ist. Und als er mich nicht erreicht hat, ist er …«

»Da ist er zu Ihrer Frau gegangen?«, fuhr Henrik fort.

»Ja.« Sie nickte. »Und er hat ihr alles erzählt.«

»Wussten Sie das schon, als Sie erfahren haben, dass die tote Frau im Strömmen nicht Johanna war?«, wollte Mia wissen.

»Nein«, antwortete Dunja Weber. »Da noch nicht. Ich habe das alles erst verstanden, als Johanna mich angerufen hat.«

»Moment mal«, sagte Henrik. »Ihre Frau hat Sie angerufen?«

»Ja.«

Dunja Weber schlug die Augen nieder.

»Wann war das?«

»Gestern Abend.«

»Gestern Abend?«, rief er erstaunt. »Sie meinen, Ihre Frau Johanna hat Sie gestern angerufen?«

»Ja«, sagte sie, ohne aufzublicken. »Von einer unterdrückten Nummer aus, deshalb bin ich nicht rangegangen.«

»Woher wissen Sie dann, dass es Ihre Frau war?«, fragte Jana Berzelius.

»Sie hat mir eine Nachricht hinterlassen.«

»Und warum haben Sie sich nicht gleich bei uns gemeldet?« Mia starrte sie an.

»Keine Ahnung«, meinte Dunja Weber. »Mir war alles zu viel. Emilia ist tot, ich kann es noch gar nicht begreifen.«

Neue Tränen liefen ihr die Wangen herunter.

»Wo befindet sich Ihre Frau denn jetzt?«, fragte Henrik.

»Sie wartet in einem Sommerhäuschen draußen in Arkösund.«

»Und wem gehört das Haus?«

Dunja Weber sah wieder hoch.

»Keine Ahnung, sie hat nur gesagt, dass es irgendein

Objekt ist, das zum Verkauf steht. Sie ist ja Immobilienmaklerin.«

»Und worauf wartet sie?«, hakte Henrik nach.

»Darauf, dass ich ausziehe.«

Die Luft war rau und kalt, als Jana eine Stunde später vor dem kleinen roten Häuschen in Arkösund aus dem Auto stieg. Es war nur wenige Tage her, dass Johanna Weber verschwunden war, aber es fühlte sich an, als wären seitdem mehrere Wochen vergangen.

Sie nickte Henrik Levin und Mia Bolander zu, die vor ihr geparkt hatten. Gemeinsam gingen sie auf das Häuschen zu. Die Tür wurde geöffnet, ehe sie überhaupt angeklopft hatten.

»Wer sind Sie? Was tun Sie hier?«, fragte Johanna Weber, die in der Türöffnung stand. Sie trug einen blauen Pullover und eine karierte Hose. Ihre Miene war misstrauisch, sie sah blass und mitgenommen aus.

»Guten Tag, Frau Weber.« Henrik Levin klang erleichtert. »Wir kommen von der Polizei und würden gern mit Ihnen sprechen. Dürfen wir hereinkommen?«

Johanna Weber zögerte kurz, ehe sie die Tür aufschob.

»Woher wussten Sie, dass ich hier bin?«, fragte sie, als sie die drei in das Haus gelassen hatte, das aus nur zwei Zimmern bestand.

»Ihre Kollegen vom Maklerbüro haben uns mit der Adresse geholfen«, erklärte Henrik Levin und nahm auf dem gestreiften Sofa Platz. »Sie machen sich Sorgen um Sie.«

»Ist etwas passiert? Etwas Schlimmes, meine ich?«

»Es ist eine ganze Menge passiert, seit Sie hier sind«, sagte Mia Bolander und setzte sich neben ihm aufs Sofa. »Aber

Sie scheinen ja überhaupt nichts davon gehört zu haben. Wir haben nach Ihnen gesucht!«

»Meine Güte, warum denn das?«, fragte Johanna Weber und ließ sich auf einen Holzstuhl sinken.

Jana stand noch immer an der Tür und betrachtete die dunkelhaarige Frau, die keine Ahnung von dem zu haben schien, was geschehen war, seit sie Norrköping verlassen hatte. Rasch sah sie sich um, aber sie konnte weder einen Fernseher noch ein Radio in dem kleinen Häuschen entdecken. War Johanna Weber hier völlig von der Umwelt abgeschirmt?

»Im Lauf der vergangenen Woche sind mehrere Frauen spurlos verschwunden und wurden später im Strömmen ermordet aufgefunden«, erklärte Jana. »Als Sie verschwunden sind, Frau Weber, haben wir gedacht, dass Ihnen dasselbe zugestoßen ist.«

»Ist das wahr?«, fragte Johanna Weber. »Wie sind Sie denn darauf gekommen?«

»Ihre Frau hat Sie als vermisst gemeldet, und keiner wusste, wo Sie abgeblieben waren. Die einzige Spur, die wir von Ihnen hatten, war der Ehering, den wir in der Parkgarage gefunden haben.«

Johanna Weber spielte an ihrem blauen Pullover herum.

»Es tut mir leid, ich … ich habe erfahren, dass meine Frau mich betrogen hat, und … Dann bin ich so wütend geworden, dass ich den Ring auf den Boden geworfen habe und einfach abgehauen bin.«

»Hierher?«

Johanna Weber nickte. »Das Häuschen steht schon seit Monaten leer. Niemand will es kaufen, weil es einen Feuchtigkeitsschaden hat. Ich habe mir was zu essen mitgebracht und mein …«

Sie errötete.

»Was wollten Sie sagen?«, hakte Henrik Levin nach.

»Dass ich mein Handy ausgeschaltet habe.«

»Warum?«, fragte Jana.

»Sonst hätte Dunja angerufen oder mir jede Menge SMS geschickt, um sich zu entschuldigen, und das hätte ich nicht ertragen. Ich habe ihr viel zu viele Chancen gegeben, aber sie hat sie alle vermasselt, alle.«

»Ihre Frau hat uns erzählt, dass Sie sie gestern angerufen hätten«, sagte Henrik Levin.

»Ja, ich habe ihr gesagt, dass sie ihr Zeug packen und gehen soll. Ich wollte sie schon früher anrufen, aber ich hatte kein Ladegerät dabei, und außerdem musste ich erst mal in Ruhe nachdenken.«

»Von wo haben Sie angerufen?«, fragte Henrik Levin.

»Ich bin zum Nachbarn rübergegangen und habe mir sein Handy ausgeborgt«, erklärte sie.

»Und er hat Sie nicht erkannt, obwohl nach Ihnen gefahndet wird?«

Johanna Weber schüttelte den Kopf. »Nein, das ist ein Tourist aus Deutschland. Ach ja, wollen Sie vielleicht einen Kaffee?«

30

»Ich verstehe gar nichts mehr«, sagte Henrik, als sich das Team im Besprechungsraum versammelt hatte. »Nicht die Tatsache, dass Dunja Weber ihre Frau betrogen hat, das ist ja nichts Ungewöhnliches, sondern dass Johanna Weber sich die ganze Zeit in einem Häuschen in den Schären aufgehalten hat. Wir suchen sie seit Tagen, und ich habe mich wirklich gefreut, sie quicklebendig zu sehen.«

»Trotzdem ist es total unbegreiflich, dass Dunja Weber uns nicht gleich angerufen hat, als ihre Frau sich bei ihr gemeldet hatte«, meinte Mia. »Findet ihr nicht auch?«

Anneli nickte. »Ja, aber in diesem Fall gibt es ja ohnehin viele unbegreifliche Dinge.«

»Wir könnten Dunja Weber verdächtigen, aber sie war an dem Abend, als Emilia Borg verschwand, auf einem Seminar in Göteborg. Sie hat also ein Alibi«, sagte Henrik.

»Und was mag sie wiegen?«, ergänzte Mia. »Fünfundvierzig Kilo, höchstens. Ich kann mir nicht vorstellen, wie sie es fertigbringen sollte, beispielsweise Sonja Eriksson zu entführen, die mindestens doppelt so viel wiegt wie sie.«

»Ist bei der Vernehmung von Tony Borg irgendwas herausgekommen?«, wollte Gunnar wissen.

»Momentan sitzt er in Untersuchungshaft wegen mutmaßlicher Gewalt gegen eine Polizeibeamtin«, berichtete Henrik und sah zu Mia.

Er war nicht der Einzige, auch die anderen am Tisch

schauten zu ihr, und er sah die Scham in ihrem Blick, dann die Wut. Vermutlich hätte Mia die glotzenden Kollegen am liebsten zur Hölle geschickt.

»Aber was haben wir gegen ihn in der Hand?«, fragte Gunnar.

»Eigentlich nichts, außer dass er ein unsympathischer und gefühlskalter Mann ist, der sehr viel Wert auf seinen guten Ruf legt«, erwiderte Henrik.

»Ja, aber wie weit würde er gehen, um seinen Ruf zu schützen?«

»Du meinst, ob er vielleicht doch seine Frau ermordet haben könnte?«, gab Henrik zurück.

»Ja, genau, aber nicht nur sie, sondern auch die anderen Frauen«, sagte Gunnar.

»Wir haben keine Verbindungen zu Sonja Eriksson oder Frida Norberg herstellen können«, erklärte Jana Berzelius.

»Und auch nicht zu Simon Norell, wie es aussieht«, berichtete Ola. »Wie ihr wisst, haben wir seinen Computer und sein Handy überprüft, ohne irgendwelche Hinweise zu finden.«

»Er hat auch ein Alibi für die Zeitpunkte, als Sonja Eriksson und Frida Norberg verschwunden sind und als sie gefunden wurden«, bemerkte Henrik.

»Das heißt, er hat, genau wie Dunja Weber, nichts mit den Morden zu tun?«, hakte Gunnar nach.

»Offenbar nicht«, sagte Henrik. »Leider haben wir auch keine Verbindungen zwischen den drei Opfern gefunden. Sie haben keinerlei Gemeinsamkeiten. Nach welchen Kriterien der Täter sie ausgewählt hat, können wir also noch immer nicht sagen.«

»Zurück auf Los«, entgegnete Gunnar seufzend.

»Oder auch nicht«, mischte sich Mia ein. »Eigentlich

muss Simon Norell die Opfer ausgewählt und jemanden mit ihrer Ermordung beauftragt haben. Wir wissen ja, dass er mit jemandem in Kontakt steht, und zwar weder mit seinem Großvater noch mit Tony Borg.«

»Ist inzwischen eine weitere Frau als vermisst gemeldet worden?«, wollte Jana Berzelius wissen.

Gunnar schüttelte den Kopf.

»Nein, aber wir dürfen nicht vergessen, dass Tony Borg seine Frau nicht als vermisst gemeldet hat. Auch wenn es ausgesprochen selten vorkommt, dass niemand Anzeige erstattet, kann der Täter sehr wohl ein neues Opfer entführt haben, ohne dass wir es wissen. Bisher hat er sich an dem Tag eine neue Frau geholt, an dem er ein Opfer in den Strömmen geworfen hat, oder?«

»Wir müssen davon ausgehen, dass er eine weitere Frau entführt hat«, sagte Mia. »Und wir sollten ihn fassen, bevor wir eine neue Leiche aus dem Wasser fischen müssen.«

»Wie groß ist die Wahrscheinlichkeit, dass uns das gelingt?« Ola kratzte sich unter der Mütze. »Tut mir leid, wenn ich pessimistisch klinge, aber Emilia Borg wurde gestern gefunden, und wenn er bei seinem Rhythmus bleibt, wirft er morgen ein neues Opfer in den Strömmen.«

»Bleiben uns also knapp vierundzwanzig Stunden«, stellte Anneli fest.

»Vielleicht sollten wir Danilo Peña daran erinnern, dass es eilt«, meinte Mia. »Dass er nur noch bis morgen früh Zeit hat.«

»Das ist ihm offenbar ziemlich bewusst«, sagte Jana Berzelius. »Er ist der Einzige, der Simon Norell dazu bewegen kann, preiszugeben, mit wem er spricht und wer mit dem Auto gefahren ist.«

»Das weiß ich«, erwiderte Mia. »Echt schade, dass Simon

Norell seinen Bruder umgebracht hat, sonst hätten wir stattdessen ihn als Informanten nehmen können. Ich meine nur, weil die beiden ja so eng waren.«

»Aber diese Alternative gibt es nicht«, erklärte Gunnar. »Wir müssen weitersuchen. Es muss doch möglich sein, mehr über Simon und das Versteck des Täters in Erfahrung zu bringen. Jetzt darf kein weiteres Opfer sterben, verstanden?«

Im Erdgeschoss des Polizeigebäudes trat Jana aus dem Aufzug und blieb dann stehen. Vor dem Fenster sah sie mehrere Journalisten, die eifrig darauf warteten, sich auf den nächsten zu stürzen, der herauskam und etwas Neues über den Fall zu erzählen hatte. Was würden sie sagen, wenn sie wüssten, dass die Polizei einen Mann in der Psychiatrie als Informanten einsetzte, um den Täter zu finden?

Sie fragte sich, was Danilo wohl gerade machte, wie weit er mit seinem Auftrag gekommen war.

Einen Moment lang starrte sie vor sich hin, völlig verwirrt von dem Gedanken. Ihr war es wichtig, was Danilo in diesem Moment machte. Noch nie hatte sie darüber nachgedacht, aber jetzt tat sie es.

Erst kam der Frust, dann die Raserei.

Sie hasste ihn doch! Sie hasste es, dass er verlangt hatte, nur ihr Informationen weiterzugeben!

Doch solange der Täter auf freiem Fuß war, hatte sie keine andere Wahl, als mit ihm zu sprechen. Sie wollte nur nicht hören, wie Danilo ihr von seinen Erinnerungen an ihre gemeinsame Kindheit erzählte. Klar, sie waren früher wie Geschwister gewesen, aber das war vorbei. Geblieben waren nur Abscheu und der Wille, den anderen zu töten.

Auf einmal wurde ihr eiskalt. Denn aus irgendeinem

Grund tauchten Mia Bolanders Worte in ihrem Kopf auf – dass Simon und Jakob Norell so eng gewesen seien. Das hatte nicht nur sie gesagt, sondern auch alle anderen, mit denen sie über die Brüder gesprochen hatten. Aber wenn die beiden sich tatsächlich so nahegestanden hatten, wie hatte Simon es dann fertiggebracht, seinen eigenen Bruder zu töten?

Sie machte auf dem Absatz kehrt und stieg wieder in den Fahrstuhl.

Henrik saß zusammengesunken am Schreibtisch in seinem Büro und dachte an die drei toten Frauen und Simon Norell. Es musste eine Verbindung zwischen ihnen geben. Aber welche?

Auf der Uhr an der Wand war es eins, und das laute Ticken der Sekundenzeiger frustrierte ihn noch mehr.

Sein Handy klingelte, und er wühlte es aus der Hosentasche. Es war Björn Ahlmann.

»Sie wollen sicher wissen, warum ich Sie anrufe«, meinte der Rechtsmediziner.

»Ich nehme an, Sie haben etwas Konkretes gefunden.«

»Das stimmt. Ich habe endlich die Laborergebnisse.«

Henrik setzte sich aufrecht hin.

»Wie Sie wissen, habe ich die Kieselalgen in den Leichen analysiert«, fuhr Ahlmann fort.

»Ja, und?«

»Es ist höchst unwahrscheinlich, dass sie in Leitungswasser ertränkt worden sind.«

»Wo dann?«

»Im Fluss.«

»Wie?«, rief Henrik erstaunt.

»Ja, ich habe doch gesagt, dass …«

»Ich habe gehört, was Sie gesagt haben, aber das kann nicht stimmen. Wir haben doch das ganze Gebiet durchsucht und keine einzige Spur gefunden – weder vom Täter noch von den Opfern. Niemand hat ihn gesehen, keiner hat ihn dabei beobachtet, wie …«

»Ich bin mir meiner Sache aber sicher«, beharrte Björn Ahlmann. »Wobei ja auch denkbar wäre, dass er Wasser aus dem Fluss genommen hat.«

Warum hätte er das tun sollen?, fragte sich Henrik. Um uns in die Irre zu führen? Und wohin hat er die Frauen gebracht? In ein verlassenes Haus im Wald? Oder hatte er einen Unterschlupf in der Nähe des Strömmen?

»Eine Sache noch«, fuhr Ahlmann fort. »Wie Sie wissen, hatten die Opfer mehrere Schürfwunden, und ich habe darin Fragmente von Rostablagerungen gefunden.«

Henriks Gedanken kreisten immer schneller.

»Was heißt das?«, fragte er. »Dass sie an einem Ort mit viel Rost um ihr Leben gekämpft haben?«

»Ja, das kann durchaus sein«, meinte Ahlmann.

Henrik stand auf.

»Noch etwas?«, fragte er, während er in den Flur hinausging.

»Nein, das ist vorläufig alles.«

»Danke«, sagte Henrik und beendete das Gespräch. Er ging in Mias Büro, das leer war.

Er fand sie in der Kantine, wo sie eine Pirogge anstarrte, die sich in der Mikrowelle drehte.

»Ich habe eben einen Anruf von Ahlmann bekommen«, erzählte Henrik. »Die Opfer sind im Flusswasser ertränkt worden.«

»Das kann doch nicht stimmen, verdammt«, sagte sie. »Wir haben am Fluss doch …«

»… keine Spuren gefunden«, ergänzte Henrik. »Genau das habe ich auch gesagt. Aber es könnte ja auch sein, dass der Täter Flusswasser genommen hat, um uns zu täuschen.«

Mia sah ihn misstrauisch an.

»Ich finde es total unwahrscheinlich, dass er zum Strömmen fährt, Wasser holt, die Frauen darin ertränkt und dann zum Fluss zurückfährt, um die Leichen hineinzuwerfen.«

»Ich bin ganz deiner Meinung«, stimmte er zu. »Ich denke eher, dass der Täter einen Unterschlupf, ein Versteck in der Nähe des Flusses hat. Die Frage ist nur, wo?«

Mia zuckte mit den Schultern. »Vielleicht am Jugendzentrum Strömvillan? Simons Auto wurde ja dort gesichtet. Und was mir erst jetzt einfällt: Das Gymnasium, das er und Jakob besucht haben, liegt nur einen Steinwurf entfernt.«

»Wir fahren sofort hin«, sagte Henrik und wandte sich zum Gehen.

»Moment, meine Pirogge ist gleich …«

»Pfeif auf die Pirogge, Mia!«, rief er über die Schulter. »Wir fahren jetzt!«

31

Die Wandregale der Asservatenkammer im Polizeigebäude waren gefüllt mit braunen Tüten und Kartons, auf denen DIN-A4-Blätter mit Angaben über den Inhalt klebten wie *Schnapsbrenngerät, Schuhe* oder *Kleidung.* Obwohl sich hier Tausende von beschlagnahmten Gegenständen befanden, hatte alles seine exakte Ordnung.

Jana nickte Inga-Lill Hagman zu, der fünfundsechzigjährigen Frau, die für die Verwaltung der Asservatenkammer zuständig war. Sie stand hinter dem Tresen und klebte hoch konzentriert einen Umschlag mit einer Brille zu, die an ihren Besitzer zurückgeschickt werden sollte. Ihre Lippen waren ebenso rot wie ihre langen, spitzen Fingernägel.

»Womit kann ich Ihnen behilflich sein?«, fragte sie genervt, als sie den Umschlag beiseitegelegt hatte.

»Ich bin hier, um einen Gegenstand abzuholen, der bei einer Mordermittlung beschlagnahmt wurde«, antwortete Jana.

»Es wäre gut gewesen, wenn Sie mich vorher angerufen hätten«, bemerkte sie. »Momentan ist es ungewöhnlich eng in den Regalen, deshalb dauert es eine Weile, bis ich die Sachen herausgesucht habe.«

»Das sehe ich«, sagte Jana.

»Klagen hilft nichts, ich weiß schon«, meinte Inga-Lill Hagman, »aber dank unserer schönen Neuorganisation haben wir kaum noch Ressourcen für ein regelmäßiges Aussortieren. Wenn neue Gegenstände reinkommen, falle ich beinahe in Ohnmacht. So, genug gejammert. Worum geht es denn genau?«

Jana gab der Frau die nötigen Angaben zum Mordfall von Simon Norells Familie.

Sie lächelte knapp.

»Warten Sie bitte hier.«

Jana sah, wie Inga-Lill Hagman mit langen, geschmeidigen Schritten zwischen den Regalen verschwand. Während sie wartete, betrachtete sie einen Karton, der vor dem nächsten Regal stand und mit Äxten, Brechstangen und Messern gefüllt war.

»Ich weiß schon, dass die Sachen hier drin längst hätten vernichtet werden sollen«, sagte Inga-Lill Hagman, als sie mit einer braunen Tüte zurückkehrte.

Jana sah hinein und entdeckte den schwarzen USB-Stick mit den Fotos der Familie Norell, von dem Ola Söderström gesprochen hatte.

»Die Neuorganisation ist vielleicht doch gar nicht so schlecht«, bemerkte Jana und holte den Stick aus der Tüte.

Inga-Lill Hagman verzog das Gesicht.

»Kommt drauf an, wie man das sieht«, antwortete sie. »Könnten Sie mir bitte den Empfang quittieren?«

Mias Magen knurrte vor Hunger, als sie und Henrik dem Hausmeister Eino Josefsson an der Tür des Jugendzentrums die Hand drückten. Aus einem der Räume hörte sie Gelächter und Rufe, kurz darauf rannten zwei Jugendliche vorbei.

»Willkommen zurück«, sagte er. »Haben Sie den Fahrer des Audis gefasst, von dem ich Ihnen erzählt hatte?«

»Nein«, erwiderte Henrik.

»Wie schade«, meinte Eino Josefsson. »Aber kommen Sie doch rein in die gute Stube.«

Er schob die Tür auf, um sie hereinzulassen, aber Henrik lehnte ab.

»Wir möchten Ihnen nur eine Frage stellen.«

»Na klar, fragen Sie.«

»Wenn wir es richtig verstanden haben, dann haben Sie einen ganz guten Überblick über das Gelände hier.«

»Doch, ja, das habe ich wohl.« Eino Josefsson nickte.

»Wissen Sie, ob es hier in der Nähe einen Ort gibt, den man als Versteck nutzen könnte?«, fragte Henrik.

»Was meinen Sie mit Versteck?«

»Zum Beispiel ein Lager, das nicht so oft genutzt wird, oder ein anderes verlassenes Gebäude, wo man sich aufhalten könnte, ohne entdeckt zu werden«, erklärte Mia.

Der Hausmeister dachte nach.

»Doch, es gibt einen Ort, der zu Ihrer Beschreibung passt«, antwortete er schließlich.

»Wie finden wir ihn?«, wollte Mia wissen.

»Es liegt hinter dem Zaun dort hinten«, sagte Eino Josefsson. »Ich kann Ihnen die Stelle zeigen. Lassen Sie mich nur eben in meine Schuhe schlüpfen.«

Er verschwand im Jugendzentrum und kam wenig später mit offenen Schnürstiefeln an den Füßen heraus.

»So, jetzt«, sagte er und schloss die Tür hinter sich. »Folgen Sie mir.«

Sie gingen zurück durch die Gartenpforte, bogen nach links ab und folgten dem Zaun hinunter zum Strömmen. Neben einigen struppigen Sträuchern lagen zwei achtlos hingeworfene Fahrräder. Hinter dem Gebüsch befand sich ein schwarzes Loch, das von einer breiten Betonkante umgeben war.

»Das wollte ich Ihnen zeigen.« Josefsson schob die Zweige beiseite. »Es sieht aus wie ein Loch, aber wenn Sie hinunterschauen, sehen Sie, dass es ein Eingang ist.«

»Ein Eingang wozu?«, fragte Mia.

»Darunter befindet sich einer der vielen Schutzräume, die in Schweden während des Kalten Krieges gebaut wurden. Wozu er heute verwendet wird, weiß ich nicht.«

Henrik ging in die Hocke.

»Glauben Sie, dass da unten jemand ist?«, fragte Eino Josefsson.

Henrik antwortete nicht, sondern zog sein Handy heraus und leuchtete mit der Taschenlampe die angeschweißte Metallleiter an, die nach unten ins Loch hineinführte. Mia sah, wie er seine Hand aufs Holster legte, bevor er hinunterkletterte.

»Ich bleibe hier«, meinte Josefsson.

Sie nickte zur Antwort und kletterte Henrik hinterher. Doch sie stolperte, als sie unten landete, und prallte so fest mit der Hand gegen die Wand, dass sie unwillkürlich fluchte.

»Alles in Ordnung?«, fragte Henrik leise und richtete den Lichtstrahl auf sie.

»Alles gut«, sagte sie und schaltete ebenfalls ihre Handytaschenlampe an.

Sie befanden sich in einem langen, dunklen Gang. Nur ihre eigenen Atemzüge und das entfernte Tosen des Flusses waren zu hören.

Das hier könnte tatsächlich der Ort sein, wo sich der Serienmörder aufhielt, dachte Mia, während sie ihre Dienstwaffen entsicherten. Sie stellte sich vor, dass sie den

Täter endlich zu fassen bekamen, und ihr lief ein Schauder über den Rücken.

Unter den Schuhen knirschte Schotter, als sie sich vorsichtig durch den unterirdischen Tunnel tasteten.

Es war offensichtlich, dass der alte Luftschutzbunker schon seit vielen Jahren nicht mehr genutzt wurde. Es roch muffig, und schwere Wassertropfen liefen von den Wänden.

Nach etwa zwanzig Schritten kamen sie zu einer massiven Tür. Mia schob sie mit dem Fuß auf, und Henrik gab seiner Kollegin Deckung. Sie leuchteten in den Raum hinein, wo der Putz in großen Stücken von den Wänden gefallen war. Doch da drinnen war nichts außer Feuchtigkeit und Stille.

Sie gingen weiter, bis sie zu einer weiteren Tür gelangten. Dahinter befand sich ein kleiner Raum mit schmutzig gelben Wänden.

Das Geräusch des Wassers wurde immer lauter, je weiter sie in den Luftschutzbunker vordrangen.

Ganz hinten war eine weitere Tür zu sehen.

Mia drückte sie auf, und erneut deckte Henrik sie, während sie den Raum betrat.

Plötzlich bemerkte sie eine Bewegung.

Eine gespenstische Silhouette war in der einen Ecke des Raums zu sehen.

»Polizei!«, rief sie und riss Handytaschenlampe und Waffe hoch.

»Los, lauf!«, flüsterte jemand.

Als sie den Lichtstrahl in die Ecke richtete, erschien das erschrockene Gesicht eines Jungen. In dem Moment, als sie einen Schritt vorwärts machte, rannte ein anderer Junge an ihr vorbei.

»Stopp! Stehen bleiben!«, schrie sie und verfolgte seine Bewegung mit der Waffe.

»Bitte nicht schießen!«, jammerte er. »Wir haben doch gar nichts gemacht.«

Die Augen des Jungen waren weit aufgerissen, und er atmete keuchend.

Mia betrachtete ihn im Licht ihrer Handytaschenlampe. Sie war davon überzeugt, ihn schon einmal gesehen zu haben.

Dann senkte sie die Waffe.

»Charles Olsson«, sagte sie. »Was zum Teufel machst du hier?«

Jana schloss die Bürotür hinter sich, zog den Mantel aus und setzte sich vor den Laptop. Der Computer begann zu surren, sobald sie den USB-Stick mit den Fotos der Familie Norell einsteckte.

Auf dem Bildschirm öffnete sich ein Fenster, und sie scrollte durch die Fotos von der Taufe der beiden Brüder und von den ersten Geburtstagen. Dann kam sie zu Bildern, auf denen Simon und Jakob sechs beziehungsweise fünf gewesen sein mochten. Die blonden Brüder sahen beinahe wie Zwillinge aus, wie sie nebeneinander in einem Baum saßen, Eis aßen oder Fußball spielten.

Es gab ein Video, in dem Simon etwa acht Jahre alt war und Blockflöte spielte. Sie sah es sich an und hörte, wie der Junge »Bruder Jakob« spielte, doch sie zuckte zusammen, als Jakob plötzlich auftauchte und Simon die Flöte aus der Hand schlug. Wütende Stimmen waren im Hintergrund zu hören, dann endete der Film. Jana scrollte weiter und fand das Video, von dem Ola Söderström gesprochen hatte. Es zeigte die Konfirmation von Jakob Norell und war vor einer Kirche aufgenommen worden. Sonnenlicht drang durch die dichten Baumkronen, die unruhige Schatten auf den Kiesboden warfen. Die Kamera bewegte sich, und nun waren die Brüder Norell im Bild zu sehen. Sie mochten vierzehn oder fünfzehn Jahre alt sein. Ihr Aussehen war inzwischen unterschiedlicher. Simon wirkte in seinem Hemd eher breitschultrig, während Jakob bedeutend magerer war und ein weißes Konfirmationsgewand trug. Sein Gesicht war nicht zu erkennen. Er stand mit gesenktem Kopf da und hatte die Hände zu Fäusten geballt.

Vielleicht betrachtete er seinen Schnürsenkel, der aufgegangen war?

Simon drehte sich zu ihm um und sagte etwas, doch es war nur das Rauschen der Baumkronen zu hören. Nach einer Weile schüttelte er den Kopf, ging vor Jakob in die Hocke und band ihm sorgfältig den Schuh zu.

Als er sich wieder erhob, sah man, dass die beiden miteinander redeten. Danach starrten sie in die Kamera und lächelten schwach, ehe sie aus dem Bild verschwanden. Hier endete das Video.

Jana ging an den Anfang und spielte es noch einmal ab. Diesmal stellte sie den Lautsprecher des Laptops auf die maximale Lautstärke.

Das Rauschen der Bäume erfüllte nun ihr ganzes Büro.

Simon schüttelte den Kopf, hockte sich vor Jakob hin und band ihm den Schuh zu.

Jana hielt die Luft an, als sie Simons Stimme hörte. Sie klang sanft.

»Du musst jetzt lächeln, Brüderchen«, sagte er.

»Ich … mich nennst …«, antwortete Jakob beinahe unhörbar.

Jana spielte den Film ein weiteres Mal ab. Sie hielt ihr

Ohr dicht an den Lautsprecher, schloss die Augen und horchte angestrengt.

Das Rauschen der Bäume war zu hören.

Jana hielt wieder den Atem an und lauschte der weichen Stimme von Simon:

»Du musst jetzt lächeln, Brüderchen.«

Und jetzt konnte sie Jakobs Antwort hören:

»Ich hasse es, wenn du mich Brüderchen nennst.«

Danilo betrachtete Simon, der schweigend neben Nils saß, mit hängender Unterlippe und abwesendem Blick. Der graue Pullover war am Bauch ein wenig hochgerutscht. Kein Wort war über seine Lippen gekommen, seit sie sich in den Gesprächsraum gesetzt hatten, um mit der Gruppentherapie zu beginnen, nur diese schweren Atemzüge.

»Du bist schweigsam, Danilo«, bemerkte Nils. »Und du siehst ein bisschen verärgert aus.«

Danilo sah ihn an.

»Ich ärgere mich ja auch«, antwortete er.

»Worüber denn?«

»Weil du Annie Rosvall von der Frau erzählt hast, mit der ich mich gestern getroffen habe.«

»Aber … Du hast gesagt, dass sie dich umbringen wollte«, antwortete Nils mit flackerndem Blick. »Das hast du doch gesagt, oder?«

»Das habe ich gesagt, ja, aber …«

»Ich dachte, sie wollte dir … wieder wehtun. Du bist mein Freund, Danilo, wenn ich hier rauskomme, habe ich keine Freunde, und ich wollte dir nur helfen …«

»Ich brauche deine Hilfe nicht«, erwiderte Danilo hart. »Wir haben nur ein kompliziertes Verhältnis, sie und ich. Es ist ihre Schuld, dass ich hier sitze, und ich werde sie immer dafür hassen.«

Simon blinzelte und drehte langsam das Gesicht zu ihm. Es sah aus, als versuchte er etwas zu sagen, doch Danilo hörte kein Wort.

»Was war das?«, fragte er und fing Simons Blick auf.

»Dass wir gar nicht so verschieden sind«, murmelte Simon.

»Wie meinst du das?«

Aber Simon antwortete nicht. Auf dem Flur waren Schritte und Stimmen zu hören. Annie Rosvall und Sophie näherten sich.

»Simon, verdammt, jetzt wach schon auf.« Danilo schnipste mit den Fingern. »Was hast du damit gemeint, dass wir gar nicht so verschieden sind?«

»Ich bin hier eingesperrt, genau wie du.«

»Aber du selbst hast doch dafür gesorgt, dass du hier landest, oder?«

Simon sah zu Boden und kniff sich in den Arm.

»Du hast deine Familie getötet, so war das doch, oder?«

Simon sah ihn kurz an.

»Mit dem Messer«, antwortete er.

»Warum?«

Er kniff sich fester in die Armbeuge. »Sie haben mich geschlagen und mich gehasst, weil ich so bin, wie ich bin. Ich habe versucht, es auszuhalten, aber dann ist eines Tages ein Brief gekommen, nach dem ich mich so gesehnt hatte. Mein Vater hat ihn zerrissen und mir ins Gesicht geworfen. Er hat sich darüber amüsiert, dass meine Träume zerstört waren, und das war der Moment, wo ich mich nicht mehr beherrschen konnte. Das hat das Fass zum Überlaufen gebracht.«

Danilo beugte sich vor. Die Schritte waren jetzt draußen vor der Tür.

»Was war das für ein Brief? Erzähl schon.«

»Da gibt es nichts zu erzählen. Ich bin der Typ, der seine Familie umgebracht hat, und daran lässt sich nichts ändern. Ich muss mit dem leben, was ich getan habe. Das gilt auch für Nils und dich. Wir müssen uns alle mit unserem Schicksal versöhnen und Gott um Vergebung bitten. *Wie auch wir vergeben unseren Schuldigern.*«

Er verstummte, als Annie Rosvall und Sophie ins Zimmer traten.

»Na dann, meine Lieben«, sagte Annie Rosvall und schloss die Tür hinter sich. »Zeit für unser heutiges Gruppengespräch.«

Henrik Levin stand mit dem Hausmeister am Zaun des Jugendzentrums Strömvillan und hörte zu, wie Mia die beiden Jungen bearbeitete, die sie in dem Bunker gefunden hatten. Ein paar Jugendliche hatten sich vor dem Gebäude versammelt und verfolgten neugierig das Geschehen.

»Erzähl schon, Charles. Was habt ihr da unten gemacht?«, fragte Mia.

Der Junge mit dem schwarzen Adidas-Rucksack richtete seinen Blick auf den Rasen, als wünschte er sich weit weg.

»Ich kann es Ihnen nicht erzählen.« Er sah verstohlen zu dem anderen Jungen, der einen Kopf größer war als er und breitbeinig dastand, mit verschränkten Armen und trotzigem Blick.

»Und du, Kevin? Kannst du mir erzählen, was ihr gemacht habt?«

»Nee«, sagte er und schüttelte überheblich den Kopf.

»Jugendliche haben so viele Geheimnisse heutzutage«, meinte Eino Josefsson mit glucksendem Lachen und steckte die Hände in die Hosentaschen.

»Was hast du im Rucksack, Charles?«, fragte Henrik.

»Nichts«, antwortete der Junge mit glühenden Wangen.

»Nichts? Also, ich finde, der Rucksack sieht ziemlich schwer aus.«

»Das sind aber nur Schulbücher und so Zeug«, erklärte Kevin.

»Mach ihn auf«, befahl Henrik.

Charles warf wieder einen raschen Blick zu Kevin.

»Komm schon, Charles.«

»Das sind aber nicht unsere«, sagte er.

»Was meinst du?«

Charles biss sich auf die Unterlippe, ehe er widerwillig den Rucksack abnahm, ihn auf den Boden stellte, sich hinhockte und den Reißverschluss öffnete.

»Die hier.« Er hielt drei Stangen Zigaretten hoch. »Wir haben sie nur zufällig da unten gefunden.«

Henrik hielt plötzlich inne, als er die Hände des Jungen betrachtete. Nicht wegen der Zigaretten, sondern wegen der schmutzig braunen Flecken auf den Fingern.

»Rost«, sagte er.

»Was?«

»Du hast Rost an den Händen.«

»Das Rohr ist ziemlich dreckig«, erklärte Charles.

»Welches Rohr?«, wollte Mia wissen.

»Das, auf dem die Zigaretten lagen«, antwortete der Junge.

»Du behauptest also, dass ihr rein zufällig drei Stangen Zigaretten auf einem Rohr gefunden habt?«

»Genau so war das«, versicherte Kevin.

Henrik dachte fieberhaft nach. Schürfwunden. Rost. Rohr.

Er machte auf dem Absatz kehrt und lief zurück zum Gebüsch.

»Wo willst du hin?«, rief Mia.

Aber Henrik antwortete nicht, sondern kletterte hinunter in den Bunker.

Mit der Handytaschenlampe arbeitete er sich wieder zu dem Raum vor, wo die Jungen gewesen waren, richtete den Lichtkegel in Richtung Decke und betrachtete das große, rostige Rohr. Wo kam es her, und wo mündete es?

Er hörte das Flusswasser rauschen und kletterte wieder die Leiter hinauf.

Mia rief erneut nach ihm, während er versuchte, den unterirdischen Verlauf des Rohres nachzuvollziehen. Er rannte den Abhang hinunter, direkt auf das Flussufer zu. Jetzt sah er die Mündung des Rohres, aus dem das Wasser mit voller Kraft herausschoss.

Henrik schloss die Augen. Er mochte den Gedanken kaum zu Ende denken: dass die Opfer auf diesem Weg im Strömmen gelandet sein mussten.

32

»Ihr glaubt also, dass die Leichen durch ein Rohr in den Strömmen gespült worden sind?«, fragte Gunnar.

Mia stand neben Henrik und betrachtete ihren Chef, der in seinem Dienstzimmer auf und ab lief.

»Es muss so sein«, sagte Henrik und breitete die Arme aus. »Lasst uns noch mal rekapitulieren: Wir sind mit der Durchsuchung des Flussufers nicht weitergekommen, wir haben keine Spuren gefunden, nichts. Und niemand hat bemerkt, wie der Täter die Leichen ins Wasser geworfen hat.«

Gunnar hielt inne und sah erst Mia an und dann Henrik.

»Mit wem zum Teufel haben wir es hier eigentlich zu tun?«

»Keine Ahnung«, meinte Mia. »Ich weiß nur, dass wir alle Abflussrohre prüfen müssen, die in den Strömmen münden.«

»Wisst ihr, um wie viele es sich überhaupt handelt?«, erkundigte sich Gunnar.

»Dreihundert«, sagte Ola.

Mia drehte sich um, sie hatte ihn nicht ins Zimmer kommen hören. Er hielt Gunnar ein Blatt Papier entgegen.

»Henrik hat mich auf dem Weg hierher angerufen und mich gebeten nachzuschauen. Also habe ich bei der Stadtentwässerung angerufen und erfahren, dass es dreihundert Abflussrohre gibt, von denen beinahe alle mit einem Gitter versehen sind. An das städtische Kanalisationssystem sind etwa zweieinhalbtausend Gullys angeschlossen.«

»Halten wir es denn für wahrscheinlich, dass der Täter die Leichen in einen Gully geworfen und darauf gesetzt hat, dass sie vom Regenwasser weggespült werden?«, überlegte Gunnar.

»Nein«, erwiderte Henrik. »Es hat zwar stark geregnet, aber für den Transport einer Leiche braucht es sehr viel Wasser. Das Risiko, dass sie stattdessen im Rohr stecken bleibt, dürfte relativ hoch sein. Da die Opfer im Abstand von fast exakt achtundvierzig Stunden gefunden wurden, bin ich davon überzeugt, dass der Täter sich gut mit Rohrleitungen auskennt und wusste, dass die Leichen nicht stecken bleiben, sondern in den Fluss gespült werden würden. Da wir davon ausgehen, dass er einen Unterschlupf in der Nähe des Strömmen hat, möchte ich dich bitten, Ola, alle alten Fabriken, ehemaligen Lagerräume und Industriegebäude zu ermitteln, deren Abflussrohre in den Strömmen münden. Untersuche bitte auch, ob an den Stellen, wo die Leichen gefunden wurden, eine starke Strömung herrscht.«

»Du meinst, wir können den Aufenthaltsort des Täters finden, indem wir ausrechnen, wie weit die Leichen auf dem Fluss getrieben sind?«, fragte Mia.

»Wenn das geht, ja.« Henrik verstummte, als sein Handy klingelte. Er zog es aus der Hosentasche, und Mia hörte ihn sagen:

»Hallo, Frau Berzelius. Na klar, gut, dann machen wir das so. Okay. Bis gleich.«

»Du hast ihr gar nicht erzählt, dass wir herausgefunden haben, wie die Opfer im Strömmen gelandet sind«, meinte Mia.

»Das werde ich ihr sagen, wenn sie herkommt. Sie ist in fünf Minuten hier.«

»Hat sie nur angerufen, um ihren Besuch anzukündigen?«

»Nein, sie bringt einen Film mit, den sie uns zeigen will«, sagte Henrik.

Als das Video von Jakobs Konfirmation zu Ende war, wurde es still im Konferenzraum des Polizeigebäudes. Jana lehnte sich zurück und betrachtete Gunnar Öhrn, Henrik Levin, Mia Bolander, Ola Söderström und Anneli Lindgren, die am Besprechungstisch saßen. Sie wartete darauf, dass einer von ihnen sich dazu äußerte, aber alle schwiegen. Deshalb fragte sie: »Was denken Sie darüber?«

»Tja, wo soll ich anfangen?« Henrik Levin fuhr sich mit der Hand übers Kinn. »Dass Simon Jakobs Schnürsenkel zubindet, bestätigt ja eher unser Bild von ihm als fürsorglichem großem Bruder. Aber warum sagt Jakob, dass er nicht Brüderchen genannt werden will?«

»Vielleicht war es einfach ganz normales Geplänkel unter Geschwistern?«, schlug Anneli Lindgren vor.

»Mag sein«, entgegnete Jana. »Aber wenn sie wirklich so eng waren, wie alle sagen, warum hat Simon dann seinen Bruder getötet?«

Wieder senkte sich Stille über den Raum.

Jana straffte die Schultern und fuhr fort: »Wie Sie wissen, sind die damaligen Ermittlungen zu dem Ergebnis gekommen, dass Simon Norell seine Familie ermordet hat, um sich für seine schreckliche Kindheit zu rächen. Es gab Indizien, die darauf hindeuteten. Wenn die Brüder misshandelt wurden, kann ich nachvollziehen, dass Simon so von Hass und Rachedurst erfüllt war, dass er seine Eltern tot sehen wollte. Aber warum hätte er Jakob umbringen sollen?«

»Vielleicht hat Jakob seine Eltern verteidigt und versucht zu schützen. Und dabei könnte er zwischen die Fronten geraten sein«, mutmaßte Mia Bolander. »Simon hat doch eine Art Psychose erlitten, und es kommt ja durchaus vor, dass psychotische Menschen jemanden aus ihrem unmittelbaren Umfeld töten, den sie als Bedrohung empfinden.«

»Das kommt vor«, sagte Jana. »Aber was Simon betrifft, glaube ich, dass mehr dahintersteckt.«

»Und zwar?«, wollte Ola Söderström wissen.

»Ich weiß es nicht«, antwortete Jana. »Einfach ein konkreter Anlass.«

»Aber den gibt es doch schon«, entgegnete Mia Bolander und verschränkte die Arme vor der Brust. »Zwei sogar: Rache für eine kaputte Kindheit und psychische Erkrankung.«

»Wenn man seine Familie tötet, ist man nicht ganz gesund, da stimme ich dir zu«, sagte Henrik Levin. »Aber die Äußerung von Frau Berzelius hat auch etwas für sich. Und wir wissen noch immer nicht, mit wem Simon Norell in Kontakt steht. Er hat uns angelogen, als er gesagt hat, dass er mit seinem Großvater telefoniert, und er weigert sich preiszugeben, wer mit seinem Auto gefahren ist. Irgendetwas verbirgt er, und zwar etwas, das kein Tageslicht verträgt.«

»Aber haben wir wirklich Zeit, hier rumzusitzen und in dem alten Mordfall herumzuwühlen?«, protestierte Mia Bolander.

»Wir werden nicht länger herumsitzen«, erklärte Jana. »Ich möchte, dass wir unsere Besprechung für eine Weile unterbrechen.«

»Warum?«, fragte Mia Bolander.

»Wir müssen noch mal mit Katrine Rasmussen reden.«

»Sie will aber nichts mit Simon zu tun haben«, gab Henrik Levin zu bedenken.

»Das weiß ich«, erwiderte Jana. »Aber ich möchte sie ja nicht zu Simon befragen, sondern zu Jakob.«

Als sich die Tür des gelben Einfamilienhauses im Wohngebiet Pryssgården öffnete, glaubte Henrik zunächst, dass sie sich in der Adresse geirrt hätten, denn die Frau im Rollstuhl konnte doch nicht Katrine Rasmussen sein. Er hatte sie zwar noch nie gesehen, aber er hätte sie sich niemals so verhärmt und abgemagert vorgestellt.

Obwohl sie sie ohne Proteste einließ, erahnte Henrik in ihrem Blick einen gewissen Widerstand, als er sich zusammen mit Jana Berzelius und Mia auf dem blauen Sofa niederließ.

»Wir wissen, dass es für Sie quälend ist, über Simon zu sprechen«, begann Henrik. »Aber wir versuchen zu verstehen, warum er seine Familie getötet hat, vor allem seinen jüngeren Bruder.«

Katrine Rasmussen sah sie eine ganze Weile an und drehte dann ihren Rollstuhl zum Fenster.

»Haben Sie eine Erklärung für die Geschehnisse?«

Sie antwortete nicht, sondern saß einfach mit dem Rücken zu ihnen da.

»Wollte er sich für all das rächen, was er in seiner Jugend aushalten musste?«, fuhr Henrik fort. »Hatte er irgendwann genug von den körperlichen Misshandlungen?«

»Das glaubt zumindest die Polizei«, lautete ihre knappe Antwort.

»Aber Sie glauben das nicht?«

»Nein, und zwar aus dem einfachen Grund, weil er selbst nie misshandelt wurde.«

Henrik zuckte zusammen.

»Was meinen Sie damit?«, fragte er.

Sie drehte den Rollstuhl zu ihnen.

»Ihr Vater hat sich nur auf Jakob gestürzt, da er in ihm die Wurzel alles Bösen sah.«

»Ehrlich gesagt verstehe ich nicht, wovon Sie reden«, sagte Mia.

Katrine Rasmussens Blick wurde dunkler.

»Und ich verstehe nicht, warum Sie sich so viele Gedanken um Jakob machen. Er ist tot, oder? Und es gibt doch ohnehin keinen Platz auf der Welt für solche wie ihn.«

»Solche wie ihn?«, wiederholte Mia. »Erklären Sie bitte, was Sie damit meinen.«

Katrine Rasmussen schnaubte. »Dieser Junge war anders. Er hat nicht reingepasst. Er hat einem nie in die Augen geschaut, wenn man mit ihm geredet hat, er hat kaum geantwortet, wenn man ihn angesprochen hat, und wenn, dann mit einer jämmerlich piepsenden Stimme. Mager und elend war er auch. Schlimm. Keiner konnte mit ihm umgehen, nicht mal Gott hätte das gekonnt.«

»Ihnen ist nie der Gedanke gekommen, dass es ihm schlecht gegangen sein könnte?«, fragte Jana Berzelius. »Dass er Hilfe gebraucht hätte?«

»Er würde seine kleinen Eigenarten schon ablegen mit der Zeit, so habe ich das jedenfalls gesehen«, sagte Katrine Rasmussen und sah der Staatsanwältin in die Augen. »Ich wusste ja, dass er im Keller eingesperrt wurde, aber er hat nie darüber gesprochen, deshalb …«

Ihre Schultern sackten herunter.

»Ich weiß schon, Sie finden, dass ich Reue zeigen sollte«, fuhr sie fort. »Aber dazu ist es zu spät. Das, was ihm angetan wurde, hatte nichts mit mir zu tun. Ich hatte mit meiner eigenen Familie genug Sorgen.«

Katrine Rasmussen wandte den Blick wieder zum Fenster, als wollte sie ihre Gefühle nicht preisgeben.

»Ich verstehe noch immer nicht«, hakte Mia nach. »Was meinen Sie damit, dass Jakob kleine Eigenarten hatte?«

»Meine Schwester und ihr Mann waren sehr gläubig«, erklärte Katrine Rasmussen.

»Das hatten Sie schon erwähnt«, sagte Mia.

»Sie meinen, dass Jakob nicht in ihre Glaubenswelt hineingepasst hat?«, fragte Henrik.

»Kein bisschen«, erwiderte Katrine Rasmussen und sah sie wieder an. »Die anderen Gemeindemitglieder haben ihn als besessen bezeichnet und ihm den Rücken zugekehrt. Keiner würde das zugeben, aber genauso war es.«

Henrik war verwirrt. Er wusste, dass Kinder bisweilen gezwungen wurden, sich der Religion ihrer Eltern zu unterwerfen. War Jakob geschlagen worden, weil er nicht an Gott glauben wollte?

»Sind Sie auch gläubig?«, erkundigte sich Jana.

Katrine Rasmussen schüttelte den Kopf. »Jahrelang war ich es, aber jetzt nicht mehr. Das hat aufgehört, seit Gott mir im Tsunami meinen Mann, meine Tochter und meine Beine geraubt hat. Ein Gott, der so etwas tut, ist es nicht wert, dass man an ihn glaubt. Ich kann wie gesagt keine Verantwortung für das übernehmen, was meine Schwester und ihr Mann getan haben. Sie sind jetzt tot, genau wie Jakob. Und ich bin allein.«

»Aber wenn Sie nicht von der Rachetheorie der Polizei ausgehen, warum hat Simon denn Ihrer Meinung nach seinen jüngeren Bruder umgebracht?«, fragte Jana.

»Ich habe darüber nachgedacht«, entgegnete Katrine Rasmussen. »Vielleicht hat er diese Neigung zur Gewalt von seinem Vater. Ich kämpfe jeden Tag, um zu akzeptieren, was geschehen ist, und ich denke …«

Sie verstummte, schluckte.

»Was denken Sie?«

»Dass der Grund für immer ein Rätsel bleiben wird.«

»Das heißt, nur Jakob wurde von seinem Vater misshandelt«, stellte Mia fest und betrachtete Henrik und Jana Berzelius. Sie hatten sich gerade von Katrine Rasmussen verabschiedet und waren unterwegs zu ihren Autos.

Eine dunkelgraue Katze flitzte über die Straße, ihr Fell verschmolz beinahe mit dem dunklen Asphalt.

»Aber warum wurde er so von seinem Vater gequält?«, fragte Henrik und schob die Hände in die Hosentaschen. »Inwiefern war er anders als die anderen?«

»Ich weiß es nicht, aber es kommt mir so vor, als würde diese verbitterte Hexe etwas verbergen. Garantiert hat sie uns nicht alles erzählt.«

»Mag sein«, sagte Jana Berzelius. »Aber wenn Simon gar nicht misshandelt wurde, frage ich mich umso mehr, warum er dann seine Familie getötet hat.«

»Vielleicht wollte er die Qualen seines Bruders beenden?«, mutmaßte Mia. »Vielleicht ist etwas in ihm zerbrochen, als er sah, wie Jakob geschlagen wurde?«

»Aber warum sollte er ihn dann töten?«, erwiderte Jana Berzelius. »Alle, mit denen wir bisher gesprochen haben, sagen dasselbe wie Katrine Rasmussen, nämlich dass Simon nur Kontakt zu seinem Bruder hatte, zu niemandem sonst. Und im Film von Jakobs Konfirmation scheint Simon sich ja um seinen Bruder gekümmert zu haben.«

Mia schüttelte resigniert den Kopf.

»Ich kann wie gesagt keine andere Erklärung finden, als dass Jakob versucht hat, Simon an seinem Rachefeldzug zu hindern, und dass alles außer Kontrolle geraten ist«, sagte sie. »Aber wisst ihr, was mich am meisten stört? Dass außer Katrine Rasmussen niemand gewusst zu haben scheint, dass Jakob zu Hause geschlagen wurde. Die Direktorin des Gymnasiums hat ja nur gesagt, dass er verschlossener war als Simon. Dass er verloren oder schüchtern wirkte.«

»Aber irgendwie anders, oder?«, meinte Henrik.

»Ach, das wusste Katrine Rasmussen ja selbst nicht so genau«, sagte Mia und zog ihr Handy aus der Tasche. »Es ist halb vier. Sollen wir zurückfahren und unsere Besprechung fortsetzen?«

»Vielleicht sollten wir unterwegs versuchen, Jakobs Klassenlehrer ausfindig zu machen?«, schlug Jana Berzelius vor. »Wir könnten fragen, ob er ihn auch als irgendwie anders erlebt hat, und wenn ja, warum.«

»Das übernehme ich«, bot Mia an.

»Prima«, sagte die Staatsanwältin und öffnete die Autotür. »Bis gleich im Polizeigebäude.«

Mia nickte und setzte sich neben Henrik in den Volvo. Sobald er die Einfamilienhäuser in Pryssgården hinter sich gelassen hatte, schloss sie ihr Handy an die Freisprechanlage an und suchte die Nummer des Ebersteinska gymnasiet heraus. Als die Stimme der Sekretärin aus den Lautsprechern des Autos zu hören war, bat sie darum, mit der Direktorin verbunden zu werden, die sich nach dreimaligem Klingeln meldete.

»Stina Tunell.«

»Hallo, Kriminalobermeisterin Mia Bolander am Apparat. Meine Kollegen und ich haben gestern mit Ihnen über

Simon Norell gesprochen, und jetzt hätten wir noch ein paar Fragen zu seinem jüngeren Bruder Jakob.«

»Aha?«

»Sie klingen erstaunt?«, entgegnete Mia.

»Nein, nein, fragen Sie ruhig.«

»Wir wissen ja, dass Sie ihn als zurückgezogenen Schüler empfunden haben, aber wir würden auch gern wissen, was sein Klassenlehrer über ihn zu sagen hat.«

»Er hatte zwei Klassenlehrerinnen«, antwortete die Direktorin. »Die erste musste schon nach einem halben Jahr zurück nach Norwegen ziehen, weil ihre Mutter schwerkrank geworden ist. Deshalb haben wir eine Vertretung eingestellt.«

»Können wir dann mit der Vertretungslehrerin sprechen?«, fragte Mia, während Henrik weiter in Richtung Zentrum fuhr.

»Leider nicht«, erklärte die Direktorin betrübt.

»Arbeitet sie nicht mehr bei Ihnen?«

»Nein, sie ist tot, aber das wissen Sie natürlich längst.«

Mia runzelte die Stirn. »Wie hieß sie denn?«

»Sie hieß Emilia«, erklärte die Direktorin. »Emilia Borg.«

»Emilia Borg war seine Vertretungslehrerin?«, rief Mia und sah Henrik an.

»Ja, deshalb war ich vorhin auch so erstaunt, als Sie nach Jakob gefragt haben«, erklärte Stina Tunell. »Ich dachte, Sie wollten über Emilia Borg sprechen.«

33

Gunnar Öhrn lächelte so breit, wie es sich ein Ermittlungsleiter nur erlauben konnte, wenn ein entscheidender Durchbruch geschehen war, dachte Jana. Auf das Whiteboard hinter sich hatte er gerade mit rotem Folienstift *Emilia Borg* und *Jakob Norell* geschrieben und die beiden Namen mit einer dicken Linie verbunden.

»Diese Entwicklung ist sehr interessant«, sagte er.

Vom Team fehlte nur Ola Söderström, aber Jana wusste, dass er genug damit zu tun hatte auszurechnen, von wo und durch welche Rohre der Täter die Opfer in den Strömmen geworfen haben könnte. Sie hatte keine Ahnung, wie er das ausrechnen wollte, aber es musste gehen.

»Ja«, antwortete sie und nickte. »Der neue und der alte Fall verflechten sich immer mehr ineinander. Irgendwie hängt alles zusammen. Die Frage ist nur, wie.«

»Wir haben uns ja bisher auf Simon konzentriert, aber jetzt sind um Jakob jede Menge Fragezeichen entstanden«, stellte Mia Bolander fest. »Wir haben erfahren, dass nur er von dem Vater misshandelt wurde und dass ihm die Gemeinde den Rücken zugekehrt hat, weil man ihn als irgendwie anders erlebte.«

»Anders?«, hakte Anneli Lindgren nach. »Inwiefern? Meinst du vom Aussehen oder von der Persönlichkeit her?«

»Ich meine gar nichts, ich gebe nur wieder, was seine Tante Katrine Rasmussen uns erzählt hat.«

»Natürlich werden wir uns eingehender damit befassen und versuchen zu verstehen, warum Simon ihn umgebracht hat«, sagte Henrik Levin. »Seine Tante war der Meinung, dass er die Gewalt in sich trüge. Dass die Gene und das Umfeld dahintersteckten.«

»Mag sein«, entgegnete Gunnar Öhrn. »Gewalt gebiert Gewalt.«

»Seine Lehrerin hat ja zugegeben, dass es an der Schule Mobbingfälle gab«, berichtete Mia Bolander. »Und es kann gut sein, dass auch die beiden Brüder davon betroffen waren.«

»Aber es gab offenbar keinerlei Anzeichen, dass Simon in der Schule gewalttätig, instabil oder boshaft gewesen wäre«, sagte Henrik Levin.

»Aber jetzt wissen wir ja, dass er in der Psychiatrie sitzt, weil er seine ganze Familie abgeschlachtet hat, insofern ist es ziemlich offensichtlich, dass er irgendeine Art von Störung hat.« Mia Bolander warf ihr Haar zurück.

»Wir wissen auch, dass er mit jemandem außerhalb der Klinik in Kontakt steht. Mit jemandem, den er schützt«, sagte Jana.

»Und von dem Danilo Peña offenbar noch nicht den Namen herausgefunden hat«, erwiderte Mia Bolander. »Hat er sich überhaupt mal gemeldet?«

Jana spürte, dass die Kriminalobermeisterin sie musterte.

»Ich erzähle es Ihnen allen, sobald er etwas herausgefunden hat«, versicherte sie.

»Aber Sie müssen ja schon vorher mit ihm gesprochen haben«, beharrte Mia Bolander. »Was hat er da gesagt? Nichts, oder?«

Jana konnte den intensiven Blick der Polizistin nicht aushalten, deshalb wandte sie sich ab, ehe sie wieder das Wort ergriff: »Er hat gesagt … dass es nicht so leicht ist, mit Simon zu sprechen.«

»Das wundert mich gar nicht, dass er das sagt. Vielleicht will er uns einfach nicht helfen.«

»Moment«, erwiderte Jana, »ich glaube wirklich, dass Danilo Peña alles tut, um uns zu helfen und …«

Sie verstummte, als ihr bewusst wurde, dass sie gerade Danilo in Schutz genommen hatte. Was machte sie da eigentlich?

»Was wollten Sie sagen?«, hakte Henrik Levin nach.

»Dass wir uns konzentrieren müssen«, vervollständigte sie den Satz und erhob sich vom Tisch. »Könnte es weitere Verbindungen zwischen Jakob und den anderen Opfern geben?«

»Das werden wir prüfen«, antwortete Gunnar Öhrn.

»Wir *müssen* das prüfen«, betonte Jana. »Und zwar sofort. Da uns die Zeit davonläuft, sollten wir uns aufteilen. Sie, Herr Levin, nehmen Kontakt zu Frida Norbergs Mann auf, und Sie, Frau Bolander, kümmern sich um Sonja Erikssons Lebensgefährten.«

»Und Sie? Was machen Sie solange?«, kommentierte Mia Bolander.

Aber Jana antwortete nicht, sondern griff nur nach ihrer Aktentasche und verließ den Raum.

»Wie geht es Ihnen?«, fragte Henrik, als er Thomas Norbergs Stimme am anderen Ende der Leitung hörte.

Der Himmel vor dem Bürofenster war von schweren Regenwolken verdunkelt.

»Ich versuche, einen Tag nach dem anderen zu überstehen«, erklärte Norberg. »Die Nächte sind am schlimmsten. Ich kann nicht schlafen, sondern muss die ganze Zeit an

Frida denken, dass mir mein Ein und Alles, meine beste Freundin genommen worden ist. Den Journalisten ist das egal, die rufen ständig an, für die ist das vermutlich einfach nur eine süffige Nachricht, über die sich bestens schreiben lässt.«

»Geben Sie bitte Bescheid, wenn Sie Hilfe brauchen.«

»Danke, ich komme schon zurecht. Vor meinem Sohn muss ich ja Stärke zeigen.«

»Ich müsste Ihnen einige Fragen stellen. Ist es in Ordnung, wenn ich …?«

»Klar, fragen Sie einfach«, antwortete Norberg.

»Wissen Sie, wer Simon Norell ist?«

»Ja. Alle wissen doch, was er seiner Familie angetan hat.«

»Sie offenbar auch?«

Thomas Norberg atmete tief ein. »Frida hat viele Jahre als Krankenschwester im Ärztezentrum Cityhälsan gearbeitet. Zunächst war es ein Traumjob für sie, aber nach einigen Jahren wurde eine Kollegin krankgeschrieben, und sie hatte auf einmal doppelt so viel zu tun. Sie stand unter Druck, war gereizt und unglücklich, weil sie den Patienten nicht in dem Umfang helfen konnte, wie sie es sich gewünscht hätte. Am Ende hat sie es nicht länger ausgehalten, sondern gekündigt und in Söderköping eine Ausbildung zur Masseurin gemacht. Sie fragen sich bestimmt, was das mit Simon Norell zu tun hat, nicht wahr?«

»Ja, richtig«, gab Henrik zu.

Norberg räusperte sich und fuhr fort: »Einmal ist ein junger Mann zu uns nach Hause gekommen. Er hatte langes blondes Haar, sah nett und ziemlich schüchtern aus. Er sagte, er sei Frida im Ärztezentrum begegnet und müsse noch mal mit ihr reden. Ich weiß noch, dass es Frida unangenehm war, dass er bei uns zu Hause aufgetaucht ist. Sie wollte am Abend abschalten, das brauchte sie, damit sie überhaupt noch arbeiten konnte, deshalb hat sie ihn weggeschickt.«

»Worüber wollte er mit ihr reden?«, fragte Henrik.

»Ich weiß es nicht, sie hat es mir nie erzählt. Sie unterlag ja der Schweigepflicht, wie Sie wissen, und er ist nie wieder aufgetaucht. Erst als ich die Fotos von der Familie Norell in der Zeitung sah, wurde mir klar, um wen es sich handelte.«

»Simon?«

»Nein, es war sein Bruder, Jakob.«

Janas Schritte hallten in der Tiefgarage des Polizeigebäudes wider. Sie schämte sich, weil sie Danilo vor versammelter Mannschaft in Schutz genommen hatte. Dabei hatten sie ja alle denselben Auftrag. Sie versuchte nicht daran zu denken, dass schon bald Abend war. Je mehr Informationen sie Danilo zur Verfügung stellte, desto größer war die Chance, dass er den Namen von Simons Kontakt herausfand und damit aus der Forensischen Psychiatrie entlassen wurde, redete sie sich ein.

Sie zog den Zettel mit Pers Telefonnummer aus der Tasche und spielte lange damit herum, ehe sie beschloss, ihn anzurufen.

»Per«, meldete er sich mit gedämpfter Stimme.

»Jana.«

»Hallo, Jana.«

Er klang erstaunt und erfreut zugleich.

»Ich hätte noch ein paar Fragen«, sagte sie und verspürte unerklärlicherweise eine plötzliche Sehnsucht nach ihm.

»Gut, aber ich habe eigentlich keine Zeit. In einer Viertelstunde fängt unsere Besprechung an.«

»Wo bist du gerade?«

»In der Kanzlei, warum? Ist etwas passiert?«

»Komm bitte raus. Ich bin unterwegs zu dir.«

Danilo stand an der Tür und beobachtete die verdammten Pfleger, die sich vor Simons Zimmer unterhielten. Er konnte nicht hingehen, noch nicht. Frustriert schlug er gegen den Türrahmen. So gestresst war er noch nie in seinem Leben gewesen, dachte er. Zumindest nicht, soweit er sich erinnern konnte. Vielleicht bei einem der ersten Trainings damals oder bei dem ersten Mord, den er als Kind ausführen sollte. Seltsam eigentlich, dass er sich nach all diesen Jahren voller Gewalt und Tod jetzt vor der Uhr fürchtete, auf der die Zeit ablief. Er brauchte einen Namen von Simon. Vor morgen. Und die Pfleger standen ihm im Weg.

Es dauerte ein paar Minuten, ehe sie auf einmal ihre Plätze verließen und in den Aufenthaltsraum liefen. Als Danilo an ihnen vorbeiging, sah er, wie sie sich um einen übergewichtigen Mann scharten, der bewusstlos auf dem Boden lag. Vermutlich war er wegen Unterzucker in Ohnmacht gefallen, denn bei vielen Patienten führte die Gewichtszunahme durch die vielen Psychopharmaka zu Diabetes.

Danilo ging rasch zur offenen Tür am Ende des Flurs und betrachtete Simon, der auf seinem Bett lag und auf den eingebauten Fernseher starrte.

»Was schaust du gerade?«

»Wasserfälle«, antwortete Simon. »Ich mag Wasser.«

»Schön«, sagte Danilo. »Kannst du kurz rauskommen?«

Simon sah ihn nicht an, sondern richtete seinen Blick weiter auf den Fernseher und redete so leise, als würde er Selbstgespräche führen.

»Jakob und ich haben oft unseren Großvater begleitet und dem Dröhnen der Turbine gelauscht.«

»Simon, verdammt, ich muss mit dir reden!«

Er sah ihn noch immer nicht an.

»Simon!«

Danilos Stimme verhärtete sich durch den Stress, der in seiner Brust hämmerte.

»Was ist denn hier los?«, fragte der Pfleger mit der Narbe am Kinn, der plötzlich aufgetaucht war.

»Nichts«, sagte Danilo.

»Sie müssen jetzt gehen.«

»Wir reden doch nur ein bisschen.«

»Danilo, tun Sie bitte, was ich sage. Gehen Sie, und ich will Sie heute nicht mehr in der Nähe von Simons Zimmer sehen.«

Danilos Muskeln spannten sich an, als er daran dachte, wie gern er den selbstherrlichen Pfleger umgebracht hätte. Wortlos zwang er sich zum Gehen. Er ermahnte sich, dass er sich jetzt zusammenreißen müsse. Doch der Stress hämmerte nur noch härter in der Brust. Er musste Simon dazu bringen, dass er sein Zimmer verließ. Das war die einzige Möglichkeit, mit ihm ins Gespräch zu kommen. Aber wie?

Danilos Brust hob und senkte sich hastig, während er über eine Lösung nachgrübelte. Sein Blick wanderte durch den Gang und blieb an Nils' Tür hängen.

Nils.

Das war die Lösung.

Danilo sah sich um, stellte fest, dass der Pfleger nicht mehr zu sehen war, und ging rasch zu Nils' Zimmer, klopfte an und drückte die Tür auf.

Der magere Mann schob nervös eine Lesebrille, ein Buch und ein Paar zusammengelegte Strümpfe auf dem Schreibtisch umher. Das Hemd hatte er bis zum Hals zugeknöpft, und das Haar war wie immer seitlich gescheitelt.

»Nils, was machst du?«

»Sie haben … sie haben gesagt, ich soll meine Sachen packen, aber ich weiß nicht, wo ich anfangen soll.«

»Schmeiß den Scheiß einfach in die Tasche, dann kannst du alles sortieren, wenn du draußen bist.«

»Na klar, du hast recht.«

»Hast du Lust, Karten zu spielen?«

Nils nickte.

»Kannst du dafür sorgen, dass Simon auch dabei ist?«

»Ich?«

Ein unsicheres Lächeln huschte über Nils' Gesicht.

Danilo sah hinter sich in den Flur, der noch immer menschenleer war.

»Ich müsste mal mit Simon reden, aber er weigert sich, sein Zimmer zu verlassen. Du musst mir helfen, ihn da rauszubekommen.«

Nils fuhr sich mit einer zitternden Hand über den Mund.

»Aber du hast gesagt … du hast gesagt, dass du meine Hilfe gar nicht willst.«

»Ich habe es mir anders überlegt, okay?«, erwiderte Danilo. »Kannst du mir helfen?«

»Aber was mache ich, wenn … wenn er nicht will?«

»Denk jetzt nicht dran«, entgegnete Danilo.

»Wo sollen wir denn spielen?«

»Natürlich im Aufenthaltsraum«, antwortete Danilo.

»Okay. Worüber wollt ihr eigentlich reden?«

»Über ihn natürlich. Er soll mir etwas verraten.«

Gerade als Mia ihr Handy zur Seite legte, trat Henrik in ihr Büro. Es hatte angefangen zu regnen, und die Tropfen prasselten ans Fenster.

»Ich habe die Verbindung zwischen Frida Norberg und

Jakob gefunden«, sagte er. »Sie ist ihm begegnet, als sie im Ärztezentrum gearbeitet hat, und er hat sie sogar mal zu Hause aufgesucht.«

»Warum denn das?«

»Um über etwas zu reden. Ihr Mann wusste nicht, worum es ging. Aber man geht ja normalerweise zu einem Ärztezentrum, wenn man krank ist oder sich irgendwie schlecht fühlt.«

»Was bei Jakob ja naheliegend wäre bei der Vorgeschichte«, stellte Mia fest.

»Ganz genau.«

»Aber wenn Frida Norberg den Verdacht hatte, dass seine Eltern gewalttätig waren, hätte sie doch Anzeige erstatten müssen.«

»Ich weiß, und ich habe es auch schon bei Cityhälsan probiert, aber es ist halb sechs, und das Ärztezentrum hat vor einer halben Stunde geschlossen. Hast du Sonja Erikssons Lebensgefährten erwischt?«

»Ja, und weißt du, was seltsam ist? Er hat erzählt, dass Sonja in zwei verschiedenen Kindergärten gearbeitet hat, Solgläntan und Smultronet. Und rate mal, wer auch in Smultronet war?«

»Simon und Jakob?«

»Volltreffer.«

»Simon hat also Verbindungen zu allen Opfern«, konstatierte Henrik.

»Durch Jakob, ja. Könnte er mit irgendeinem Bekannten von Jakob in Kontakt stehen?«

»Aber sie hatten doch gar keine Freunde oder Bekannte«, gab Henrik zu bedenken. »Sie waren immer nur zu zweit.«

»Und sie hatten Kontakt zum Großvater.«

Henrik sah plötzlich nachdenklich aus.

»Was denkst du?«, fragte Mia.

»Simon hat die ganze Zeit behauptet, dass er *zu Hause* bei seinem Großvater anruft …«

»Ja, und?«

»Es ist vielleicht etwas weit hergeholt, aber wir sollten nachprüfen, wo der Großvater gewohnt hat, ehe er ins Altersheim gezogen ist. Vielleicht ruft Simon ja bei jemandem an, der an seiner alten Adresse wohnt.«

Henrik sagte das völlig ohne Ironie, aber Mia konnte ein Lächeln nicht unterdrücken.

»Bevor er ins Altersheim gezogen ist, meinst du?«

»Ja.«

Zögernd wandte sie sich zu ihrem Rechner, loggte sich ins Melderegister ein und tippte etwas auf der Tastatur.

»Dann wollen wir mal sehen … Nordkvist. Wie war der Vorname?«

»Ingvar«, antwortete Henrik.

»Ingeltorpsvägen 58, könnte das stimmen?«

»Ich denke schon«, meinte Henrik. »Wer wohnt da jetzt?«

»Wenn man der Datenbank glauben darf, wohnt er noch immer dort.«

»Unsinn.«

Sie drehte sich auf dem Bürostuhl herum.

»Das ist kein Unsinn«, sagte sie. »Ingvar Nordkvist ist noch immer der Besitzer.«

Per stand vor der roten Eingangstür der Rechtsanwaltskanzlei am Gamla torget und wartete auf Jana. Er winkte ihr zu, als sie rechts heranfuhr und das Auto direkt vor ihm abstellte.

»Was wolltest du wissen?«, fragte er, noch ehe sie bei ihm war. »Meine Sitzung beginnt in fünf Minuten.«

Janas Magen zog sich zusammen, als sie seinem Blick begegnete. Um sich vor dem Regen zu schützen, musste sie sich ganz nah zu ihm vor die Eingangstür stellen. So nah, dass sie nur die Hand hätte ausstrecken müssen, um ihn zu berühren.

»Laut den damaligen Ermittlungen hat Simon seine Familie getötet, um sich für die Gewalt zu rächen, die sein Vater ihm und seinem Bruder angetan hatte«, sagte sie.

Per nickte langsam, aber sie konnte ihm ansehen, dass er nicht begriff, worauf sie hinauswollte.

»Es gibt neue Informationen, dass der Vater nur Jakob geschlagen hat, nicht Simon. Laut ihrer Tante galt Jakob als etwas seltsam. Weißt du, was sie damit meinen könnte?«

»Nein, warum fragst du?«

Ihr Handy vibrierte, und sie entschuldigte sich, zog es aus der Tasche und öffnete eine SMS von Henrik Levin, in der er sie darüber informierte, dass Simon Norell über Jakob Verbindungen zu allen Opfern hatte und dass er selbst und Mia Bolander gerade unterwegs zum Haus des Großvaters in Kårtorp waren.

Jana sah Per an.

»Wir versuchen zu begreifen, was der Auslöser war, der Simon zum Mörder machte. Es könnte sein, dass er sich wegen Jakob an seinen Eltern rächen wollte«, erklärte sie und steckte ihr Handy wieder ein.

»Das klingt plausibel«, sagte Per. »Er ist ja der ältere Bruder. Ich bin auch der Älteste und würde niemals zulassen, dass jemand meinen Geschwistern wehtut.«

»Warum habt ihr dann nicht die Tatsache hinterfragt, dass Simon seinen Bruder Jakob getötet hat?«

Per zupfte sein Jackett zurecht.

»Bist du deshalb hergekommen?«, fragte er.

»Was meinst du?«

»Um mich als Idioten darzustellen und die damaligen Mordermittlungen schlechtzumachen? Ich weiß, dass die Untersuchungen damals mangelhaft waren, und ich habe schon erklärt, warum. Reicht das nicht?«

»Per, entschuldige bitte, so war es nicht …«

»Was wolltest du dann?«

Janas Mund wurde trocken.

Per hob den Arm und sah auf seine Uhr.

»Ich muss los. Die Besprechung hat schon angefangen.«

Er machte kehrt und ging schnell durch die Tür ins Gebäude.

Jana blieb stehen, schloss die Augen.

»Ich wollte dich nur sehen«, flüsterte sie.

Es war sechs Uhr, als Henrik und Mia vom Gamla Övägen abfuhren, um zum Haus von Ingvar Nordkvist zu gelangen. Henrik wünschte, er wäre unterwegs zu seinen Kindern, aber stattdessen hatte er schon wieder bei seiner Schwiegermutter anrufen müssen, die gesagt hatte, das sei gar kein Problem, sie kümmere sich gern um die Kinder, weil sie nichts anderes vorhabe.

Der Regen prasselte gegen die Windschutzscheibe, während sie in eine schmalere Straße einbogen. Sie kamen an der Autoverwertung vorbei und fuhren dann durch ein Gebiet von Einfamilienhäusern auf großen Naturgrundstücken. Im Ingeltorpsvägen 58 stand eines der letzten Häuser, dahinter gab es nur noch Wald und Felder. Der kleine Bungalow war rotgestrichen und hatte ein schwarzes Ziegeldach, die Fenster waren alle dunkel.

Henrik und Mia stiegen aus dem Wagen und eilten durch den Regen auf das Haus zu. Sie sahen in den Briefkasten, der leer war, ehe sie die Vortreppe hinaufgingen, klingelten und warteten.

Henrik musste daran denken, wie sie vor Simon Norells Haus gestanden hatten und jemand vor ihnen geflohen war. Doch er sagte nichts, sondern klingelte ein zweites Mal.

Mia spähte durch das hohe, schmale Fenster neben der Tür. Sie schüttelte den Kopf, als wollte sie ihm vermitteln, dass sie keine Bewegungen gesehen hatte.

»Was meinst du? Sollen wir mal mit den Nachbarn reden?«, schlug sie vor.

Henrik nickte, ging die Treppe hinunter und weiter zum nächsten Fenster. Er schaute hinein und sah eine Küche mit Kiefernholztüren und zwei Stühle an einem runden Tisch. Dann trat er einen Schritt zur Seite, um auch einen Blick ins Wohnzimmer zu erhaschen. Das Eichenparkett war vergilbt, die Textiltapeten verschlissen. Auf dem Sofa lagen ein paar Zierkissen, und auf den Fensterbrettern hinter den langen Vorhängen standen leere Blumentöpfe.

»Wollten wir nicht mit den Nachbarn reden?«, sagte Mia hinter ihm.

»Ich komme schon, ich wollte nur nachsehen, ob …«

Henrik verstummte abrupt. Die Vorhänge im Wohnzimmer hatten sich bewegt. Oder hatte er sich das nur eingebildet?

Er lief um das Haus herum zu den Wohnzimmerfenstern und stellte fest, dass eines davon einen Spaltbreit offen stand.

»Was hast du vor?«, fragte Mia, als er seine Finger in den Spalt steckte.

Doch er antwortete nicht, sondern zog nur fest am Fenster, bis es aufging.

Mia sah ihn erstaunt an, während er ihr signalisierte, dass

sie hinter ihm bleiben sollte. Sie zogen ihre Dienstwaffen und kletterten ins Haus.

»Polizei!«, rief Henrik. »Ist da jemand?«

Doch sie hörten nur ihre eigenen Atemzüge und das Geräusch von ihren nassen Schuhen auf dem Fußboden. Sie huschten am Sofa vorbei und sahen in der Küche nach, bevor sie in den dunklen Flur schauten. Ein Stück weiter hinten stand eine Badezimmertür halb offen. Sie teilten sich auf: Mia ging zum Bad, während Henrik zu den anderen beiden Zimmern schlich.

Die Scharniere quietschten, als er die erste Tür aufschob. Es war ein Schlafzimmer, und er sah sich rasch um, blickte unter das zerwühlte Bett und öffnete den Schrank, in dem Kleider hingen und ein kleiner Tresor stand. Dann ging er weiter zum nächsten Raum, der mit Schreibtisch und Bürostuhl an ein Arbeitszimmer erinnerte.

»Fertig!«, rief Mia.

»Fertig!«, antwortete Henrik. Da nun das ganze Haus gesichert war, nahm er den Finger vom Abzug der Waffe und verließ das Zimmer.

Gerade als sie sich an der Küchentür begegneten, wurde die Stille durch das plötzlich einsetzende Summen des Kühlschranks zerrissen. Kalte Luft strömte heraus, als Mia ihn öffnete.

»Henrik …«

Sie nahm eine Packung Milch heraus, die noch nicht abgelaufen war. Schweigend sahen sie sich an.

Hier wohnte jemand.

Instinktiv wich Henrik zurück, denn erst jetzt wurde ihm klar, was er eben gesehen hatte. Beim Blick in den Kleiderschrank war er so voller Adrenalin gewesen, dass ihm das Offensichtlichste entgangen war.

Rasch kehrte er ins Schlafzimmer zurück, öffnete die Schranktüren und betrachtete die Kleider auf den Bügeln.

»Hier wohnt eine Frau«, sagte er zu Mia, die ihm gefolgt war.

Plötzlich wurde sie blass. Ihr Blick blieb am Boden des Kleiderschranks hängen. Neben dem Tresor stand ein Paar schwarzer Lederstiefel mit goldenen Schnallen.

»Das ist sie«, sagte Mia. »Das ist die Frau, die ich gesehen habe, als ich …«

»Wovon redest du?«, fragte Henrik.

»Auf der Jagd nach der Person, die aus Simons Haus geflohen ist, habe ich eine Frau gesehen, die sich gerade über einen Briefkasten beugte …«

»Meinst du, dass diese Frau die Person ist, die wir gejagt haben? Und dass sie hier wohnt?«

Mia sah ihn mit ernstem Blick an.

»Ja, genau das meine ich«, antwortete sie.

34

Die Techniker waren gerade in Kårtorp eingetroffen. Der Regen war stärker geworden, und Mia sah zu, wie Anneli und ihre Kollegen mit ihren Taschen und Kameras ins Haus eilten. Sie und Henrik standen auf der überdachten Vortreppe und blickten auf, als Jana Berzelius rasch auf sie zukam.

»Hier wohnt also jemand?«, fragte sie ohne Umschweife.

»Ja, zweifellos«, erwiderte Henrik.

»Wissen wir, wer es ist?«

»Mia Bolander hat eine Frau in der Nähe von Simon Norells Haus gesichtet, als wir dort waren.«

»Und Sie glauben, dass diese Frau hier wohnt?«

»Ja«, antwortete Henrik. »Und vermutlich ist es jemand, den Simon kennt. Es gibt keinerlei Anzeichen von einem Einbruch, und Simon selbst hat ja gesagt, dass er hier anruft. Ich habe mit Katrine Rasmussen gesprochen, aber sie wusste nicht einmal, dass jemand hier wohnt. Sie hatte vorgehabt, das Haus zu verkaufen, aber dann ist ihr alles über den Kopf gewachsen, und sie hat es einfach leer stehen lassen.«

»Sie hat sich vermutlich einen Scheißdreck darum gekümmert«, bemerkte Mia spitz und wandte den Blick zur Straße, wo gerade zwei Polizeiautos auftauchten.

Man hatte ein paar Kollegen herbeordert, um die Nachbarn zu befragen.

»Wenn sie nicht im Rollstuhl sitzen würde, dann hätte ich sie schon längst verdächtigt«, fügte sie hinzu.

»Wollen wir davon ausgehen, dass Simon die Morde geplant hat?«, wollte Jana Berzelius wissen.

»Er hat wie gesagt Verbindungen zu allen Opfern«, meinte Henrik, »und er hat höchstwahrscheinlich mit der Frau, die hier wohnt, in Kontakt gestanden.«

»Also haben wir es mit einer Mörderin zu tun?«, fragte Mia.

»Das wissen wir noch nicht«, entgegnete Henrik. »Aber es ist zweifellos verdächtig, wenn sie bei unseren Ermittlungen ein zweites Mal auftaucht.«

»Wer könnte sie sein?«, fragte Jana Berzelius. »Eine heimliche Lebensgefährtin von Simon?«

»Keine Ahnung«, erwiderte Henrik. »Ich weiß nur, dass diese Morde und diese Frau irgendwie zusammengehören müssen.«

»Und wie?«

»Vielleicht hat sie Simon dabei geholfen, sich an den drei Opfern zu rächen, und wollte ein Statement abgeben, indem sie sie in Meerjungfrauen verwandelt hat?«, schlug Mia vor.

»Aber warum tut sie das?«, beharrte Jana Berzelius.

»Ja, warum?«, wiederholte Mia, die die verdammte Fragerei der Staatsanwältin allmählich satthatte.

»Wie können wir die Identität der Frau herausfinden?«, wollte Jana Berzelius wissen.

»Wir haben keine Beschreibung«, meinte Henrik, »aber wir hoffen, dass es den Technikern gelingt, Spuren von ihr zu sichern.«

»Sie haben nichts gefunden, was uns weiterbringen könnte?«

Henrik schüttelte den Kopf. »Keine Quittungen, keine Briefumschläge oder etwas Ähnliches. Allerdings befindet sich im Kleiderschrank ein Tresor. Wir haben einen Spezialisten aus Stockholm angefordert, aber der wird erst spätnachts hier eintreffen.«

»Wir müssen alles tun, um herauszufinden, wo sie steckt«, hielt Jana Berzelius fest. »Besitzt Ingvar Nordkvist weitere Immobilien?«

»Nein«, antwortete Henrik.

»Ein Auto vielleicht?«

»Ja, er hat einen weißen Toyota, den wir eben zur Fahndung ausgeschrieben haben.«

»Aber wer weiß, was in ihrem Kopf vorgeht?«, gab Mia zu bedenken. »Vielleicht gibt sie sich mit drei Opfern zufrieden und hat Schweden schon längst verlassen?«

»Oder sie versteckt sich irgendwo in der Nähe vom Strömmen und wartet darauf, eine weitere Leiche in den Fluss zu schicken«, erwiderte Henrik. »Ich bin ziemlich überzeugt davon, dass sie weitermachen wird, und ich glaube …«

Henrik verlor den Faden, als das Handy der Staatsanwältin klingelte.

»Es ist Danilo Peña. Ich muss das Gespräch annehmen, und zwar allein«, sagte Jana Berzelius und ging zu ihrem Auto.

Kaum saß Jana im Wagen und hatte die Tür geschlossen, meldete sie sich.

»Gut, dass du anrufst«, sagte sie laut, um den Regen zu übertönen, der gegen das Autodach prasselte.

»Hör mir jetzt zu!«, zischte Danilo.

»Nein, du hörst mir zu! Wir haben gerade erfahren, dass Simon Kontakt zu einer Frau hat und …«

»Zu einer Frau?«

»Ja, und du musst herausfinden, wer sie ist. Wir haben keinen Namen, noch nicht, aber die Polizei fahndet nach ihr. Sie werden die ganze Nacht weitersuchen. Wir wissen kaum etwas über ihr Aussehen. Aber wir glauben, dass Simon sie gut kennt, da sie im Haus seines Großvaters wohnt. Hat er dir gegenüber irgendeine Frau erwähnt?«

»Nur seine Mutter, die sich nicht darum geschert hat, dass er geschlagen und im Keller eingeschlossen wurde.«

Jana runzelte die Stirn und sah durch die nasse Windschutzscheibe nach draußen.

»Das stimmt nicht«, erklärte sie. »Simon wurde gar nicht geschlagen, nur sein jüngerer Bruder Jakob.«

»Was sagst du da?«

Jana hatte Danilo noch nie so schockiert erlebt.

»Hat er behauptet, dass er selbst geschlagen wurde?«, fragte sie.

»Ja, von seinem Vater, von Klassenkameraden, von …«

»Er lügt«, unterbrach Jana ihn. »Ich habe keine Ahnung, warum er das tut, aber du musst dich jetzt auf diese Frau konzentrieren, du musst ihn noch mehr unter Druck setzen, ihm alles aus der Nase ziehen. Gib mir weitere Infos über sie.«

»Ich muss zugeben, dass es mir gefällt, wenn du mich um Hilfe bittest.«

»Wenn es nicht um diesen Fall gehen würde, dann würde ich niemals …«

»Du hast mich immer gebraucht, Jana«, sagte er.

Sie umklammerte das Telefon in ihrer Hand, wollte Danilos Worte nicht hören.

»Für mich bist du tot, Danilo. Nur dass du es weißt.«

»Du warst davon überzeugt, dass ich sterben würde, als

du mich auf der Klippe in den Schären zurückgelassen hast, aber ich lebe«, antwortete er.

»Du lebst, weil ich dich am Leben gelassen habe.«

»Und warum hast du das getan? Wir halten zusammen, Ker.«

Ihr Magen verkrampfte sich.

»Nenn mich nie wieder Ker«, sagte sie und kniff die Augen zu. Sie versuchte, die Erinnerungsbilder auszulöschen, doch vergeblich.

Sie sah sich selbst als Kind in einem dunklen Raum, wie sie einen Jungen an der Hand hielt und seiner Stimme lauschte.

Ein Klingelton signalisierte, dass angeklopft wurde.

»Ich muss aufhören«, sagte sie, als sie sah, dass Per der Anrufer war.

»Noch nicht, du bist mir noch was schuldig«, erwiderte Danilo.

»Und was?«, fragte sie irritiert.

»Ein Versprechen.«

»Was für ein Versprechen?«

»Dass die Prüfung meines Falles vor dem Verwaltungsgericht die letzte sein wird.«

»Was daran hast du nicht kapiert? Ich kann den Ausgang der Prüfung nicht beeinflussen!«

»Aber dein Vater kann das. Und du sollst dafür sorgen, dass er es tut. Sonst können gewisse Dinge passieren. Du erinnerst dich doch bestimmt an den sogenannten Autounfall, dem Per zum Opfer fiel?«

»Du kannst doch nicht damit drohen, dass …«

»Ich drohe nicht«, unterbrach Danilo sie. »Ich sage nur, dass es bedauerlich wäre, wenn so etwas Karl widerfahren würde … oder dir.«

Jana biss die Zähne zusammen.

»Du kannst sagen, was du willst«, entgegnete sie hart. »Aber wenn du uns keine Infos über diese Frau gibst, bleibst du in der Forensischen Psychiatrie. Denk dran. Also sieh zu, dass du ihren Namen herausfindest. Und zwar sofort.«

»Und jetzt ist sie weg«, sagte Mia und strich sich das regennasse Haar aus der Stirn.

Henrik hob den Kopf und sah gerade noch, wie Jana Berzelius' Auto um die nächste Ecke verschwand.

»Wo will sie bloß hin?«, fuhr Mia fort.

»Keine Ahnung.« Er öffnete die Tür des Volvos. »Los, steig ein.«

»Ich verstehe gar nichts, und du?«, sagte sie, als sie im Wagen saßen.

»Was meinst du?«, entgegnete er und zog sein Handy heraus.

»Was da zwischen Jana Berzelius und Danilo Peña ist«, erklärte Mia. »Ich hatte schon so einen Verdacht, als er verlangt hat, in der Psychiatrie unter vier Augen mit ihr zu sprechen. Warum wollte er nicht mit dir reden? Oder mit mir?«

»Das weiß ich auch nicht«, erwiderte Henrik, während er Olas Nummer heraussuchte.

»Ich habe keine Ahnung, woran ich es festmachen würde, aber Jana Berzelius ist ja nicht gerade gut darin, mit uns anderen zu kommunizieren, was sie von Danilo Peña bisher erfahren hat. Gib's zu!«

»Meinst du, sie hält Infos zurück?«, sagte er, hielt sein Handy ans Ohr und lauschte auf den Freiton.

»Vielleicht liege ich ja völlig falsch, aber irgendwie ist es komisch, oder? Peña hat uns doch bisher keine einzige relevante Info gegeben. Wie lang dauert es, jemandem am Telefon zu sagen, dass man nichts Neues herausgefunden hat? Eine halbe Sekunde maximal. Und das heißt, dass ihr Gespräch längst vorbei sein müsste. Worüber reden die beiden die ganze Zeit?«

»Komm schon«, sagte Henrik. »Es gibt sicher eine Erklärung.«

Mia zuckte mit den Schultern.

»Ich kenne Jana Berzelius nicht so gut, aber sie wirkte ziemlich irritiert, als ich gemeint habe, dass Peña uns vielleicht gar nicht unterstützen will. Ich hatte beinahe den Eindruck, als wollte sie ihn in Schutz nehmen, und ich …«

»Mia, könntest du bitte mal still sein?« Henrik kratzte sich am Hals. »Damit ich mit Ola reden kann?«

»Alles klar.«

Er hörte Olas Stimme an seinem Ohr. »Wie geht es euch? Habt ihr Hinweise zu der Frau in Kårtorp?«

»Keinen einzigen«, sagte Henrik. »Aber die Techniker sind gerade hergekommen, und wir drücken die Daumen, dass sie etwas finden. Diese Frau ist höchstwahrscheinlich die Mörderin, und wir müssen alles tun, um sie zu fassen.«

»Ich habe alle Fabriken, Lagerräume und Industriegebäude aufgelistet, deren Rohre in den Strömmen münden. Es gibt etwa zwanzig mögliche Aufenthaltsorte. Ich habe keine Ahnung, wo sie ist. Man kann unmöglich ausrechnen, wie weit die Leichen vom Wasser fortgetrieben wurden.«

»Wir müssen all diese Gebäude von den Kollegen untersuchen lassen.«

»Zu einem der Gebäude hat Gunnar schon eine Streife geschickt«, berichtete Ola.

»Zu welchem?«

»Zum Industriegebäude an der Dragsbron, ganz in der

Nähe der Stelle, wo Frida Norberg gefunden wurde. Da hat es früher mal Lagerräume gegeben, aber jetzt steht das Gebäude leer. Ich habe in Erfahrung gebracht, dass darunter ein Wasserrohr verläuft, und die Kollegen sind schon unterwegs, um es sich anzusehen.«

»Kannst du uns ganz genau sagen, wo das Gebäude ist?«

»Warum?«

»Weil wir bei der Suche mithelfen werden«, erklärte Henrik und startete den Motor.

35

Der Stress brachte ihn zum Schwitzen. Danilos T-Shirt war am Rücken nass, während er in seinem Zimmer rastlos auf und ab ging. Er wusste, dass er in diesem Moment eine Gefahr für sich selbst und andere darstellte, aber er war so wahnsinnig wütend darüber, dass Simon ihn angelogen und verheimlicht hatte, mit wem er in Kontakt stand.

»Danilo, ist irgendwas?«

Nils klang besorgt. Er stand in der Türöffnung und spielte an der Lesebrille herum, die in seiner Brusttasche steckte.

»Was willst du?«, fragte Danilo.

»Simon hat jetzt sein Zimmer verlassen.«

»Wo ist er?«

»Er sitzt im Aufenthaltsraum. Ich habe ihn dazu überredet hinzugehen. Er will jetzt tatsächlich mit uns Karten spielen.«

Danilo verzichtete darauf, das Handy mitzunehmen, das er unter der Matratze in seinem Zimmer versteckt hatte, drängelte sich an Nils vorbei und ging geradewegs zum Aufenthaltsraum, wo Simon schon saß und die Karten auf drei Stapel verteilte. Danilo setzte sich ihm gegenüber hin und versuchte vergeblich, Blickkontakt mit Simon aufzunehmen.

»Wie heißt sie?«

»Wer?«, fragte Simon.

»Die Frau, mit der du Kontakt hast.«

Nils, der Danilo gefolgt war, warf ihnen nervöse Blicke zu.

»Sag, wie sie heißt!« Danilo ignorierte die Blicke und sah nur Simon an. »Du schützt sie, oder?«

»Wen wir schützen wollen, ist oft ein Rätsel, nicht wahr?«

»Verdammt, sag schon, wer sie ist!«

Er sprang auf, riss Simon vom Sofa und drückte ihn an die Wand.

»Pass auf!«, jammerte Nils.

»Du bist jetzt still und stehst Schmiere«, befahl Danilo ihm. »Die Pfleger müssen ja nicht zusehen, wenn ich ihm den Kopf abreiße.«

»Hör auf«, flehte Nils.

»Tu mir nicht weh«, sagte Simon aufgeregt.

»Dann erzähl mir, wer sie ist«, zischte Danilo und versetzte ihm einen Stoß. »Sag, wie sie heißt!«

Danilo hatte damit gerechnet, dass Simon wütend werden und vielleicht zurückschlagen würde. Aber er sah ihn nur ängstlich an.

»Ist sie deine Freundin? Oder die frühere Freundin von deinem Bruder? Und jetzt lüg mich nicht schon wieder an.«

»Ich habe keinen Bruder, nicht mehr«, antwortete Simon, und jetzt war etwas anderes in seinem Blick zu erahnen, Trauer.

»Du hast ihn doch umgebracht, verdammt. Jetzt tu bloß nicht so, als wärst du traurig darüber …«

Danilo hielt inne. Plötzlich hatte er das Gefühl, als würde irgendwas an Simons Reaktion nicht stimmen. Er warf einen raschen Blick zum Flur, wo kein Pfleger zu sehen war, und trat dann einen Schritt zurück.

»Zeig mir, wie du ihn umgebracht hast, wie du das gemacht hast.«

»Warum?«

»Ich habe auch jemanden, der mir nahesteht und den ich umbringen will.«

»Wen denn?«

»Meine Schwester.«

»Ich dachte, du hättest keine Schwester«, warf Nils ein, der sich auf dem Sofa zusammengekauert hatte.

»Ich habe gelogen«, entgegnete Danilo, ohne den Blick von Simon zu lösen. »Ich habe eine Schwester, und ich will sie schon lange umbringen, aber bisher ist es mir nicht gelungen. Was habe ich für ein Problem?«

»Du hast doch kein Problem.«

»Muss ich aber haben. Du hast fertiggebracht, was ich nicht konnte. Zeig mir, wie du das gemacht hast. Du hast es mit einem Messer getan, oder?«

Simon nickte langsam.

»Komm schon«, sagte Danilo.

»Ich weiß nicht mehr so genau, ich …«

»Hör auf, ich will, dass du zustichst. Streck deine Finger aus, tu so, als wären sie dein Messer.«

»Was macht ihr da?«, fragte Nils beunruhigt.

»Sei still und halt Ausschau, ob jemand kommt!«

»Tut mir leid«, flüsterte Nils und verkroch sich wieder auf dem Sofa.

Danilo packte Simon am Handgelenk und zog ihn näher zu sich. Simon sah ihn flehend an, als Danilo seine Finger streckte.

»Stich auf mich ein. Zeig mir, wie du deinen Bruder getötet hast.«

Danilo stellte sich mit hängenden Armen hin und wartete.

»Ihr seid doch verrückt«, jammerte Nils. »Ich hole jetzt Hilfe.«

»Halt die Fresse, habe ich gesagt! Das hier ist ein Ding zwischen Simon und mir, klar?«

Simon schwieg. Er stand wie versteinert da.

»Okay«, sagte Danilo, »ich habe damit gerechnet, dass du ein bisschen schüchtern sein würdest. Aber weißt du, ich mag auch Messer, genau wie du. Am liebsten mag ich Sägemesser, weil man so viele schlimme Sachen damit anstellen kann. Das hier zum Beispiel.«

Er machte einen Schritt auf Simon zu.

»Ich steche meistens zweimal in die Bauchgegend und einmal in den Hals, das ist ziemlich effektiv, aber wenn ich stattdessen das Messer hier entlangführe …« Danilo zog seinen Finger über Simons Kehle. »… dann verhaken sich die Zähne der Klinge an der Haut und schlitzen den Hals auf. Genau so. Und ich drücke so fest, dass das Messer bis zur Halsschlagader vordringt. Das Herz pumpt weiter, das Blut spritzt ein paar Sekunden lang aus dem Hals, aber du merkst es nicht mehr, du bist schon hirntot.«

Danilo sah Simon in die Augen und hatte nur einen Gedanken.

Dass er nicht den Tod in Simons Blick sehen konnte.

»Du warst es nicht …«

Simon schlug die Augen nieder.

»Du hast deine Familie gar nicht umgebracht, oder? Antworte!«

Danilo versetzte ihm einen Stoß.

»Hör auf!«, schrie Nils mit Tränen in den Augen.

»Halt die Fresse!«

Aber Nils hielt seine zitternden Hände an die Ohren und begann zu schreien. Er schrie und schrie, bis Stimmen und schnelle Schritte hinter ihnen zu hören waren.

»Auf den Boden!«, riefen die Pfleger Danilo zu.

Sie waren zu zweit, dann zu dritt.

Mit zusammengebissenen Zähnen entfernte sich Danilo rückwärts von Simon.

»Runter auf den Boden!«

Danilo streckte die Hände nach oben und ließ sich dann auf ein Knie nieder.

»Ich lege mich hin, aber Sie müssen mir zuhören, ich habe gar nicht …«

»Er hat gesagt, dass er ihm wehtun will!«, rief Nils, und der Speichel spritzte aus seinem Mund. »Dass … dass er ihn töten wird, ja, genau das hat er gesagt.«

»Nein«, protestierte Danilo. »Das hat Nils sich ausgedacht, er …«

»Sie wissen, wie es läuft, Danilo«, sagte der eine Pfleger. »Sie müssen jetzt mitkommen.«

»Das geht nicht«, erwiderte Danilo. »Ihr könnt mich nicht in die Isolierzelle bringen.«

»Ruhig bleiben«, befahl der Pfleger und ging langsam auf ihn zu.

»Ihr fasst mich nicht an!«

»Stillhalten!«

»Ihr könnt mich nicht einsperren, kapiert? Das geht nicht! Das geht nicht!«

Die Haushaltshilfe sagte kein Wort, als sie die Tür zur Villa in Lindö öffnete und Jana sah. Sie unternahm auch keinen Versuch, sie daran zu hindern, das Haus zu betreten. Man hatte den Eindruck, als wüsste sie, dass es keinen Sinn hatte.

»Ihr Vater ist im Esszimmer«, sagte sie nur. »Soll ich Ihnen den Mantel abnehmen?«

Jana zog den regenfeuchten Mantel aus, reichte ihn ihr und ging dann durch das Haus.

Die Esszimmertür quietschte, als sie sie aufschob. Behutsam schloss sie sie hinter sich und betrachtete ihren Vater, der am kurzen Tischende saß und ein Glas Rotwein in der Hand hielt. Sein Blick ging aus dem Fenster, wo die Wellen des Bråviken hart gegen den Strand schlugen.

Sie trat auf den Tisch zu, stellte sich ein Stück von ihm entfernt hin und wünschte, dass er als Erster das Wort ergreifen würde. Aber das tat er nicht, und sie verlor die Geduld.

»Danilo hat gedroht«, sagte sie.

»Tatsächlich?« Ihr Vater stellte vorsichtig das Glas auf die weiße Leinentischdecke. »Darf ich fragen, wie er das tun konnte?«

»Ich habe mit ihm gesprochen«, erklärte sie und erstarrte, als sie das Handy in ihrer Tasche klingeln hörte.

»Du hast mit ihm gesprochen?«

Jana zog das Telefon hervor, doch als sie sah, dass es Per war und nicht Danilo, steckte sie es wieder weg. Sie hatte keine Zeit zu antworten, nicht jetzt.

»Erklär es mir, Jana. Warum hast du das getan?«

Als ihr Vater sie ansah, kam es ihr so vor, als veränderte sich etwas im Raum. Als würde die Wärme durch Kälte ersetzt.

»Sag mir, was ich tun muss, damit du Danilo aus der Forensischen Psychiatrie entlässt«, entgegnete sie.

»Jetzt hör schon auf.«

»Ich werde nie aufhören.« Sie machte ein paar Schritte vorwärts, stellte sich dicht neben ihn.

»Nichts wird besser, wenn du dich rächst«, sagte ihr Vater. »Nichts.«

»Doch.«

»Nein!«

Seine Worte klangen nach.

»Nur derjenige, der seinen Platz im Leben kennt, bewältigt es problemlos. Egal, welcher Platz es ist«, sagte er und erhob wieder das Weinglas. »Richte ihm das aus.«

Jeder Muskel in Janas Körper spannte sich an, und ohne darüber nachzudenken, riss sie ihrem Vater das Glas aus der Hand, warf es auf den Boden und zischte:

»Ich werde nicht aufgeben! Verstehst du das? Du wirst ihn entlassen, sonst …«

»Sonst was?«, unterbrach ihr Vater sie und betrachtete sie mit einer Mischung aus Wut und Schmerz.

Sie schwieg.

»Ich sehe jetzt die Ähnlichkeit zwischen euch«, sagte er. »Glaubst du, dass du mich mit Drohungen dazu bringst, meine Kontakte spielen zu lassen?«

Jana straffte die Schultern und sprach mit gedämpfter Stimme zu ihm: »Ich will nur, dass du begreifst, was ich tun muss. Das ist alles. Ich muss ihn aus meinem Leben entfernen, ich kann so nicht weitermachen. Ich kann nicht zulassen, dass er über mich herrscht, ich kann nicht …«

Ihre Stimme zitterte.

Ihr Vater hob sein Kinn ein wenig.

»Und Per?«, fragte er.

»Er ist kein Problem mehr«, erwiderte Jana. »Falls du befürchten solltest, dass Danilo ihm wieder Schaden zufügen könnte, dann …«

Rasche Schritte waren vor der Tür zu hören.

»Um ihn mache ich mir keine Sorgen.«

Jana sah ihn erstaunt an. »Ich dachte …«

»Du denkst so viel«, antwortete er, ehe die Tür aufging.

»Was ist hier los? Es klang so, als sei ein Glas zu Boden gefallen«, sagte Elin.

»Das war ein Versehen«, erklärte Karl. »Jana und ich sind jetzt fertig. Es wäre schön, wenn Sie hier ein bisschen aufräumen könnten.«

Die kalten Regentropfen ließen Mia schaudern, als sie und Henrik beim großen Industriegebäude am Strömmen aus dem Auto stiegen. Vier Polizeiwagen mit blinkendem Blaulicht standen davor. Durch die leeren Fenster des großen Ziegelbaus waren flackernde Lichtkegel von Taschenlampen zu erkennen.

Mia sah, dass der Metallriegel, der die schwere Eisentür verschlossen hielt, auf dem regennassen Boden lag, neben einem offenen Vorhängeschloss.

Hatten die Kollegen es aufgebrochen, oder war es schon offen gewesen, als die Polizei eintraf?

Ihre Gedanken kreisten um Charles und Kevin, auf die sie im Schutzraum gestoßen waren. Sie wusste, dass Jugendliche häufig nach verlassenen Plätzen suchten, und vielleicht hatten sie sich ja schon vor der Polizei hier Zugang verschafft.

Die Fenster waren jetzt schwarz, das Licht der Taschenlampen war nicht mehr zu sehen. Vermutlich waren die Kollegen weiter ins dunkle Gebäude vorgedrungen.

Gunnar traf in seinem eigenen Wagen ein, stieg aus und eilte zu ihnen. Im Licht der Autoscheinwerfer konnte sie die Hoffnung in seinem Blick erkennen.

»Wie ist die Lage?«, fragte er.

Gerade als Mia antworten wollte, waren Stimmen aus dem Gebäude zu hören.

»Alles klar!«, rief jemand.

»Hier ist nichts«, rief ein anderer Kollege.

In Gunnars Augen erlosch die Hoffnung.

»Na gut«, sagte er. »Das heißt, das Gebäude ist leer, und die Techniker haben in Kårtorp bislang nichts Relevantes gefunden.«

»Aber wir haben keine Alternative, wir müssen weitersuchen«, erklärte Mia. »Es gibt noch immer neunzehn Gebäude, wo die Täterin und ihr Opfer sich aufhalten könnten.«

»Könnten, ja«, wiederholte Gunnar.

Henrik sah auf den Fluss hinaus.

»Es könnte ja sein, dass …«, setzte er an.

»Dass was?«, wollte Mia wissen.

»Dass sie einen Ort aufsucht, den sie von früher kennt. Wo sie oder ein Angehöriger von Simon gearbeitet oder gewohnt hat.«

»Stimmt. Ich werde Ola bitten, das zu prüfen«, sagte Gunnar und ging auf sein Auto zu. »Fahrt jetzt nach Hause. Ich rufe euch an, sobald ich etwas Neues weiß.«

Mia folgte ihm mit dem Blick, ehe sie die Autotür öffnete und sich in ihren nassen Kleidern auf den Beifahrersitz sinken ließ. Sie sah Henrik an, der sich schweigend hinter das Steuer setzte.

»Werden wir sie finden?«, fragte sie.

»Wir dürfen nicht den Glauben verlieren«, entgegnete er.

»Aber finden wir sie, bevor sie das nächste Opfer in den Strömmen wirft?«

»Auch daran müssen wir ganz fest glauben. Aber jetzt will ich einfach nur nach Hause zu den Kindern. Wo soll ich dich rauslassen?«

Mia antwortete nicht, sondern sah in die Dunkelheit und den Regen hinaus und fragte sich, wo sie heute Abend hinsollte. Vielleicht einfach nach Hause, aber was sollte sie da? Sie hatte Hunger, konnte sich aber nicht überwinden, noch einkaufen zu gehen, obwohl sie nichts mehr im Kühlschrank hatte. Nicht einmal der verdammte Traum von der Liebe war ihr geblieben.

Mia zog das Handy aus der Tasche und öffnete Tinder. Sie hatte sich entschieden, ihr Profil zu löschen und nie wieder diese App zu benutzen. Es war ihr egal, dass ihr drei neue Männer vorgeschlagen wurden. Drei wildfremde Typen, die sie haben wollten. Die sie sogar gutaussehend und sexy fanden …

»Willst du nach Hause?«, unterbrach Henrik ihre Gedanken. »Zum O'Learys? Oder zu einem von diesen Männern, die du gerade anstarrst?«

Mia seufzte über Henrik und über sich selbst.

»Ich will nach Hause«, erklärte sie und löschte die App.

36

Der Regen trommelte auf den Asphalt, als Jana aus der Tiefgarage kam. Sie war überzeugt gewesen, dass ihr Vater Danilo in der Psychiatrie untergebracht hatte, um ihn aus ihrem Leben zu entfernen. Aber der eigentliche Grund für sein Verhalten war, dass er sie schützen wollte. Das hatte er nicht so direkt gesagt, aber ihr war klar geworden, dass es genauso war. Ein warmes Gefühl breitete sich in ihr aus, obwohl sie ihm nie würde verzeihen können, dass er Danilos Urteil manipuliert hatte.

Auf dem Weg in ihre Wohnung in Knäppingsborg begegnete sie einem Mann, der in der einen Hand einen Regenschirm und in der anderen ein heißes Würstchen hatte. Ihr fiel ein, dass sie etwas essen musste. Sie suchte in ihrem Handy ein asiatisches Restaurant heraus, gab ihre Bestellung ein und las die Ankündigung, dass die gebratenen Nudeln in zwanzig Minuten geliefert werden würden.

Die Haustür quietschte beim Öffnen. Jana verzichtete darauf, das Licht anzuschalten, und blieb eine ganze Weile im dunklen Treppenhaus stehen, nahm die Einsamkeit und die Stille wahr, die auf sie warteten.

Langsam ging sie die Treppe hinauf. Von Weitem hörte sie die Martinshörner eines Rettungswagens. Das Geräusch erstarb, als sie in ihrer Etage angekommen war. Sie wollte gerade weitergehen, als sie plötzlich eine Bewegung spürte.

Ein Mann stand an ihrer Tür.

Sofort waren ihre Sinne geschärft. Sie dachte an Danilos Drohung, und ihr erster Impuls war, sich für einen Angriff zu wappnen, aber irgendetwas hielt sie davon ab.

»Du siehst ziemlich nass aus«, sagte eine wohlbekannte Stimme. »Wie lange bist du draußen im Regen gewesen?«

Jana konnte ein Lächeln nicht unterdrücken, als sie die Treppenhausbeleuchtung einschaltete und Per sah, der vor ihrer Wohnungstür stand.

»Nur kurz«, erwiderte sie und merkte erst jetzt, dass ihr die Kleidung am Körper klebte. »Was tust du hier?«

»Du bist nicht ans Telefon gegangen, da habe ich gedacht … Ich meine, ich bin einfach auf gut Glück vorbeigefahren und habe gehofft, dass du zu Hause bist.«

»Tut mir leid, dass ich nicht rangegangen bin.«

»Und mir tut es leid, dass ich vorhin so aufbrausend war«, antwortete er. »Das war dumm von mir, ich wollte dir nur sagen, dass ich … Entschuldigung.«

Sie nickte langsam. »Wir haben eine neue Spur, die einen Durchbruch für die Ermittlungen bedeuten könnte. Hast du kurz Zeit?«

»Sonst wäre ich nicht hier.« Er lächelte.

Jana sah ihn eine ganze Weile an, dann ging sie zur Wohnungstür und schloss sie auf.

Als Henrik nach Hause kam, schloss er die Tür so leise wie möglich hinter sich. Gunnar hatte eben angerufen und erzählt, dass sie nach wie vor weder den Tatort noch irgendwelche Spuren von der verdächtigen Frau in Kårtorp gefunden hatten. Er hatte Streifen zu zwei weiteren Gebäuden am Strömmen geschickt, doch bislang ohne Ergebnis.

Jetzt waren noch siebzehn potenzielle Orte im Rennen, und sie würden weitersuchen. Obwohl es schon neun Uhr abends und daher schwierig war, die richtigen Ansprechpartner zu erwischen, hatte Ola versprochen, alles zu tun, um ein Gebäude zu finden, dessen Abflussrohre in den Strömmen mündeten und bei dem es eine Verbindung zu einem Angehörigen von Simon Norell gab. Dabei berücksichtigte er nicht nur leerstehende Anlagen, sondern auch Gebäude, die noch genutzt wurden.

Mia bezweifelte, dass sie die Frau und ihr Opfer rechtzeitig finden würden. Auch Henrik hatte kaum Hoffnung, aber er hatte ihr gegenüber lieber geschwiegen. Er wusste auch nicht, warum. Jetzt, da er im Flur stand und die Handschuhe der Kinder betrachtete, die zum Trocknen auf der Heizung lagen, spürte er, wie die Müdigkeit ihn überwältigte. Er vergrub das Gesicht in seinen kalten Händen und dachte, dass er tatsächlich bereit war, das Handtuch zu werfen und die Polizeiarbeit komplett aufzugeben.

Aus Vilmas Zimmer war die ruhige Stimme seiner Schwiegermutter zu hören, die aus einem Buch vorlas. Er nahm die Hände vom Gesicht, zog die nasse Jacke und die durchweichten Schuhe aus.

»Können wir nicht noch ein Buch lesen?«, hörte er Vilma. »Nur eins noch …«

Henrik ging die Treppe hinauf. Die kleine Lampe über Vilmas Bett brannte. Ingrid sah vom Buch auf, als er den Raum betrat.

»Papa!« Vilma streckte ihm die Arme über die hellblaue Bettdecke hinweg entgegen.

»Hallo, mein Schatz«, sagte er und gab ihr einen Kuss auf die Wange. »Schläfst du noch gar nicht?«

»O nein.« Ingrid erhob sich mühsam vom Bett. »Aber jetzt wird sie gleich schlafen, wo der Papa wieder zu Hause ist. Gute Nacht, meine Kleine.«

»Gute Nacht, Oma«, antwortete Vilma.

»Soll ich das Licht ausmachen?«, fragte Henrik.

»Nein.« Vilma kuschelte sich an ihren weißen Teddy und zog die Bettdecke bis zum Kinn hoch.

Henrik ging in Felix' Zimmer, strich seinem schlafenden Sohn über die Stirn und schlich dann weiter zu Vilgot. Er lächelte, als er sah, wie sich der Mund seines Jüngsten im Schlaf bewegte.

»Es sind noch Pfannkuchen da, die du dir warm machen kannst«, erklärte Ingrid, als er wieder nach unten in die Küche kam.

»Danke«, sagte Henrik. »Für alles. Ich weiß deine Hilfe wirklich sehr zu schätzen.«

Sie tätschelte ihm zärtlich die Wange.

»Wie geht es Emma?«, fragte sie später. »Alles in Ordnung?«

»Vermutlich schon, da sie keine Zeit hat, sich bei mir zu melden.«

Ingrid lächelte. »Es tut ihr gut, eine Weile rauszukommen, glaub's mir.«

»Sie ist morgen wieder da.«

»Ich weiß, aber wenn du noch Hilfe brauchen solltest, melde dich einfach.«

Als die Haustür zuging, atmete Henrik tief durch. Er hatte vorgehabt zu duschen, doch dann zog er einfach nur saubere, trockene Sachen an und ging dann zurück in die Küche, wo er den Teller mit den Pfannkuchen in die Mikrowelle stellte.

Es schepperte, als er die Besteckschublade öffnete.

Nach zwei Minuten waren die Pfannkuchen heiß. Er schlang sie hinunter, mit Himbeermarmelade und Zucker, und dachte an Emma. Vielleicht sollte er ihr eine SMS schreiben, nur um zu erfahren, wie es ihr ging, nur um ihr zu sagen, dass er sie vermisste?

»Papa?«

Henrik zuckte zusammen, als er Vilmas Stimme hörte. Sie stand in der Türöffnung und hielt ihren Teddy im Arm.

»Vilma«, seufzte er und legte das Besteck auf den Teller. »Du musst jetzt schlafen.«

»Kannst du bei mir liegen? Nur ein bisschen?«

»Na klar kann ich das.«

Henrik hielt sie an der Hand und ging nach oben in ihr Zimmer. Er nahm sich fest vor, nur so lange neben ihr zu liegen, bis sie eingeschlafen war, und dann weiterzuarbeiten. Vilma kuschelte sich dicht an ihn. Er lauschte ihren ruhigen Atemzügen und kämpfte gegen den Schlaf an, indem er an alles dachte, was er noch machen musste. Aber es fiel ihm immer schwerer, die Augen offen zu halten. Und nach fünf Minuten schlief auch er tief und fest.

Jana hatte sich umgezogen und trug nun eine Hose und ein enganliegendes Oberteil. Eilig kehrte sie zurück in die Küche und atmete aus, als sie sah, dass Per sich an den Küchentisch gesetzt hatte.

»Du bist noch da«, stellte sie fest.

»Warum sollte ich weg sein?«, fragte er stirnrunzelnd.

»Schon gut.« Sie schüttelte den Kopf.

»Das heißt, ihr bezweifelt, dass Simon Norell wirklich seinen Bruder Jakob umgebracht hat?«

»Ja«, antwortete Jana und lehnte sich an die Arbeitsfläche. »Sie hatten doch sonst niemanden, nur einander. Also drängt sich mir natürlich die Frage auf, warum Simon dann seinen jüngeren Bruder getötet haben soll. Hat er jemals eine Frau erwähnt?«

»Nur seine Tante, Katrine Rasmussen. Warum?«

»Wir sind die ganze Zeit davon ausgegangen, dass Simon mit einem Mann in Kontakt gestanden hat, aber seit heute sind wir davon überzeugt, dass es eine Frau ist.«

»Ihr glaubt also, dass er sie mit den Meerjungfrauenmorden beauftragt hat?«

Sie nickte langsam.

»Glaubt ihr, dass diese Frau auch seine Familie getötet hat?«

Jana dachte darüber nach. Es brauchte zweifellos eine gewisse Körperkraft, um eine Leiche zu zerstückeln und abzutransportieren.

»Gab es Hinweise darauf, dass außer Simon noch jemand anderes am Tatort gewesen sein könnte?«, fragte sie.

»Nein, gar keine. Außerdem hat er uns ja gezeigt, wo die Leichenteile zu finden waren.«

»Die Leichenteile«, wiederholte sie langsam. »Die Polizei hat aber nicht alle gefunden, oder?«

»Ganz genau.«

Per verstummte.

»Du hast Gänsehaut«, sagte er dann.

»Ich friere noch immer«, antwortete Jana. »Willst du ein Glas Wein?«

Er nickte, stand auf, öffnete den Küchenschrank und nahm zwei Weingläser heraus.

»Du weißt noch immer, wo sie stehen«, bemerkte sie.

Er lächelte, öffnete den Weinkühlschrank und entschied sich für eine Flasche weißen Bordeaux. Langsam füllte er die Gläser bis zur Hälfte. Seine Hand berührte ihre flüchtig, während er ihr das eine Glas reichte.

»Prost«, sagte Per.

»Prost«, sagte Jana und trank einen großen Schluck.

Sie stellte fest, dass er sie lächelnd betrachtete.

»Was ist?«

»Als du zur Kanzlei gekommen bist, hast du gesagt, dass du ein paar Fragen hast.«

»Ja.«

»Ich habe nachgedacht und vermute, dass das nicht ganz stimmt, oder?«

»Nicht?«, murmelte sie und trank einen weiteren Schluck.

»Du hättest mir die Fragen doch am Telefon stellen können, also … Warum bist du gekommen?«

Sie sahen einander kurz an, ehe Jana die Augen niederschlug.

»Du brauchst nicht zu antworten«, sagte er.

Sie blickte langsam wieder hoch. Betrachtete sein blondes Haar, die markanten Gesichtszüge und die Brust, die sich unter dem Hemd hob und senkte.

Vorsichtig stellte sie das Glas auf die Arbeitsplatte. Erst zögerte sie, dann machte sie einen kleinen Schritt auf ihn zu. Und noch einen. Er stand reglos vor ihr. Jetzt war sie so nahe bei ihm, dass sie die Wärme seines Körpers spürte.

Ihr Herz pochte heftig, während sie sich zu ihm beugte. Ihre Nasenspitzen berührten sich, und sein Atem strich über ihre Haut.

Langsam beugte sie sich noch weiter vor und wollte mit ihren Lippen gerade seinen Mund streifen, als es an der Tür klingelte.

Sie zuckten beide zusammen.

Per sah sie mit ernsten, fragenden Augen an, als versuchte er zu begreifen, was gerade geschehen war.

Sie öffnete den Mund, brachte aber kein Wort heraus.

Es klingelte erneut.

Jana verließ die Küche, ging in den Flur hinaus und öffnete. Vor der Tür stand ein Mann mit asiatischem Aussehen und einer weißen Schachtel in der Hand.

»Bitte sehr«, sagte er und lächelte. »Sie hatten gebratene Nudeln bestellt.«

»Danke«, erwiderte Jana, nahm die Nudeln in Empfang und zahlte.

Als sie sich umdrehte, sah sie, dass Per ihr in den Flur gefolgt war.

»Bist du hungrig?«, fragte sie. »Es ist nur eine Portion, aber wir können sie uns teilen … Wenn du willst?«

»Ich kann nicht, ich … ich muss los.«

»Aber …«

Sie versuchte, seinen Blick aufzufangen, aber er wandte sich ab, ging einfach an ihr vorbei, zog sich die Schuhe an und verschwand zur Tür hinaus.

»Per«, sagte sie in einem Versuch, ihn aufzuhalten.

Aber die Tür fiel zu, und sie hörte seine Schritte im Treppenhaus widerhallen.

Ich war frustriert. Es hatte viel zu lange gedauert, ehe ich wieder zur Frau im Wassertank gehen konnte. Die Polizei war überall, aber ich musste ruhig bleiben. Denn falls sie wirklich den Weg hierher finden würden, wäre es zu spät. Die Frau wäre schon tot, redete ich mir ein. Das war das Einzige, was zählte.

Ich betrachtete ihr müdes Gesicht und das Haar, das an den nassen Wangen klebte.

»Bitte, lassen Sie mich raus«, flehte sie. »Ich weiß, worum es geht, ich weiß, dass Sie …«

Ihre Stimme erstarb, und es kam mir so vor, als wären meine Ohren plötzlich taub, wie im Flugzeug. Sie glaubte wohl, dass sie davonkommen könne, dass es reichen würde, wenn sie um Gnade bat.

Wortlos ging ich zum eisernen Handrad und bewegte es ganz langsam im Uhrzeigersinn, um es ihr zu zeigen. Das wird dir widerfahren, wollte ich sagen. Hierher haben dich deine Taten geführt, und jetzt bleibt dir kaum noch Zeit. Niemand wird herkommen, niemand wird dich rechtzeitig retten.

Sie zitterte immer stärker, schlug mit den Händen gegen die Glasscheibe.

»Bitte, hören Sie zu, ich habe Kinder, ich tue alles, was Sie wollen …«

Sie verstummte, als das Rohr über ihr knackende Geräusche von sich gab.

Ich ließ das Handrad los und wartete.

Als der erste Tropfen auf den Boden des Tanks fiel, zuckte sie zusammen wie bei einer unerwarteten Ohrfeige. Dann kam das abgestandene, stinkende Wasser. Es strömte auf sie herab, und endlich ertönte das, worauf ich gewartet hatte.

Ihr entsetzter Schrei.

FREITAG

37

Henrik Levin hörte ein schwaches Geräusch wie im Traum. Schlaftrunken sah er sich im Zimmer seiner Tochter um, ehe er begriff, dass es das Klingeln des Telefons war, das ihn geweckt hatte. Ihm wurde eiskalt, als er Annelis Namen auf dem Display sah. Hatten sie den Täter jetzt gefunden? Oder rief sie an, um zu sagen, dass ein neues Mordopfer im Strömmen trieb?

»Henrik«, sagte er heiser und richtete sich auf. Neben ihm lag Vilma, die noch immer tief und fest schlief.

»Ich weiß, dass es erst sieben Uhr morgens ist, aber ich musste dich unbedingt sprechen«, erklärte Anneli.

Sieben! Das konnte doch nicht wahr sein! Hatte er die ganze Nacht verschlafen?

»Was ist passiert?«, fragte er, erhob sich und fluchte im Stillen, als er auf eine große Steckperle trat, die in dem flauschigen Teppich lag.

»Es ist uns endlich gelungen, den Tresor in Kårtorp zu öffnen«, antwortete sie.

»Und?«, fragte er und schloss die Tür hinter sich. »Lag etwas drin?«

»Wir haben Schmuck gefunden, Henrik.«

Er schluckte heftig.

»Was für Schmuck?«, fragte er, obwohl er schon die Antwort wusste.

»Unter anderem einen herzförmigen Goldohrring und einen roten Piercingschmuck.«

Der zweite Ohrring von Sonja Eriksson, dachte er. Und Frida Norbergs Piercing.

»Im Tresor lagen noch viele weitere Schmuckstücke«, fuhr Anneli fort. »Halsketten, Armbänder und Ringe. Wir haben auch Bargeld und mehrere Handys gefunden. Ich werde den Inhalt gleich mal sortieren und dokumentieren.«

»Diese Frau steckt also wirklich hinter den Morden«, meinte Henrik.

»Scheint so. Als ich vorhin mit Gunnar gesprochen habe, hatte er schon Kollegen zu allen Gebäuden am Strömmen geschickt, die auf Olas Liste stehen. Er überlegt gerade, wo wir als Nächstes suchen sollen.«

Enttäuschung breitete sich in ihm aus.

»Schick mir bitte die Fotos, sobald du mit der Dokumentation des Schmucks fertig bist«, sagte er und ging hinunter ins Erdgeschoss.

»Versprochen. Wir haben übrigens einen Brief gefunden.«

»Einen Brief?«

Er blieb auf halber Treppe stehen.

»Es scheint eine Einladung zu einem Arzttermin zu sein«, sagte Anneli.

»Wer wird denn eingeladen?«

»Das weiß ich noch nicht. Der Brief ist zerrissen, wir haben nur noch die eine Hälfte.«

»Okay«, sagte Henrik und rieb sich die Schläfen, um die

Gedanken zu sortieren. »Kannst du sehen, worum es bei dem Arzttermin gehen sollte?«

»Offenbar um eine Geschlechtsangleichung, und ich glaube, das Schreiben stammt von einem Arzt namens Pål Göransson. Recherchier mal bitte nach. Ich habe das Schreiben schon abfotografiert und schicke es dir gleich rüber.«

Henrik beendete das Gespräch und blieb auf der Treppe stehen, ohne den Blick vom Display zu lösen. Nach einigen Sekunden traf Annelis Nachricht ein. Er betrachtete das Foto, das sie geschickt hatte. Es sah tatsächlich nach einem Arztschreiben aus. Rasch googelte er Pål Göransson. Die Suche ergab, dass der Achtundfünfzigjährige Oberarzt für Plastische Chirurgie an der Uniklinik in Linköping war und in einem Stadtviertel wohnte, das Ekängen hieß.

Henrik klickte weiter durch die Trefferliste, bis er Göranssons Telefonnummer gefunden hatte. Sein Puls schlug heftig, als er die Ziffern in sein Handy tippte. Geh ran, dachte er. Los, geh ran!

Jana Berzelius saß in der Küche und hatte die Ermittlungsakten zu den Morden an der Familie Norell vor sich liegen. Die Gedanken an Per hatten sie die ganze Nacht wachgehalten. Sie versuchte, ihre Gefühle zu unterdrücken, indem sie sich durchlas, welche Leichenteile die Polizei im Ågelsjön gefunden hatte. Es handelte sich unter anderem um den Kopf des Vaters sowie die Arme und Beine der Mutter, allerdings hatte man nur einen kleinen Finger des Bruders entdeckt.

Jana sah durchs Fenster, wo der blassgraue Nebel dicht über Norrköping lag. Es war sinnlos, die Gedanken an Per zu verscheuchen. Sie hatte ihn gestern überrumpelt, aber was hatte sie erwartet? Da gab es doch eine andere Frau in seinem Leben. Warum hatte sie sich ihm überhaupt genähert?

Jana atmete tief ein. Sie hatte das Alleinsein immer gemocht, doch jetzt, an diesem frühen Morgen, verspürte sie ein starkes Bedürfnis nach Nähe.

Sie warf einen Blick auf das Handy, das stumm neben den Unterlagen auf dem Tisch lag. Ihre Gedanken wanderten weiter zu Danilo. Sie mussten dringend herausfinden, wer die Frau in Kårtorp war. Jana hoffte, er würde bald anrufen und ...

Sie spürte, wie ihr der kalte Schweiß ausbrach.

Denn das war doch verkehrt, oder nicht? Die Tatsache, dass sie mit ihm reden *wollte.* Was passierte da eigentlich gerade mit ihr?

Sie wollte Danilo nicht in ihrem Leben haben. Sie wollte ihn auslöschen, töten.

Jana blickte sich panisch um, versuchte, die Erinnerungen zurückzudrängen, doch es war zu spät. Sie dachte an das, was er einmal zu ihr gesagt hatte. Wie seine Stimme sie tief im Inneren getroffen hatte.

Sie sah den Schmutz auf ihrer Kleidung, den Staub auf ihren nackten Füßen. Den rasierten Kopf. Die blauen Flecken auf den Armen. Die Schläge, die kamen, wenn jemand ihnen sagte, dass sie zuschlagen sollten. Sie prügelten sich mit allen, die sich ihnen in den Weg stellten, sie kämpften gegeneinander, um zu überleben.

Sie erinnerte sich an den Tag, an dem sie lernen sollten, einen Kampf zu beenden, und als Danilo versuchte, sie vor dem Trainer zu schützen. Jetzt sah sie nur den Übungsraum, das verfallene Haus, die Gewalt.

Und sie beide.

Zusammen saßen sie auf dem Steinfußboden in einem

dunklen Raum, ohne Essen – zur Strafe, weil Danilo sich auf den Trainer gestürzt hatte, um sie vor seinen harten Schlägen zu schützen. Und als Danilo seine zitternde, verschwitzte Hand in ihre legte, begriff sie, dass er genauso viel Angst hatte wie sie.

»Wir halten zusammen, Ker«, hatte er zu ihr gesagt. »Kämpfe nie allein gegen die Monster, versprich mir das. Wenn wir sterben, dann sterben wir zusammen.«

Es war morgens, das wusste er immerhin. Aber er hatte keine Ahnung, ob es fünf oder zehn war. Hier im Isolierraum gab es keine Uhr, und das Handy lag noch immer unter der Matratze in seinem Zimmer, wo er es versteckt hatte.

Danilo Peña umrundete immer wieder das harte Bett. Endlich war diese verdammte Nacht vorüber. In den Stunden, in denen er hier eingesperrt gewesen war, konnte vieles passiert sein. Er versuchte, sich keine Schreckensszenarien auszumalen, doch vergebens. Danilo stellte sich vor, dass die Polizei inzwischen diese Frau gefunden hatte, nach der gefahndet wurde, und dass der Fall schon gelöst war. Dass es keine losen Enden mehr gab, keine Namen, die er herausfinden sollte. Dass der Auftrag beendet war. Sie brauchten ihn nicht mehr. Er würde hier in der Psychiatrie bleiben. Bis an sein Lebensende.

Danilo hielt inne, als er von draußen ein Geräusch hörte. Waren das nicht Schritte auf dem Flur? Doch.

Die Tür wurde geöffnet, und zwei Pfleger musterten ihn von oben bis unten, als überlegten sie, ob es wirklich gut war, ihn wieder herauszulassen.

»Ich wollte nur sagen, dass ich mein Verhalten bereue und ein schlechtes Gewissen habe wegen dem, was passiert ist«, log er.

»Gut, denn sie wartet schon auf Sie.«

»Wer?«

»Die Psychologin«, erklärte der Pfleger mit der Narbe am Kinn und lächelte.

»Verdammt«, stöhnte Danilo frustriert und ballte die Fäuste.

»Was haben Sie gesagt?«

»Nichts«, antwortete er und folgte den beiden Männern auf den Flur.

Annie Rosvall sah von ihrem Filofax auf, als sie in den Gesprächsraum traten. Sie nickte den Pflegern zu, und Danilo hörte, wie sich die Tür hinter ihnen schloss.

»Setzen Sie sich«, sagte die Psychologin und machte eine Geste zum Stuhl, der ihr gegenüberstand. »Atmen Sie ein paar Mal tief durch.«

Danilo gehorchte, verzichtete aber auf die tiefen Atemzüge.

»Ich habe mich entschieden, heute unter vier Augen mit Ihnen zu sprechen«, fuhr sie fort. »Im Hinblick auf die Situation zwischen Ihnen und Simon gestern wissen Sie bestimmt, warum.«

»Schon klar, aber wie lange wird das Gespräch dauern?«, fragte er.

»Wir werden hier sitzen, bis Sie mir erzählen, was zwischen Ihnen und Simon vorgefallen ist. Ich empfehle Ihnen, es mir zu sagen.«

»Ich war wütend auf ihn, weil er sich geweigert hat, mit mir zu reden. Es war ein Fehler, dass ich so aufbrausend war. Ich entschuldige mich hiermit und verspreche, dass es nie wieder vorkommen wird, okay?«

Annie Rosvall lächelte ihn an, lehnte sich zurück und legte ein Bein über das andere.

»Er fällt ihm schwer, sich zu öffnen, genau wie Ihnen.«

»Wieso geht es hier jetzt auf einmal um mich?«, entgegnete er und rutschte unbehaglich auf dem Stuhl herum.

Sie musterte ihn eine ganze Weile.

»Wissen Sie noch, wie Sie mir erzählt haben, dass das Mädchen, mit dem Sie aufgewachsen sind, geflohen ist?«

»Hören Sie auf damit. Sie haben doch eben gesagt, dass ich erklären soll, warum ich mich mit Simon gestritten habe, oder nicht?«

Annie Rosvall antwortete nicht, sondern sah ihn mit ihrem intensiven Blick unverwandt an. Danilo fuhr sich frustriert mit den Händen durchs Haar.

»Sie und ich sind damals zusammen abgehauen, aber dann gab es einen Zwischenfall, und ich bin dageblieben.«

»Wie fühlen Sie sich, wenn Sie daran zurückdenken?«, fragte sie.

»Ehrlich gesagt bin ich verdammt froh.«

»War es schwierig für Sie, als …?«

»Hören Sie nicht, was ich sage? Es war nicht schwierig, nein, es war gut zu wissen, dass sie diesen ganzen Mist nicht mehr erleben musste.«

»Aber wie hat es sich angefühlt, allein zurückzubleiben?«

Danilo beugte sich vor.

»Darf ich Sie etwas fragen? Haben Sie Geschwister?«

»Ja, zwei«, antwortete sie.

»Angenommen, es gäbe zwei Möglichkeiten: Entweder wachsen Sie mit Ihren Geschwistern auf und müssen dann jeden verdammten Tag mit ansehen, wie sie unter brutaler Gewalt leiden, oder Sie wachsen allein auf in dem Wissen, dass es Ihren Geschwistern gut geht – wie würden Sie sich entscheiden?«

»Ich hätte mich wie Sie entschieden«, erwiderte sie.

Danilo lehnte sich zurück.

»Gut, danke«, sagte er.

»Weil man für seine Geschwister alles tut.«

»Eben.«

»Das heißt, Sie sehen sie trotz allem als Ihre Schwester?«

Danilo grinste.

»Sind wir jetzt fertig?«, fragte er.

»Moment mal.« Mia Bolander warf die Daunendecke auf den Fußboden ihres dunklen Schlafzimmers. »Du hast gesagt, dass im Tresor die Schmuckstücke der Opfer gefunden wurden mit einer schriftlichen Einladung zu einem Arzttermin für eine Geschlechtsangleichung?«

»Genau das habe ich gesagt, ja«, bestätigte Henrik.

»Das ist ja unglaublich.« Mia versuchte, ihre Gedanken zu ordnen. Worum ging es hier eigentlich? Wem waren sie da auf der Spur?

»Mia?«

»Sorry, ich habe nur nachgedacht.«

»Du kannst auf dem Weg nach Linköping nachdenken.«

»Was wollen wir denn da?«

Sie zog ihre Jeans aus dem Kleiderhaufen am Fußboden.

»Das Arztschreiben ist zerrissen«, erklärte Henrik. »Aber wir wissen, dass es von einem Oberarzt namens Pål Göransson verschickt wurde, und wir müssen herausfinden, an wen der Brief adressiert war.«

»Warum können wir nicht einfach mit ihm telefonieren?«, fragte sie und drückte das Handy ans Ohr, während sie sich in die Jeans zwängte.

»Weil er sich am Telefon auf seine Schweigepflicht berufen hat. Außerdem hat er im Krankenhaus Zugriff auf alle Patientenakten.«

»Aber warum zum Teufel hast du ihm nicht gesagt, dass es dringend ist?«

»Das habe ich getan«, versicherte Henrik. »Aber er hat nicht nachgegeben, deshalb müssen wir jetzt los. Sobald meine Schwiegermutter hier ist, fahre ich los und hole dich ab. Sie ist schon unterwegs, also rechne damit, dass ich in zehn Minuten da bin. Spätestens.«

»Okay, okay«, sagte sie und wühlte einen BH und einen Pullover heraus.

»Ich rufe auch Jana Berzelius an und bitte sie mitzukommen.«

»Warum das denn?«, rief Mia erstaunt.

»Weil dies der Durchbruch sein könnte, den wir uns gewünscht haben«, antwortete er und legte auf.

Vor der Uniklinik in Linköping waren die Gullys überschwemmt. Jana stellte ihr Auto ab und lief zum Haupteingang, doch selbst auf diesem kurzen Weg wurde sie vom Regen klatschnass. Sie ärgerte sich, dass es ihr nicht gelang, die Gedanken an Danilo zu verscheuchen, doch sie hoffte noch immer, dass sie mit seiner Hilfe den Fall lösen würden. Sie mussten diese Frau finden.

Henrik Levin und Mia Bolander warteten im Eingangsbereich. Als sie sich zur entsprechenden Station durchgefragt hatten, erkundigten sie sich bei der Stationsschwester nach Pål Göransson.

»Er telefoniert gerade, aber Sie können solange dort drüben auf den roten Stühlen Platz nehmen«, erklärte sie.

»Wir können aber nicht warten«, sagte Mia Bolander.

»Ich denke nicht, dass Sie ihn jetzt stören …«

»Da denken Sie falsch«, erwiderte die Polizistin und zeigte ihren Dienstausweis. »Wo liegt sein Sprechzimmer?«

»Dort drüben, auf der linken Seite«, erklärte die Schwester und deutete den Flur entlang.

Mia Bolander lief vor und zog die Tür auf.

Ein Mann in weißem Kittel saß hinter einem Schreibtisch und telefonierte. Als er die drei sah, schien er gleich zu wissen, mit wem er es zu tun hatte.

»Tut mir leid, ich muss auflegen. Kann ich gleich zurückrufen? Schön, danke, bis später.«

Er stand auf und reichte ihnen die Hand.

»Pål Göransson, willkommen.«

Sie nahmen auf den Besucherstühlen vor dem Schreibtisch Platz, und Janas Blick wanderte zu den medizinischen Fachbüchern in den Regalen und den Ablagefächern mit Arztberichten.

»Wie ich vorhin am Telefon sagte, wollen wir mit Ihnen über eine Einladung zu einem Arzttermin sprechen, die Sie verschickt haben«, erklärte Henrik Levin.

Er nahm sein Handy heraus und zeigte dem Arzt die Fotos des zerrissenen Briefs.

»Das ist korrekt«, erwiderte Göransson. »Das ist meine Unterschrift.«

»Können Sie herausfinden, wem Sie die Einladung geschickt haben?«, wollte Mia Bolander wissen.

»Nein, leider nicht«, sagte er.

»Wie bitte? Irgendwas müssen Sie doch tun können. Sie sind schließlich Oberarzt, jetzt denken Sie bitte mal nach«, meinte Mia Bolander ungeduldig.

Das Leder des Bürostuhls knarrte, als Pål Göransson sich zurücklehnte.

»Ohne Name, Adresse oder Datum kann ich Ihnen nicht helfen.«

Ausnahmsweise teilte Jana die Meinung von Mia Bolander. Göransson musste doch irgendwie herausfinden können, an wen er den Brief geschickt hatte, oder es wenigstens versuchen.

»Das Schreiben wurde in einem Haus gefunden, das einem gewissen Ingvar Nordkvist gehört«, sagte sie. »Mehr wissen wir nicht. Wir fragen uns, ob es eine Verbindung zur Familie Norell geben könnte, die …«

»Norell?«, unterbrach Göransson sie. »Da klingelt etwas bei mir.«

»Tatsächlich?«, hakte Henrik Levin nach.

»Ja. Ich erinnere mich an einen jungen Mann.«

»Wissen Sie noch seinen Vornamen?«

»Eigentlich kann ich keine Patientendaten herausgeben.«

»Das wissen wir, aber es geht hier wie gesagt um eine Mordermittlung. Haben Sie von den Meerjungfrauenmorden in Norrköping gehört?«, fragte Henrik Levin.

Göransson presste die Lippen fest aufeinander und schluckte.

»Bitte sagen Sie uns, wie der junge Mann hieß«, bat Henrik Levin.

Göransson holte tief Luft. »Er hieß Jakob.«

Janas Gedanken begannen zu kreisen.

»Jakob litt an einer Geschlechtsidentitätsstörung oder Geschlechtsdysphorie, wie man heute sagt. Das heißt, er hatte das Gefühl, im falschen Körper geboren worden zu sein.«

»Er wollte also …«, setzte Mia Bolander an.

»Er wollte eine Geschlechtsangleichung vornehmen lassen, ja. Immer mehr Jugendliche und Erwachsene entscheiden sich für diesen Weg. Doch ehe die medizinischen Maßnahmen durchgeführt werden können, findet ein diagnostischer Prozess statt, der mindestens zwei Jahre andauert und in zwei Phasen aufgeteilt ist. Man kann diesen Prozess schon früh beginnen, und man muss dazu nicht transsexuell sein, aber …« Göransson räusperte sich. »Wenn man nicht die Diagnose Transsexualität bekommt, hat man kein Recht auf geschlechtsangleichende Operationen oder eine Personenstandsänderung.«

»Wie alt war Jakob zu Beginn des diagnostischen Prozesses?«, fragte Jana.

»Moment, ich sehe nach.«

Göransson drehte sich zum Computerbildschirm und suchte im Patientensystem.

»Er war achtzehn«, sagte er dann. »Das ist auch der Zeitpunkt, zu dem die eigentliche Transition frühestens stattfinden kann. Er hatte Glück, dass der diagnostische Prozess schon so früh beginnen konnte. Die Wartezeiten sind sonst ziemlich lang. Acht Monate sind nicht ungewöhnlich, es kann auch länger dauern. Ich wünschte, ich könnte das ändern.«

»Warum?«, wollte Jana wissen.

»Manche halten die lange Wartezeit nicht aus«, antwortete er und warf einen raschen Blick auf den Bildschirm. »Sie fangen an, sich zu ritzen, oder nehmen sich sogar das Leben.«

»Zeigte Jakob selbstverletzendes Verhalten, während er auf das Verfahren wartete?«, erkundigte sich Jana.

Göransson schüttelte den Kopf.

»Nein, und zu Beginn des Diagnostikprozesses ging es ihm ganz gut, soweit ich mich erinnern kann. Es wird oft behauptet, dass Geschlechtsdysphorie eine Krankheit sei oder eine Phase, die wieder vorbeigeht, aber das stimmt nicht. Eine Phase endet irgendwann. Aber bei den allermeisten unserer Patienten wird die Motivation im Lauf der Jahre immer stärker, und so war es auch bei Jakob.«

»Bei den allermeisten?«, hakte Mia Bolander nach.

»Es kommt auch vor, dass die Patienten sich anders entscheiden. Deshalb legen wir besonderen Wert auf die Begutachtung der häuslichen Situation und des sozialen Umfelds eines Patienten, denn wir wollen herausfinden, ob derjenige oder diejenige in sozialer Hinsicht stabil genug für eine Geschlechtsangleichung ist.«

»Und Sie waren der Meinung, dass Jakob stabil genug war?«, wollte Mia Bolander wissen.

»Wir erstellen wie gesagt nur ein Gutachten«, erklärte Göransson und legte die Handflächen aneinander.

»Was meinen Sie damit?«

»Das Zentralamt für Gesundheits- und Sozialwesen entscheidet, ob eine Geschlechtsangleichung durchgeführt werden darf oder nicht. Wir liefern lediglich die Entscheidungsgrundlage. Jakob hat den ersten psychiatrischen Teil des Verfahrens mit Müh und Not bestanden.«

»Und was ist mit dem zweiten Teil?«, fragte Henrik Levin.

»Dieser besteht aus einem sogenannten Alltagstest, das heißt, der Patient soll ein Jahr lang in seiner neuen Geschlechtsidentität leben. Das ist eine Zeit, die eine transsexuelle Person häufig als sehr positiv erlebt, aber Jakob … Für ihn galt das nicht.«

»Warum nicht?«, wollte Jana wissen.

Pål Göransson legte die Hände in den Schoß.

»Wenn man jahrelang in seinem eigenen Körper eingesperrt war und endlich die Chance einer Veränderung bekommt, bleibt dennoch das Problem des Widerstands seitens der Angehörigen. Und Jakob stammte aus einer tiefreligiösen Familie.«

»Sie meinen, die Familie wollte ihn von einer Geschlechtsangleichung abhalten?«, fragte Jana.

Göransson nickte langsam.

»Vielleicht war es für sie nicht vereinbar mit ihrem christlichen Glauben. Das kommt nicht selten vor, wir haben mehrere Patienten, deren Familien aus verschiedenen Gründen den Kontakt zu ihnen abgebrochen haben. Das traf auf Jakobs Familie zwar nicht zu, aber der starke Druck, den sie auf ihn ausübten, beeinflusste natürlich seine Möglichkeiten, die neue Identität voll auszuleben. Dies wiederum hat uns bei der Beurteilung verunsichert, ob er tatsächlich transsexuell war oder nicht.«

»Das muss schwierig für ihn gewesen sein«, meinte Henrik Levin.

»Das vermute ich auch«, antwortete Göransson.

»Sie wissen es aber nicht?«, hakte Henrik Levin nach.

»Auch wenn ich glaube, die Antwort zu kennen, besteht echter Verbesserungsbedarf, was die Nachbetreuung von transsexuellen Patienten betrifft. Ich weiß, dass Jakob sich gefreut hat, als der Diagnostikprozess begann, und natürlich habe ich mir Sorgen wegen eines möglichen Widerstands seiner Familie gemacht. Am meisten habe ich aber darüber nachgegrübelt, wie er wohl reagiert haben mag, als er den Bescheid über seinen Antrag auf Geschlechtsangleichung erhielt.«

»Warum haben Sie darüber nachgedacht?«

Pål Göransson seufzte laut, ehe er fortfuhr:

»Weil der Antrag abgelehnt wurde.«

38

Nach dem Gespräch wandte sich Henrik im Flur an Mia und Jana Berzelius.

»Jetzt verstehe ich, warum die Tante Jakob als irgendwie anders empfunden hat«, sagte er leise, damit die Schwestern, die vorbeieilten, ihn nicht hören konnten. »Er fühlte sich einfach nicht wohl in seinem Körper, und das muss auch der Grund sein, warum er von seinem Vater geschlagen und von der Gemeinde als besessen bezeichnet wurde. Vielleicht wollte Simon sich an denjenigen rächen, die Jakob die Möglichkeit verweigert hatten, seine wahre Identität zu leben? Vielleicht wollte er seinem Bruder irgendwie Gerechtigkeit widerfahren lassen, also eine Art Selbstjustiz üben?«

»Aber warum hätte er dann Jakob töten sollen?«, gab Mia zu bedenken.

»Wollen Sie hören, was ich glaube?«, sagte Jana Berzelius.

»Natürlich«, entgegnete Henrik.

»Dass es eigentlich genau umgekehrt sein müsste.«

Henrik und Mia sahen sie skeptisch an.

»Was meinen Sie damit?«, fragte er.

»Jakob Norell war der Leidtragende, der geschlagen und erniedrigt wurde. Da hätte er doch derjenige sein müssen, der das ganze Elend zu einem Ende bringen wollte, und nicht Simon.«

Die Gedanken kreisten in Henriks Kopf. Er dachte an

Katrine Rasmussen, an Außenseitertum und Einsamkeit, an die Frau, die Mia vor Simon Norells Haus gesehen hatte, an die Kleider, die im Schrank von Simons Großvater hingen, und an den Film von Jakobs Konfirmation, in dem er sagte: Ich hasse es, wenn du mich Brüderchen nennst.

»Aber Jakob ist doch tot«, entgegnete Henrik. »Er lag auch im See.«

»Sie haben nur seinen kleinen Finger geborgen«, erwiderte Jana Berzelius. »Die restliche Leiche wurde nie gefunden.«

Henrik und Mia wechselten Blicke.

»Ich verstehe nicht ganz, was Sie uns damit sagen wollen«, meinte Mia.

»Ich grübele die ganze Zeit darüber nach, wer die Frau sein könnte, die wir suchen«, entgegnete Jana Berzelius. »Und wenn ich an unser Gespräch mit Pål Göransson denke, frage ich mich gerade, ob es nicht möglich wäre, dass …«

Sie verlor den Faden, weil ihr Handy klingelte.

»Dass was?«, hakte Mia nach.

»Dass Jakob lebt.«

Mia schüttelte den Kopf.

»Ehrlich gesagt komme ich gerade nicht ganz mit.«

»Vergessen Sie alles, was Sie bisher über diesen Fall gedacht haben, und versuchen Sie, noch mal völlig neu zu denken«, sagte die Staatsanwältin.

»Sie meinen, die gesuchte Frau und Jakob sind ein und dieselbe Person?«, fasste Henrik zusammen.

»Ja.« Jana Berzelius griff nach ihrem Handy.

»Sie sagen also, dass er sich seinen kleinen Finger abgehackt hat, damit er …« Mia verstummte und sah Henrik an. »Henrik, sag, dass das Unfug ist, dass es nicht stimmt, dass …«

»Frau Berzelius hat recht«, unterbrach er sie. »Rein theoretisch zumindest.«

Jana Berzelius sah auf ihr Handy.

»Es ist Danilo Peña, ich muss rangehen«, sagte sie.

Henrik nickte. »Wir fahren zurück nach Norrköping.«

»Tun Sie das, Sie müssen nicht auf mich warten.«

»Das heißt, ihr wisst noch immer nicht, wer die Frau ist?«

Jana ging zum Fenster ganz hinten im Flur der Uniklinik.

»Wir glauben, dass es Jakob ist«, sagte sie. »Und dass er lebt.«

»Moment mal, ihr glaubt, dass Simons Bruder lebt?«

»Ja«, antwortete sie. »Und zwar als Frau.«

»Soll das ein Witz sein?«

Jana hörte an seinem Tonfall, dass er grinste.

»Nein«, antwortete sie.

»Wie kommt ihr denn darauf?«, fragte er.

»Egal.«

»Mag sein, aber vielleicht interessiert es dich, wenn ich dir sage, dass Simon seine Familie gar nicht ermordet hat.«

»Woher weißt du das?«, fragte sie. »Hat er das etwa gesagt?«

»Ich habe es gesehen. In seinem Blick. Ihm fehlt der Wille zum Töten. Eine weitere Erklärung braucht es gar nicht. Ich kenne diesen Blick. Du auch.«

»Danilo … Was hast du mit ihm gemacht?«

»Wenn man will, kann man alles rausfinden, oder? Ich wollte nur wissen, wie er das Messer eingesetzt hat, als er seine Familie getötet hat. Es braucht verdammt viel Entschlossenheit, um so etwas durchzuziehen.«

Jana antwortete nicht. Sie fragte sich, welchen Grund Simon hatte, ein Verbrechen auf sich zu nehmen, das er nicht begangen hatte. War sein Bruder der Grund? Und hatte sich Jakob tatsächlich selbst für die jahrelange Erniedrigung gerächt? So musste es sein.

»Du hast jetzt zwei Aufgaben«, sagte sie. »Du musst Simon ein Geständnis entlocken, dass Jakob noch immer am Leben ist. Und zwar sofort.«

»Ja, ja. Und die andere Aufgabe?«

»Wenn es stimmt, dass Jakob noch lebt, dann musst du herausfinden, wo er sich aufhält. Es eilt, Danilo. Verstehst du, was ich sage?«

»Ich hab's kapiert.«

Es wurde still in der Leitung. Danilo hatte aufgelegt.

Jana schrieb sofort eine Nachricht an Henrik Levin, dass Simon Norell unschuldig war und keineswegs seine Familie umgebracht hatte. Sie war überzeugt, dass Danilo recht hatte.

Während sie das Handy zurück in die Tasche steckte, hörte sie Schritte und Stimmen hinter sich.

Als sie sich umdrehte, sah sie Pål Göransson, der aus seinem Zimmer trat und eine Frau von Mitte vierzig und einen sommersprossigen Teenager begrüßte, der neben der Frau stand.

Die beiden unterhielten sich miteinander, und Jana ging auf dem Weg zum Ausgang besonders langsam.

»Ich habe meiner Tochter schon lange angemerkt, dass es ihr schlecht geht, aber ich wusste ja nicht, warum«, sagte die Frau. »Mit zehn hat sie sich endlich getraut, mir zu sagen, was sie so bedrückte – nämlich, dass sie sich wie ein Junge fühlte. Und ich war so erleichtert, weil ich schon befürchtet hatte, dass sie, oder besser gesagt er, gemobbt würde oder noch schlimmere Übergriffe erlebt hätte. Und jetzt sind wir *so* froh darüber, hier zu sein.«

Die Frau drückte die Hände auf ihre Brust, während die Worte nur so aus ihr heraussprudelten.

»Ich habe ihm erzählt, dass er jetzt richtige Profis treffen darf, die ihn verstehen und ihm helfen können. So ist es bisher nämlich nicht unbedingt gewesen.«

»Nicht?«, fragte der Arzt und schob die Tür zu seinem Sprechzimmer auf, um die beiden hereinzulassen.

Die Frau schüttelte den Kopf. Der Teenager stand verlegen schweigend neben ihr.

Jana verlangsamte ihre Schritte noch mehr, um die Unterhaltung mitzuhören.

»Ich bin unglaublich stolz auf Linnéa oder besser gesagt Ludde, so heißt er nämlich jetzt, aber es gab ganz schönen Widerstand«, sagte die Frau, während sie ins Sprechzimmer gingen. »Es hat schon in der vierten Klasse angefangen, Ludde, nicht wahr? Als wir das erste Gespräch über das Thema Transgender hatten.«

»Mit wem haben Sie damals gesprochen?«, fragte der Oberarzt und griff nach der Türklinke. »Mit der Lehrerin oder mit der Schulkrankenschwester?«

»Mit der Schulpsychologin«, antwortete die Frau, ehe die Tür zuging.

Die Schulpsychologin, dachte Jana und eilte weiter zum Ausgang.

»Glaubt ihr wirklich, dass Jakob hinter der ganzen Sache steckt?«, fragte Gunnar und bedachte Mia und Henrik, die gerade in sein Büro gekommen waren, mit einem skeptischen Blick.

»So muss es sein«, antwortete Henrik. »Laut Jana Berzelius ist Simon unschuldig, er hat seine Familie nicht umgebracht.«

»Woher will die das denn wissen?«, kam es von Mia. »Das frage ich mich wirklich.«

»Jetzt denk mal nach, bitte. Die damalige Ermittlung war eher mangelhaft, und der Polizei ist es nie gelungen, Jakobs Leiche zu finden, mal abgesehen von seinem kleinen Finger.«

»Aber von den Personen, mit denen wir in den letzten Tagen gesprochen haben, hat niemand irgendwelche Hinweise darauf gegeben, dass er noch am Leben ist, und es deutet auch ansonsten nichts in diese Richtung«, meinte Gunnar und legte die gefalteten Hände auf die Tischplatte.

»Nichts – bis jetzt«, sagte Mia.

»Wie seid ihr überhaupt darauf gekommen?«

»Wir wissen, dass Jakob Norell an der Uniklinik in Linköping einen Diagnostikprozess für eine Geschlechtsangleichung durchlaufen hat«, erklärte Henrik. »Aber der Widerstand seiner Eltern hat dazu geführt, dass sein Antrag auf geschlechtsangleichende Maßnahmen abgelehnt wurde. Womöglich hat ihn dieser Bescheid völlig aus der Bahn geworfen, vielleicht war dies das entscheidende Ereignis. Wenn einem seine eigentliche Identität verweigert wird, dürfte das ein ausreichendes Rachemotiv sein.«

»Du meinst also wirklich, dass Jakob deshalb seine Eltern ermordet haben könnte?«

Der Stuhl wippte, als Gunnar sich nach hinten lehnte. Er zweifelt noch immer, dachte Mia.

»Jakob ist seine ganze Kindheit und Jugend von seinen Eltern schlecht behandelt worden«, erklärte Henrik. »Außerdem hat er Verbindungen zu Sonja Eriksson, Frida Norberg und Emilia Borg, und es kann sein, dass er sie aus demselben Grund umgebracht hat. Vielleicht haben sie ihn irgendwie verletzt? Vielleicht wollten sie ihm nicht helfen, als er sie darum gebeten hat?«

»Aber reicht das? Ihre Leichen waren zu grausigen Meerjungfrauen zusammengenäht. Wir haben kaum je etwas so Schlimmes gesehen«, gab Gunnar zu bedenken.

»Vermutlich lässt sich die Vorgehensweise damit erklären, dass er sich selbst in eine Frau verwandeln wollte«, schlug Mia vor.

»Aber warum sollte Simon freiwillig die Morde an den Eltern auf sich nehmen?«, fragte Gunnar.

»Simon war Jakobs einziger Freund. Er hat sich um seinen jüngeren Bruder gekümmert und scheint ihn immer beschützt zu haben. Vielleicht hat er es auch diesmal getan? Das würde erklären, warum er auf gar keinen Fall preisgeben wollte, mit wem er telefoniert und wer sich sein Auto geliehen hat«, sagte Mia, während sich die Tür hinter ihr öffnete.

Ola erschien mit seiner üblichen gelben Mütze auf dem Kopf.

»Ich habe nachgeforscht, ob Verwandte von Simon womöglich Immobilien am Strömmen besitzen oder in der Nähe gearbeitet haben. Bei Katrine Rasmussen habe ich angefangen, aber sie hat mich an die Firma Holmen energi verwiesen. Aus gutem Grund.«

»Inwiefern?«, wollte Henrik wissen.

»Holmen energi ist zuständig für den Unterhalt der Kraftwerke am Strömmen. Früher gab es, wie ihr vielleicht wisst, insgesamt sechs Kraftwerke, von denen sind aber fünf inzwischen stillgelegt. Das sechste wird parallel zum neuen Kraftwerk am Unicampus betrieben. Dieses Kraftwerk läuft vollautomatisch, und die Angestellten sind nur für Aufsicht und Unterhalt zuständig. Und ratet mal, wer da früher gearbeitet hat?«

»Sag schon!«, rief Mia.

»Ingvar Nordkvist.«

39

Simon hatte also die ganze Zeit seinen jüngeren Bruder geschützt, dachte Danilo, und jetzt saß der Idiot in seinem Zimmer und kam einfach nicht heraus. Worauf wartete er noch? Dann musste er wohl zu ihm gehen. Aber das war nicht möglich. Zwei Pfleger standen vor seiner Tür, schon seit einer halben Stunde, und es gab keine Gelegenheit für Danilo, mit Simon zu reden, ohne dass die beiden zuhörten. Also musste er die Typen irgendwie da weglocken! Ihm fiel Nils ein, der ihm voriges Mal geholfen hatte. Er würde ihn bitten, die beiden aufzuhalten, während er selbst zu Simon hineinging.

Diskret schob er das Handy zurecht, das er am Hosenbund befestigt hatte, und ging dann hinüber zu Nils' Zimmer. Von der Türöffnung aus konnte er die Umrisse des mageren Mannes unter der Bettdecke erkennen.

»Nils? Schläfst du?«

Keine Antwort. Der Mann unter der Bettdecke wirkte erschreckend reglos. Beinahe so, als würde er gar nicht atmen, dachte Danilo. Aber von Weitem war das nicht genau zu erkennen. Er sah sich im Zimmer um, und sein Blick blieb am Schreibtisch hängen. Dort lag Nils' Lesebrille. Mit zerbrochenen Gläsern.

»Nils?« Danilo verstummte abrupt, als er einen Blutfleck auf dem Fußboden neben dem Bett sah.

»Was zum Teufel …«

Das Adrenalin schoss durch seine Adern. Er dachte nicht nach, sondern stürzte zum Bett, hob die Decke hoch und schrie auf.

»Scheiße!«

Das war das Einzige, was er hervorbrachte. Nils hatte sich den Bauch aufgeschlitzt, der von Blut und Hautfetzen bedeckt war. Neben ihm im Bett lag eine scharfe Scherbe aus dem Brillenglas.

Die blutige Masse auf dem Bauch bewegte sich plötzlich stoßweise auf und ab. Nils atmete noch.

»Nils, wer war das?«

Nils öffnete die Augen. Sagte nichts, atmete nur.

»Wer hat das getan? Antworte!«

Schweigen.

»Warst du das selbst? Komm schon, Nils.«

Ein knappes Nicken.

»Glaubst du … glaubst du, ich darf jetzt hierbleiben?«, flüsterte Nils, bevor die Augen nach hinten rollten und der Körper krampfhaft zu zucken begann.

»Nils!«

Danilo stürzte schreiend und fluchend aus dem Zimmer, in der Hoffnung, dass die Pfleger ihn hörten. Sie liefen sofort herbei, packten ihn und drückten ihn gegen die Wand.

»Es ist wegen Nils. Er hat sich selbst verletzt«, keuchte Danilo, als er die harten Griffe an seinen Armen spürte.

Die Pfleger sahen ihn an, und er wusste, was sie dachten. Dass er log, denn wenn wirklich jemand Nils verletzt hatte, dann musste es Danilo gewesen sein.

»Es ist dringend, verdammt. Helfen Sie ihm!«

Die Pfleger zögerten und drehten sich zu Nils' Zimmertür weiter hinten im Flur.

»Ich schaue mal nach«, sagte der eine.

Er ging zu Nils' Zimmer, warf einen raschen Blick durch die Türöffnung und schrie im nächsten Moment:

»Mein Gott! Ruf sofort den Rettungswagen!«

Jana fuhr auf Norrköping zu. Während sie den Blick auf die nasse Autobahn richtete, dachte sie an das, was sie soeben im Krankenhaus gehört hatte: dass die Frau und ihr Kind ihr erstes Beratungsgespräch am Ende der Grundschulzeit gehabt hatten, und zwar mit der Schulpsychologin. Vielleicht war das bei Jakob auch so gewesen?

Sie lauschte dem monotonen Geräusch der Scheibenwischer und versuchte sich zu erinnern, auf welcher Schule die Brüder damals gewesen waren. Ola Söderström hatte das bei einer Besprechung erwähnt, aber wie hieß sie nur?

Ihre Gedanken wurden von einem Anruf unterbrochen. Es war Henrik Levin.

»Wir vermuten, dass Jakob Norell sich in einem Wasserkraftwerk befindet«, berichtete er völlig aufgewühlt.

»In einem Kraftwerk?«, wiederholte sie erstaunt. »Und in welchem?«

»Das versuchen wir gerade herauszufinden. Sein Großvater war zuständig für den Unterhalt der sechs Kraftwerke, die früher im Stadtzentrum betrieben wurden. Wir koordinieren gerade den Einsatz, deshalb muss ich jetzt Schluss machen, aber ich melde mich, sobald wir mehr wissen.«

»Gut«, sagte Jana. »Eine letzte Frage noch: Ich versuche mich gerade zu erinnern, auf welche Grundschule die Brüder Norell gegangen sind. Wissen Sie, ob es vielleicht die Åbymoskolan war?«

»Das stimmt«, bestätigte er und legte auf.

Henrik steckte das Handy in die Hosentasche und ging in Olas Büro. Er fühlte das Adrenalin durch den Körper rauschen, als er an ihre neuesten Theorien zu den Morden dachte und daran, dass Jakob offenbar noch lebte. Jetzt mussten sie ihn nur noch finden.

Gunnar und Mia standen zusammen mit Ola vor einer Karte des Strömmen, die auf dem überfüllten Schreibtisch lag.

»Hier sind die alten Kraftwerke«, sagte Ola und nahm einen roten Stift zur Hand. »Fünf davon liegen oberhalb der Bergsbron, nämlich Drags, Gryts, Bergsbro, Bergs und Ströms. Die beiden letztgenannten befinden sich direkt nebeneinander, und hier, schräg gegenüber auf der anderen Seite des Flusses, liegt das relativ neue Kraftwerk Holmen, das in den Neunzigern in Betrieb genommen wurde.«

Ola zeichnete große Kreuze auf die Karte.

»Ein ganzes Stück davon entfernt, unterhalb der Bergsbron, liegt das Kraftwerk Bergsbron-Havet, das parallel zur neuen Anlage betrieben wird.«

Mia beugte sich vor.

»Aber wo sollen wir mit unserer Suche beginnen?«, fragte sie.

»Wenn wir bedenken, dass Jakob bisher noch nicht entdeckt worden ist, wäre es naheliegend, in einem der stillgelegten Kraftwerke zu beginnen«, sagte Henrik und fuhr sich mit der Hand übers Kinn.

»Das machen wir«, stimmte Gunnar zu. »Ich fordere Verstärkung an. Währenddessen sorgst du dafür, Mia, dass alle Einsatzkräfte ein Foto von Jakob bekommen. Und du, Ola, prüfst nach, wie wir in die Anlagen hineingelangen können. Henrik, mach bitte noch ein paar Kopien von der Karte. Ihr habt fünf Minuten Zeit. Los geht's!«

Gunnar und Mia verließen den Raum, während Ola die Karte zusammenfaltete.

»Hier«, sagte er und reichte sie Henrik.

Auf dem Weg zum Kopierer gab Henriks Handy ein Signal von sich. Anneli hatte ihm per SMS angekündigt, dass sie ihm die Fotos von den Schmuckstücken aus dem Tresor rübergemailt hatte. Er öffnete ihre E-Mail und scrollte im Gehen durch die Bilder. Auf dem Display erschienen Sonja Erikssons herzförmiger Ohrring und ein Ring, der ihm unbekannt vorkam. Dann sah er Frida Norbergs Piercing und eine goldfarbene Rolex, die vermutlich Emilia Borg gehört hatte.

Henrik blätterte weiter, sah eine Kette, noch einen Ring und ein Armband.

Abrupt blieb er stehen. Starrte das silberne Armband an.

Die eingravierten Initialen.

Das Herz hämmerte in seiner Brust, als er das Foto vergrößerte und las:

F.V.V.

Felix, Vilma und Vilgot.

Der Regen spritzte gegen die Windschutzscheibe, als Jana am Rastplatz Klinga von der Autobahn abfuhr und anhielt. Auf ihrem Handy suchte sie die Åbymoskolan und hatte schon bald die Website der Schule gefunden. Sie klickte den Reiter mit den Kontaktdaten an. Gerade wollte sie die Nummer des Sekretariats wählen, als sie sah, dass weiter unten auf der Seite die Mitarbeiter vorgestellt wurden. Rasch ließ sie ihren Blick über die Namen des Rektors, der Förderlehrer und Klassenpädagogen schweifen, bis sie bei der Schulpsychologin angekommen war.

»Das kann nicht sein …«

Verwirrt starrte sie den Namen an, las ihn wieder und wieder, ohne ganz zu begreifen, was dort stand.

Emma Levin, die Frau von Henrik Levin.

Mia hatte das Foto von Jakob an alle Einsatzkräfte geschickt und war wieder unterwegs zu Olas Büro, als ihr Telefon klingelte. Sie zog es aus der Tasche und hob die Augenbrauen. Auf dem Display stand der Name der Staatsanwältin. Normalerweise rief Jana Berzelius nie bei ihr an. Ihr war sofort klar, dass etwas nicht stimmte, und sie antwortete besorgt:

»Ja?«

»Ich muss mit Henrik Levin reden. Er geht nicht an sein Handy. Ist er in der Nähe? Können Sie bitte mal zu ihm gehen?«

Mia steckte den Kopf in Olas Büro.

»Wo ist Henrik?«, fragte sie.

Ola nahm das Telefon vom Ohr und sah sie erstaunt an.

»Er wollte doch kopieren gehen.«

Mia sah zum Kopierer im Flur.

»Da ist er nicht.«

»Aber er hat doch die Karte mitgenommen und …«

»Hallo, Frau Berzelius«, sagte Mia. »Ich sehe ihn gerade nicht. Er ruft Sie dann später zurück, wenn …«

»Seine Frau ist Schulpsychologin in der Åbymoskolan«, unterbrach die Staatsanwältin sie.

»Ja, ich weiß.«

»Wissen Sie, wie lange sie dort schon arbeitet?«

»Immer schon, glaube ich. Wieso?«

»Dann eilt es wirklich. Wir müssen uns sofort vergewissern, dass es Emma Levin gutgeht.«

»Warum sollte es ihr denn nicht gutgehen?«

»Das erkläre ich später«, erwiderte Jana Berzelius. »Das Wichtigste ist, dass ich jetzt mit Henrik Levin sprechen kann.«

Mia lief weiter den Flur entlang. Sie sah in Henriks leeres Büro, ging weiter zu den Toiletten, aber keine davon war besetzt. In der Kantine war er auch nicht.

»Hallo?«, sagte sie. »Sind Sie noch dran?«

»Ja.«

»Ich habe den Eindruck, Henrik ist mit der Karte abgehauen.«

»Mit was für einer Karte?«

»Auf der die Kraftwerke verzeichnet sind, wo Jakob Norell sich aufhalten könnte«, erklärte Mia. »Warum ist es denn so dringend?«

»Weil Jakob Emma Levin entführt hat«, antwortete Jana Berzelius.

Drei Autos standen an der roten Ampel in der Kungsgatan, doch Henrik scherte in den Gegenverkehr aus und überholte sie. Jana Berzelius hatte angerufen, aber er hatte es ignoriert. Er konnte an nichts anderes denken als an Emma. Das Adrenalin schoss ihm durch die Adern, und er hatte das Gefühl, gleich ersticken zu müssen. Mehr als achtundvierzig Stunden waren vergangen, ohne dass er mit ihr gesprochen hatte. Er hatte ihr ein Herz-Emoji geschickt und nur einen Smiley zurückbekommen. Und er hatte nicht weiter darüber nachgedacht, sondern war davon ausgegangen, dass es ihr auf der Konferenz gutging.

Das hat sicher nichts zu bedeuten, versuchte er sich einzureden, während er bei hohem Tempo und mit zitternden Fingern ihre Nummer wählte. Bestimmt hatte jemand anders dasselbe Armband gekauft und die identische Gravur bestellt. Aber tief in seinem Inneren wusste er, dass das natürlich nicht sein konnte.

Bitte, flehte er im Stillen, bitte, Emma, geh ran.

Als er die Mailboxansage hörte, explodierte etwas in ihm.

»Verdammte Scheiße!«, schrie er.

Das konnte nicht wahr sein. Das durfte nicht wahr sein!

Er atmete heftig, versuchte sich zu beruhigen und wählte die Nummer von Emmas Chef.

Der Rektor der Schule meldete sich sofort.

»Hallo, Theo, ich muss mit Emma reden, ist sie da?«

»Stimmt irgendwas nicht?«, fragte Theo besorgt.

»Ich muss mit ihr reden!«

»Was ist los, Henrik?«

»Sie geht nicht an ihr Handy, und ich muss dringend mit ihr sprechen. Sag, dass sie da ist, bitte!«

»Emma ist aber nicht hier«, entgegnete Theo. »Sie hat mir eine SMS geschickt, dass sie krank ist und nicht zur Konferenz fahren kann. Dabei hat sie eigentlich ganz gesund gewirkt, als wir am Montag im Jugendzentrum Strömvillan waren, aber …«

»Strömvillan! Wovon redest du?«

»Es gibt eine Kooperation mit den dortigen Sozialpädagogen, um das Verständnis für psychische Probleme bei Schülern zu verbessern, die …«

»Mein Gott«, stöhnte Henrik und drückte das Gespräch weg.

Panik ergriff ihn, als ihm klar wurde, dass Jakob mit Simons Auto zum Jugendzentrum gefahren sein musste, weil er Emma gefolgt war. Deshalb hatte der Hausmeister den Wagen dort gesehen. Jakob musste sie beschattet haben.

Und vermutlich hatte er sie entführt, als sie am Mittwoch auf dem Weg zum Bahnhof gewesen war.

Theo versuchte ihn zurückzurufen, aber Henrik ignorierte ihn, fuhr rechts ran und sah sich die Karte an, die auf dem Beifahrersitz lag. Das Handy klingelte erneut, diesmal war es Mia.

»Henrik!«, schrie sie. »Verdammt! Fahr nicht auf eigene Faust los!«

»Ich muss Emma finden, ich …«

»Du musst auf Verstärkung warten!«

»Ich kann nicht warten!«, schrie er zurück und drückte das Gespräch weg.

Hektisch blickte er auf die Karte mit den Kraftwerken, die mit roten Kreuzen markiert waren.

Wie sollte er sie finden?

Wo konnte sie sein?

Er umklammerte das Lenkrad mit beiden Händen. Dann fuhr er wieder auf die Straße, überquerte rasch die Bergsbron und bog mit quietschenden Reifen in die Norra Grytsgatan ein und raste in hohem Tempo weiter.

Danilo hatte die Rettungssanitäter beobachtet, wie sie auf der Station eingetroffen und direkt in Nils' Zimmer gelaufen waren. Neugierige Gesichter erschienen in den Türöffnungen zum Flur. Nur eine einzige Tür war zu – die von Simon. Ihm fiel auf, dass alle Mitarbeiter mit Nils beschäftigt waren. Niemand hatte den Überblick, niemand konnte ihn jetzt aufhalten. Also ging er zu Simons Tür, riss sie auf und betrat das Zimmer. Er hatte erwartet, dass Simon im Bett lag, aber er stand mit dem Rücken zu ihm am Fenster.

»Es ist Zeit zu reden«, sagte Danilo.

Simon drehte sich eilig um.

»Worüber?«, fragte er besorgt.

»Über Jakob.«

»Wovon redest du?«

Der schläfrige Blick war verschwunden. An seine Stelle waren Angst und Panik getreten.

»Die Polizei weiß, dass er lebt, Simon.«

»Wie? Nein …«

»Die Polizei weiß, dass dein Bruder am Leben ist, und du wirst mir jetzt erzählen, wo er sich befindet.«

Simon schüttelte verzweifelt den Kopf.

»Nein, nein, nein …«

»Du musst …«

»Nein!«

Simon stürzte sich auf ihn und schlug mit seinen groben Fäusten auf ihn ein.

»Simon, verdammt, was soll das?«, sagte Danilo und wich ohne Schwierigkeiten aus.

Doch der große Mann schlug immer wieder zu, zwar völlig unprofessionell, aber es gelang ihm doch, Danilo überraschend fest an der Stirn zu treffen, die gleich zu bluten begann.

»Ich habe keine Zeit für so was.« Danilo versetzte Simon einen Schlag unterhalb der Rippen, drückte ihn gegen die Wand und presste den Ellbogen gegen seinen Hals. »Hör auf jetzt! Wenn du nicht sagst, wo Jakob ist, werde ich dir wehtun, und zwar richtig. Kapiert?«

Simon wimmerte laut.

»Wo ist er? Spuck es aus!«

Danilo verstummte, als er seinen Namen hörte.

»Danilo?«

Draußen im Flur riefen die Pfleger nach ihm, offenbar hatten sie bemerkt, dass er nicht da war.

Er packte Simon fester.

»Es ist jetzt ernst«, zischte er. »Ich werde dich loslassen, sobald du erzählst, wo Jakob ist.«

»Ich weiß nicht …«

»Du weißt es!«

Simon schüttelte wieder den Kopf, versuchte sich zu befreien.

»Lass mich los«, jammerte er. »Bitte, lass mich los, ich …«

Seine Unterlippe zitterte.

Danilo schwieg und horchte auf die Stimmen und Schritte, die immer näher kamen. Er wusste, dass die Pfleger jeden Moment hier sein konnten.

»Simon, du kannst Jakob nicht schützen, jetzt nicht mehr. Es ist vorbei, kapierst du? Du musst sagen, wo er ist.«

»Ich weiß nicht, warum er zum Mörder geworden ist, warum er …«

»Es ist mir egal, was du weißt oder nicht weißt. Sag jetzt, wo er ist!«

Simon schluckte angestrengt, seine Augen füllten sich mit Tränen.

»Es gibt einen Ort«, sagte er. »Voll von guten Erinnerungen, wo man das Wasser hören kann.«

»Du hast von einer Turbine gesprochen. Ist das der Ort, den du meinst?«

Simon nickte.

»Mein Großvater hat die Turbine gewartet, und wir durften mitkommen.«

»Du und Jakob?«

Simon nickte erneut.

»Wir durften nicht zu nahe rangehen, aber wir haben es trotzdem getan, denn wir wollten das Geräusch vom Wasser hören, das durch die Rohre gepumpt wurde.«

»Lüg mich nicht an!«

»Ich lüge nicht, das stimmt, wir haben im großen Tank gespielt, wo sie Wasserproben entnommen haben, und …«

»Wo ist das?«, unterbrach Danilo ihn. »Sag schon!«

Simon sah ihn lange an, ehe er flüsterte:

»Im Kraftwerk.«

»In welchem?«

Simon schluckte noch einmal, ehe er antwortete:

»In dem … am Campus.«

Danilo riss das Handy aus dem Hosenbund. Endlich hatte er die Information, die er brauchte.

Im selben Moment waren die Stimmen und Schritte direkt vor der Tür zu hören.

»Danilo?«

»Stillstehen und Fresse halten«, sagte er zu Simon und ließ ihn los. Dann klemmte er sich das Handy zwischen Ohr und Schulter, packte den Türgriff mit beiden Händen und hielt mit aller Kraft dagegen. Im nächsten Moment spürte er, wie jemand auf der anderen Seite versuchte, die Tür zu öffnen. Aber er musste sie zuhalten, bis er mit Jana gesprochen hatte.

Der Schweiß brach ihm aus, als der erste Freiton zu hören war.

»Danilo!«, antwortete Jana. »Hast du etwas herausgefunden, was …«

»Das Kraftwerk!«, sagte er. »Jakob ist im Kraftwerk am Campus.«

»Öffnen!«

Vor der Tür waren die aufgeregten Stimmen der Pfleger zu hören.

Das Blut lief ihm von der Stirn, und Danilo konnte es nicht abwischen. Er konnte auch nicht das Handy vom Ohr nehmen, er musste sich darauf konzentrieren, die Türklinke nicht loszulassen. Seine Arme zitterten heftig, und er wusste, dass er nicht mehr viel Zeit hatte, um sich eine gute Erklärung zu überlegen, warum er hier stand und die Tür zuhielt.

Jetzt denk schon nach, verdammt!

»Was habe ich denn getan …«, sagte Simon, der schwankend zur Tür ging und sich dicht vor ihn stellte.

Im selben Moment ließ Danilo den Griff los, warf sich auf den Fußboden und schob sich das Handy unter den Körper.

Simon konnte nicht mehr reagieren, ehe die Tür aufflog.

Und da standen die Wärter mit ihren entsetzten Mienen.

»Was um alles in der Welt …?«, sagte der eine, als er Danilo blutend daliegen sah. Sein Blick wanderte zu Simon.

»Auf den Boden legen!«

»Ich habe doch gar nichts gemacht.«

»Auf den Boden, habe ich gesagt!«

Danilo sah, wie die Pfleger Simon mit festem Griff packten, und ein Lächeln umspielte seinen Mund, als der Mann hochgezogen und aus seinem Zimmer geführt wurde.

40

Henrik machte eine Vollbremsung, stürzte aus dem Wagen und rannte im prasselnden Regen auf eines der alten Kraftwerke am Strömmen zu. Die roten Ziegelsteine waren schmutzig, die Fenster von innen verrammelt. Er entdeckte eine hölzerne Eingangstür und tastete verzweifelt nach einer Möglichkeit, sie zu öffnen, doch vergeblich.

Rasch lief er zur nächsten Tür, aber auch die ließ sich nicht öffnen.

Keuchend trat er einen Schritt zurück und musterte das Gebäude. Würde es ihm gelingen, Emma rechtzeitig zu finden?

In seiner Hosentasche begann das Handy zu klingeln, es war Jana Berzelius, aber er ging nicht ran. Jetzt musste er einen Eingang finden. Bald darauf kam eine SMS von der Staatsanwältin:

»Ich weiß, dass Jakob Ihre Frau in seiner Gewalt hat, und ich weiß, wo er ist.«

Ohne nachzudenken, rief er Jana Berzelius an, die sich sofort meldete.

»Wo ist sie?«

»Bitte, bleiben Sie ruhig«, erwiderte sie. »Ich weiß, dass Sie Ihre Frau retten wollen, aber Sie müssen …«

»Sagen Sie einfach, wo sie ist!«

»Danilo Peña hat erzählt, dass Jakob im Kraftwerk am Campus ist, aber Sie müssen mir jetzt zuhören …«

»Campus«, wiederholte er, drehte den Kopf nach links und sah zum neuen Kraftwerk, das am gegenüberliegenden Flussufer lag.

»Bitte hören Sie mir zu«, fuhr sie fort. »Sie müssen auf Verstärkung warten, Sie können nicht …«

Henrik drückte das Gespräch weg, umrundete das Gebäude, lief zur Fußgängerbrücke und überquerte das tosende Wasser des Strömmen, so schnell er konnte. Ein Mann mit Rucksack musste im letzten Moment ausweichen, als Henrik nach links abbog und am Universitätsgelände vorbeilief.

Der Wind zog und zerrte an seinen Kleidern, während er die kleine Treppe hochging und zu dem offenen Tor im Zaun gelangte, der das Kraftwerk umgab.

Jetzt konnte er auch den weißen Toyota sehen, der davorstand, Ingvar Nordkvists Auto.

Seine Lunge brannte, als Henrik vor der Stahltür stehen blieb. Er legte seine zitternde Hand auf den kalten Griff, drückte ihn hinunter. Die Tür ließ sich öffnen.

Lautlos trat er in die Dunkelheit. Er ging einige Schritte weiter, hielt inne und lauschte, versuchte seine hektische Atmung zu beruhigen.

Mit gezückter Waffe drang er immer tiefer in das Gebäude vor. Er kam an einem leeren Kontrollraum vorbei, entdeckte dann einen Aufzug mit offenen Türen und betrat ihn.

Bitte mach, dass es nicht zu spät ist, dachte er, als der Lift sich langsam abwärtsbewegte. Bitte mach, dass es nicht zu spät ist.

Jana verfluchte Henrik Levin, während sie auf der Karte in ihrem Handy das Kraftwerk suchte. Sie prägte sich den Weg dorthin ein, warf dann das Telefon auf den Beifahrersitz und gab Vollgas. Auf dem Weg in die Innenstadt hupte sie ein blaues Auto an, das vor ihr die Fahrbahn wechseln wollte, lenkte den Wagen zur Kungsgatan und erhöhte das Tempo noch weiter, als sie über die Bergsbron fuhr. Rasch bog sie zur Universität ab und folgte der steilen Straße hinunter zum Strömmen, wo das Kraftwerk lag.

Ein weißer Toyota stand innerhalb des eingezäunten Geländes, und Jana wusste gleich, dass es sich um Ingvar Nordkvists Auto handeln musste.

Aber wo war Henrik Levins Wagen? Er war nirgends zu sehen.

Der Puls dröhnte in ihren Schläfen, als sie das Handschuhfach öffnete, wo das Messer lag. Rasch befestigte sie es am hinteren Hosenbund, griff dann nach ihrem Handy und rief Mia Bolander an.

»Ja?«, meldete sich die Polizistin.

»Das Kraftwerk am Campus«, sagte Jana. »Ihr müsst herkommen – sofort!«

Dann stieg sie aus dem Auto und begann zu rennen.

Henrik war direkt in der unterirdischen Maschinenhalle des großen Kraftwerks gelandet. Er befand sich jetzt zwanzig Meter unter Erdniveau, und ein Geruch von Feuchtigkeit, Metall und Öl lag in der Luft. Weiße und graue Plastikrohre waren an den rauen Bergwänden angebracht, und an der Decke verliefen jede Menge Kabel. Die gewaltige Turbine in der Mitte der Maschinenhalle dröhnte vom durchströmenden Wasser.

Gehetzt hielt er Ausschau nach Bewegungen, aber es fiel ihm schwer, die Halle zu überblicken. Mit beiden Händen an der Waffe ging er nach rechts und umrundete langsam die Turbine.

Auf der anderen Seite der Halle entdeckte er hinter einigen Rohren ein schwaches Leuchten. Er schob sich an den Rohren vorbei und sah im Lichtschein der Industrielampen an den Wänden einen langen Tunnel, der sich vor ihm erstreckte. Er lief drauflos, doch schon bald stieg Panik in ihm auf, als sich der Tunnel verzweigte. Drei Wege standen zur Auswahl. Sollte er geradeaus weiterlaufen, nach rechts oder nach links?

In seinem Kopf drehte sich alles, aber er durfte nicht daran denken, was passieren würde, wenn er Emma verlor, er musste sich auf seinen Auftrag konzentrieren – sie zu retten.

Er betrat die linke Abzweigung und stellte fest, dass der Tunnel hier eine kleine Linksbiegung machte, aber er konnte nicht erkennen, wo er endete.

Ein Wassertropfen fiel ihm in den Nacken, als er zur Gabelung des Tunnels zurückkehrte.

Henrik betrachtete das rostige Rohr an der Decke.

Ein weiterer Wassertropfen fiel auf den Boden neben ihm.

Als er dem Rohr mit dem Blick folgte, sah er, dass es in den rechten Tunnel führte.

Die Bilder von den ertrunkenen Frauen, ihren bleichen Körpern und den zusammengenähten Beinen flimmerten vor seinem inneren Auge vorbei.

Henrik lief unter dem Rohr entlang, wurde aber langsamer, als er zu einer Türöffnung kam.

Das Rohr an der Decke verlief weiter durch die Öffnung.

Von dort drinnen drang ein Lichtschein nach außen, und er zwang sich, ruhig zu atmen, als er vorsichtig hineinspähte.

Er sah eine Metalltreppe, an deren Fuß ein paar Scheinwerfer auf dem Boden standen. Sie waren auf etwas im hinteren Teil des Raums gerichtet, was er aber nicht erkennen konnte.

Henrik machte zwei Schritte die Treppe hinunter, ließ den Blick umherschweifen und richtete die Waffe in dieselbe Richtung.

Als er die Treppe weiter hinunterging, sah er, was die Scheinwerfer anleuchteten: einen wassergefüllten Tank. Und beim Anblick dessen, was sich hinter der Glaswand des Tanks befand, schrie er laut auf:

»Emma!«

Ihr Gesicht war blass, und die Kleider hingen schwer an ihrem Körper. Mit den Armen und Beinen machte sie unregelmäßig zuckende Bewegungen, um das Gesicht an der Decke des Tanks zu halten, wo noch eine wenige Zentimeter große Luftblase war. Er hörte, wie sie verzweifelt versuchte, ihre Lunge mit Luft zu füllen. Aus einem großen Rohr wurde von oben in hohem Tempo Wasser hineingepumpt.

Ohne nachzudenken, stürmte Henrik die Treppe hinunter. Auf der letzten Stufe rutschte er aus, kam aber wieder auf die Füße, drängte sich an einem Tisch und einem Stuhl vorbei und stand dann vor ihr.

Er riss die Pistole hoch und richtete sie auf den Tank. Im selben Moment hörte er Schritte hinter sich.

Henrik reagierte sofort und wirbelte herum. Aber es war zu spät. Jakob schlug ihm die Waffe aus der Hand. Panik überkam ihn, als ihm klar wurde, dass Simons Bruder in der Dunkelheit unter der Treppe auf ihn gewartet hatte.

»Gut gemacht«, sagte Jakob und hob die Pistole hoch. »Ich hätte nie gedacht, dass jemand hierherfinden würde.«

Als Jakob Norell sich das lange Haar aus dem Gesicht

strich, sah Henrik, dass ihm ein kleiner Finger fehlte. Seine Nägel waren rotlackiert, und die schwarze Bluse hing locker auf seinem dünnen Körper.

»Sie Arschloch«, zischte Henrik.

»Immer mit der Ruhe.« Jakob richtete die Waffe auf ihn. »Ich verstehe, dass Sie aufgewühlt sind, aber …«

Er legte den Kopf schief und betrachtete Henrik mit einem Lächeln.

»Ist sie nicht schön?«

»Ich verspreche Ihnen …«, sagte Henrik. »Ich verspreche Ihnen, dass …«

»Es fühlt sich schlimm an, oder? Wenn man weiß, dass derjenige, den man am meisten liebt, bald sterben wird. Es muss schwierig sein, in einem solchen Moment die Schönheit zu sehen.«

Henrik biss die Zähne zusammen.

»Sie überlegen gerade, wie Sie mich überwältigen können«, fuhr Jakob fort. »Gleichzeitig wollen Sie Ihre Frau retten. Beides wird Ihnen nicht gelingen. Deshalb werde ich Ihnen die Entscheidung abnehmen, indem ich gehe und Sie allein zurücklasse. Was meinen Sie?«

Jakob ging rückwärts die Treppe hinauf.

»Ich werde nach Ihnen suchen«, sagte Henrik. »Und wenn ich Sie finde, werde ich …«

Er hielt inne, als Emma hustete. Sie kämpfte noch immer, um das Gesicht über der Wasseroberfläche zu halten. Der Pegel stieg von Sekunde zu Sekunde.

»Sie hat noch ungefähr drei Minuten zu leben.« Jakob war auf der Treppe stehen geblieben.

Wieder lächelte er Henrik an, schien noch etwas sagen zu wollen, doch dann machte er kehrt und verschwand die Treppe hinauf.

Emmas Körper begann krampfhaft zu zucken.

»Halt durch!«, schrie Henrik, während er verzweifelt nach einer Möglichkeit suchte, das Wasser abzustellen.

Er sah zum Rohr oben am Tank, folgte ihm mit dem Blick und stellte fest, dass es u-förmig an der Wand entlang verlief. Sofort rannte er hin, tastete mit den Händen über die rostige Fläche und entdeckte bald ein eisernes Handrad. Er versuchte es zu drehen, doch das war schwieriger als gedacht, und er strengte sich noch mehr an. Schließlich gab das Rad ein Knacken von sich, und bald hörte er, wie das Wasserrauschen immer schwächer wurde und schließlich ganz aufhörte.

»Halt den Mund an das Rohr!«, schrie er Emma zu und schlug gegen die Glasscheibe, um sie auf ihn aufmerksam zu machen.

Mit letzten Kräften versuchte sie sich der Rohrmündung zu nähern. Ihre Bewegungen waren erschreckend langsam, als sie es schließlich erreichte, und er hörte ihr Husten und ihre raschen Atemzüge, die im Metallrohr widerhallten.

»Weiteratmen!«, schrie er ihr zu. »Atmen!«

Jana war in die Maschinenhalle des Kraftwerks gelangt. Jetzt stand sie ganz ruhig in der Dunkelheit und lauschte. Eben hatte sie Henrik Levins Schreie durch das Dröhnen der Turbine hindurch gehört. Es war aus der schwach erleuchteten Öffnung gekommen, die hinter den weißen und grauen Rohren verborgen war. Sie drückte sich daran vorbei und blieb in dem langen Tunnel stehen, konnte aber keine Bewegung ausmachen.

Der Widerhall ihrer Schritte war zu hören, als sie loslief. Bald kam sie zu einer Gabelung und musste innehalten. Die Sekunden verstrichen, während sie darüber nachdachte, welchen Weg sie wählen sollte. Sie lauschte wieder, ob sie Henrik Levin hörte, hörte aber nur noch das Dröhnen der Turbine.

Als sie in den rechten Tunnel spähte, sah sie plötzlich, dass jemand in ihre Richtung kam. Rasch drückte sie sich an die kalte Wand am Tunnelanfang.

Vorsichtig schaute sie wieder hinein und sah jetzt, dass es Jakob war, der sich immer weiter näherte. Die Pistole in seiner Hand glänzte im Lichtschein der Wandlampen. Langsam und vorsichtig bewegte er sich auf sie zu. Offenbar dachte er, dass weitere Polizisten vor Ort waren und nur darauf warteten, ihn festzunehmen.

Doch nur sie war da.

Und sie musste etwas unternehmen. Sonst würde er fliehen, ehe die Verstärkung eintraf.

Sie zückte das Messer, machte sich bereit.

Wieder war Henrik Levins Stimme zu hören. Er rief etwas, aber wegen des Lärms von der Turbine konnte sie ihn nicht verstehen, und sie konnte auch nicht zu ihm laufen. Ihr blieb nichts anderes übrig, als stehen zu bleiben und zu warten.

»Emma! Weiteratmen!«, schrie Henrik und suchte verzweifelt nach einer Öffnung im Wassertank.

Durch die Scheibe sah er, wie sie kämpfte, um sich am Rohr festzuhalten und Luft zu bekommen. Doch ihre Beine bewegten sich immer kraftloser im Wasser, und die Hände rutschten ab. Sie würde sich nicht mehr lange halten können.

Rasch umrundete er den Tank, entdeckte eine Tür, doch die war abgeschlossen und nicht zu öffnen. Er wusste beim besten Willen nicht, wie er den Tank leeren konnte. Es gab kein Handrad, keinen Griff, keinen Knopf.

Sein Herz raste.

Ihm wurde klar, dass er das Glas zerschlagen musste, es einfach zerschlagen.

Er rannte zum Stuhl, packte ihn und hieb ihn, so fest er konnte, gegen das Glas. Doch nichts geschah, nicht einmal ein Riss bildete sich, nur ein dumpfes Dröhnen war zu hören. Mit einem Schrei knallte er den Stuhl erneut gegen das Glas, ein Bein löste sich, mehr erreichte er jedoch nicht.

»Halt durch!«, brüllte er ihr zu und warf den Stuhl weg.

Der Schweiß lief ihm die Schläfen hinab, als er zum Tisch stürmte. Er packte eines der Beine, zog und zerrte daran.

»Komm schon«, murmelte er und packte es erneut, versuchte mit aller Kraft, den Tisch zu verschieben, begriff dann aber voller Verzweiflung, dass die Beine am Boden festgeschraubt waren.

Emmas Griff um das Rohr löste sich plötzlich. Sie schlug mit den Armen um sich, versuchte verzweifelt etwas anderes zu finden, woran sie sich festhalten konnte, aber um sie herum war nichts als Wasser. Ihre Blicke begegneten sich, und er sah, dass ihre Augen sich vor Angst weiteten.

»Emma!«, schrie Henrik. »Schwimm!«

Sie bemühte sich zu schwimmen, aber ihre Bewegungen waren viel zu kraftlos. Die Haare wogten hinter ihr im Wasser, und das Gesicht verkrampfte sich vor Sauerstoffmangel. Sie sank.

»Mein Gott …«

Verzweifelt trat er gegen das Tischbein, damit es abbrach. Er schmeckte Blut.

Es knackte im Holz, aber das Tischbein löste sich nicht. Er schrie laut, schrie seinen ganzen Frust heraus.

Keuchend sah er sich um und entdeckte eine Tasche auf

dem Boden, riss sie auf und verschaffte sich einen raschen Überblick über den Inhalt: eine Flasche mit Schlafmittel und dicke Nadeln, dann blieb sein Blick auf einem Skalpell hängen.

Er spürte einen schmerzenden Kloß im Hals, als ihm klar wurde, dass dies die letzte Möglichkeit war. Er rannte zum Wassertank zurück, holte mit dem scharfen Werkzeug aus und begann auf das Glas einzuhacken.

Jana presste den Rücken fest gegen die Wand und hielt die Luft an, versuchte vergeblich, Jakobs Schritte zu hören. Von Weitem glaubte sie wieder Henrik Levins verzweifelte Schreie zu vernehmen. Jetzt konnte sie nicht mehr warten. Sie musste Jakob überwältigen.

Er müsste jetzt an der Tunnelöffnung sein, dachte sie und umklammerte das Messer in ihrer Hand.

Im selben Moment hörte sie ein Geräusch direkt neben sich.

Sie wirbelte herum. Da stand er lächelnd und richtete die Pistole auf sie. Jana versuchte, in Deckung zu gehen, aber es war zu spät.

Ein lauter Knall war zu hören. Die Kugel durchschlug ihren linken Oberarm. Der Stoß war so heftig, dass sie schwankte. Warmes Blut lief an ihrem Arm und ihrer Hand hinab.

Der Schmerz erfüllte sie mit einer gewaltigen Wut.

Als Jakob erneut auf sie zielte, reagierte sie blitzschnell und warf sich zur Seite. Sie packte das Messer mit festem Griff, stürzte sich auf ihn und stach ihm zweimal in die Bauchgegend. Er brüllte auf, ließ die Pistole fallen und drückte beide Hände auf die Wunden.

»Nein! Nein!«, keuchte er, als sie das Messer wieder erhob.

Diesmal rammte sie ihm die Klinge in den Hals.

Jakob machte ein paar unsichere Schritte zur Seite, ehe er zusammenbrach. Er schnappte nach Luft und versuchte mit den Händen, das Blut aufzuhalten. Doch es strömte zwischen den Fingern hervor und breitete sich auf dem Boden unter ihm aus. Sein Körper zuckte unkontrolliert, bis er schließlich reglos dalag.

Jana wusste nicht, wie lange sie das magere Gesicht und die hellen Augen betrachtet hatte, als Henrik Levins Schreie wieder zu hören waren. Er rief Emmas Namen, immer wieder. Rasch befestigte sie ihr Messer am hinteren Hosenbund und hob die Pistole vom Boden auf.

Ihr Arm schmerzte fürchterlich, als sie mit der Waffe in der Hand durch den Tunnel lief.

Sie gelangte zu einer Metalltreppe und ging eilig hinunter.

In dem Raum, der sich unter ihr öffnete, sah sie Henrik Levin, der vergeblich versuchte, seine Frau Emma aus einem wassergefüllten Tank zu retten. Sein Rücken war schweißnass, und er hackte verzweifelt mit einem Skalpell auf eine Glasscheibe ein.

Leblos schwebte Emma im Wasser. Die Arme waren ausgestreckt, kleine Luftblasen stiegen aus ihrer Nase.

»Levin!«, schrie Jana und rannte die letzten Treppenstufen hinunter.

Er drehte sich zu ihr um und starrte sie verzweifelt an.

»Bitte, ich bekomme sie nicht raus. Ich kann nicht …«

»Aus dem Weg!«, schrie sie.

Henrik Levin stolperte zur Seite, als sie die Waffe hob. Sie zielte und schoss auf den Tank. In der dicken Scheibe entstand ein Riss.

Jana ignorierte die Schmerzen in ihrem Arm, biss die

Zähne zusammen und schoss erneut. Der Riss wurde größer.

Sie schoss immer weiter, und es klang wie eine Serie von Explosionen, als das Glas schließlich platzte. Mit enormer Kraft strömte das Wasser in den Raum.

Henrik Levin watete zum Tank.

Emma lag reglos auf dem Boden.

Er fiel auf die Knie und strich ihr das nasse Haar aus dem Gesicht.

»Sag, dass du lebst«, flüsterte er und nahm sie in die Arme.

Sein Körper bebte, und Tränen liefen ihm über die Wangen. Weit entfernt waren Stimmen und Schritte zu hören, aber er schien es gar nicht zu bemerken.

Nicht einmal, als Mia Bolander die Treppe herunterkam. Er saß einfach nur da, mit Emma in den Armen, als wollte er sie nie wieder loslassen.

EINE WOCHE SPÄTER

41

Der kalte Wind verfing sich in Jana Berzelius' Haaren, als sie auf den Eingang der Klinik für Forensische Psychiatrie in Vadstena zuging. Der Stoff des Blazers saß straff über dem linken Arm, der noch einbandagiert war. Der Arzt hatte gesagt, dass die Verletzung in etwa einem Monat verheilt sein würde.

Sie hörte das Geräusch von Stimmen und drehte sich zum Parkplatz um. Auf einmal entdeckte sie das faltige Gesicht und das dichte Haar ihres Vaters. Er diskutierte irgendwas mit dem Richter des Verwaltungsgerichts, aber sie waren viel zu weit entfernt, als dass sie hätte hören können, was sie sagten. Sie reckte sich, um besser zu sehen, und stellte fest, dass ihr Vater dem Richter die Hand hinhielt. Danilos Zukunft würde heute entschieden werden, und Jana fragte sich, was der Handschlag der beiden Männer bedeuten mochte.

Als der Richter zu ihr herübersah, wandte sie den Blick ab und ging weiter zum Eingang. Die Gedanken kreisten in ihrem Kopf, während sie durch die Sicherheitsschleuse und weiter durch den leeren Korridor lief, der zum Gerichtsraum führte, wo die Verhandlung stattfinden sollte. Die Chefärztin der Forensischen Psychiatrie wartete schon.

Die Rückenlehne des Stuhls knackte, als Jana sich an den länglichen Tisch setzte. Aus dem Augenwinkel sah sie, dass Danilo mit seinem Rechtsbeistand hereinkam, einem Anwalt, den sie nicht kannte und der sich als Valter Lind vorstellte.

Danilo sah sie an, aber sie weigerte sich, seinem Blick zu begegnen. Sie sah erst hoch, als der Richter den Raum betrat und sich setzte.

»Dann sind alle hier«, sagte er. »Ich möchte diese Verhandlung damit beginnen, alle Parteien willkommen zu heißen. Heute werde ich darüber entscheiden, ob es für Danilo Peña bei der Unterbringung im Maßregelvollzug mit einer speziellen Entlassungsprüfung bleibt oder nicht.«

Er straffte die Schultern und fuhr fort:

»Die Chefärztin hat mitgeteilt, dass Peña auch ohne medikamentöse Behandlung keinerlei Anzeichen der psychischen Erkrankung aufweist, die die Grundlage der Einweisung in die Forensische Psychiatrie darstellte. Peña hat während seines gesamten Aufenthaltes in Vadstena aktiv an den Therapieangeboten teilgenommen. Aber …«

Aber?, dachte Jana und beobachtete den Richter, der die Hände faltete.

»Was die Risikobeurteilung betrifft, habe ich meine Zweifel«, sagte er.

Ein Schauder verlief von Janas Nacken bis zu den Armen. Jetzt war ihr klar, dass ihr Vater hergekommen war, um sicherzustellen, dass Danilo in der Psychiatrie bleiben würde.

»Bitte entschuldigen Sie, Herr Vorsitzender«, mischte sich der Rechtsanwalt ein. »Es gibt auch eine Äußerung der Regionspolizeichefin, laut der …«

»Ich bin mir sicher, dass dies einer der Gründe ist, warum wir heute hier sitzen«, unterbrach der Richter ihn. »Aber wie ich es sehe, ist das Rückfallrisiko bei Gewaltverbrechen relativ hoch. Ich mag keine Risiken.«

Im Raum war nichts zu hören außer der Stift der Chefärztin, mit dem sie sich Notizen machte.

Jana wusste nicht, was sie tun sollte. Ihr Herz pochte schneller, als sie Danilo beobachtete. Seinem mahlenden Kiefer und den angespannten Schultern nach zu urteilen hatte er bereits begriffen, was hier gerade geschah.

»Allerdings«, fuhr der Richter fort, »mag ich es, Menschen eine zweite Chance zu geben. Und Ihre einzige Chance, aus dem Maßregelvollzug entlassen zu werden, Herr Peña, wäre, sich künftig auf der richtigen Seite des Gesetzes zu bewegen.«

Jana begriff nicht ganz, was da passierte. In weniger als einer Sekunde war Verzweiflung durch Hoffnung ersetzt worden. Sie starrte verständnislos auf den Richter, als dieser den Hammer erhob.

»Hiermit beschließe ich die Entlassung von Danilo Peña aus dem Maßregelvollzug. Er soll jedoch in der Klinik für Forensische Psychiatrie verbleiben, bis das Urteil rechtskräftig ist.«

Ihr war, als bekäme sie keine Luft, als der Richter den Hammer auf den Tisch schlug.

Sie drehte den Kopf und sah Danilo mitten in die dunklen Augen.

Er lächelte sie höhnisch an, und sie musste sein Lächeln erwidern.

Es war zu irreal, zu unglaublich, dass er endlich entlassen werden würde.

Mia stand vor dem Einfamilienhaus in Smedby und wartete darauf, eingelassen zu werden. Sie fluchte über die nachlässig gebundenen Tulpen, die sie in der Hand hielt, die vielen Falten auf ihrem schwarzen Kleid und die Tatsache, dass es angefangen hatte zu regnen – mal wieder.

Simon Norell war von der Anklage freigesprochen worden, seine Eltern ermordet zu haben. Es hatte sich herausgestellt, dass er schon immer versucht hatte, seinen Bruder zu schützen, aber dass es ihm nicht gelungen war, diesen vor sich selbst zu schützen.

Nichts deutete darauf hin, dass er in die Meerjungfrauenmorde involviert gewesen war. Nach Jakobs Tod hatte er von ihrer gemeinsamen Kindheit und Jugend erzählt. Er hatte berichtet, wie die harten Fäuste des Vaters, die tiefe Verachtung der Kirchengemeinde, die boshaften Hänseleien der Klassenkameraden und die Ignoranz der Lehrer Jakob immer mehr zugesetzt hatten. Simon war der Einzige gewesen, dem er sich anvertraut hatte, und je härter der Vater zuschlug, je böser die Mitschüler waren und je besser die Lehrer darin waren, dies zu ignorieren, desto mehr Hilfe brauchte er von Simon. Doch Jakobs Traumatisierung durch seine schwere Kindheit und durch die Ablehnung seiner wahren Identität war viel zu stark, als dass er ihm hätte helfen können. Als schließlich sein Antrag von Oberarzt Göransson abgelehnt wurde, war etwas in ihm zerbrochen. Die Sehnsucht nach Genugtuung und Rache hatte die Oberhand gewonnen.

Jakob hatte seine Eltern getötet, und Simon, der sich in all den Jahren vorgeworfen hatte, dass er viel leichter davongekommen war, nahm die Morde auf sich. Er war dankbar, dass Jakob ihre brutale Kindheit überlebt hatte, und hoffte, dass sein Bruder jetzt endlich ein Leben in Frieden würde führen können. Simon hatte gelobt, Jakob nie zu enttarnen. Er hatte seinen Bruder geschützt – bis ins Letzte.

Doch Jakob war mit der Einsamkeit nicht klargekommen. Als Simon aus seinem Leben verschwand, wurden die Dämonen in ihm immer stärker, bis er schließlich alle Frauen heraussuchte, die in irgendeiner Art und Weise mit seinem tragischen Schicksal verknüpft waren. Von Sonja Eriksson, die ihm nicht erlaubt hatte, beim Kostümtag im Kindergarten als Prinzessin zu erscheinen, über Frida Norberg, die sein Anliegen nicht verstanden, sondern eine psychische Erkrankung vermutet hatte, bis hin zu seiner Lehrerin Emilia Borg, die gesagt hatte, dass er selbst die Verantwortung für das Verhalten seiner Mitschüler übernehmen müsse.

Jakob musste sich sein Leben lang einsam und verwirrt gefühlt haben, dachte Mia. Nicht einmal während seines ersten Gesprächs mit Emma Levin hatte er sich getraut zu erzählen, was ihn bedrückte. Ihr gegenüber hatte er nur erwähnt, dass er davon träumte, eine Meerjungfrau zu sein, weil das Leben dann einfacher wäre. Da Jakob erst zehn war, hatte Emma bei seinen Eltern angerufen und ein paar Routinefragen gestellt.

Am selben Abend hatte ihm der Vater drei Rippen gebrochen.

Und Jakob hatte nie wieder mit Emma gesprochen.

Mia wurde aus ihren Gedanken gerissen, als sich die Haustür öffnete. Henrik stand lächelnd vor ihr. Er trug blaue Chinos und ein sandfarbenes Hemd.

»Willkommen«, begrüßte er sie.

»Danke.«

»Was für ein schöner Strauß!«

»Das waren die einzigen weißen Tulpen, die ich finden

konnte«, sagte Mia. »Und das Geld hier ist für dich. Für deine Auslagen beim Teamessen neulich.«

Sie reichte ihm drei feuchte Hundertkronenscheine.

»Gunnar ist also doch noch eingefallen, dass er das Geld zurückzahlen musste«, stellte Henrik fest, während er die Scheine in Empfang nahm.

»So ähnlich, ja«, entgegnete Mia.

»Komm rein. Ich muss noch ein paar Sachen in der Küche vorbereiten.«

Sie folgte ihm in das helle, freundliche Haus. Auf dem Küchentisch stand eine Kanne mit Kaffee und auf der Arbeitsplatte eine riesige Sahnetorte und eine Schüssel mit Erdbeeren.

Henrik holte ein Messer und ein Schneidebrett und begann die Erdbeeren in der Mitte zu teilen.

»Wie geht es dir?«, fragte sie und trat näher.

»Gut.«

»Wie läuft es mit den internen Ermittlungen?«

Er zuckte mit den Schultern, dann nahm er vorsichtig ein paar weitere Erdbeeren aus der Schüssel und legte sie aufs Schneidebrett.

»Ich bin zweimal angehört worden.«

»Was hast du gesagt?«, wollte sie wissen.

»Die Wahrheit.«

Mia nickte langsam und lauschte dem Geräusch des Messers.

»Du hättest das Kraftwerk nicht ohne Unterstützung betreten sollen.«

Henrik seufzte und legte das Messer aus der Hand.

»Das war falsch, ich weiß, aber ich habe in dem Moment nicht mehr klar gedacht. Ich hoffe, es gibt keine Probleme.«

»Doch, es gibt ein Problem«, erwiderte sie. »Warum hast

du mir nichts davon gesagt? Warum bist du einfach abgehauen?«

Henrik sah sie kurz an, bevor er die Erdbeerhälften auf der Torte verteilte.

»Es tut mir leid, wirklich«, entschuldigte er sich.

»Und warum bist du dann abgehauen?«

»Du kennst den Grund, warum ich nicht warten konnte«, sagte er. »Sie sitzt im Wohnzimmer.«

Mia nickte. Dann verließ sie die Küche und folgte dem Klang der fröhlichen Kinderstimmen.

Jana schloss das Auto ab, verließ die Garage und ging durch den Nieselregen zu ihrer Wohnung in Knäppingsborg. Schon den ganzen Weg fühlte sie sich irgendwie aufgekratzt.

Die Haustür quietschte wie immer, als sie sie öffnete. Sie betätigte den Lichtschalter und ging mit leichten Schritten die Treppen hinauf. Als sie oben ankam, sah sie Per, der vor ihrer Tür stand. Er hielt eine Flasche Champagner in der Hand. Das blonde widerspenstige Haar hing ihm in die Stirn, und er trug eine Anzughose, ein weißes Hemd und seine grüne Sportjacke.

»Was tust du hier?«

»Ich habe gelernt, dass ich hierherkommen muss, um mit dir zu reden«, sagte er und lächelte.

»Worüber willst du reden?«, fragte sie.

»Erstens möchte ich dir gratulieren.« Er hob die Flasche hoch. »Ihr habt den Fall gelöst.«

»Und zweitens?«

Er lächelte wieder, diesmal unsicherer.

»Darf ich reinkommen? Nur zehn Minuten oder eine Viertelstunde, bevor ich …«

»Bevor du was?«, unterbrach sie ihn.

»Bitte?«

Jana nickte kurz und schloss die Tür auf. Im Wohnungsflur begann sie vorsichtig den Blazer vom verletzten Arm zu streifen und musste wegen der Schmerzen die Zähne zusammenbeißen.

»Warte, ich helfe dir«, sagte Per.

Noch ehe sie protestieren konnte, stellte er die Flasche ab und half ihr aus dem Blazer.

Dann nahm er den Champagner mit in die Küche, holte zwei Gläser aus dem Schrank und ließ den Korken an die Decke springen. Langsam füllte er die Gläser und reichte ihr das eine.

»Prost«, sagte er. »Weil ihr den Fall gelöst habt.«

Jana erhob das Glas.

Prost, dachte sie. Auf Danilo.

Obwohl sie gehört hatte, wie das Urteil verlesen wurde, fiel es ihr schwer zu glauben, dass es wirklich wahr sein sollte. Danilo würde bald entlassen werden, und sie gönnte sich die Freude darüber, dass sie sich dem Schlusspunkt näherte, nach dem sie sich schon so lange sehnte. Endlich würde sie sich dafür rächen, dass er sie und Per auseinandergerissen hatte. Und sie würde weiterleben können, ohne sich Gedanken darüber zu machen, dass ihre dunkle Vergangenheit ans Tageslicht kommen könnte.

Sie lächelte und nahm einen großen Schluck Champagner.

»Jana.« Per spielte an seinem Glas herum. »Das letzte Mal, als ich hier war, weißt du, das, was da passiert ist …«

»Du musst nichts erklären«, sagte sie und schüttelte den Kopf.

»Ich konnte nicht bleiben.«

»Per, bitte.«

»Ich musste noch etwas erledigen, es wäre sonst unfair gegenüber Viktoria gewesen.«

Gegenüber Viktoria?, dachte Jana. Was meinte er?

Sie sah ihn mit ernsten, forschenden Augen an, ehe sie begriff.

Per zögerte einen Moment, ehe er einen kleinen Schritt auf sie zuging. Er wollte gerade einen weiteren Schritt machen, als ihr Handy zu klingeln begann.

Jana biss sich auf die Unterlippe, wollte nicht unterbrochen werden, jetzt nicht. Entschlossen stellte sie ihr Glas ab, nahm das Handy aus der Tasche, um es auszuschalten, doch als sie den Namen auf dem Display sah, hielt sie inne.

»Es tut mir leid, aber … ich muss dieses Gespräch annehmen«, sagte sie und sah, dass Per enttäuscht nickte.

Die Tür zum Wohnzimmer stand offen. Mia versuchte eine der Tulpen aufzurichten, die in ihrer Hand vor sich hin welkten, ehe sie hineinging. Felix und Vilma deckten den Tisch mit Tellern, Gläsern und Kaffeelöffeln. An der Decke hingen Girlanden und Ballons.

»Mia!«, rief Vilma, als sie sie bemerkte, und lief auf sie zu.

»Oh«, sagte Mia und war ganz überrumpelt von der festen Umarmung. »Wo ist deine Mama?«

Vilma zeigte auf das Sofa, wo Emma saß, mit Vilgot auf dem Schoß. Sie sang ihm etwas vor, verstummte aber, als Mia zu ihr kam.

»Hallo, Mia. Schön, dich zu sehen.«

»Gleichfalls.«

Ihre Stimme zitterte, denn sie erinnerte sich noch zu gut daran, wie Emma nach der Rettung aus dem Wassertank ausgesehen hatte. Die Kleider waren schmutzig und durchnässt gewesen, ihr Gesicht bleich und die Augen geschlossen. Heute trug sie eine cremeweiße Bluse mit Goldknöpfen an den Ärmeln, ihre Wangen waren rosig, und die Augen leuchteten.

Emma gab Vilgot einen Kuss auf die Wange, ehe sie ihn auf den Boden ließ, wo er gleich davonkrabbelte.

»Bitte sehr und herzlichen Glückwunsch zum Geburtstag«, sagte Mia und hielt ihr den Blumenstrauß hin.

»Danke«, erwiderte Emma und roch an den Tulpen.

Du solltest nicht mir danken, dachte Mia, sondern der öffentlichen Blumenbepflanzung auf dem Marktplatz.

»Möchte jemand Kuchen?«, fragte Henrik, der mit der großen Erdbeertorte das Wohnzimmer betrat.

»Jaaa!«, riefen Felix und Vilma im Chor und setzten sich sofort auf ihre Stühle.

Mit dem Blumenstrauß in der Hand erhob sich Emma mühsam vom Sofa.

»Brauchst du Hilfe?«, fragte Mia.

»Ich nicht, aber Vilgot vielleicht.«

Mia lachte laut, als sie sah, wie der kleine Junge sich auf die Zehenspitzen gestellt hatte, um über die Tischkante schauen zu können. Sie hob ihn hoch und setzte ihn in den Hochstuhl.

Henrik warf ihr einen dankbaren Blick zu, ehe er die Torte aufschnitt und auf die Teller verteilte.

»Bekomme ich denn keine Torte?«, fragte Emma und hielt ihm ihren Teller hin.

»Doch, aber erst bekommst du das hier«, sagte Henrik. Er nahm ein dünnes dunkelrotes Päckchen aus der Gesäßtasche seiner Hose und reichte es ihr.

»Was ist das denn?«

»Ein Geschenk«, sagte er. »Von mir.«

»Du solltest mir doch nichts kaufen.«

»Das habe ich auch nicht getan.«

»Und was ist es dann?«

»Öffne es doch einfach«, sagte er und lächelte sie an.

Emma schob langsam das goldfarbene Geschenkband hinunter, pulte auf der einen Seite den Tesafilm ab und zog vorsichtig ein Blatt Papier heraus.

Die Kinder sahen sie an, während sie es vorsichtig entfaltete. Ihr stiegen Tränen in die Augen, als sie es durchlas.

»Ist das wahr?«, fragte sie und sah Henrik erstaunt an.

»Was ist wahr, Mama?«, fragte Vilma.

»Dass Papa sechs Monate frei hat.«

»Es ist wahr«, antwortete Henrik. »Und jetzt hast du es schwarz auf weiß.«

Dann lehnte er seine Wange an die seiner Frau und flüsterte ihr lächelnd etwas zu.

Mia beobachtete Henrik. Die Dankbarkeit darüber, dass Emma noch immer am Leben war, umgab ihn wie ein Strahlenkranz.

»Sechs Monate«, sagte sie zu Emma. »Dann möchte ich ihn aber wieder zurückhaben.«

Emma lachte und warf einen Blick auf die Tulpen, die sie auf den Tisch gelegt hatte.

»Henrik, könntest du bitte eine Vase für die Blumen holen?«

»Na klar«, antwortete er lächelnd und ging in die Küche.

Jana schloss die Tür zu ihrem Schlafzimmer, setzte sich aufs Bett und hielt das Handy ans Ohr.

»Du hast bekommen, was du wolltest, oder?«, hörte sie die Stimme ihres Vaters.

»Ja, und ich bin dir dankbar dafür«, sagte sie leise.

»Sieh zu, dass du die Sache mit ihm in Angriff nimmst.«

»Das werde ich tun«, antwortete sie und meinte, das gedämpfte Geräusch von einer Tür zu hören, die ins Schloss fiel.

»Gut, denn jetzt hast du die Verantwortung, nicht ich«, sagte Karl Berzelius hart. »Ich kann dich nicht mehr schützen.«

Jana sah auf ihre Knie.

»Du hast gehört, was ich gesagt habe?«

»Ich habe es gehört«, erwiderte sie. »Aber das ist eine Sache, die ich selbst machen muss. Ich bin bereit.«

Er räusperte sich, und ihr war klar, dass er nichts mehr zu sagen hatte.

»Vater, ehe du auflegst …«

»Ja?«

»Danke.«

Es wurde still in der Leitung. Ihr Vater hatte das Gespräch beendet. Sie legte das Handy aufs Bett und stand auf.

»Per?«, rief sie, als sie in den Flur trat.

Aber es kam keine Antwort.

Sie ging in die Küche, sah sein Champagnerglas auf der Arbeitsplatte, suchte weiter in der Wohnung, aber da war niemand. Er war gegangen.

Rasch zog sie ihre Schuhe an, öffnete die Wohnungstür und lief die Treppen hinunter.

Das Regen spritzte ihr ins Gesicht, als sie aus der Haustür trat.

»Per!«, rief sie erneut und hielt zwischen den gelben Gebäuden fieberhaft nach ihm Ausschau.

Aber sie sah ihn nirgends.

Sie wusste nicht, in welche Richtung er gegangen war, und entschied sich, nach links zu laufen, an ein paar Läden vorbei und dann auf den kleinen kopfsteingepflasterten Platz. Sie blieb stehen, strich sich die Haare aus den Augen, aber konnte Per nirgends entdecken. Überall nur fremde Menschen unter Regenschirmen. Frustriert blickte sie sich um, dann wandte sie sich zu den schwarzen Gittertüren, durch die man zur Straße gelangte.

Da sah sie ihn.

Er stand ein Stück entfernt und hielt eine Plastiktüte in der Hand. Mit erstaunter Miene ging er langsam auf sie zu. Sie stand da, völlig reglos.

»Das ist ja lustig«, sagte er, als er vor ihr stand. »Aber jetzt ist es an mir zu fragen, was du hier machst.«

»Ich habe Angst bekommen«, setzte sie an und verstummte dann.

»Wovor?«

»Dass du nicht zurückkommen würdest«, entgegnete sie, und im selben Moment hatte sie das Gefühl, als würde alles um sie herum verschwinden. Die Menschen gingen an ihnen vorbei, aber sie sah sie nicht mehr, sah nur noch ihn.

»Ich wollte das Essen holen, das ich bestellt hatte«, erklärte er und stellte sich dichter vor sie, so nah, dass sie die Tropfen sehen konnte, die ihm die Schläfen hinunterliefen, über den Hals und auf die Jacke.

»Bist du hungrig?«, fragte er.

Sie sah in die Plastiktüte.

»Das ist nur eine Schachtel«, stellte sie fest.

»Ja«, sagte er und schob behutsam die Hand unter ihr Kinn, damit sie ihn ansah. »Aber wir können uns das Essen teilen … Wenn du willst?«

Sie begegnete seinem Blick, sah ihm in die verschiedenfarbigen Augen. Ihr Herz schlug heftig, als sie sich langsam vorbeugte. Ihre Nasenspitzen berührten sich, und sie spürte seinen Atem an ihrer Haut, spürte seine Wärme, seinen Duft.

Sie blieb eine Weile so stehen, dann lehnte sie sich noch weiter vor und berührte seine Lippen ganz sachte mit ihren.

Per strich ihr die Haarsträhnen aus der Stirn und sah sie mit einem breiten Lächeln an, während der Regen auf die Straße trommelte.

»Soll ich das als ein Ja deuten?«, fragte er.

Sie antwortete nicht, sondern legte ihm nur die Hand in den nassen Nacken.

Und küsste ihn sanft.

Der Regen prasselte gegen die Fensterscheiben, als Henrik in die Küche trat. Er legte den Blumenstrauß auf die Arbeitsfläche und pfiff vor sich hin, während er in einem Schrank nach einer hohen Vase suchte.

Da klingelte sein Handy. Er runzelte die Stirn, als er Björn Ahlmanns Namen auf dem Display sah. Er wusste, dass er sich abgewöhnen musste, bei einem Anruf sofort ranzugehen, nahm das Gespräch aber dennoch an.

»Henrik Levin.«

»Ich vermute, Sie wollen wissen, warum ich Sie anrufe«, sagte der Rechtsmediziner.

»Ich nehme an, Sie haben etwas Relevantes für uns«, erwiderte Henrik und hielt die Vase unter den Wasserhahn.

»Das stimmt. Ich habe soeben die Obduktion der Leiche von Jakob Norell abgeschlossen und werde Ihnen gleich den vorläufigen Obduktionsbericht rübermailen.«

»Das eilt nicht«, meinte Henrik, während er den Hahn

aufdrehte. »Das Entscheidende ist ja, dass wir ihn erwischt haben, dass es vorbei ist.«

»Jakob Norell wurde erstochen«, erklärte Ahlmann ruhig.

»Ja, und was soll ich dazu sagen?«

Henrik drehte den Wasserhahn zu.

»Zoran Kader«, fuhr Ahlmann fort.

»Wer ist das, bitte?«

»Er wurde bei einer Auseinandersetzung im Vrinneviskogen getötet.«

»An diesem Fall bin ich nicht beteiligt«, entgegnete Henrik, »und ich werde für die nächsten Monate beurlaubt sein, deshalb …«

»Ich respektiere Ihre Auszeit, aber ich möchte trotzdem, dass Sie die Verletzungen der beiden Toten vergleichen.«

»Warum denn?«, fragte Henrik und stellte die Tulpen in die Vase. »Was haben Sie herausgefunden?«

»Es ist nicht mein Job, die Zusammenhänge zu finden, das weiß ich, und es ist zu früh, um irgendwelche Schlüsse zu ziehen, aber Sie sind ein guter Polizist, und die Mail mit den Obduktionsberichten liegt schon in Ihrem Posteingang.«

Henrik seufzte, hörte die Stimmen der Kinder aus dem Wohnzimmer.

»Na gut, aber jetzt muss ich auflegen«, sagte er und beendete das Gespräch. Er nahm die Vase und wollte gerade die Küche verlassen, doch dann überlegte er es sich anders. Er wusste nicht, worum es ging, aber er vermutete, dass Ahlmann gute Gründe gehabt hatte, bei ihm anzurufen. Und er fluchte im Stillen, während er nach seinem Handy griff, den Posteingang öffnete und den Bericht von Zoran Kaders Obduktion überflog. Jemand hatte dem jungen Mann Messerstiche zugefügt, zwei in der Bauchgegend und eine im Hals. Die Stiche waren tief und deutlich. Es widerstrebte ihm, den Bericht von Jakob Norells Obduktion zu öffnen, aber er tat es dennoch.

»Henrik, wo bleibst du denn?«, rief Emma aus dem Wohnzimmer.

»Ich komme«, antwortete er und packte die Vase erneut. »Ich …«

Er verstummte. Starrte das Foto von Jakob Norells Leiche an. Sie wies ebenfalls Messerstiche auf, zwei in der Bauchgegend und einen am Hals.

Moment mal, dachte Henrik. Konnte das wirklich sein?

Ihm war, als zöge ein eiskalter Wind durch die Küche, als er die Fotos von Zoran Kader und Jakob Norell verglich. Er versuchte sich einzureden, dass es ein Zufall war, aber es herrschte kein Zweifel. Björn Ahlmann hatte die Messerstiche überprüft, sie befanden sich bei beiden Leichen an denselben Stellen, wiesen dieselbe Stichrichtung auf, was nur bedeuten konnte, dass …

Er schüttelte den Kopf, sah sich noch einmal das Foto von Jakob an.

Das konnte nur bedeuten, dass beide Opfer von derselben Person getötet worden waren, dachte er und spürte, wie ihm die Vase aus der Hand glitt.

DANKSAGUNG

Ein Buch hat keinen Wert, bevor es jemand liest. Deshalb möchte ich damit beginnen, meinen wunderbaren Leserinnen und Lesern zu danken – wo immer auf der Welt ihr euch befindet. Danke, dass ihr Jana, Danilo, Mia, Henrik und den anderen Charakteren folgen wollt. Und danke, dass ihr mich inspiriert. Jeden Tag.

Wo mache ich weiter? Genau, mit Linn. Denn dieses Buch handelt von den Banden zwischen Geschwistern, die immer bleiben, egal, wie weit man sich im Leben voneinander entfernen mag. Ich bin enorm dankbar dafür, dass ausgerechnet du meine Schwester bist. Danke, Mama und Papa. Dafür, dass ihr mich immer unterstützt und anfeuert und für mich da seid.

Viele Menschen haben mir bei diesem Buch geholfen, indem sie den Text gelesen und ihre Meinung dazu gesagt haben. Sie haben meine Fragen beantwortet, mir bei Sachinformationen geholfen, haben mir ihr Engagement geschenkt und vor allem ihre Zeit. Ich will ein riesiges Dankeschön an den Menschen richten, der seine Erfahrungen, Gefühle und Erlebnisse als Transperson mit mir geteilt hat. Du weißt, wer du bist und was du mir bedeutest. Ich danke meinen großartigen Freunden Sofie Mikaelsson und Joel Gerdin, die immer bereit sind, mich bei der Schilderung der Polizeiarbeit zu unterstützen. Jan Cederborg und seine Mitarbeiter haben mir einen einzigartigen Einblick in die Klinik für Forensische Psychiatrie in Vadstena gegeben. Die Zusammenarbeit mit Petra König war wie immer unschätzbar. Du forderst mich heraus und trägst dabei ständig zu meiner Weiterentwicklung bei. Ulrika Wangle hat mich sicher durch die juristischen Themen gelotst, und Johan Ahlner hat mich mit seiner rechtsmedizinischen Expertise unterstützt. Zusammen mit Michael Botvidsson habe ich jede Menge Abflussrohre und Verstecke am Strömmen entdeckt. Und es war ein ganz besonderes Erlebnis, das Kraftwerk Holmen zu besuchen und mit Ulf Öberg, Emilia Larsson und Rolf Bjernhagen über Rohrleitungen zu diskutieren.

Ich bin sehr dankbar, Céline Hamilton als Cheflektorin und Johanna Rydergren als Redakteurin zu haben und mit dem fantastischen Team von HarperCollins zusammenarbeiten zu dürfen. Weiterhin danke ich Joakim Hansson und Anna Frankl von der Nordin Agency, die sich so engagiert dafür einsetzen, dass die Serie um Jana Berzelius neue Leser auf der ganzen Welt erreicht.

Ich sollte natürlich erwähnen, dass diese Geschichte erfunden ist. Eventuelle Ähnlichkeiten zwischen den Figuren im Buch und realen Personen sind reiner Zufall. Falls sich Fehler eingeschlichen haben sollten, dann nehme ich sie auf mich. Es könnte sein, dass ich vergessen habe nachzufragen, dass ich etwas missverstanden oder mir die Freiheit genommen habe, mehr Fiktion als Fakten hinzuzufügen, weil es besser in die Erzählung gepasst hat.

Zu guter Letzt danke ich meiner Familie für ihre große Geduld mit meiner Arbeit. Henrik, du bist meine wichtigste Stütze, und obwohl ich mein Geld mit Schreiben verdiene, fehlen mir die Worte, um auszudrücken, wie dankbar ich bin, dich an meiner Seite zu haben. Wir sind »partners in crime, business and love«. Und zusammen mit dir ist nichts unmöglich.